KB181237

조선시대
양반가 여성의
전기문 연구

김미란 지음

조선시대 양반가 여성의
전기문 연구

김미란 지음

평민사

목차

[머리말]

조선시대 각 가문에서 편찬한 문집에는 남성들 뿐 아니라 여성들의 생전의 행적을 기록한 글 즉 「행장行狀」, 「가장家狀」, 「행록行錄」, 「실기實記」, 「묘지명墓誌銘」, 「묘갈명墓碣銘」, 「묘비명墓碑銘」, 「묘표墓表」, 「광지명壙誌銘」, 「광중기壙中記」 등이 많이 있다.

이러한 글들은 그 기능은 다르지만 한 인물의 생애를 기록하고 있다는 점에서 전기문의 성격을 지니며 따라서 여성들의 생전의 모습을 기록한 이러한 글들을 '여성전기문女性傳記文'이라고 지칭할 수 있다고 본다.

조선시대는 여성들의 행적이 외부로 드러나는 것을 긍정적으로 생각하지 않았다고 알려져 있다. 그럼에도 당대 명문장가로 이름이 있던 문사文士들이 이러한 여성전기문을 많이 기록한 데에는 나름의 중요한 이유가 있었을 것이다. 그러므로 당시 문사들이 어떤 의도로 여성전기문을 지었으며 또 어떤 과정을 거쳐서 기록하였는가 하는 것을 살펴보는 것은 매우 의미 있는 작업이라 할 수 있다.

또한 이들 글들은 당시 양반가 여성들의 다양한 삶의 모습을 담아내고 있다. 물론 이러한 글들이 그 속성 상 미화와 과장이 있을 수도 있겠지만 해당 여성의 행적을 소개하다 보면 당시 양반가 여성들의 인생 여정이 진솔하고 솔직하게 드러나게 된다. 이런 점에서 여성전기문 연구는 조선시대 양반가 여성들의 삶의 모습을 살펴볼 수 있는 중요한 연구라고 할 수 있을 것이다.

Ⅰ. 서론

　일반적으로 조선시대는 여성에 대한 여러 가지 정보가 외부로 드러나는 것을 매우 꺼려하는 분위기라고 알고 있다. 그럼에도 불구하고 조선시대의 文集을 보면 양반가 여성들의 생애를 기록한 다양한 종류의 글들이 많이 수록되어 있음을 발견할 수 있다.

　이러한 성격의 글들은 조선시대에 편찬된 대부분의 문집에 수록되어 있는 것으로 보아 오랫동안 지속적으로 서술된 것으로 보인다. 이처럼 여성들의 생애에 대하여 기록하고 또 그것을 문집에 수록했다고 하는 것은 어떤 분명한 의도와 목적이 있었을 것이라 생각한다.

　조선시대에 간행된 문집에 여성들의 생애에 대하여 기록한 글로는 「行狀」, 「家狀」, 「行錄」, 「實記」, 「祭文」, 「墓誌銘」, 「墓碣銘」, 「墓碑銘」, 「墓表」, 「壙誌銘」, 「壙中記」 등이 있다. 이러

한 글들은 다양한 한문 문체로 기술되어 있어서 樣式은 각기 다르지만 내용은 모두 한 인물의 '생애'와 '행적'을 기록하고 있다. 그러므로 본고에서는 여성들의 행적을 기록한 이러한 성격의 글들을 「女性傳記文」이라고 지칭하여 거론하고자 한다.

이러한 「女性傳記文」들은 그 글을 立傳한 의도가 분명한 것이기 때문에 대상 인물의 생애를 긍정적으로 기술하거나 또는 미화하는 방향으로 기록되어 있는 것이 사실이다. 그리하여 이 내용 중에는 다분히 상투적인 표현들이 공통적으로 들어 있기도 하다. 그래서 어떤 점에서는 이 글들 안에 해당 인물의 실제의 삶의 모습이 얼마나 진실하게 표현되었는가 하는 의구심도 갖게 된다.

물론 우리는 이러한 글을 통하여 기술된 내용 중에서 사실에 입각한 모습과 미화된 모습을 정확하게 구별해 낼 수는 없다. 그럼에도 불구하고 이들 글을 통하여 두 가지 중요한 점을 찾아낼 수 있다.

하나는 설혹 미화와 과장을 했다 하더라도 그러한 미덕을 드러내는 과정에서 당연히 해당 여성의 삶의 모습을 기술하게 된다는 것이다. 즉 입전 문사들이 그 글을 기술하면서 입전 대상 여성이 살아가면서 겪었던 여러 사건들은 물론 주변 사람들과 나누었던 대화, 자신의 인생관 또 때로는 주변사람들과의 갈등 관계 등에 대해서도 진솔하고 솔직하게 기술하게 된다는 점이다. 그러다 보면 그 글에는 당시 양반가 여성들의 다양한 삶의 모습이 드러나게 되고 나아가 해당 여성의 진면목이 나타날 수도 있다는 점이다.

그리고 또 하나는 미화하고 과장했다고 추정되는 내용을 통해서 당시 사회적으로 어떠한 여성상이 이상적인 여성의 삶이라고 평가되었으며 그리고 당시 여성들이 그러한 삶을 살려고 어떻게 노력하였는가 하는 것을 알 수 있다는 점이다.

　본고에서는 이러한 여성들의 생애를 기록한 「女性傳記文」을 통하여 입전 문사들이 여성들을 어떻게 형상화하고자 했으며 그 의미는 무엇인가 하는 점을 살펴보고 또 그러한 기록을 통하여 당시 여성들의 역할과 위상이 어떠한 것이었는지에 대해서도 살펴보고자 한다.

Ⅱ. 「女性傳記文」의 성격

1. 「女性傳記文」의 종류

한문 문체를 분류하는 방법은 여러 가지가 있다. 중국의 경우, 한문 문체의 갈래는 魏나라 文帝인 曹丕의 『典論』의 「論文篇」과 陸機의 「文賦」에서 비롯되었고 劉勰(465~521)의 『文心雕龍』과 梁의 昭明 太子 蕭統(501~531)의 『文選』에 이르러 한문 문체의 갈래가 체계화 되었다고 한다. 이 중 『文心雕龍』은 21종으로, 『文選』은 38종의 문체로 정리하였고 이를 토대로 후대에는 문학적 조건에 맞추어 다소간 증감이 가해지면서 현재 우리가 확인할 수 있는 갈래의 수효는 130여 개가 넘고 있다.

우리나라의 경우에는 고려 李奎報(1168~1241)가 『東國李相國集』에서 36類의 문체로, 徐居正(1420~1488)이 『東文選』에서 56

類의 문체로, 그리고 李滉(1501~1570)이 『退溪文集』에서 47類의 문체로 분류하였다. 이 중 徐居正이 『東文選』에서 분류한 문체가 문체 분류의 典範이 되고 있다고 할 수 있는데 그 작은 갈래 분류를 들어보면 다음과 같다.

辭, 賦, 古詩 律詩, 絶句, 六言, 詔勅, 敎書, 制誥, 冊, 批答, 表箋, 啓, 狀, 露布, 檄書, 箴, 銘, 贊, 奏議, 箚子, 文, 書, 記, 序, 說, 論, 傳, 跋, 致語, 辨, 對, 志, 原, 牒, 議, 雜著, 上梁文, 祭文, 祝文, 疏, 道場文, 齋詞, 靑詞, 哀詞, 誄, 行狀, 碑銘, 墓誌, 墓誌銘, 箋, 檄, 歌謠, 錄

이들 글을 성격별로 다시 묶어 큰 갈래로 분류할 수 있는데 이러한 분류는 학자들에 따라 조금씩 다르므로 본고에서는 다음과 같이 일반적인 분류방법에 의거하여 기술하고자 한다.

論辨類, 奏疏類, 詔令類, 私牘類, 序跋類, 贈序類, 傳狀類, 雜記類, 頌贊類, 哀祭類, 碑誌類, 箴銘類, 詩賦類, 小說類

이들 큰 갈래 중 사람의 일생을 기술한 글로는 '傳狀類'와 '碑誌類'가 있는데 傳狀類에는 '傳'과 '行狀'이 있고 碑誌類에는 '碑銘', '墓誌', '墓誌銘' 들이 있다.

傳狀類는 傳記와 行狀을 일컫는데 모두 사람의 일생을 기술한 글이다. 傳記란 입전 대상 인물의 생사 여부에 관계없이 현부선악을 전하여 후세에 전달하고자 하는 의도로 쓰인 글로, 인물에 대한 기술을 傳이라 하고 事蹟에 대한 기술을 記라 한다.

처음에는 史家의 일이었으나 후대에는 문인 학사들도 지었다.

傳은 賢否·善惡과 褒貶을 솔직하게 모두 기록할 뿐 아니라 작가의 시각에 의해 다양한 傳이 창작되었으므로 그동안 문학계의 주목을 많이 받았다. 傳은 입전 문인의 입전의도에 따라 인물의 선택과 사건의 선택이 이루어지며 글의 구성과 묘사에 따라 미적 긴장감을 조성할 수 있어서 탁월한 문학성을 발휘할 수 있다.

行狀은 사람이 죽은 후에 그의 행적을 적은 글이다. 행장에서 '行'은 행동거지를 의미하며 '狀' 역시 '모양'을 의미하여 모습을 눈앞에서 보는 듯이 나타내는 것이다. 行狀은 죽은 이의 행동 하나하나를 곁에서 보는 듯이 자세하게 서술하여 보는 사람으로 하여금 죽은 사람을 직접 보는 것처럼 살펴볼 수 있도록 했다.

行狀의 체제는 죽은 이의 世系·姓名·字號·官爵·貫鄕·생몰연월·자손·언행 등을 기록하여 銘文·輓章·傳記 등을 쓰거나 역사 편찬을 할 때 자료로 썼다. 그리고 行狀은 기록하는 이가 주로 입전 대상인물의 親朋 子弟였으므로 대개 평생의 嘉言 懿行만을 서술하고 부정적인 것은 諱避하고 쓰지 않았다. 그러한 성격 때문에 문학적으로는 그리 큰 주목을 받지 못하였다.

碑誌類는 죽은 이의 공덕이나 특정건축물의 건립 유래, 역사적 사건 등을 비에다 새긴 글을 일컫는 명칭이다. 碑誌類는 다시 碑銘과 墓誌로 구분할 수 있는데 碑銘은 사람들이 볼 수 있도록 무덤 밖에 세운 墓碑·墓表·墓碣을 말하고 (神道碑는 墓道의 곁에 세운 것이고, 碑陰은 비의 後面에 새긴 것을 말한다) 墓誌는 무덤 속 즉 壙中에 묻는 것으로 墓誌·墓誌銘·壙誌·壙銘 등이 있다.

碑銘과 墓誌는 무덤 밖에 있느냐 무덤 속에 넣느냐의 차이만
있을 뿐 구성이나 기술하는 점에서 다른 점이 있는 것은 아니
다. 다만 碑銘에 비해 墓誌는 격식이 덜 엄격한 편이어서 글쓴
이와 죽은 이와의 친분관계라든가 죽은 이의 생애 중 인상 깊
었던 일 등을 친근하고도 자상하게 기술하는 경우가 있어서 서
사적인 표현도 적지 않다.

墓碣은 엄정한 是非善惡을 판단하여 결정하는 褒貶意識에 의
거하여 이루어지는 것이 아니라, 죽은 이의 芳名을 후세에 遺傳
시키려는 것이 사명이므로, 긍정적인 측면에서만 기술하는 것이
다. 다시 말해서, 객관적 시각에서 한 개인의 진실한 삶의 모습
을 제시하려는 史家의 列傳과는 다르게, 나쁜 것은 빼고 좋은
점만을 기록하는 속성이 있다는 것이다.

구성은 先系를 먼저 서술하고 다음에 功德과 孫錄을 기술하
는 경우가 있고, 혹은 功德부터 먼저 表揚하고 先系와 孫錄을
적는 경우가 있다. 銘은 韻文으로 四言이 주축을 이루고 있으나
五言·七言 長短句로 된 것도 적지 않다.

墓表 역시 문체가 墓碣과 비슷하다. 表란 본래 表揚을 뜻하는
것이다. 그러므로 엄격한 是非善惡을 판단하여 결정하는 褒貶意
識에 의거하여 이루어지는 것이 아니고 墓碣과 같이 죽은 이의
芳名을 후대에 유전시키려는 것이기 때문에 긍정적인 측면에서
만 기술하는 속성을 지니고 있다.

墓表는 한정적 공간에 글을 새겨 넣어야 하기 때문에 쓰고자
하는 내용의 골자만을 수용하는 것이 일반적이다. 이와 같은 압
축적 표현과 생략수단에 의하여 형태면에서 표현기교가 발달하
였다. 그러나 내용면에서는 자료적 가치가 반감될 수밖에 없다.

墓碣이 끝에 銘을 붙이는 데 반하여 墓表는 대체로 銘을 붙이지 않으며 輕浮한 말이나 文飾은 금기로 하고 있다.

墓表의 중요내용으로는 죽은 이의 姓名·字號·貫鄕·先祖·父母·生卒年月日·子女·孫曾·墓所 등과 죽은 이의 行蹟, 立傳者의 頌辭 등이 수록된다. 그러나 立傳者에 따라서 기술하는 순서는 조금씩 다르다.

그런데 조선시대의 많은 文集에는 남성들 뿐 아니라 여성인물의 생애를 기록한 글도 많이 수록되어 있다.1) 즉 「行狀」, 「家狀」, 「行錄」, 「實記」, 「行實記」, 「行記」, 「內儀」, 「墓誌銘」, 「墓碣銘」, 「墓碑銘」, 「墓表」, 「壙誌銘」, 「壙中記」 등의 다양한 문체 이름으로 여성들의 생애를 기록한 글이 많이 있다.

이 중 「行狀」, 「家狀」, 「行錄」, 「實記」, 「行實記」, 「行記」 등의 글은 行狀에 속한다고 할 수 있고 「墓誌銘」, 「墓碣銘」, 「墓碑銘」, 「墓表」, 「壙誌銘」, 「壙中記」 등의 글은 碑誌에 속한다고 할 수 있다.

이들 글들은 물론 立傳 의도가 그 芳名을 후세에 遺傳시키려는 데 있었기 때문에 對象 女性을 미화시킨 점이 많은 것은 분명하지만 그러한 장점을 부각시키는 과정에서 구체적인 삶의 모습을 상당히 세밀하게 드러낸 경우가 상당히 많이 발견된다. 또한 立傳者가 의도했든 의도하지 않았든 간에 해당 여성에 대한 흥미 있는 일화를 소개하면서 인간적인 면모를 진솔하게 묘사한 경우도 상당히 많다.

이러한 글쓰기는 立傳者의 주제의식과 함께 문학적 역량이

---

1) 본고는 한국고전번역원에서 간행한 『韓國文集叢刊』을 주된 텍스트로 하였으며, 생존연대를 확인할 수 있는 여성의 전기문을 중심으로 논의하였다.

발휘된 까닭이라 생각할 수 있는데 결과적으로 이러한 기록은 양반가 여성의 구체적인 생활사 자료가 부족한 상황에서 그들의 일상생활을 들여다 볼 수 있는 귀중한 자료가 된다고 생각한다.

傳狀類와 碑誌類라는 명칭은 동양의 전통적인 문체 명칭으로 글의 용도별 성격을 기준으로 한 것이기 때문에 내용적인 특성을 포괄적으로 지칭할 수 있는 용어로서 지칭하는 데는 적합하지 않다고 생각한다.

그러므로 본고에서는 이들 글들이 제목은 「行狀」, 「家狀」, 「墓誌銘」, 「墓碣銘」 등 여러 가지이지만 공통적으로 한 인물의 생애를 기록하고 있다는 점에서 「傳記文」으로 지칭하고자 한다. 이 「傳記文」이란 용어는 현대 문학계에서도 동서양을 막론하고 널리 사용되고 있다는 점에서 보편성을 얻을 수 있다고 생각하기 때문이다. 그리고 조선시대 전기문에는 '婦女' 또는 '婦人'이라는 용어를 사용하고 있고 '여성'이라는 용어는 별로 눈에 띄지 않는다. 그러나 본고에서는 '남성'과 '여성'이라는 객관적 성별 용어에 의거하여 '여성'이라는 용어를 사용하고자 한다.

2. 「女性傳記文」의 立傳者

「女性傳記文」 중 行狀類 성격의 글은 대개 「行狀」, 「家狀」, 「行錄」, 「實記」, 「行實記」, 「行記」 등의 제목으로 기록하였다. 그런데 여러 문체이름 중에서도 「行狀」이란 명칭이 가장 많이 쓰였다. 그리고 「家狀」, 「行錄」, 「實記」, 「行實記」, 「行記」, 「內儀」 등의 글들도 문집 편찬 체제에서 행장이란 분류제목 하에 편집된 것으로 볼 때 행장 성격의 글이라 할 수 있다.

행장은 주로 남편이나 자녀, 사위, 媤父, 媤叔, 조카 등 당사자와 가까운 거리에서 생활했던 사람들이 기록하였다. 그 이유는 그들이 입전 대상 인물의 행적에 대해 가장 상세하게 알고 있었기 때문일 것이다. 대부분 한문으로 지었기 때문에 지식수준이 높았던 남성들에 의해 작성되었지만 경우에 따라서는 딸들도 한글로 어머니의 행장을 작성한 경우도 있었던 것으로 보인다.

각 집안에서는 해당 여성의 가족들이 行狀(또는 행장의 草稿자료)을 작성하여 집안에 간수하였으며 文名이 있는 知人이나 文人에게 碑誌文을 의뢰할 때 자료로 활용하였다. 경우에 따라서는 가족은 아니지만 대상인물이나 또는 대상인물의 가족들과 친밀한 관계를 지니고 있었던 文士들이 지은 경우도 있는데 이런 경우에는 남편이나 아들, 딸 등이 기록해 준 草稿를 바탕으로 하여 지었다. 또한 동시대인이 아니라 하더라도 후손이나 후손의 청에 의하여 후대의 文士가 짓는 경우도 있었다. 그러므로 행장은 여성전기문의 1차 자료로서의 성격을 지닌다고 할 수 있다.

행장의 경우 여러 주변 인물들도 많이 지었지만 남편과 아들이 지은 경우가 가장 많다. 입전대상자와 가장 가까운 관계에 있었기 때문일 것이다. 남편이 지은 아내의 행장은 대단히 많기 때문에 일일이 예거하기는 어렵지만 내용이 많고 당시의 삶의 모습을 구체적으로 보여주는 행장으로는 다음과 같은 것이 있다.

申欽(1566~1628)의 「亡室李氏行狀」(『象村稿』, 卷之二十八, 行狀)
許筠(1569~1618)의 「亡妻淑夫人金氏行狀」(『惺所覆瓿稿』 卷之十五,
  文部十二, 行狀)
金壽增(1624~1701)의 「亡室淑人曹氏行狀」(『谷雲集』 卷之六, 狀誌)
李宜顯(1669~1745)의 「亡室贈貞敬夫人魚氏行狀」(『陶谷集』 卷之
  二十四, 行狀)
李德壽(1673~1744)의 「亡妻海州崔氏墓誌銘」(『西堂私載』 卷之九,
  墓誌銘)
朴準源(1739~1807)의 「亡室行狀」(『錦石集』 卷之十, 行狀)
申綽(1760~1828)의 「夫人慶州金氏行狀」(『石泉遺稿』 卷之一, 行狀)
洪奭周(1774~1842)의 「亡室贈貞敬夫人完山李氏行狀」(『淵泉先
  生文集』 卷之三十一, 行狀[下])
黃胤錫(1729~1791)의 「記亡室生卒」(『頤齋遺藁』 卷之二十二, 遺事)

남편이 지은 행장의 내용은 아내가 세상을 떠난 후의 허전한
마음을 표현하면서 반려자로서 중요한 삶의 현장에서의 체험하
고 목격했던 경험을 술회하고 있다.
아들이 지은 행장도 매우 많은데 대표적인 경우를 들어보면
다음과 같다.

金宗直(1431~1492)의 「先妣朴令人行狀」(『佔畢齋集』 彝尊錄 附錄)
李珥(1536~1584)의 「先妣行狀」(『栗谷先生全書』 卷之十八, 行狀)
李明漢(1595~1645)의 「先妣貞敬夫人行狀」(『白洲集』 卷之十七,
  墓誌銘, 碣銘○墓表○行狀)
李玄逸(1627~1704)의 「先妣贈貞夫人張氏行實記」(『葛庵先生文

集』卷之二十七, 行狀)

金萬重(1637~1692)의 「先妣貞敬夫人行狀」(『西浦先生集』 卷十,
　　行狀)

鄭齊斗(1649~1736)의 「先考妣行狀」(『霞谷集』 卷六, 行狀)

金春澤(1670~1717)의 「母夫人行錄」(『北軒居士集』 卷之十三, 囚海錄,
　　文○錄)

尹東洙(1674~1739)의 「先考妣狀草」(『敬庵先生遺稿』 卷之十一, 行狀)

이 중 鄭齊斗의 「先考妣行狀」과 尹東洙의 「先考妣狀草」은 부
모의 행장을 함께 기술한 경우이다. 아들들이 쓴 행장은 어머니
가 한 가정을 현명하게 이끌어갔다는 점과 자녀들을 잘 가르쳤
다는 점을 강조하고 있는 내용이 대부분이다.

어머니에 대한 행장은 친어머니만이 아니고 養母에 대한 행
장도 많이 있다. 즉 조선시대에 많이 이루어졌던 入後제도, 즉
양자 제도로 인하여 入籍한 집안의 어머니인 양어머니에 대한
행장도 많이 기록하였다. 예를 들면 朴世采(1631~1695)가 지은
「養妣孺人趙氏行狀」(『南溪先生朴文純公文續集』 卷第二十二, 行狀)가
그것이다.

또한 사위가 기록한 장모의 행장으로는 다음과 같은 글이 있
다.

尹鳳朝(1680~1761)의 「外姑淑人崔氏行狀」(『圃巖集』 卷之二十二,
　　行狀)

宋明欽(1705~1768)의 「外姑淑人黃氏遺事」(『櫟泉先生文集』 卷之
　　十八, 遺事)

朴胤源(1734~1799)의 「外姑孺人南陽洪氏行狀」(『近齋集』 卷之十,

行狀)

그런데 사위가 장모에 대하여 쓴 행장에는 흥미 있는 사실이 기록되어 있다. 즉 朴胤源이 장모에 대하여 쓴 「外姑孺人南陽洪氏行狀」을 보면 행장을 지은 과정이 소개되어 있는데 여성의 행장이 기록되는 과정에서 특이한 내용이 나온다. 즉 자기가 행장을 지을 때 아내(南陽 洪氏의 딸)가 지은 한글행장 초고를 바탕으로 하여 지었다는 내용이다. 이 기사를 보면 당시 딸이 어머니의 행장을 한글로 짓고 그 초고를 바탕으로 하여 한문으로 기술한 경우가 있었다는 것을 알 수 있다. 이런 경우를 보면 딸이 어머니의 행장을 한글로 짓는 경우가 있었고 집안에 이를 보관했었음을 알 수 있다.

「女性傳記文」 중 碑誌類는 죽은 이의 공덕이나 특정건축물의 건립 유래, 역사적 사건 등을 비에다 새긴 글을 일컫는 명칭으로 「墓誌銘」, 「墓碣銘」, 「墓碑銘」, 「墓表」, 「壙誌銘」, 「壙中記」 등이 碑誌에 속한다. 碑誌는 입전대상인물의 가족이 쓰는 경우도 있고 가족이 쓴 행장을 바탕으로 하여 인척이나 지인들이 쓴 경우도 있는데 특히 외부 지인인 경우에는 평소 친분이 있던 입전대상인물 집안의 가족들로부터 의뢰를 받아서 쓰는 경우가 대부분이었다.

남편이 쓴 墓誌에는 다음과 같은 글이 있다.

金鎭圭(1658~1716)의 「亡室贈貞夫人完山李氏墓誌銘 幷序」(『竹泉集』 卷之三十四, 墓誌銘)
李縡(1680~1746)의 「亡室贈貞夫人海州吳氏墓誌」(『陶菴先生集』

卷四十六, 墓誌[七])

南有容(1698~1773)의 「亡室恭人杞溪兪氏墓誌銘并序」(『雷淵集』
　　　卷之十九, 墓誌)

李匡師(1705~1777)의 「亡妻安東權氏墓誌銘」(『圓嶠集選』 卷第七,
　　　碑誌銘表)

兪彥鎬(1730~1796)의 「夫人墓誌銘」(『燕石』 册六, 墓誌銘)

墓誌는 해당 여성이 세상을 떠난 후 쓰는 경우가 대부분이지
만 경우에 따라서는 생전에 써 놓는 경우도 있었다. 兪彥鎬의
경우 만일 자기가 먼저 죽는다면 아내의 묘지를 써 줄 수 없을
것이라 생각해서 미리 써 놓는다고 하면서 아내가 살아있을 때
아내 민씨의 묘지를 썼다.[2]

아들이 쓴 墓誌는 다음과 같다.

李滉(1501~1570)의 「先妣贈貞夫人朴氏墓碣識」(『退溪先生文集』
　　　卷之四十六, 墓碣誌銘)

柳成龍(1542~1607)의 「先妣貞敬夫人墓誌」(『西厓先生文集』 卷之
　　　二十, 墓誌)

南九萬(1629~1711)의 「先妣贈貞敬夫人安東權氏墓誌」(『藥泉集』
　　　第二十五, 家乘)

韓元震(1682~1751)의 「先考妣墓誌」(『南塘先生文集』 卷之三十三,
　　　墓誌)

또한 吳泰周(1668~1716)의 「贈貞敬夫人驪興閔氏墓誌」(『昆侖

---

2)『燕石』 册六, 墓誌銘, 「夫人墓誌銘」. 다음 항목인 '기록과정과 의도' 참조.

集』卷之十七, 墓誌銘)과 李肯翊(1736~1806)의 「亡妻安東權氏墓誌銘」(『圓嶠集選』卷第七, 碑誌銘表)는 아버지의 前室부인에 대한 묘지명이다. 또 부친의 명으로 아버지 小室의 墓誌銘을 작성한 경우도 있었는데 吳熙常(1763~1833)의 「庶母李氏墓誌銘 并序」(『老洲集』卷之十六, 墓誌銘)이 그것이다.

사위가 장모의 墓誌를 쓴 경우는 다음과 같다.

南九萬(1629~1711)의 「外姑淑人李氏墓表」(『藥泉集』 第二十五, 家乘)

魚有鳳(1672~1744)의 「外舅學生洪公外姑孺人金氏合窆墓誌銘 并序」(『杞園集』卷之二十三, 墓誌)

3. 「女性傳記文」의 立傳과정과 의도

1) 立傳과정

「女性傳記文」 중 「行狀」은 가족이 기술한 행장은 立傳者가 대상인물의 지근거리에서 생활하면서 실제로 보았던 고인의 행적을 자기의 기억을 바탕으로 하여 기록하였다. 즉 남편이나 아들, 또는 손자(외손자)가 지은 행장은 글쓴이가 실제로 보고 듣고 같이 겪었던 경험을 바탕으로 하여 작성하였으므로 기록과정에 대한 특별한 언급은 없다.

반면에 가족이 아닌 경우에는 자기가 대상인물의 전기문을 짓게 된 경위를 구체적으로 설명하고 있다. 글을 쓰게 된 동기로 많이 나오는 내용은 다음과 같다. 자기와 인척이 되거나 또는 친분관계에 있던 지인이 해당 여성에 대한 「行狀」(또는 草稿)을 가지고 와서 「行狀」이나 碑誌文을 작성해 달라는 부탁을 하였고 자기는 文才가 부족하긴 하지만 의뢰자의 간곡한 청과 해당여성의 훌륭한 생애를 생각하여 거절할 수 없어 그 글을 쓴다고 하였다.

기록과정을 보면 남편이나 아들, 또는 손자 등 남성이 전기문 작성에 주도적인 역할을 하였고 또 대부분 의뢰자가 한문으로 쓴 행장을 가지고 와서 의뢰하였다. 그러나 여성들이 의뢰하는 경우도 있었는데 그런 경우 자신이 작성한 한글 행장(또는 行錄)을 바탕으로 하여 청탁하였다.

申欽(1566~1628)은 자신이 오랫동안 교유하며 존경했고 또 사돈의 인연을 맺었던 趙存性(1554~1628)의 부인이자 자신의 안사돈이기도 한 貞夫人 李氏(1554~1617)의 행장을 지었는데 짓게 된 과정을 다음과 같이 말하고 있다.

공의 家乘을 보건대, 내가 평소 보아서 아는 것보다 더 훌륭하니, 이것이 어찌 부인의 큰 행적으로서 부녀자의 역사에 빛날 일이 아니겠는가. 그러니 세상에 일컬어지는 賢婦人으로서 모두 예능이나 자랑하고 힘써 문자나 꾸며 만들곤 하여 집 밖에 나가 남자의 일을 하면서도 실상은 그 현부인이란 이름을 덮을 만한 덕행이 없는 이들이야말로 이 부인의 풍도를 들으면 어찌 부끄럽지 않겠는가. 부인의 두 아들이 신중하게 가정교훈을 잘 지켜, 행실을 도타이 하고 덕을 주밀하게 닦아 몸을 조촐히 하는 터전으로 삼으려고 하니, 부인은 죽지 않은 것이나 다름이 없다 하겠다. 부인의 병이 위독했을 때에 막내아들 啓遠氏가 龍湖公을 따

라 湖西에 내려가 있다가 미처 부인의 飯含을 보지 못하여 이것
을 종신토록 끝없는 슬픔으로 여겨왔다. 그래서 부인의 아름다
운 행실과 숨은 덕마저 혹 막히어 드러나지 못할까 두려워하여,
그 형 昌遠씨와 함께 나의 글을 받아 부인의 행적이 영원히 전해
지도록 하기를 꾀하였는바, 마치 미처 하지 못할 것처럼 놀라고
두려워하니, 아, 효자의 마음이로다. 삼가 차례로 엮어서 행장을
만드노라.3)

신흠은 貞夫人 李氏의 아들이며 자신의 둘째사위인 趙啓遠의
청을 받아 행장을 짓는다고 하였는데 이 글에는 草稿에 대한
언급이 구체적으로 나와 있지 않지만 안사돈의 실제의 행적을
신흠이 다 알 수는 없었을 것이다. 그렇게 본다면 신흠의 사위
인 趙啓遠과 그의 형 昌遠과 함께 당대 명문장가로 꼽히던 장
인 신흠에게 자료(行狀 草稿)를 가지고 와서 행장을 부탁했을 것
이라고 추정할 수 있다.

다음 행장 기사에서는 초고 자료에 대한 언급이 있다.

    이미 榮川公 金令行(1673~1755)이 손수 恭人의 遺事를 기록
하시고 나에게 명하시기를 "우리 며느리의 행실은 그대도 잘 알
터인데 내가 스스로 쓰자니 사사로운 정이라 의심될 것이니 자
네가 그 뒤에 행장을 만들어주게"라 하였다. (중략) 强伯(金履健)
은 어릴 때 돌아가신 우리 아버지의 양육을 받아 나와는 형제 같
은 정이 있었다.4)

---

3) 『象村稿』 卷之二十八 , 行狀 四首, 「貞夫人李氏行狀」.
4) 『月谷集』 卷之十二, 行狀, 「恭人楊州趙氏行狀」.

月谷 吳瑗은 어릴 때부터 동기간처럼 자라온 金履健(1697~1771)의 부인인 恭人 楊州 趙氏(1696~1732)의 행장을 지었다. 그런데 金履健의 아버지, 즉 恭人 楊州 趙氏의 시아버지인 金令行으로부터 의뢰를 받아 지었는데 金令行이 遺事를 가지고 와서 부탁하면서 자기의 며느리인 楊州 趙氏의 덕을 시아버지인 자기가 지으면 사사로운 감정이라고 주변에서 의심할 수도 있으니 인척으로서 어느 정도의 거리를 가지고 있는 吳瑗에게 써 달라고 하였다고 하였다. 그리하여 오원은 외사촌이면서 어릴 때 동기같이 자란 김이건의 청을 받아 그 부인의 행장을 지었다고 하였다.

> 부인이 살던 산은 우리 집 동쪽마을 언저리에 있다. 부인의 선친께서 만년에 집을 옮기시어 나와 이웃이 되셨는데 부인은 그로 인해 산 아래로 왕래하셨고 나 역시 때때로 부인을 찾아뵈었다. … 나(李光庭)는 그분의 아들과 어울리면서 간혹 부인의 앞에서 고금의 일을 논하다가 충신 열녀 효자의 행적에 이르면 부인께서는 기뻐하며 귀를 기울이셨다. (중략) 지금 그 아들도 세상을 떠나고 나 역시 늙었다. 평소 보고 들었던 것이 날마다 까마득해진다. 霽旭(손자) 등이 그 기술한 바를 갖고자 하여 기억이 가물가물하다는 핑계로 감히 사양하지 못하고 그 원고를 받아 대략 틀린 것을 바로잡아 주었으나 진실로 열 중의 하나둘도 거론하지 못했으니 훗날 군자들이 이것을 혹 참고해 믿어주기 바란다.5)

李光庭(1674~1756)은 中表從叔母(오촌외숙모)인 安東 權氏(1648~1714)에 대한 행적을 기록하였다. 李光庭은 역시 입전 대상인물

---

5) 『訥隱先生文集』 卷之二十, 遺事, 「中表從叔母權氏遺事」.

의 손자인 霽旭 등이 '그 기술한 바를 갖고자 하므로 기억이 가물가물하다는 핑계로 감히 사양하지 못하고 그 元草를 받아 대략 틀린 것을 바로잡아 주었으나 진실로 열 중의 하나둘도 거론하지 못했다'고 하였다. 이 글에서도 의뢰자가 가져온 원고가 있었음을 보여주고 있다.

李匡師(1705~1777)는 15세 때 安東 權氏(1702~1731, 高城郡守인 權聖重의 딸)와 혼인하였는데 권씨는 자녀 없이 1731년 30세의 나이로(이광사의 나이 27세) 세상을 떠났다. 이광사는 1733년 29세 때 文化 柳氏(1713~1755, 柳宗垣의 딸)와 재혼하였는데 李肯翊은 유씨 소생이다. 이긍익은 친모는 아니지만 아버지의 前夫人인 安東 權氏의 묘가 초라한 것을 보고 자기 힘으로 移葬하기로 하고 유배 중인 아버지에게 誌文을 부탁하였다.

내(李匡師)가 斗南(富寧)에 귀양 가 있을 때 아들 肯孝가 청하기를 "前母(安東權氏)를 장례한 지 25년이 되었습니다. 이제 제가 이장하고자 하는데 墓誌가 없으니 써 주십시오." 내가 "슬프구나, 나도 같은 생각을 했었다. 처음에 先塋 근처에 묻으려 했었지만 (후에) 합장하기에 땅이 여의치 않을 것 같아 그대로 둔 것이 지금에 이르렀다. 지금 가세는 더욱 군색해졌는데 너는 무슨 힘으로 옮기고자 하느냐? 잊지만 말고 마음에 두고 있도록 해라. 그러나 지금 내가 돌아갈 날을 기약할 수 없고 또 이미 늙어서 죽기 쉬운데 글이 없으면 후에라도 지문을 쓸 때 징표로 삼을 것이 없을 것 같아 (묘지의) 차례에 맞추어 써 줄 테니 간수했다가 다음에 써라."6)

---

6) 『圓嶠集選』卷第七, 碑誌銘表, 「亡妻安東權氏墓誌銘」.

이광사는 아들의 청을 듣고 착잡한 심정을 드러내면서 처음에 先塋으로 이장하고자 생각한 일이 있었지만 同穴에 들기에 (합장하기에) 땅이 어려웠다고 한 것을 보면 첫 부인이 일찍 세상을 떠나 자신은 계배를 맞이해야 하는데 그러면 좌우 합장해야 할 것을 생각했던 것으로 보인다. 그런데 세 사람이 들어가기에는 좁다고 판단한 것이다. 더구나 자신은 당시 富寧으로 귀양 왔고(큰아버지 李眞儒와 관련된 사건. 둘째부인 유씨는 그 사건 때문에 자결함) 가세가 기울어 경제적으로도 곤궁한데 아들이 이장을 계획하고 있다고 하니 말렸다. 그러나 첫 부인에 대한 묘지문은 자기가 세상을 떠나면 쓸 사람이 없을 테니 지금 써 준다고 하였다.

谿谷 張維(1587~1638)는 李時白(1581~1660)의 아내인 貞夫人 尹氏(1581~1627)의 墓誌銘을 짓게 된 과정을 다음과 같이 소개하고 있다.

天啓 丁卯年(1627, 인조 5) 모월 모일에 水原府使 延陽君 李公의 배필인 貞夫人 윤씨가 수원부 관사에서 세상을 떠났다. 그리하여 이 해 모월 모일에 高陽의 이씨 선영에 장례를 치르게 되었는데, 부인의 오빠인 雲衢가 行狀을 가지고 찾아와 말하기를, "내 누이동생이 묻힐 곳에 그대가 아니면 누가 묘지명을 써 줄 수 있겠는가" 하였다. 나로 말하면 弱冠에 연양공과 교분을 맺은 사이로 부인은 나의 형수님이나 마찬가지이므로 감히 쓴다.7)

이 글에서 張維는 윤씨의 오빠인 尹雲衢가 行狀을 가지고 와서 묘지명을 부탁했다고 하였다. 그렇다면 행장이 먼저 작성되

---

7) 『谿谷先生集』 卷之十, 墓誌 六首, 「貞夫人尹氏墓誌銘」.

었음을 알 수 있는데 당시 장례 절차가 석 달 정도 걸렸다는 것을 감안할 때 행장은 윤씨가 세상을 떠난 후 석 달 내에 이루어졌을 것이며 그「行狀」을 바탕으로 하여 張維에게「墓誌銘」을 부탁한 것이라 볼 수 있다. 장유는 漢文 四大家의 한사람으로 꼽히는 名 文章家였고 弱冠의 나이에 李時白과 교분을 맺은 사이라 했으니 그런 연유로 하여 묘지명을 부탁했을 것이다.

다음의 글은 여성의 전기문이 작성되는 데 딸들의 역할이 컸음을 보여주는 예이다.

淑人은 海州 吳氏로 나의 從父兄 平昌郡守 公弼의 부인이며 大學士 文穆公 吳瑗의 딸이다. … 숙인이 세상을 떠난 후 장녀인 李氏婦(縣監 李羲雲의 처)가 조카인 寧齋 吳允常에게 행장을 부탁하여 지니고 있으며 말하기를 우리 어머니의 현명함은 마땅히 立言者의 銘을 받을 수 있겠으나 서두르지 말고 신중하게 해야 한다고 하였다. 그리고 십여 년이 흐른 후 南公轍에게 찾아와 銘을 부탁하였다. 공철이 숙인이 젊을 때부터 보아서 그 행동거지가 행장에 적힌 그대로임을 알고 또 그 말이 후세에 전해질만하다는 것을 알고 있었지만 (쓰지 못하고 있다가) 그 사이 또 오륙년이 지나갔고 그동안 장녀인 李氏婦도 세상을 떠났다. 생각해보니 숙인의 일도 응당 銘을 받을만하거니와 그 딸 역시 효녀로서 어머니의 일을 후세에 전하고 싶어 하여 道와 文을 갖춘 이에게 부탁하고자 했던 것인데 그러나 그 뜻을 마치지 못하고 세상을 떠났다. 공철이 비록 그 사람은 아니지만 그 誠心과 見識이 백남자와도 바꿀 수 없음에 감동하여 드디어 명을 지었다.8)

숙인 오씨가 세상을 떠난 후 장녀인 李羲雲의 처는 조카인

8)『金陵集』卷之十七, 墓誌,「淑人吳氏墓誌銘」.

吳允常에게 어머니의 행장을 받아 간직하면서 덕망과 문장을 갖춘 人士에게 어머니의 銘文을 받아야 한다고 생각하면서 십 년을 기다렸다는 것이다. 대단한 자부심과 인내를 보여주고 있다. 그러면서 명문을 짓는 데 있어서 친교가 있다고 해서 함부로 쓰지 않고 청탁하는 사람이나 청탁받는 사람들이 매우 신중하고 사려 깊었었다는 것을 잘 보여주고 있다.

여성들이 어머니의 전기문을 작성하는 데 있어서 청탁하는 역할만 한 것이 아니고 직접 기록하고 작성하는 역할을 했다는 것은 다음과 같은 기사에서 확인할 수 있다.

潭陽公(南陽洪氏의 장남인 金喆行)이 孺人의 행장을 지으려다가 미처 못하고 병으로 세상을 떠났다. 安氏婦(孺人의 2남 4녀 중 둘째 딸로 縣監 安宗仁의 처)가 한글로 친정어머니의 행적을 기록한 것을 가지고 烈行(둘째 아들)이 셋째 사위인 朴胤源에게 행장을 써 달라고 부탁하였다. 胤源이 孺人의 사위로 사랑을 받은 지가 30년이라 비록 문자에 능하지 못하나 욕됨을 두려워하여 어찌 감히 사양할 수 있겠는가. 또한 나 개인적으로도 느낌이 있다. 辛丑年(1781)에 내 아내가 세상을 떠나려 할 때 처형인 安氏婦가 자기가 기록한 내용을 동생에게 보이면서 빠진 것이 없는지 묻자 아내는 실낱같이 숨을 쉬면서도 눈을 떠서 보더니 한두 마디 말을 더 넣을 것을 청하였다. 이때 처남인 烈行이 옆에 있다가 나를 가리키며 "이 글을 편찬할 사람이 바로 姊兄이요" 하고 말하자 아내가 고개를 끄덕이었다. 그때의 광경을 잊을 수가 없으니 어찌 차마 거절하겠는가. 드디어 그 기록에 의거하여 다음과 같이 모아서 쓴다.[9]

---

9) 『近齋集』 卷之三十, 行狀, 「外姑孺人南陽洪氏行狀」.

이 글은 몇 가지 대단히 흥미 있고 주목할 만한 내용을 담고 있다. 하나는 여성들의 행장과 같은 전기문이 모두 남성들에 의해 한문으로 지어진 것으로 생각하기 쉬우나 딸들에 의해 한글로 지어지기도 했다는 점(비록 草稿이기는 하지만) 또 하나는 어머니의 행적을 기술하는 일에 극성스러울 정도로 적극적이었다는 것이다. 특히 임종을 앞둔 동생에게 어머니의 행장을 보여주며 빠진 부분이 있으면 말해달라고 하는 언니, 또 숨도 제대로 쉬지 못하면서도 어머니의 행적 몇 가지를 추가하여 말하는 동생, 이들 자매의 모습은 대단히 인상적이다. 이 글을 통하여 보더라도 여성 전기를 작성하는 데 딸의 역할이 매우 컸음을 알 수 있다.

이러한 여성들의 적극적 자세는 자신의 묘지명을 써 줄 것을 직접 부탁하는 경우에서도 잘 드러난다.

> 淑人(恩津 宋氏, 1664~1728)이 일찍이 그 아들 道轍에게 말하기를 '나는 부인으로 名聲과 德業이 없지만 내가 죽은 후 당세 立言者에게 반드시 銘을 청하여다오.' 道轍이 상을 마치고 나(李縡)에게 와서 墓碣을 청하였다. 그는 울면서 이것이 어머니의 뜻이라고 말하였다. 내가 사양하였지만 더욱 청하므로 내가 가져온 行狀을 읽어보니 그것은 正郎公(숙인의 남편인 南躚, 1664~1737)이 지은 것이었는데 正郎公은 위인이 순박하여 그 말이 꾸밈이 없으니 숙인의 현숙함을 더욱 믿을 수 있었다.[10]

恩津 宋氏는 생전에 아들에게 자기의 銘을 받아달라고 부탁하였고 그 부탁으로 李縡에게 명문을 청탁했다는 것이다. 자신을 드러내는 것을 경계하는 것이 당대 여성들의 미덕이라고 하

---

10) 『陶菴先生集』卷三十六, 墓碣[六], 「淑人恩津宋氏墓碣」.

였다지만 이런 경우는 여성이 자신의 역사적 존재 의미를 공식적인 문장으로 남기고 싶어 했던 모습을 보여주고 있다.

이 기사를 보면 당시 淑人 恩津 宋氏의 남편인 南蹢이 기록한 행장이 있었던 것으로 보이는데 恩津 宋氏가 굳이 '부인으로 명성과 덕업이 없지만 죽은 후에 당세 立言者에게 반드시 銘을 청하여 달라'고 한 것을 보면 恩津 宋氏에 대한 행적이 가문 내에서는 익히 알려져 있었을 테지만 당대 명망 있는 문사로부터 공적인 인정을 받고 싶어 했던 恩津 宋氏의 마음이 담겨있다.

이러한 전기문은 해당 인물이 세상을 떠난 후에 쓰는 경우가 일반적이지만 경우에 따라서는 생전에 써 놓는 경우도 있었다. 兪彦鎬(1730~1796)는 만일 자기가 먼저 죽는다면 아내의 묘지를 써줄 수 없을 것이라 생각해서 미리 써 놓는다고 하면서 아내가 살아있을 때 아내 驪興 閔氏의 墓誌를 썼다

> 나와 아내 驪興 閔氏(1729~1786)는 한 살 차이로 곤궁하고 현달한 시절에 슬픔과 기쁨을 함께 나누며 평생을 함께 했고 그러는 동안 마음과 뜻이 통하여 규문이 화락하기를 사십 년을 하루같이 했다. 이는 사람이 쉽게 얻을 수 없는 것으로 우리는 함께 늙어 백발이 되었다. 시경에 이르기를 백년 뒤 무덤에라도 함께 묻히리라고 했다. 누가 앞서고 뒤설지 모르니 이를 기록하여 부인을 위한 묘지로 삼는다(중략) 내가 墓誌를 쓴 지 삼년 후인 丙午年(1786) 四月 辛巳日에 아내가 세상을 떠났으니 향년 58세였다.11)

兪彦鎬는 아내의 묘지명과 함께 자신의 묘지명도 써 놓고 묘터도 정해 놓는 등 죽음에 대한 준비를 미리 다 해 놓은 다음

---

11) 『燕石冊』 六, 墓誌銘, 「夫人墓誌銘」.

1796년에 세상을 떠났다.

이상의 기록을 보면 아버지나 남편과 자녀 같은 가까운 가족들이 입전대상여성에 대한 행적을 초고 또는 유사 형태로 써서 집안에 보관하였고 경우에 따라서 이 초고를 바탕으로 하여 다른 문사들에게 행장이나 묘지 등의 글을 써 달라고 의뢰하였음을 알 수 있다. 그리고 이들 초고는 대개는 남성들에 의하여 한문으로 작성되었지만 때로는 딸들에 의하여 한글로 작성된 경우도 있었다.

그런데 여성의 전기문을 쓴 문사들 중에는 여성의 墓文은 쓰기 어렵다고 고충을 말한 사람도 있다.

> 무릇 여성의 墓文은 쓰기가 더욱 어려운데 그것은 여성의 덕은 감추어진 경우가 많아 밖으로 드러나지 않고 또 쓰는 사람이 情이 앞서서 文辭가 지나치게 넘치는 경우도 있다. 찬하는 사람이 그것을 다 따르지 않고 마디만 취해야 부끄러운 기색을 면할수 있는데 이것은 고금이 같다.12)

특히 銘의 경우에는 당사자의 업적을 찬양하는 성격이 있기 때문에 함부로 쓰지 않는데 특히 여성들의 경우에는 행적이 밖으로 잘 드러나지 않기 때문에 쓰기가 어렵다는 것이다. 南公轍은 그래서 자기가 銘을 쓰는 이유를 서두에 분명히 적고 있다.

> 옛날에는 부인의 銘이 없었으나 요즘은 銘을 쓴다. 그러나 그러려면 반드시 확실한 증거가 있어야 하는데 부인들의 덕은 밖으로 드러나지 않으니 증거가 없이 써도 어찌 믿을 수 있겠는가. 내가(南公轍) 吳淑人의 명을 쓰는 데 있어서 寧齋 吳允常(士執)이

---

12)『晩靜堂集』第十五, 墓誌,「貞夫人宜寧南氏墓誌銘」.

지은 行狀을 근거로 하고자 한다. 士執은 오숙인의 조카인데 군자로서 사람을 구차스럽게 올리거나 깎아내리지 않으며 더욱이 자세히 아는 사람이다. 이 행장을 바탕으로 하여 명을 지으니 마땅히 부끄러움이 없다.13)

이처럼 전기문을 받는 것이 公的인 의미를 지닐 수 있었던 이유는 입전자가 그 내용을 믿을 수 있다고 '보증'해 주었기 때문이다. 앞의 기사에서 입전자인 李綷는 '行狀을 읽어보니 正郞公이 지은 것이었는데 正郞公은 위인이 순박하여 그 말이 꾸밈이 없으니 숙인의 현숙함을 더욱 믿을 수 있었다'고 인정해 주고 있다. 이런 점에서 전기문은 공적인 신뢰성을 획득할 수 있었던 것이다. 다음 기사에서도 역시 이러한 신뢰성의 문제를 읽을 수 있다.

이들 기사에서도 南公轍은 '士執은 吳淑人의 조카인데 그는 君子로서 사람을 구차스럽게 올리거나 깎아내리지 않으며 더욱이 자세히 아는 사람이다. 이 행장을 바탕으로 하여 명을 지으니 마땅히 부끄러움이 없다'고 하여 행장을 지은 吳允常이 믿을 만한 사람이며 그러므로 자신이 그 글을 쓰는데 부끄러울 것이 없다고 하였다. 결국 吳淑人의 행적을 공식적으로 인정할 수 있음을 보여주고 있다.

2) 立傳 의도

立傳 의도는 크게 나누어 주인공에 대한 추모와 후세의 귀감이 된다는 교훈적 의미로 나누어 볼 수 있다.

---

13) 『金陵集』 卷之十七, 宜寧南公轍元平著, 墓誌, 「淑人吳氏墓誌銘」.

(1) 주인공에 대한 추모

이미 세상을 떠난 주인공을 추모하기 위한 의도로 지은 경우 인데 특히 젊은 나이에 세상을 떠난 여성에 대한 경우가 많다.

許筠(1569~1618)은 22세의 나이로 세상을 떠난 아내 淑夫人 金氏(1571~1592)의 행장에서 당시의 참담했던 심정을 다음과 같이 기술하고 있다.

임진왜란 때 피란 갈 때 마침 임신하여 힘든 몸으로 端川에 다다랐다. 칠월 초칠일 아들을 낳고 이틀 후에 적이 가까이 왔는 데 巡邊使 李瑛이 磨天嶺에서 퇴각했다. 나는 어머니를 모시고 그대를 이끌고 밤새워 고개를 넘는데 臨溟驛에 이르렀을 때 부 인은 숨은 쉬었지만 말은 하지 못했다. 그때 같은 허씨 사람인 許珩이 장비를 마련하여 海島로 피하고자 했는데 머물 수가 없 었다. 억지로 山城院民인 朴論億 집에 이르렀는데 10일 저녁에 부인은 세상을 떠났다. 소를 팔아 관을 사고 옷을 찢어 염을 하 였는데 아직도 몸이 따뜻하여 차마 묻을 수 없었다. 얼마 안 있 어 왜적이 城津倉를 공격한다는 말을 듣고 都事公이 빨리 매장 하라 명했다. 향년 스물두 살이었고 같이 산 지 여덟 해이다. 그 아들은 젖이 없어 곧 죽고 처음 딸 하나를 낳았는데 커서 지금 進士 李士星에게 시집가서 아들 딸 하나씩 낳았다. 기유년(1609) 에 내가 堂上에 올라 刑曹參議가 되어 例에 의하여 淑夫人에 追 封이 되었다.14)

임진왜란이 일어날 당시 만삭의 몸이었던 허균 부인 김씨는 端川으로 피난 갔었으나 아들을 출산하고 몸조리도 못한 채 磨 天嶺을 넘어가다가 결국 숨을 거두었고 갓 태어난 아들 또한

---

14)『惺所覆瓿稿』卷之十五, 文部十二, 行狀,「亡妻淑夫人金氏行狀」.

젖이 없어 죽고 말았다. 그 모습을 옆에서 보면서도 어찌할 수 없었던 기막혔던 심정을 허균은 20여 년이 흐른 후에 기술하였다.

李宜顯(1669~1745) 역시 일찍 세상을 떠난 아내 咸從 魚氏(1667~1700)의 행장에서 비탄의 심정을 기록하고 있다.

> 庚辰年(1700) 4월 우연히 風氣에 걸려 날로 쇠잔해지더니 엿새 째 되던 날 갑자기 눈을 감았다. 그달 18일이었으니 겨우 34세였다. (중략) 그때 아들은 여섯 살이고 딸은 네 살로 모두 일찍부터 총명하여 어머니를 잃은 슬픔을 알았으니 이것이 더욱 참혹하여 차마 볼 수 없었다.[15]

李植(1584~1647)과 李南珪(1855~1907)는 어머니의 「行狀」과 「墓誌」에서 돌아가신 어머니에 대한 추모와 비통한 마음을 다음과 같이 기술하고 있다.

> 先妣의 건강을 헤아려 보면 이 정도로 세상을 마치실 분이 결코 아니었다. 오직 불초자식이 형편없어 不忠과 不孝의 죄를 범하면서, 恩義 사이에서 아무렇게나 거취를 결정한 탓으로, 생전에 제대로 봉양하지 못하였고 병이 드셨을 때에도 미리 치료해 드리지를 못하였다. 그러니 하늘과 땅이 다하도록 피눈물을 흘리며 통곡할 수밖에 없는 이 심정을 어떻게 말로 다할 수가 있겠는가.[16]

> 내가 불효해서 神明이 벌을 내렸다. 그런데 곧장 그 당사자를

---

15) 『陶谷集』卷之二十四, 行狀, 「亡室贈貞敬夫人魚氏行狀」.
16) 『澤堂先生別集』卷之六, 墓誌, 「先妣貞敬夫人尹氏墓誌」.

초멸剿滅하여 없애지 않고 그 화가 先妣에게로 옮겨갔던 것이다. 당시 우리 형제는 서울에 가 있어서 병환이 나셨을 때 병구완도 못했고, 돌아가시던 때에 임종도 못했으며, 습襲에 반함飯含도 못했고, 염殮에 빙곡憑哭도 못했다. 그러니 어버이가 늙으시면 벼슬을 하지 않을 뿐만 아니라 놀라서 하던 벼슬도 버리고 돌아온다고 하던 옛 사람의 행실에 비추어 볼 때 과연 어떠하다 하겠는가. 비록 그 즉시 죽어 버린다고 하더라도 지은 죄의 만분의 일이나마 갚기에도 오히려 부족할 것이고, 저 하늘이 무너지고 땅에 꺼지는 이 슬픔을 다 풀어 버릴 수 없다 하겠다.17)

한편 朴趾源이 지은 「伯姊贈貞夫人朴氏墓誌銘」에는 43세의 나이로 세상을 떠난 누님 박씨(1729~1771)에 대한 안타까운 심정을 곡진하게 드러내고 있다.

아, 슬프다! 누님이 갓 시집가서 새벽에 단장하던 일이 어제인 것 같다. 나는 그때 막 여덟 살이었는데 응석스럽게 누워 말처럼 뒹굴면서 신랑의 말투를 흉내 내어 더듬거리며 정중하게 말을 했더니, 누님이 그만 수줍어서 빗을 떨어뜨려 내 이마를 건드렸다. 나는 성을 내어 울며 먹물을 분가루에 섞고 거울에 침을 뱉어 댔다. 누님은 玉鴨과 金蜂을 꺼내 주며 울음을 그치도록 달랬었는데, 그때로부터 지금 스물여덟 해가 되었구나! 강가에 말을 멈추어 세우고 멀리 바라보니 붉은 명정이 휘날리고 돛 그림자가 너울거리다가, 기슭을 돌아가고 나무에 가리게 되자 다시는 보이지 않는데, 강가의 먼 산들은 검푸르러 쪽 찐 머리 같고, 강물 빛은 거울 같고, 새벽달은 고운 눈썹 같았다. 눈물을 흘리며 누님이 빗을 떨어뜨렸던 일을 생각하니, 유독 어렸을 적 일은 역력할 뿐더러 또한 즐거움도 많았고 세월도 더디더니, 중년에 들

17)『修堂遺集』冊五, 行狀,「先妣行狀」.

어서는 노상 우환에 시달리고 가난을 걱정하다가 꿈속처럼 훌쩍 지나갔으니 남매가 되어 지냈던 날들은 또 어찌 그리도 촉박했던고!18)

(2) 婦德의 전승

입전 대상 여성의 부덕을 전승시켜서 후세의 귀감이 되도록 해야 한다는 의도이다.

洪貴達(1438~1504)이 曺偉(1454~1503)의 어머니인 文化 柳氏 (1427~1495)의 墓誌銘을 쓰게 된 경위를 살펴보면 이 과정이 잘 드러난다.

> (조위가) 洪貴達에게 편지를 보냈다. 편지에 말하기를 '이미 내 어머니를 다시 뵐 수 없게 되었다. 우리 어머니는 평생 부덕이 많은 분이셨는데 헛되이 매몰될까 걱정이다. 장차 그 깊이 숨은 도리가 드러나 永世를 가르치게 되면 좋겠다. 그렇게 하려면 글이 아니면 되지 않는데 생각해 보니 우리 집안의 일을 다 아는 사람이 公만한 사람이 없다. 공이 마땅히 해 주어야겠다.' 이에 읽어보니 진실로 그러하였다.19)

이 기사를 보면 婦德이 많았던 어머니의 행적이 매몰될까 걱정된다는 점과 그 도리가 드러나서 永世를 가르치면 좋겠다는 점 두 가지로 요약할 수 있을 것이다. 그리고 자신의 門戶의 일을 잘 아는 선배인 洪貴達에게 묘지명을 부탁하였던 것이다. 특히 어머니의 행장이나 묘지는 거의 이러한 교훈적인 기록의도

---

18) 『燕巖集』 卷之二, 煙湘閣選本○墓誌銘, 「伯姊贈貞夫人朴氏墓誌銘」.
19) 『虛白亭文集』 卷之三, 碑誌, 「贈貞夫人柳氏墓誌銘」.

를 지니고 있다.

앞에서 언급했던 「貞夫人李氏行狀」에서도 申欽은 자기가 그 글을 쓰는 의도가 '내가 평소 보아서 아는 것보다 더 훌륭하니, 이것이 어찌 부인의 큰 행적으로서 부녀자의 역사에 빛날 일이 아니겠는가. 그러니 세상에 일컬어지는 현부인으로서 모두 예능이나 자랑하고 힘써 문자나 꾸며 만들곤 하여 집 밖에 나가 남자의 일을 하면서도 실상은 그 현부인이란 이름을 덮을 만한 덕행이 없는 이들이야말로 이 부인의 풍도를 들으면 어찌 부끄럽지 않겠는가. 부인의 두 아들이 신중하게 가정교훈을 잘 지켜, 행실을 도타이 하고 덕을 주밀하게 닦아 몸을 조촐히 하는 터전으로 삼으려고 하니, 부인은 죽지 않은 것이나 다름이 없다 하겠다'[20]라고 의도를 표명하고 있다.

尹拯(1629~1714)이 쓴 淑人 申氏(1622~1682)의 墓誌銘에는 입전 대상 여성의 행적에 대한 글을 읽고 감동받아서 행적의 대략을 서술하고 이어서 명을 붙인다고 하였다.

　　나 拯이 행장을 받아 여러 번 읽다 보니 나도 모르는 사이에 눈물을 흘리며 생각하기를, '부녀자의 아름다운 행적은 誄辭가 아니면 드러나지 않는다. 이러한 아들이 있으니 참으로 다행이다' 하였다. 이러하니 내 아무리 글재주가 없다고 사양하려 한들 어떻게 그 청을 따르지 않겠는가. 이에 삼가 행적의 대략을 서술하고 이어서 명을 붙인다.[21]

　　아, 나는 옛 역사책에서 훌륭한 女士를 많이 보았지만 孺人처럼 아름다운 행실과 밝은 지식을 구비한 분은 없었다. 옛날에 程

---

20) 『象村稿』卷之二十八 , 行狀 四首, 「貞夫人李氏行狀」.
21) 『明齋先生遺稿』卷之三十六, 墓誌銘, 「淑人申氏墓誌銘」.

太中은 侯夫人을 칭찬하기를 '우리 집안의 훌륭한 轉運使이다'
하였으니, 만약 晚昌이 晚年을 보았다면 틀림없이 이러한 말을
하였을 것이다. 나는 어렸을 때에 산중으로 晚昌을 방문하여 여
러 날 동안 머물러 있었는데, 생활하는 계책이 담박하였으나 산
나물과 시냇가의 나물로 반찬을 장만하여 맛이 모두 뛰어났으
니, 여기에서도 부인의 훌륭한 內治를 충분히 볼 수 있다. 당시
의 옛 빈객 중에 오직 나만이 세상에 남아 있어 永春君이 당연히
나에게 묘지문을 부탁하는 것이니 거절할 수 없어 명을 쓴다.22)

이 기사에서도 權尙夏는 자기가 훌륭한 女士를 많이 보았지
만 孺人 閔氏처럼 아름다운 행실과 밝은 지식을 구비한 분은
없었다고 하면서 입전 의도를 밝히고 있다. 이처럼 대상여성의
훌륭한 덕을 표현한 것이 전기문이기 때문에 이 전기문은 후손
들에게 교육서의 역할도 한 것으로 보인다.

항상 부모의 아름다운 덕이 행장이나 묘지에 기록되어 있는데
우리 여자들은 한자를 몰라 무식하고 식견이 없으니 어찌 부끄
럽지 않은가. 오빠인 樂正公(洪萬選)에게 한글로 번역해 달라 청
하여 두 책으로 베끼고 항상 그것을 읽었다.23)

이러한 교훈적인 의미 때문에 '항상 부모의 아름다운 덕이 행
장이나 묘지에 기록되어 있는 부모의 아름다운 덕을 한글로 번
역하여 항상 읽으면서' 교훈으로 삼고 있었음을 기술하고 있다.

---

22)『寒水齋先生文集』卷之三十, 墓誌,「孺人閔氏墓誌銘 幷序」.
23)『霅淵集』卷之二十, 墓誌,「贈貞夫人豐山洪氏墓誌銘 幷序」.

4. 「女性傳記文」의 구성

行狀類와 碑誌類 중 실제 예문을 통하여 「여성전기문」의 구성을 살펴보고자 한다.

淸陰 金尙憲(1570~1652)이 돌아가신 어머니 東萊 鄭氏 (1542~1621)에 대하여 지은 「先妣行狀」24)의 내용을 보면 다음과 같다.

[家系 소개]

先妣 鄭氏는 族系가 東萊에서 나왔는데, 좌의정을 지낸 林塘公 諱 惟吉의 따님이며, 영의정에 추증되고 行江華都護府使를 지낸 휘 福謙의 손녀이며, 영의정을 지내고 文翼公의 諡號를 받은 휘 光弼의 증손녀이다. 어머니 元氏는 관찰사를 지낸 휘 繼蔡의 따님이다.

[성장과정]

先妣께서는 嘉靖 壬寅年(1542) 11월 24일에 태어났는데, 타고난 자품이 단아하고 엄숙하며 고요하고 한결같았다. 법도가 있는 집안에서 생장하여 모든 행동을 예법에 따라 하여서 발은 예가 아닌 땅을 밟지 않았고, 입은 鄙陋하거나 褻慢한 말을 하지 않았다. 부모님을 모실 적에는 응대하고 執事하는 것을 오직 삼가서 하였고, 자매들과 더불어 거처함에 있어서는 여럿이 모여 있으면서도 시끄럽게 떠들지 않았다.

---

24) 『淸陰先生集』 卷之三十七, 行狀 六首, 「先妣行狀」

[혼인 후의 현명한 생활양상-시집 가족들과의 원만한 생활]

先妣께서는 열다섯 살 때 우리 先君께 시집왔는데, 부인의 일은 익히지 않은 것이 없었다. 시부모를 섬김에 있어서는 한결같이 공손하게 하여 시부모께서 몹시 중하게 여기셨다. 문벌과 재능을 믿고 남을 얕보지 않아 동서들과는 서로 공경하였으므로, 鍾郝의 아름다움이 있었다.

[남편 임지에서의 내조]

先君께서 다섯 고을의 수령을 역임하시는 동안 모두 따라갔는데, 가는 곳마다 모두 외부 사람이 교제하려고 하는 것을 허락하지 않았으며, 巫卜이나 浮屠들이 푸닥거리를 하는 술법에 미혹되지 않았으며, 상인들이 파는 물품이나 시장에서 파는 물품을 사들이지 못하게 하였다. 이에 아문 안이 엄숙하였다.

[뛰어난 인품과 식견, 현명함과 인자함]

先妣께서는 일찍이 문자를 학습하여 화려하게 총명함을 드러내기를 좋아하지 않았다. 그러나 본디 鑑識이 있고 의리에 통하여 일의 옳고 그름을 논하거나 인물의 착하고 착하지 않음을 분별함에 있어서 마땅하지 않은 것이 없었다. 또한 일이 자신의 뜻에 맞거나 맞지 않거나 간에 기뻐하고 싫어하는 기색을 가벼이 드러내지 않았다. 그리고 다른 사람이 위급한 처지를 당하여 도와 달라고 하면 아낌없이 도와주었다.

[청렴함]

外王父께서 여러 차례 兩銓의 장을 지내고 오랫동안 의정부에 있었으며, 외삼촌인 蓬萊公 역시 두 차례나 銓衡을 잡고서

잇달아 韋平의 除受가 있었으며, 또 안에서는 中壼과 동궁의 친속과 연줄이 닿았고, 여러 조카들이 顯貴하게 되어 모두 현 요직에 있었다. 이에 내외의 門族들이 연줄을 대기를 바라면서 사적인 일을 이루려 하지 않는 사람이 없었다. 그런데도 선비께서는 종시토록 담박하게만 하여 한 번도 간청하는 일이 없었다. 여러 아들들이 맡고 있는 관직에 이르러서도 일을 가지고 청탁을 하는 자가 있으면 그럴 때마다 문득 사양하여 돌려보내면서 말하기를, "일이 만약 공정하다면 어찌 내 말이 필요하겠는가. 그리고 참으로 혹 사리에 어긋나는 일이라면, 이는 내가 올바르지 못한 도로 자식을 가르치는 것이니, 그렇게 할 수가 없다" 하면서, 한 번도 말하지 않았다.

[검소함]

선비께서는 평생토록 紛華하고 사치스러운 습속을 좋아하지 않았고, 음식이나 의복은 오직 검소하고 간략하게 하기를 힘썼다. 하루 종일 반듯한 자세로 앉아 손수 아녀자가 할 일을 하였으며, 아무런 사유 없이는 대문 밖을 나가지 않았다. 혹자가 이르기를, "아무개 집에서 안사람들이 모이고, 아무개 집에서 遊觀을 하였는데, 사람들이 성대한 일이라고들 말한다. 현재 여러 아들이 顯職에 있어 한꺼번에 네 고을의 봉양을 받고 있으니 무슨 일인들 하지 못하겠는가. 그런데도 이처럼 적적하게 지낸단 말인가" 하자, 선비께서는 웃으면서 말하기를, "내가 천성적으로 좋아하지 않는 바인데, 어찌 반드시 다른 사람을 따라서 억지로 하겠는가" 하였다.

[첩에 대한 아량]

선군께서 妾 하나를 두었는데, 자식이 없이 죽었다. 선군께서 돌아가신 뒤에 그 첩이 죽은 날이 되면 제사를 지내라고 명하면서 말하기를, "皇辟의 뜻은 폐해서는 안 된다" 하였다.

[자매들과의 우애]

선비의 큰언니가 선비보다 열 살이 위로 늙어서 과부가 되어 궁색하게 살고 있었는데, 선비께서는 어머니처럼 섬겼다. 이에 자손들이 바치는 물품이 있으면 아무리 하찮은 것이라도 반드시 나누어 보내 주었으며, 있고 없음을 언니와 더불어 똑같이 하였다. 그러자 언니가 자주 다른 사람에게 말하기를, "우리 동생의 우애의 독실함은 다른 사람이 미치기 어려운 바이다" 하였다.

[비복 다스림]

엄정함으로 아랫사람들을 거느려 비복들이 조금도 제멋대로 해이하게 하지 못하였다. 이에 鄕黨 사람들이 모두들 부인으로서의 법도가 있다고 칭찬하였다.

[자녀 교육]

여러 아들들을 기르심에 있어서는 비록 몹시 사랑하였으나 아주 어린 나이 때부터 의복과 음식과 걸음걸이와 출입 등의 절차에 있어서 모두 올바른 법도로써 가르쳤으며, 한 마디 말이나 한 가지 일이라도 사리에 맞지 않으면 그 자리에서 꾸짖으시어 다시는 그런 행동을 못하도록 하였다. 그러면서 항상 친족들 중에 언행이 법으로 삼을 만한 분들을 거론하여 순순하게 인도하면서 계칙하였으니, 불초 등이 훈계하는 말을 공경히 순종하면서 감히 어기지 않고 조금이나마 행실을 이룰 수 있었던 것은 평소에 가정에서 아버지로부터 받은 가르침을 제쳐두면 대부분 선비의 가르침 덕분이었다.

[세상 떠남]

天啓 辛酉年(1621, 광해군 13)에 막내아들 尙宓을 따라서 임지인 溫陽郡에 갔다가 상복이 파직되었다. 그때 손자인 光煥이 尼山縣의 수령으로 있었는데, 온양의 인근 고을이었다. 이에 그대로 그곳으로 가 있었다. 그해 11월 8일에 병으로 인해 尼山의 衙舍에서 졸하시니, 춘추가 팔십 세셨다. 이보다 앞서 한 해 전 겨울에 언니인 文陽夫人이 졸하셨는데 어머니께서는 哭을 하시면서 "나의 어머니와 언니가 모두 팔십 세까지 살다가 돌아가셨으니, 내년에는 내가 죽을 것이다" 하였는데, 이때에 이르러 과연 그렇게 되었다.

[葬禮와 葬地]

아아, 애통하고도 애통하다. 不肖 등이 喪柩를 받들어 모시고 돌아와 이듬해 壬戌年(1622, 광해군 14) 2월 17일에 楊州의 治所 동쪽 陶穴里에 있는 先君의 묘 왼쪽에 祔葬하였다.

이상 행장의 내용을 생애 단계별로 정리해보면 다음과 같다.

1. 家系소개
2. 성장과정
3. 혼인 후의 현명한 생활양상
   시집 가족들과의 원만한 생활
   남편 임지에서의 내조

뛰어난 인품과 식견, 현명함과 인자함

청렴함과 검소함

첩에 대한 아량

자매들과의 우애

4. 자녀 교육

5. 비복 다스림

6. 세상 떠남, 葬禮와 葬地

다음은 墓誌銘의 예이다.

谿谷 張維(1587~1638)가 李時白(1581~1660)의 아내인 尹氏 (1581~1627)에 대하여 지은 墓誌銘인 「貞夫人尹氏墓誌銘」[25]을 보면 다음과 같다.

[墓誌銘을 짓게 된 과정]

天啓 丁卯年(1627, 인조 5) 모월 모일에 水原府使 延陽君 李公 의 배필인 貞夫人 윤씨가 수원부 관사에서 세상을 떠났다. 그리 하여 이해 모월 모일에 高陽의 이씨 선영에 장례를 치르게 되 었는데, 부인의 오빠인 雲衢가 行狀을 가지고 찾아와 말하기를, "내 누이동생이 묻힐 곳에 그대가 아니면 누가 묘지명을 써 줄 수 있겠는가" 하였다. 나로 말하면 弱冠에 연양공과 교분을 맺 은 사이로 부인은 나의 형수님이나 마찬가지이므로 감히 쓴다.

[성장과정]

부인은 어려서부터 지극한 성품의 소유자였다. 아이 때에 놀 때에도 中門을 나가지 않았으며, 부모가 병들면 문득 먹지 않고

---

25) 『谿谷先生集』 卷之十, 墓誌, 六首, 「貞夫人尹氏墓誌銘」.

장난치거나 웃지도 않았다.

[혼인 후의 생활양상-시부모 공경과 극진한 내조]
나이가 얼마쯤 되었을 때 이씨에 출가하여 예법에 어긋남이
없이 시부모를 섬겼으며, 집안일과 관련하여 아무리 사소한 일
이라도 감히 마음대로 처리하는 법이 없었다. 이씨는 대족大族이
었으나 한동안 생활이 매우 곤란하여 高陽 시골집에 내려가 살
았던 적이 있었다. 그때 부인이 낮에는 직접 길쌈을 하여 시부
모에게 따뜻한 옷을 마련해 드리고 저녁때면 방으로 돌아와 불
을 켜 놓고 바느질을 하여 남편과 자식들의 옷을 짓곤 하였다.
또 연양공이 손님 데려오기를 좋아하였는데 친지나 벗들이 집
에 올 때마다 쌀독에 남은 곡식이 없어도 음식 대접을 한 번도
거른 적이 없었다.

[남편 소개]
연양공은 이름이 某로 延平府院君 李貴의 맏아들이다. 그 가
문은 본디 忠孝의 절조가 굳건하였는데 부자가 모두 靖社功臣
에 策勳되었다.

[비복 다스림과 친척에 대한 대우]
집안을 다스림에 법도가 있어 종을 부릴 때에도 은혜를 먼저
베풀고 나중에 위엄을 세웠으며, 친척들을 대할 때에도 성의를
가지고 간절하게 맞았으므로 내외의 종족 모두가 悅服하며 비
난하는 소리가 일체 들리지 않았다.

[官人 아내로서의 내조]
연양공이 높이 顯達하여 大郡을 맡게 된 뒤에도 부인의 조출

47

한 생활 태도와 성실한 자기 단속은 한결같이 예전과 똑같았다. 연양공이 정사를 행하면서 내외의 한계를 엄격히 지켜 나갈 수 있었던 것도 사실은 내조 덕분이었다. 그래서 부인이 세상을 떠났을 때 그 고을의 부녀자들과 어린이 노인 모두가 눈물을 흘리면서 '賢夫人이 돌아가셨다'고 슬퍼하였다.

[家系]

부인의 선조는 그 계통이 天水에서 나왔다. 그런데 고려 시중 瓘의 후손으로 威라는 분이 湖南按廉使가 되어 南原의 극악한 도적들을 토벌하자 고려의 왕이 그 공을 가상하게 여겨 남원을 食邑으로 주었으므로 자손들이 마침내 이곳을 貫鄕으로 삼게 되었다. 本朝에 이르러 諱가 譓라는 분이 예조 정랑으로 있다가 世祖朝에 관직을 버리고 향리에 돌아와서는 종신토록 벼슬에 나가지 않았다. 그 曾孫에 剛元이 있었는데 강직한 氣節의 소유자로서 正言의 직책을 맡아 거리낌 없이 과감하게 발언을 하였다. (중략) 그가 軫을 낳았는데, 그는 실로 사람에게 알려지지 않은 덕을 지니고 이를 순일하게 행동으로 실천한 분이었다. 倭亂 때에 長城에 寓居하고 있었는데 丁酉年에 왜적이 호남 지방을 노략질하자 관찰사가 조정에 요청하여 公을 笠巖城 守將으로 삼았다. 왜적이 이를 즈음에 함께 수비하고 있던 고을 수령이 밤에 양식과 병장기를 불태우고 몰래 도망쳤으나 공은 홀로 떠나지 않고서 마침내 거기에서 죽었다. 뒤에 좌승지에 증직되었다. 공은 禮曹參議 權公 擘의 딸에게 장가들었는데, 이분들이 바로 부인의 考妣이다.

[세상 떠남과 자손]

부인은 萬曆 辛巳年에 태어나 47세의 나이로 죽었다. 병이 일단 위독해지자 옷을 갈아입고 누운 자리를 바로한 뒤 눈을 감았다. 3남 2녀를 두었는데, 장남의 이름은 恪으로 金溝縣令이고, 차남의 이름은 ○이고, 딸은 현감 金鍊에게 출가하였다. 나머지는 모두 어리며, 내외 손이 약간 명 있다.

[명문]
銘曰。
대방의 절의에 / 帶方之節義
영가의 문학 / 永嘉之文學
두 집안 아름다움 한 몸에 안은 데다 / 二家之美鍾焉
걸출한 인물의 배필까지 되었어라 / 而又媲于良特
갖추어진 덕에 비해 복록이 짧은 것은 / 德備而祿不延
인색한 하늘 탓 돌려야겠지 / 歸之于命之嗇
그러나 후손들 필시 번창하여 / 後嗣必昌
이 묘지명 사실임을 증명하리라 / 徵此窆刻

이 글은 다음과 같이 구성되어 있다.

1. 墓誌銘 짓게 된 과정
2. 성장과정
3. 혼인 후의 생활양상
   시부모 공경과 내조
   남편 소개
   비복 다스림과 친척에 대한 대우
   官人 아내로서의 내조
4. 家系
5. 세상 떠남과 자손

6. 銘文

이들 두 예를 살펴보았는데 구성은 조금씩 다르지만 공통적으로 담고 있는 내용을 정리해 보면 다음과 같다.

1. 서문(예 들 것)
2. 立傳者가 立傳하게 된 경위와 과정
3. 해당 여성의 생애
   家系, 鄕里, 출생, 성장, 혼인, 가정경영, 죽음과정, 享年 나이, 자녀, 葬日과 葬地 등)
4. 총평(立傳者의 견해)
5. 銘

그런데 이러한 전기문에서 기록하고자 했던 내용을 보면 조선시대 여성교육서에서 가르치고자 했던 여성들의 덕목과 흡사하다. 즉 『小學』이나 『內訓』 등의 교육서에서 제시했던 행동강령, 그리고 尤庵 宋時烈의 『戒女書』에서 구체적으로 제시하고 있는 여러 가지 세부사항과 거의 일치한다.

예를 들어 尤庵 宋時烈은 『戒女書』에서 부인들이 지켜야 할 도리로서 즉 '부모 섬기는 도리', '지아비 섬기는 도리', '형제 화목 하는 도리', '친척과 화목 하는 도리', '자식 가르치는 도리', '제사 받드는 도리' 등등을 거론하고 있는데 여성전기문의 내용이 이들 내용과 거의 일치하고 있는 것이다.

이것은 여성의 전기를 입전하는 문사들이 해당 여성의 생애를 입전할 때 여성교육서에서 제시하는 긍정적인 덕목, 즉 성리학적 윤리관에 입각하여 제시된 행동규범을 기본적인 틀로 하여 기술했기 때문이다. 그리고 이러한 기술의 이면에는 해당여성이 사족 가문의 구성원으로서 충분한 자격이 있음을 은연중에 내세우고자 하는 의도가 있었다고 볼 수 있다.

그런데 전기문 중에는 이러한 공식적인 구성에 의거하지 않고 입전대상여성의 행적 중에서 입전자가 기록하고 싶어 했던 중요한 내용을 강조하여 기술한 경우도 있다.

淵川 洪奭周(1774~1842)는 아내 完山 李氏(1774~1832)의 행장에서 아내와 혼인하게 된 과정을 상세하게 기술하고 있다. 즉 洪奭周의 어머니인 서영수합이 외가 쪽 혼인잔치에 참석하였다가 여섯 살 된 완산이씨의 총명함을 눈 여겨 보아 두었다가 다시 여섯 해가 지난 후 신랑 신부가 열두 살 되던 해에 청혼하였다는 것이다.

부인의 外祖母는 우리 外從祖母와 자매간이셨다. 外從祖母 집안에 혼례가 있어서 부인이 外祖母를 따라 왔는데 우리 어머니가 보시고 대단히 기특해 하시면서 부인 무릎에 앉히시고 여러 가지 질문을 하면서 응대하는 모습을 보셨는데 하나도 실수하는 것이 없었다. 그때 부인의 나이 여섯 살이었는데 다시 여섯 해 있다가 우리 집에 시집왔다. 처음 우리 집에서 구혼할 때 내 本生 할아버지 孝安公(洪樂性)이 관직에 나가느냐 아니냐 하는 갈림길에 계셨다. 장인어른이 "우리 집은 가난한 선비 집안인데 어찌 혼인을 맺을 수 있겠습니까" 하며 난색을 표하니 孝安公이 몸소 가셔서 청혼하며 말하기를 "예라는 것은 주고받는 것인데 그대는 홀로 나를 거절하십니까" 장인이 부득이 우리 집에 와서 내가 녹서하는 것을 보고 크게 놀라고 기뻐하며 돌아가 장모에게 말하기를 "이 같은 좋은 신랑이라면 다시 생각해볼 필요도

없겠구려"라 하였다. 그때 우리 둘 다 열두 살이었다.26)

洪奭周의 집안은 豊山 洪氏로서 惠慶宮 洪氏(獻敬王后)의 인척집안인 명문가였으므로 처음에는 처가의 장인이 사양했었으나 홍석주의 할아버지인 洪樂性의 설득으로 혼사가 이루어진 과정을 구체적으로 소개하고 있어서 당시 혼인 과정의 한 양상을 알 수 있다.

> 贊成公(徐文裕)이 젊어서 고적하고 가난했는데 부인이 손수 방적을 근면하게 하여 문호를 세웠다. 일찍이 漢書를 파는 사람이 있었는데 贊成公이 마음으로는 사고 싶었지만 값을 지불할 수 없다고 생각했다. 부인이 곧 입고 있던 옷을 팔아 그 책을 샀다. 贊成公이 벼슬에 오른 후 부인에게 농담으로 '요즘 내가 받는 녹봉이라면 부인에게 진 빚을 갚을 만 할 거요'라 하였다.27)

貞敬夫人 全州 李氏(1656~1708, 徐文裕 부인)의 기사이다. 경제적으로 어려워서 남편이 사고 싶은 책을 선뜻 사지 못하며 망설일 때 아내가 옷을 팔아서 책을 사 주는 모습이 잘 기록되어 있고 또 남편이 벼슬에 오른 후 자기가 받는 녹봉이면 아내에게 진 빚을 갚을 만하다고 장난삼아 말하는 남편의 모습에서 부부가 서로에게 가지고 있던 깊은 신뢰의 정이 느껴지는 기사이다.

한편 朴趾源은 43세의 나이로 세상을 떠난 누님 박씨(1729~1771)의 묘지명에서 자기가 어렸을 때 누나 시집가는 것이 싫어서 화장하는 데 훼방 놓고 심술부리던 모습을 회상하고

---

26)『淵泉先生文集』卷之三十二, 行狀[下],「亡室贈貞敬夫人完山李氏行狀」.
27)『西堂私載』卷之十, 墓誌銘,「贈貞敬夫人全州李氏墓誌銘」.

있다.28)

　　아, 슬프다! 누님이 갓 시집가서 새벽에 단장하던 일이 어제런
듯하다. 나는 그때 막 여덟 살이었는데 응석스럽게 누워 말처럼
뒹굴면서 신랑의 말투를 흉내 내어 더듬거리며 정중하게 말을
했더니, 누님이 그만 수줍어서 빗을 떨어뜨려 내 이마를 건드렸
다. 나는 성을 내어 울며 먹물을 분가루에 섞고 거울에 침을 뱉
어 댔다. 누님은 옥압玉鴨과 금봉金蜂을 꺼내 주며 울음을 그치
도록 달랬었는데, 그때로부터 지금 스물여덟 해가 되었구나!

　이상 전기문들을 살펴보면 전통적인 행장이나 묘지 쓰는 법
에 충실하게 글쓰기를 한 경우도 있지만 또 한편으로는 공식적
인 전기문의 구성에 따르지 않고 자신이 인상 깊게 기억하고
있거나 또는 표현하고 싶은 장면을 강조하여 기술한 경우도 있
음을 알 수 있다.

---

28)『燕巖集』卷之二, 煙湘閣選本○墓誌銘,「伯姊贈貞夫人朴氏墓誌銘」.

Ⅲ. 立傳 對象 女性의 형상화
양상과 의미

李宜顯(1669~1745)은 막내 여동생인 貞夫人 李氏(1671~1742)의 생애를 기록한 「季妹貞夫人墓誌」를 쓰면서 다음과 같이 시작하고 있다.

대개 듣자니 부인의 아름다운 법도를 볼 수 있는 것에 세 가지가 있다. 하나는 어릴 때의 행동이요, 둘째는 부인으로서의 도리요, 셋째는 어머니로서의 가르침이다. 이 세 가지를 능히 갖춘 뒤에야 여인으로서의 법도의 시종을 말할 수 있다. (중략) 누이동생의 어릴 때의 행동에 대해 말하고자 한다. 누이동생은 나면서부터 아름다운 행실과 도량이 있었다. (중략) 부인으로서의 도리에 대해 말하고자 한다. 부인은 열일곱 살에 김씨 가문에 시집가서 정성과 공경을 다하고 예를 따름에 부족함이 없었으며 앞뒤 사이에 처신함이 각각 도리를 다하였다. (중략) 어머니로서의 가르침에 대해 말하고자 한다. 부인은 비록 서사를 깊이 익히지는

않았지만 식견이 남보다 뛰어나서 의리와 시비를 매우 분명하게 논변하였다. (후략)1)

　李宜顯은 부인의 아름다운 법도를 소개하면서 딸로서, 부인으로 그리고 어머니로서의 모습이라는 세 단계로 나누었다. 딸로서의 도리는 '幼儀'라 하여 '아름다운 행실과 도량이 있었다'고 하였고 부인으로서의 도리는 '婦道'라고 하여 '정성과 공경을 다하고 예를 따름에 부족함이 없었으며 앞뒤 사이에 처신함이 각각 도리를 다하였다'고 하였으며 어머니로서의 도리는 '母敎'라고 하여 '식견이 남보다 뛰어나서 의리와 시비를 매우 분명하게 논변하였다'라 하였다. 그리고 李宜顯은 이 세 가지를 갖추어야만 '여인으로서의 법도의 시종'을 말할 수 있다고 하였다. 이러한 여성 생애의 단계에 대한 인식이 당시 전기문 입전자들의 대체적인 인식이라고 생각하여 본고에서도 이 세 단계를 따라서 형상화 양상을 살펴보도록 하겠다.

1. 立傳 對象 女性의 형상화 양상

1) 딸로서의 형상화 양상

李宜顯은 이를 '幼儀'라 하였으며 '아름다운 행실과 도량이 있

---

1) 『陶谷集』, 卷十八 墓誌銘, 「季妹貞夫人墓誌」.

었다'고 부연 설명하였다. 딸로서의 형상화 양상을 살펴보면 우선적으로 강조하고자 했던 모습은 柔順과 順從, 靜淑 등이다.

부인은 天啓 辛未年(1631) 12월 24일에 태어났다. 어려서부터 단정하고 정숙하였으며, 효성과 순종의 덕을 하늘로부터 타고나서 13세에 모친을 여의자 어른처럼 슬퍼하였다.[2]

先妣께서는 嘉靖 壬寅年(1542) 11월 24일에 태어났는데, 타고난 자품이 단아하고 엄숙하며 고요하고 한결같았다. 법도가 있는 집안에서 생장하여 모든 행동을 예법에 따라서 하여 발은 예가 아닌 땅을 밟지 않았고, 입은 鄙陋하거나 褻慢한 말을 하지 않았다. 부모님을 모실 적에는 응대하고 執事하는 것을 오직 삼가서 하였고, 자매들과 더불어 거처함에 있어서는 여럿이 모여 있으면서도 시끄럽게 떠들지 않았다.[3]

앞의 글은 尹拯이 申翼相(1634~1697)의 부인인 貞敬夫人 朴氏(1631~1697)에 대해서 쓴 묘지명이고 뒤의 글은 淸陰 金尙憲(1570~1652)이 돌아가신 어머니 東萊 鄭氏(1542~1621)에 대해서 쓴 행장이다. 이들 기사에서 貞敬夫人 朴氏는 '어려서부터 단정하고 정숙하였으며, 효성과 순종의 덕을 하늘로부터 타고나서'라 하였고 金尙憲은 어머니 東萊 鄭氏에 대해 '법도가 있는 집안에서 생장하여 모든 행동을 예법에 따라서 하였다'고 소개하였다. 효성, 순종, 예법 등의 단어를 많이 사용하고 있는데 여기서 예법이라는 것이 성리학적인 예법임은 물론이며 이들 단어의 개념은 모두 인간관계에서의 '순응'을 의미한다.

---

2) 『明齋先生遺稿』 卷之三十七, 墓誌銘, 「貞敬夫人朴氏墓誌銘」.
3) 『淸陰先生集』 卷之三十七, 行狀 六首, 「先妣行狀」.

서책교육에 있어서도 서책을 공부하는 것은 부녀의 도리가 아니라는 기사가 많다.

　　책을 좋아하였는데 通善公(부친인 金漢良)이 여성들이 글을 좋아하는 것은 상서롭지 못하다 하며 책 주는 것을 허락하지 않으셨다.4)

金漢良의 딸이며 朴婺源의 처인 慶州 金氏(1738~1811)에 대한 기사에서 여성의 학식에 대해 경계하고자 하는 시각을 보여주고 있다. 그런데 이처럼 여성이 책을 가까이 하는 것을 부정적인 시각으로 기술하면서도 여성 전기문에는 여성들이 총명하여 서책을 공부하였다는 기사가 의외로 많다.

　　어려서 총명하고 암기를 잘 하였다. 아버지 곁에 있으면서 아버지가 독서하시는 것을 듣고는 곧 외웠는데 한 편을 다 외우면서 한 글자도 착오가 없었다. 부친께서 기이하게 생각하시고는 비로소 小學과 十九史略을 주셨는데 별로 힘들이지 않고도 그 뜻을 잘 이해하였다.5)

　　또한 총명하고 기억력이 좋아서 列女傳, 女訓, 小學 등의 책을 한 번 들으면 능히 그 대의를 깨달았고 통감과 사략과 당시까지도 반 이상을 외울 수 있었다.6)

　　先妣께서는 己丑年(1829) 11월 15일에 세상에 태어났다. 태어나면서부터 단정하고 순수하여 정숙하였으며, 겨우 말을 배우기

---

4) 『老洲集』 卷之二十, 行狀, 「孺人慶州金氏行狀」.
5) 『密菴先生文集』 卷之十八, 墓誌銘, 「洪氏姊墓誌」.
6) 『頤齋遺藁』 卷之十六, 行狀, 「祖妣孺人康津金氏行狀」.

시작하면서부터 이미 여성스러운 자태가 있었다. 조금 나이가 들자 외할아버지(沈重潤)께서 永思菴公(沈重潤의 4대조인 沈壽根)이 지은 『閨覽』을 가르쳤다. 모두 여섯 편으로 되어 있는 이 책은 내편과 외편으로 나뉘어져 있는데, 내편은 正心・修身・篤孝・致敬・止慈(자녀에 대한 사랑)・友恭・無怠 등 일곱 조목으로 되어 있고, 외편은 음식을 만들고 길쌈을 하는 등의 방도를 기술하였으며, 그 끝에는 『禮記』의 曲禮 및 內則과 『小學』 등에 나오는 항목 중에서 중요한 말과 關雎・葛覃・麟之趾 등 『詩經』에 나오는 시편들을 덧붙였는데, 이를 모두 한글로 번역해서 집안의 부녀자들에게 가르칠 수 있도록 만든 것이다. 선비께서는 밤낮으로 이 책을 읽어서 마음에 새겼으며, 일상생활에서 반드시 이를 준거로 삼았다. 그리고 작은 외삼촌이 글을 읽다가 중간에 막히기라도 하면 선비께서 옆에서 이를 깨우쳐 주셨다.7)

전기문에는 당대 여성들이 성리학적 교재를 공부하고 또는 윤리관을 준행하고 있음을 대단히 강조하여 기술하고 있고 이러한 모습을 이상적 여성상으로 높게 평가하고 있다.

책을 좋아하여 경전구어를 들으면 비록 그 뜻을 모를지라도 항상 입으로 낭송하면서 그치지 않았다. 한글을 깨친 후에는 날마다 옛날 현인군자와 정절녀의 행적을 좋아하였고 마음에 감심한 구절이 있으면 한두 구절을 뽑아 격절히 낭랑하게 읽어 들을 만하였다.8)

또 일찍이 남편에게 이르기를 "첩은 閨房에서 자라 아무런 聞見이 없었는데, 고귀한 가문의 며느리가 되었으니, 어떻게 하면 어른들을 잘 섬길 수 있겠습니까?" 하고는, 이에 小學과 內訓 등

---

7) 『修堂遺集』 冊五, 行狀, 「先妣行狀」.
8) 『九思堂先生續集』 卷之三, 行錄, 「孺人金氏行錄」.

의 책을 취하여 때때로 펴 보았으며, 또 고금의 貞烈과 효행에 대한 언행을 抄錄하여 법으로 삼았다. 詞章의 문장과 한글소설에 이르러서는 한 번도 눈에 비춰보지 않았다. 그러나 문자를 안다고 스스로 자랑하고자 하지 아니하여, 안에 숨기고 드러내지 않았으므로 아는 사람들이 드물었다.9)

『列女傳』,『女訓』,『小學』 등의 교재를 공부하여 대의를 깨달았다고 하였고 또는 서책에 쓰여 있는 내용 중 '賢人君子와 貞節女의 행적'을 좋아하여 늘 낭송하였다고 한 모습은 무엇을 보여주고자 한 것인가?

조선시대는 성리학을 통치 질서와 윤리관의 근간으로 삼았으므로 조정에서는 이 사상을 널리 보급시켜서 온 백성을 '敎化'하는 데 목표를 두었다. '敎化'란 유교적 가치관을 가진 인간의 육성과 그에 입각한 사회질서의 수립이라고 말할 수 있을 것이다. 그러므로 앞에서 언급한 여성들의 모습은 조선시대 통치자들이 무척이나 강조했던 '敎化'에 근접한 모습이었다. '소학언해를 손으로 베껴서 늘 외우고 익혔다(嘗手寫小學解, 每誦習之)'10), '점점 자라면서 소학과 삼강행실 등을 보기를 좋아하여 손수 베끼고 입으로 외웠다(稍長,喜觀小學三綱行實,手書而口諷)'11)고 한 것도 역시 마찬가지 의미를 지니고 있다.

이렇게 본다면 여성들의 교육양상을 강조한 것은 해당 여성이 성리학적인 교양을 충분히 지니고 있는 인물이라는 것을 드러내고 싶어 한 것이라 할 수 있다. 그리고 이러한 여성의 성리학적 교양의 수준은 바로 해당 가문의 남성들의 위상과 직결된

---

9)『寒水齋先生文集』卷之三十, 墓誌, 「從子婦孺人李氏墓誌銘 幷序」.
10)『硏經齋全集』卷之十, 文○墓誌銘, 「長姑母墓誌」.
11)『西堂私載』卷之九, 墓誌銘, 「恭人金氏墓誌銘」.

다고 본 것이다. 다음과 같은 기사가 그러한 인식을 보여주고 있다.

그런데 한편으로 이들 기사에는 '聰明强記', '聰明善記' 즉 총명하고 암기를 잘 하였다는 것을 결코 부정적이지 않은 시각으로 소개하고 있으며 해당 여성들이 어릴 때부터 어느 정도의 학식을 지니고 있었다.

> 대단히 총명하여 열두 살 때 議政公(부친인 沈熙世)이 戶曹의 책임자로서 출납의 증가와 축소액을 계산하는데 算가지를 잡은 사람도 쉽게 하지 못했다. 관아에서 돌아온 후 시험 삼아 딸(靑松沈氏 校理 沈熙世의 女이며 申曧의 아내)에게 물으니 아내는 손가락을 몇 번 꼽아보더니 곧 "얼마입니다"라 하였다. 후에 보니 과연 그 수가 맞았다.12)

> (고모가) 꽃 아래서 '초목의 잎사귀는 모두 푸른데 꽃의 색깔이 각각 다른 이유는 무엇인가요'라 물으니 식견의 오묘함이 이와 같았다. (중략) 고모와 아버지의 재주를 비교하였는데 아버지가 항상 고모에게 미치지 못하였다.13)

> 여섯 살 때에 詩經 二南과 小學 여러 편을 읽었고 암송하는 唐人의 시도 매우 많았으며 시의 韻語는 종종 주위 사람들을 놀라게 하였다. 14)

앞의 기사는 문자를 익힌 것만이 아니라 총명하여 수학 계산에 능하기도 하였고 또 화초를 보면서 잎은 모두 푸른색인데

---

12) 『汾厓遺稿』 卷十, 墓誌 「亡室贈貞夫人沈氏墓誌銘 幷序」.
13) 『硏經齋全集』 卷之十, 文〇墓誌銘, 「長姑母墓誌」.
14) 『海石遺稿』 卷之九, 墓誌, 「恭人尹氏壙記」.

꽃의 색깔은 왜 모두 다를까 하는 자못 자연과학적인 질문을
던지는 모습도 소개되어 있다.

> (딸의 영리함이) 진실로 자랑할 것도 아니고 바라는 바도 아니
> 다.15)

金邁淳이 총명했던 딸에 대해서 술회한 발언이다. '자랑할 것
도 아니고 바라는 바도 아니다'라고 했으면 기록하지 않는 것이
좋았을 것임에도 김매순은 자신의 딸이 어렸을 때 총명했었음
을 상당히 구체적으로 기록하고 있다.

> 딸이 태어날 때부터 총명하여 겨우 네 살이 되었을 때 어머니
> 께서 唐人의 시 십여 편을 베껴놓고 업고 안고하며 입으로 가르
> 치셨는데 말이 끝나면 곧 음과 뜻을 알아들었다. 몇 달 후 벽에
> 걸려있는 日月圖를 보고서는 손가락으로 가리키면서 "이것이 玲
> 瓏望秋月이라는 거죠"라 하였다. 居士(아버지인 金邁淳)가 신기하
> 게 여겨 小學과 五倫行實 책을 주었더니 모두 거침없이 깨쳤다.
> 성격이 또한 외우기 좋아하여 옛사람의 姓名, 年代, 벼슬, 고향
> 등을 한번 보면 곧 流水같이 외우고 오래 지나도 조금도 착오가
> 없으니 簡拙함이 過人하였다.16)

다음 기사는 農巖 金昌協이 딸에게 글을 가르치게 된 과정을
술회하고 있는 부분이다.

---

15) 『臺山集』卷十, 墓誌銘, 「亡女李氏婦墓誌 附銘」.
16) 『臺山集』卷十, 墓誌銘, 「亡女李氏婦墓誌 附銘」참고. 李白의 '玉階怨'은
　　宮人의 怨詞를 읊은 시로 전문은 다음과 같다. '玉階生白露 夜久侵羅襪 却
　　下水晶簾 玲瓏望秋月'.

당시에 딸의 나이가 열한 살이었다. 그런데 아우 崇謙과 함께 십수 개 板의 글을 배우자마자 文理가 뚫려서 스스로 朱子의『通鑑綱目』을 읽는데 막히는 곳이 없었다. 날마다 문을 닫고서 책을 손에 들고 꼿꼿이 앉아 글을 음미하였는데 거의 침식을 잊을 정도였다. 居士(필자인 金昌協)는 그 모습이 어여쁘고 기특하여 금하지 않고 '이 딸아이는 성품이 차분하고 소박하니, 글을 알더라도 해로울 것이 없다'고 생각하였다. 그리고 論語와 尚書를 대략 가르쳐 주긴 하였으나 마치지는 못했다. 그런데도 그 식견이 밝아서 제 아무리 六藝 경전을 두루 읽은 사람이라 해도 그보다 나을 수는 없을 것이다.17)

이 글을 보면 당시 선비 가문의 아버지들이 딸이 학식을 갖는 것에 대해 무엇을 우려하고 있었는지 구체적으로 드러난다. 즉 서책 교육을 통하여 글을 아는 것이 '靜而拙' 번역하자면 차분하고 고요하고 그리고 소박한 성품을 해칠 가능성이 있음을 우려하였던 것이다. 직접적으로 표현하면 글을 알게 됨으로 인해 교만해질 수 있음을 우려한 것이다.

그러나 그러한 우려에도 불구하고 총명함을 드러내고 싶었음은 어쩌면 옛날이나 지금이나 부모의 공통된 마음일 수 있을 것이다. 그리하여 이들 기사를 통해서 볼 때 유순하면서도 총명하고 또 총명하면서도 유순함을 잃지 않는, 어느 쪽으로도 기울어지지 않기를 바라는 의도를 보이고 있다. 그리고 어머니가 된 후 자녀들을 가르치는 모습도 소개하고 있는데 이러한 기사를 통하여 역으로 어렸을 때 서책을 통하여 학식을 쌓은 경우가 많이 있었음을 드러내고 있다.

---

17)『農巖集』卷之二十七, 墓誌銘, 「亡女吳氏婦墓誌銘 幷序」.

문자를 좋아하시어 문헌의 大義를 대략적으로나마 아셨고 千字文을 저희들에게 입으로 가르쳐 주셨으며 唐詩와 絶句 등도 풀어서 가르쳐 주셨다.18)

小子(淵泉 洪奭周)가 甲辰年에 열 살 넘어 뜻도 잘 모르고 소학을 오직 외우기만 했을 때 고모가 옆에서 그 全文을 들면서 가르쳐 주셨다. 그런데 그 말씀하시는 것이 맞지 않는 곳이 하나도 없었다.19)

洪奭周가 어렸을 때 읽은 『小學』은 뜻도 잘 모르고 읽었다고 말한 것으로 보아 한문 『小學』이었을 것이며 고모가 그 뜻을 가르쳐 주었다고 한다면 홍석주의 고모인 豊山 洪氏(1748~1784)는 『小學』의 한문 정도는 해득할 수 있는 능력을 지니고 있었다고 할 수 있다. 그리고 한자공부는 당시 기본교재였던 『千字文』으로 공부한 것으로 보인다.

이상의 기록들을 종합해 보았을 때 여성들의 경우 한글로 공부한 경우가 많은 것으로 보이지만 일부 여성들은 한문도 함께 공부했음을 알 수 있다. 그리고 경우에 따라서는 당시 선비들도 잘 분별하지 못하는 한자의 淸濁에 대해서까지도 알고 있던 경우도 있었다.

여러 아들들이 공부를 시작할 때 스스로 깨우쳐 가르치셨고 漢字 音의 淸濁에 이르러서는 한 글자도 착오가 없으셨다. 항상 말씀하시기를 '글을 공부하고자 하는 사람은 반드시 먼저 청탁을 구별할 줄 알아야 한다. 요즘 학식이 있다고 하는 사람들도 平仄만 알지 淸濁은 분별할 줄 모르는데 옳지 않다. 너희들은 반

---

18) 『玉吾齋集』卷之十五, 行狀, 「先妣行狀」.
19) 『淵泉先生文集』卷之二十八, 墓誌銘[上], 「伯姑淑人墓誌銘」.

드시 분별할 줄 알아야 한다'고 하셨다.20)

李匡師의 어머니인 坡坪 尹氏(1667~1724)의 경우에는 당시 공부 좀 했다고 하는 선비들도 잘 구별하지 못하는 漢字의 淸濁까지도 구별하고 있는 것으로 보아 한문에 대한 상당히 높은 수준의 실력을 지니고 있었음을 알 수 있다. 그리고 이러한 총명함에 대한 긍정적 평가는 딸을 여자로서 생각지 않고 여러 중요한 사안에 대해서 상의하는 다음과 같은 기사에서 잘 나타나고 있다.

> 孺人이 비록 書史를 익히지는 않았지만 사리에 통달하니 議政公(부친인 李世白)께서 일이 있을 때마다 매번 묻고 의논하시며 여자로 여기지 않으셨다.21)

> 다만 淑人의 아버지 議政公(申浣)이 지은 淑人의 祭文에 이르기를, "너는 나에게 있어 딸이 아니라 아들이었고 아들이 아니라 벗이었다"고 하였으니, 의정공은 이 정도로 숙인을 중시했던 것이다.22)

이 글에서의 淑人 申氏(1616~1655, 金光焴 부인)의 아버지인 申浣이 딸에게 '너는 딸이 아니라 아들이었고 아들이 아니라 벗이었다'고 한 발언은 딸의 능력에 대한 평가라 할 수 있다.

이상 여성전기문에서 딸의 모습을 형상화한 양상을 보면 '유순한 딸과 총명한 딸'의 모습을 같이 드러내고 있다. 고모와 아

---

20) 『圓嶠集選』 卷第七, 碑誌銘表, 「先妣貞夫人坡平尹氏墓誌」.
21) 『陶谷集』 卷之十八, 墓誌銘, 「伯姊孺人墓誌」.
22) 『農巖集』 卷之二十七, 墓誌銘, 「淑人申氏墓誌銘 幷序」.

버지의 재주를 비교하였는데 아버지가 항상 고모에게 미치지 못하였다고 한 成海應의 기사23)라든가 열너덧 살 때 외가에 가서 친척 형제들끼리 글을 지으면 늘 일등을 했었다고 하는 漢陽 趙氏에 대한 기사24) 등은 모두 여성들의 우수한 지적 능력, 총명함에 대한 자랑과 과시를 보여주고자 했으며 이러한 모습이 결코 숨길 일이 아님을 보여주고 있다.

만약 총명하고 영리하며 책을 접하는 것이 절대적으로 여성의 본분에 어긋나는 일이라고 한다면 해당 주인공의 삶을 긍정적으로 묘사하고 미화하는 전기문의 속성상 기사화 하지 않았어야 했다. 굳이 학식에 대해서는 전혀 거론할 필요 없이 당대 긍정적으로 인정받던 여성들의 역할, 여공을 잘하고 남편의 내조를 잘했다는 등의 기사만 기록하면 되는 일이었다.

'학식과 식견을 주변사람들에게 드러내지 않았다'고 하면서도 총명하고 영리하였음을 분명하게 드러내고 있는 것은 당시 사회적인 인식으로 볼 때 해당 여성의 지적 능력이 가문의 품위와 위상에 결코 부정적인 영향을 주지 않고 있음을 반증하는 것이다. 공식적으로 표방하는 미덕과 사회적인 인식 사이에 괴리가 있었음을 보여주는 기사라 할 수 있다.

2) 婦人으로서의 형상화 양상

李宜顯은 이를 '婦道'라 하였고 정성과 공경을 다하고 예를 따름에 부족함이 없었으며 앞뒤 사이에 처신함이 각각 도리를 다하였다고 하였다. 혼인한 후의 婦道에 대해서는 시집에 들어

---

23) 『研經齋全集』 卷之十, 文○墓誌銘, 「長姑母墓誌」.
24) 『西坡集』 卷之二十三, 行狀, 「先妣行狀」.

와 시부모를 지성껏 잘 공경하고 시집 가족들과 화목하게 지냈으며 남편에게 순종하며 내조하였다는 내용이 공식적인 형상화 모습이다.

> 부친 府使公이 짝을 가려서 申公에게 시집을 보내니, 공은 湖隱公의 아들이요 晩退선생의 손자라 집안의 법도가 근엄하였고, 공의 성품 또한 대범하고 중후하여 행동이 법도에 맞았다. 부인은 시집와서 예의를 다해 남편을 섬기고 효성을 다해 시부모를 공경하였으며, 시누이와 동서들 사이에서 우애를 다하니, 시댁 식구 모두가 어진 며느리가 들어왔다고 자자히 칭찬하였다.25)

申翼相(1634~1697)의 부인인 貞敬夫人 朴氏(1631~1697)에 대한 이 글에서 '부인은 시집와서 예의를 다해 남편을 섬기고 효성을 다해 시부모를 공경하였으며, 시누이와 동서들 사이에서 우애를 다하니'라 하여 이러한 모습을 보여주고 있다. 다음과 같은 기사도 같은 모습이다.

> 열일곱 살에 우리 아버지께 시집오셨는데, 가문에 들어오신 이후로 시부모님을 섬기시는 데에 조금도 잘못하시는 일이 없었다. 동틀 무렵에 세수하고 머리를 빗으시고 반드시 새벽 참의 음식을 올렸다. 그리고 편찮으신 때를 당하면 약을 손수 달이시고 음식을 직접 지으시며 밤낮으로 곁에서 시병하시어 병이 나으신 뒤에야 예전 모습으로 돌아가셨다. 26)

孺人은 항상 시어머니를 곁에서 모시고 있으며 자기의 방으로

---

25) 『明齋先生遺稿』 卷之三十七, 墓誌銘, 「貞敬夫人朴氏墓誌銘」.
26) 『順菴先生文集』 卷之二十五, 行狀, 「先妣恭人李氏行狀 庚寅」.

가지 않았고, 스스로 몸을 억제하고 두려워하여 새벽에 일찍 일
어나고 밤늦게 자며 조금도 잘못됨이 없었다. 부모의 병환을 간
호하게 되면 얼굴에 근심스러운 기색을 드러내고 옷에 띠를 풀
지 않았으며, 약물을 반드시 직접 맛보고 음식을 반드시 손수 장
만하며, 명령이 있으면 잠시 물러갔다가 곧바로 다시 돌아와 부
지런히 간호하고 태만히 하지 않았다. 사람들이 물건을 주는 것
이 있으면 비록 하찮은 것이라도 감히 사사로이 갖지 않고 부모
에게 드려 명령을 따랐다.[27]

앞의 글은 安鼎福의 어머니인 恭人 李氏의 행장 글이고 뒤의
글은 權尙夏의 조카며느리인 孺人 李氏의 墓誌銘에 나오는 글
이다. 이상에서 보면 해당여성이 모든 면에서 부인으로서 며느
리로서의 도리를 다하여 '賢婦(어진 며느리)'로서 인정받았음을
보여주고 있다. 남편 내조를 강조한 경우도 있다.

　　나는 15세에 선생의 문하에 들어갔는데, 선생은 당시에 이미
은퇴하여 東岡에 머물고 계셨다. 선생은 종일토록 한 방에 앉아
문을 닫은 채 글을 보곤 하셨는데, 마치 사람이 없는 것처럼 고
요하고 오직 글을 읊는 소리만이 금석 악기를 울리는 것처럼 낭
랑하게 들렸다. 그리고 부인은 문밖에 앉아 일을 하면서 아침부
터 저녁까지 방으로 들어가지 않았으니, 아무리 엄동설한이라
해도 그리하였다. 나는 이에 실로 선생의 청고淸高하고 염정恬靜
함과 부인의 신중한 행실이 모두 보통 사람으로서는 미칠 수 없
는 것임을 알고 감탄하였다.[28]

　　나이가 얼마쯤 되었을 때 이씨 집에 출가하여 예법에 어긋남

---

27) 『寒水齋先生文集』卷之三十, 墓誌, 「從子婦孺人李氏墓誌銘 幷序」.
28) 『農巖集』卷之二十七 , 墓誌銘, 「貞夫人全義李氏墓誌銘 幷序」.

이 없이 시부모를 섬겼으며, 집안일과 관련하여 아무리 사소한 일이라도 감히 마음대로 처리하는 법이 없었다. 이씨는 大族이 었으나 한동안 생활이 매우 곤란하여 高陽 시골집에 내려가 살 았던 적이 있었다. 그때 부인이 낮에는 직접 길쌈을 하여 시부모 에게 따뜻한 옷을 마련해 드리고 저녁때 私室에 돌아와서는 불 을 지펴 놓고 바느질을 하여 남편과 자식들의 옷을 짓곤 하였다. 또 延陽公이 손님 데려오기를 좋아하였는데 친지나 벗들이 집에 올 때마다 쌀독에 남은 곡식이 없어도 음식 대접을 한 번도 거른 적이 없었다.29)

앞의 글은 李端相의 부인인 全義 李氏(1629~1701)에 대한 글 이고 뒤의 글은 谿谷 張維가 李時白의 부인인 貞夫人 尹氏 (1581~1627)에 대해 지은 墓誌銘이다. 남편에 대해 순종하는 모습, 남편 내조에 조금도 소홀함이 없는 모습을 그리고 있다.

내가 서화를 좋아하여 때때로 사고자 하면 그대는 곧 치마를 자르고 머리를 잘랐고, 내가 매화와 대나무 완상을 좋아하자 그 대는 곧 손수 梅竹을 길렀으며 내가 산수에 노니는 것을 좋아하 니까 그대는 곧 자연 완상하는 채비를 갖추어 주었다. 나에게 벼 슬하라 권하지도 않았고 살림이 누추하다고 나를 어지럽게 하지 도 않았다. 순하여 어기지 않는 것만이 아니라 나를 기쁘게 해주 려고 힘썼다. 천품이 실로 나와 비슷하여 鮑叔이 管仲을 알아보 는 것도 이보다 더하지는 않았을 것이오.30)

李喜朝가 부인인 南原 尹氏(1658~1690)에 대하여 쓴 墓誌銘 이다. '나에게 벼슬하라 권하지도 않았고 살림이 누추하다고 나

29) 『谿谷先生集』 卷之十, 墓誌, 六首, 「貞夫人尹氏墓誌銘」.
30) 『芝村先生文集』 卷之二十二, 墓誌銘, 「贈貞夫人南原尹氏墓誌銘 幷序」.

를 어지럽게 하지도 않았다'라 하여 자기를 있는 그대로 인정해 주는 아내에 대하여 고마워하였고 '순하여 어기지 않는 것만이 아니라 나를 기쁘게 해주려고 힘썼다'라 하여 내조가 소극적으로 하는 것에 그치지 않고 적극적인 내조를 하였음을 평가하고 있다. 그리고 '천품이 실로 나와 비슷하여 鮑叔이 管仲을 알아보는 것도 이보다 더하지는 않았을 것이요'라 하여 부부의 관계를 鮑叔과 管仲의 관계, 즉 서로가 인격을 알아보는 관계 우정 깊은 관계로 나타내고 있다. 내조를 강조하고 있지만 李喜朝는 그러한 아내를 깊은 우정을 나누는 벗으로도 표현하고 있다.

특히 남편에 대한 내조에서 또 강조하는 것이 밖의 일에 간여하지 않았다는 것이다. 성리학적인 윤리관을 바탕으로 한 부부관계는 수직적인 질서로 여성은 모름지기 유순해야 하며 자기의 생각이나 견해를 내세우지 않고 남편에게 순종해야 한다는 것이 미덕으로 인식되어 왔고 또 실제로 전기문에는 이러한 내용들이 강조되어 있다.

'글을 읽고 책을 읽었지만 드러내지 않았다' 하는 기사도 같은 맥락에서 해석할 수 있다. 글을 배우고 책을 읽는 것은 남성의 영역이었다. 이것은 어디까지나 사회적, 공식적으로 표방되는 미덕이지만 독서는 대외적, 사회적 활동과 관련된 것이기에 남성의 영역에 속하는 것으로 인식되었다.

반면에 여성의 영역은 대내적이고 가정적인 분야와 관련된 활동, 즉 가정경영과 여공 등의 활동이었다. 따라서 여성이 자신의 학식과 식견을 드러내지 않고 삼갔다고 하는 것은 여성이 남성의 영역에 침범하지 않고 사회적으로 요구되는 질서를 준수하고 있다는 의미가 된다.

여기에서 해당 여성이 실제로 책을 얼마나 접했는지, 학식이 얼마나 높은지 하는 것은 별개의 문제였다. 중요한 것은 당대 사회적으로 요구되는 윤리관 -남녀가 서로의 영역을 지키고자 하는 사회적 질서를 존중하고 충실히 준수하고자 하였다는데 있는 것이다. 그렇다면 이러한 질서 준수의 표방은 어떠한 의미를 지니는가에 대해 생각해 볼 필요가 있다.

이런 점으로 볼 때 여성에 대한 기사에서 문자 아는 것을 다른 사람이 모르게 하면서 영역을 지키고자 하였다는 것을 강조한 것은 성리학적 윤리관을 실천하고 있다는 의미가 되므로 중요하게 거론한 것이다.

그런데 남편에 대한 아내의 내조 기사 중 우리의 주목을 끄는 것은 남편의 뜻에 대하여 무조건 순종하는 것이 아니고 남편에게 어려움이 있거나 잘못 하는 일이 있을 때 적극적으로 助言과 規諫을 통하여 남편의 길을 바로잡아 주었다는 것이다.

즉, 많은 전기문에서 이러한 모습을 의례적으로 강조하고 있으면서도 부인들이 적극적으로 자신의 견해나 주장을 개진하는 모습이 상당히 많이 나타난다. 과거에 응시하는 것이나 관직에 나가는 것은 당시 인생의 방향을 결정하는 중요한 사안이었는데 부인들이 이러한 사안에 대하여 자신의 견해를 분명하게 개진하고 있는 것은 상당히 의외의 상황이다. 이런 내용을 통해서도 우리는 공식적으로는 여성들의 미덕을 유순과 순종 등이라고 표방하고 있으면서도 실제로는 가정의 중요 사안에 대하여 부인들이 상당한 영향력을 행사하고 있었음을 확인할 수 있다.

예를 들면 주인공들의 남편이 대부분 선비이니만큼 젊어서는 과거 공부하는데 노력해야 하는데 젊고 혈기가 왕성한 나이라서 공부를 소홀히 할 때나 또는 성격이 급하여 어머니의 뜻을 거스르거나 할 때 아내가 지적하는 모습이 그것이다.

> 부군께서 명절 때 밤에 친구들과 어울려 저포놀이를 하였다.
> 며칠 후 孺人이 조용히 말하기를 '듣자니 친구들과 만나면 仁으
> 로서 돕고 마땅히 글을 토론함으로써 威儀를 지키셔야 하는데
> 지난번의 놀이는 단지 심신에 해를 줄 뿐만 아니라 보고 듣는 것
> 또한 불미스럽습니다. 삼가 군자가 취할 바가 아닙니다.'31)
>
> 남편의 성격이 급해 때로 (어머님의) 뜻을 거스를 때가 있었다.
> 부인이 곧 규간하기를 '시어머님이 일찍 혼자 몸이 되어 계시고
> 슬하에 다른 자녀 없어 의지할 데 없이 오직 당신과 저뿐인데 일
> 이 잘못되면 어머님이 어떻게 위로 받고 사시겠습니까.32)

앞의 글은 載寧 李氏(1711~1733, 金柱國 부인)에 대한 글이고
뒤의 글은 完山 李氏(1835~1858, 宋秉璿 부인)의 행장인데 두 기
사 모두 남편이 문제 있는 행동을 하였을 때 적극적으로 깨우
쳐 주었던 모습을 보여주고 있다.

다음 李德壽의 부인인 海州 崔氏(1674~1693)에 대한 기사에
서는 남편이 화를 내는 데도 불구하고 조금도 물러서지 않고
남편에게 조언하고 있는 모습이 기록되어 있다.

> 성품 또한 강직하고 발라서 내가 잘못하는 것을 보면 반드시
> 옳은 것으로서 깨우쳐 주었다. 내가 간혹 화를 내도 조금도 동요
> 하지 않고 '다만 제가 말하지 않으면 누가 말하겠습니까? 당신은
> 또 제게 무엇을 취할 것인가요?'라고 하였다. 내가 세상의 부인
> 을 보니 모두 아첨하며 즐거움을 취하는 것을 일삼으며 남편이

---

31) 『西山先生文集』 續集, 卷之六, 行狀, 「高祖妣孺人載寧李氏遺事」.
32) 『淵齋先生文集』 卷之四十五, 行狀, 「亡室李氏行狀」.

하는 일이 이치에 맞지 않는 것이 있는 것을 보면 한두 마디 했다가 고치지 않으면 좇아 그릇되지 않는 이가 거의 없다. 하지만 유인은 이런 것을 매우 부끄러워하였다.33)

이런 規諫 -일반적으로 말한다면 꾸짖음 내지는 잔소리가 되겠지만-에 대해 남편이 화를 내는 경우도 물론 있었다는 내용도 있긴 하지만 그러나 그런 경우에도 아내는 자신의 소신을 굽히지 않고 있음도 알 수 있다.

이러한 기사를 보면 부부 사이를 굳이 수직적인 관계냐 아니냐, 또한 내조가 사회적인 분위기 즉 성리학적인 분위기 하에서의 강압된 것이냐 하는 논란은 불필요하다는 생각이 든다. 서로의 성격과 취향을 알아주고 벗 같이 생각한다는 것 그 자체가 의미가 있다고 할 수 있다.

그런데 다음과 같은 기사 즉 여성들의 적극성이 때로 남편의 교우관계에 대해서까지 간여하였던 양상은 상당히 흥미 있다.

> 徐公이 한 宗室 선비를 사귀었는데 부인이 벽 사이에 있는 창틈으로 그 언동을 엿보고 남편에게 가까이 하지 말 것을 권했는데 과연 그 사람은 좋은 선비가 아니었다.34)

> 贊成公(徐文裕)에게 혹 과실이 있으면 극력 간했으며 혹 문틈으로 엿본 인물들의 선악을 평하면 후에 대부분 맞았다.35)

淑夫人 金氏(1603~1663, 徐仁元 부인) 기사에서 '창틈으로 엿

---

33)『西堂私載』卷之九, 墓誌銘,「亡妻海州崔氏墓誌銘」.
34)『五峯先生集』卷之十五, 碑銘○墓誌,「有明朝鮮國淑夫人金氏墓誌銘幷序」.
35)『西堂私載』卷之十, 墓誌銘,「贈貞敬夫人全州李氏墓誌銘 」.

보고', 貞敬夫人 李氏(1656~1708, 徐文裕 부인) 기사에서 '문틈으로 엿보았다'고 하는 것은 일반적으로 생각하는 부인의 미덕은 분명 아니다. 물론 이 기사에서는 해당 여성의 識鑑을 보여주려고 기술한 것이겠지만 어떻든 엿보았다고 하는 것 자체는 부인할 수 없는 사실이라 할 수 있다.

이들 기사에서 보면 아내가 남편의 교우관계를 살피기 위하여 문틈으로 엿보는 모습에 대해서 참으로 솔직하게 기술하고 있다. 현재의 관점에서 그리고 당시 여성의 공식적인 미덕과 관련해서 볼 때 전기문에 기록하는 것을 피해야 되는 내용이 아닌가 하고 생각할 수 있는데 이들 기사에서는 솔직하게 기술하고 있다. 이러한 내용이 그다지 흠이 되지 않기 때문이라고도 추측할 수도 있고, 당시 이러한 양상이 그리 드물지만은 않은 것이라고 생각할 수도 있다.

당대 아내들의 남편에 대한 조언과 규간과 간여는 남편의 개인적 성격이나 생활태도에만 국한되지 않고 남편의 관직생활에 대해서까지도 영향을 미친 것으로 보인다.

> 淑人이 남편인 趙正萬에게 과거에만 좇는 것을 경계하며 '그대는 젊을 때부터 문장으로 세상을 울리고자 하시는데 이름도 많이 얻기 힘들고 복도 온전히 지키기 어렵습니다. 어찌 일찍이 영화로운 길을 사양하고 몸을 잠기고 굽혀서 수를 누리는 길을 택하지 않으십니까' 했다. 그 性識의 밝음이 규방에만 제한되겠는가.[36]

趙正萬(1656~1739)의 부인인 完山 李氏(1663~1704)는 남편이

---

36) 『三淵集』 卷之二十八, 墓誌銘, 「淑人完山李氏墓誌銘 幷序」.

관직에 진출하고자 하는 문제에 대하여 분명하게 반대 입장을 보이고 있다. 南九萬의 어머니인 貞敬夫人 安東 權氏(1610~ 1680) 역시 남편인 南一星이 관직에 진출하는 것에 대해 다음과 같은 논리를 들면서 반대하고 있다.

　　이십여 세 되었을 때 丙子 丁丑의 난을 만나 判書府君과 贊成府君을 모시고 結城의 莊園으로 가셨다. 어머니가 아버지께 청하시기를 "校理 吳達濟는 당신의 매부이고 鄭雷卿은 당신의 姨兄입니다. 모두 당신과 나이가 비슷하고 과거에 합격하여 벼슬길에도 올라 모든 사람들의 부러움의 대상이었습니다. 그러나 때를 잘못 만나 화를 입었습니다. 이 어찌 관직을 찾아 스스로 몸을 귀히 여기는 세상입니까. 지금 당신이 梁鴻의 뜻을 가지신다면 저는 德耀의 일을 하고자 합니다" 하자 아버지께서 "좋소, 부모님의 뜻으로 과거에 간간이 응시하기는 했지만 과업에는 뜻이 없었소" 이후 아버지께서는 더욱 관직에 뜻을 두지 않으셨으며 집안 친척들이 부인을 '女處士'라 하였다.[37]

이 두 기사에서는 관직에 오르는 것이 복이 아니라 오히려 정치적인 소용돌이에 휘말릴 수 있음을 경계하고 있다. 다음 기사는 晉州 柳氏(1551~1621, 洪德祿 부인)에 대한 기사로 蔭官으로라도 벼슬을 구하고자 하는 남편을 말리는 모습을 보여준다. 蔭官으로 벼슬을 구하는 과정이 참으로 구차스럽다는 것을 지적한 것이다.

　　할아버지께서 중년에 벼슬을 구하실 뜻이 있었는데 할머니만은 그런 뜻이 없어 할아버지께 말씀하시기를 "음관으로 벼슬에

---

37) 『藥泉集』 第二十五, 家乘, 「先妣贈貞敬夫人安東權氏墓誌」.

오르는 것이 어찌 대장부가 할 일이겠습니까? 名卿世家로 田宅이 풍부하고 湖山之勝을 즐기며 늙으면 족하지 권문세가를 찾아가 벼슬 한 자리를 얻는다 해도 그것이 어찌 문호에 올릴만한 일이겠습니까. 친구를 연줄로 삼아 계속해서 뇌물을 바쳐야 할 것이니 그것은 욕된 일일 뿐입니다. 제가 보건대 국가 성시에 文蔭交際는 대단히 심해서 예전에 南行官이 저의 아버지(친정부 柳承善 同副承旨)를 찾아와 문지기에게 소곤소곤 하며 명함을 건네고는 굽실거리며 들어와 우물쭈물하며 머리를 조아리고 마음 졸이는 행색을 본 일이 있습니다. 그러니 이 같은 음관이 어찌 대장부의 일이겠습니까." 할아버지께서는 곧 그만두시고 이후 할머니를 더욱 공경하셨다.38)

이상의 기사들을 보면 공식적으로는 남편에게 순종하는 것이 미덕이라고 하면서도 여러 일화를 통하여 보여주는 부인들의 모습은 남편의 여러 가지 생활과 진로문제에 대해서 적극적으로 조언하고 자문하고 규간하는 모습들이다. 양면성의 모습을 보이는 것이다.

즉 입전 문사들은 부인의 순종도 물론 미덕으로 내세우고 있지만 한편으로는 여성들의 지혜와 식견을 바탕으로 한 적극적인 규간과 조언의 모습을 함께 긍정적으로 소개함으로써 얼핏 보면 상반되는 것처럼 보이는 양면적 성격이 모두 중요한 요소임을 드러내고 싶어 했던 것이라 할 수 있다.

그때 영묘께서 和敬淑嬪 諡號를 올리고자 하였다. 判敦公(남편인 黃景源)이 承政院의 右承旨여서 마땅히 竹冊加階를 올렸다. 부인이 좋아하지 않으면서 "듣자니 趙觀彬 공이 죽책을 사양하고

---

38)『木齋先生文集』卷之八, 行狀,「祖妣柳氏行蹟記」.

귀양갔는데[39] 지금 공께서 구태여 죽책을 올려 금대를 받고자 하시니 제가 부인이지만 부끄럽습니다" 이 말을 듣고 공이 병을 핑계로 하지 않았다. 황공이 재주가 높고 의리를 잘 판단했는데 이처럼 부인으로부터 나온 것이 많았다.[40]

이 기사는 英祖 때에 정치적으로 대단히 민감했던 영조의 생모인 淑嬪 최씨에게 諡號를 올리는 문제에 대하여 貞敬夫人 沈氏(1767~1838)가 承政院의 右承旨를 맡고 있었던 남편 黃景源으로 하여금 그 일을 맡지 말라고 조언을 하였고 남편 黃景源이 그 의견에 따랐다는 내용이다. 그 글을 쓴 明皐 徐瀅修는 거기에 덧붙여서 黃景源이 재주가 높고 의리를 잘 판단한 것으로 유명했는데 그런데 그것은 부인으로부터 나온 것이 많았다는 것이었다.

이러한 지혜와 식견에 대한 인정은 남편 뿐 아니라 시집에서도 인정받기도 하여 다음과 같은 기사에서는 시아버지가 며느리의 식견을 인정해주는 모습이 표현되어 있다.

얼마 지나지 않아 할아버지(宜人 沈氏의 媤父인 宋希進)께서 바닷가 고을로 귀양을 가시게 되셨을 때 '풍토가 몹시 나쁘지만 이 며느리라면 나를 잘 봉양할 수 있을 것이다'라고 하시고 마침내 함께 가셨는데 政事의 得失에 대한 것까지도 때때로 물어보시곤 하셨다.[41]

---

39) 영조 29년(1753)에 영조가 모친인 淑嬪 崔氏에게 諡號를 올리고 大提學 趙觀彬에게 竹冊文을 짓게 하였으나 죽책문은 承統한 妃嬪에게만 해당된다 하며 거절하고 귀양을 갔고 대신 左議政 李天輔에게 짓게 하였다.
40) 『明皐全集』卷之十六, 碑銘○墓誌銘○墓表, 「貞敬夫人沈氏墓誌銘」.
41) 『宋子大全』卷一百八十七, 墓誌, 「宜人沈氏墓誌」.

조부님께서 어머니의 才器를 훌륭하게 여기시어 큰일이든 작은 일이든 모두 상의하셨고, 벼슬에 나아가고 물러나는 일 같은 것은 부인들이 알 만한 일이 아닌데도 반드시 물으셨다. 조모님은 성격이 본시 준엄하시어 좀처럼 사람을 칭찬하시지 않았는데 선비께서는 효성과 공경에 매우 힘쓰시어 시종 게을리 하시지 않았다.42)

앞의 기사는 宋奎臨의 할아버지인 宋希進이 귀양 가면서 며느리인 宜人 沈氏(1613~1672)를 데리고 갔고 또한 가정일 뿐 아니라 '政事의 득실'까지도 같이 상의하였고 또 안정복의 어머니인 恭人 李氏(1694~1767) 역시 시아버지인 安瑞雨가 '벼슬에 나아가고 물러나는 일' 같은 '부인들이 알 만한 일이 아닌 일까지도 며느리의 의견을 반드시 물으셨다'고 함으로써 여성의 지적 능력을 인정하고 있음을 보여주고 있다.

조선시대 여성들에게 있어서 공식적으로 내세우는 미덕은 남편이나 아들 등 남성들의 일에 간여하지 않는 것이라고 하였지만 그것은 어디까지나 공식적으로 표방하는 미덕이었다. 실제로는 지혜와 식견을 갖춘 부인의 경우 시아버지나 남편이나 아들 또는 동생 등 가정 내의 남성들에게 정도의 차이는 있지만 조언과 자문과 규간을 한 경우가 대단히 많았고 또 상대 남성들도 그러한 견해를 흔쾌하게 받아들였던 것이다.

앞에서 조정의 득실에 대해 상의한 기사도 있었지만 그러한 상황을 좀 더 분명하게 기술하여 조정의 정책에 대하여 조언과 자문을 해 주었음을 기록한 기사내용도 있다.

---

42) 『順菴先生文集』卷之二十五, 行狀, 「先妣恭人李氏行狀」.

부인의 동생인 寅燁과 明谷(崔錫鼎)의 아우인 錫恒은 모두 부인을 존경하였다. 두 공이 兩銓을 맡아 明谷公 집에 모여 군사 일을 상의하였는데 해결하기 어려운 일은 간간이 부인에게 질의하였다. 부인은 강하면서도 여유 있게 한마디로 정리하여 주었는데 모두 이치에 맞았고 두 공이 매우 깊이 탄복하였다.[43]

어머님(金萬基의 딸)은 어려서부터 총명하고 지혜로워 尹夫人(金萬基와 金萬重의 母親)이 책을 주면 대략 큰 뜻을 알았다. 古今의 治亂과 일의 성패, 사람의 옳고 그름을 헤아리지 못하는 것이 없었고 식견이 종종 過人하였다. 오빠들인 判書公 형제(金萬基의 아들인 金鎭龜·金鎭圭 형제)가 매번 朝廷의 大事를 諮問하면 어머님이 한 마디로 판결해 주곤 하였다. 判書公 형제가 감탄하며 내 누이가 여자로 태어난 것이 참 애석하다고 하였다.[44]

앞의 貞敬夫人 慶州 李氏(1645~1712, 崔錫鼎 부인) 기사에서는 이씨의 친정동생인 李寅燁과 시동생인 崔錫恒이 모두 이씨를 존경하여 군사 일을 상의하였다 하였고 뒤의 貞敬夫人 光山 金氏(1673~1733, 李舟臣 부인)에 대한 기사에서도 오빠인 金鎭龜·金鎭圭 형제가 누이동생인 김씨(이름 福惠)에게 조정의 큰일들을 상의하고 자문하였다고 하여 때로는 당대 민감한 정치적인 사안에까지 관여하였음을 보여주고 있다.

여성전기문의 내용은 아니지만 李珥의 누나인 梅窓女史(1529~1592)에 대한 다음과 같은 기록은 앞의 기사와도 같은 성격의 기사이다. 梅窓女史는 申師任堂과 李元秀 사이의 맏딸로서 율곡보다는 7살 위였는데 경전과 사기에도 통하며 사리를 널리 알았고 또한 학식과 지혜를 겸비한 여성이었다.

---

43) 『晩靜堂集』 第十六, 墓誌 ,「貞敬夫人慶州李氏墓誌銘」.
44) 『晉菴集』 卷之八, 墓誌,「先妣墓誌」.

율곡이 朝廷에 들어간 후 국가에 중요한 일이 있을 때마다 누나에게 자문을 구하곤 했다. 癸未年(1583) 북쪽 오랑캐의 난이 일어났을 때 율곡이 兵曹判書로 있었는데 군량미가 부족해서 매우 걱정하고 있었다. 이때 매창은 율곡에게 이르되 '오늘날 시급하게 해야 할 일은 모든 사람들이 기쁜 마음으로 따라오게 하는 데 있고 또 그래야만 이 어지러운 판국을 건질 수 있을 것이다. 그런데 우리나라에서는 서얼과 그 후손들을 등용시키지 않고 그들의 길을 막아버린 지 이제 백년이 넘으니 모두들 울분을 참지 못하고 있는 터이다. 그러니 이왕이면 그들에게 곡식을 가져다 바치게 하고 그 대신 벼슬길을 터 준다면 사리에도 옳고 군량도 변통될 것이 아니겠냐'고 하였다. 율곡도 그 말에 감탄하고 그대로 위에 계청한 일이 있었다.45)

앞의 기사에서 살펴본 바와 같이 전기문에서 아내의 모습을 '시집와서 예의를 다해 남편을 섬기고', '문 밖에 앉아 일을 하면서 아침부터 저녁까지 방으로 들어가지 않았다'고 하여 예의를 다하고 순종하는 모습으로 그리고 있다. 또한 남편에게 '벼슬하라 권하지도 않았고 살림이 누추하다고 남편을 어지럽게 하지도 않았으며 또한 순하여 어기지 않는(婉無違)' 모습을 그리고 있다.

그런가 하면 적극적으로 조언과 規諫46)과 조언을 서슴지 않는 모습도 그리고 있다. 남편이 공부를 소홀히 하거나 어머니 뜻을 거스를 때 아내 입장에서 조언하는 것은 충분히 이해가 되는 상황이지만 남편을 찾아온 손님들을 벽 사이에 있는 창틈

---

45) 『栗谷全書』卷三十八 附錄 「諸家記述雜錄」 중 鄭弘溟의 『畸菴雜錄』 기사.
46) 규간은 '옳은 도리나 이치로써 웃어른이나 왕의 잘못을 고치도록 말함' 이라는 의미로 조언보다 좀 더 적극적인 개념이다.

이나 또는 문틈으로 그 언동을 엿보고 선악을 평가한 다음 남편에게 가까이 하지 말 것을 권하는 모습은 상당히 의외의 모습이다.

이런 기사에는 '夫人輒規之曰', '淑人之規警居多', 또는 '性又剛正。見余有過。必以義規警'라 하여 아내의 성격이 강직함을 강조하기도 하였는데 이러한 표현은 앞에서 언급한 순종의 모습과는 대조적인 모습이다. 혹 남편이 아내의 지적에 대해서 화를 내거나 해도 '조금도 동요하지 않고 다만 제가 말하지 않으면 누가 말하겠습니까'라 하면서 '적극적으로 규간하여' '남편이 잘못하는 것을 보면 반드시 옳은 것으로서 깨우쳐 주었다'고 하였다.

또한 많은 전기문에서는 해당 여성이 재물을 중하게 여기지 않고 윤리관을 중시하였다는 것을 매우 강조하여 기록하고 있으면서도 한편으로는 가정 경영에 대한 내용도 상당히 많이 기록되어 있다.

조선시대는 유학의 영향으로 물질보다는 정신적인 면을 중요시하였고 또 그러한 삶의 자세를 긍정적인 삶의 자세로 내세우고 있음은 익히 알려진 바이다. 그러므로 선비가문을 소개하면서 대부분 가장인 남편은 가정경제에 무관심하였고 따라서 부인이 살림을 맡아서 하였다고 기록하였고 부인 역시 재물에 욕심을 보이지 않고 仁義를 더욱 중요하게 생각했다는 것을 강조하고 있다.

그러나 인간의 삶에 있어서 물질을 도외시할 수는 없다. 인간이 삶을 영위하는 데 있어서 경제적인 문제는 결코 소홀히 할 수 없는 중요한 문제인 것이다. 그래서 여성들의 삶을 기록한 전기문을 보면 공식적으로 표방하는 재물에 대한 자세와는 별

개로 가정을 적극적으로 경영한 모습이 상당히 많이 소개되어
있다.

羅原(남편인 吳世勳)은 집안 경영에 힘쓰지 않았다. 부인이 마
흔둘에 혼자 몸이 되었지만 제사를 빠뜨리지 않았고 자녀들을
교양 있는 집안에 시집 장가보냈으며 재화를 잘 운용하여 밭을
사서 재산을 여러 배 불려 놓았다.47)

徵君(梁應鵾)이 큰 재주가 있었지만 과거에 응시하지 않고 安
貧樂道하여 朝夕으로 끼니가 없었다. 부인이 여공에 힘써 추운
겨울과 더운 여름을 가리지 않고 일하여 家計가 풍요해져서 손
님이 오면 대접하는데 조금도 빠진 것이 없었다.48)

(큰 집 옆에) 집 짓고 살면서 농사와 양잠을 부지런히 하시었고
甲子・乙丑(1504・1505)에 흉년이 들어 조세징수가 더욱 가혹해
져서 파산하는 사람들이 많았지만 부인은 현명하게 대처하여 구
업을 잃지 않았다.49)

進士公이 공부하러 외지에 가 있을 때 孺人이 홀로 집안일을
모두 담당했는데 비복 다스리는 것, 농사와 누에치기 쌀과 소금
옷감 등 모든 것을 마땅히 잘 처리하였다. 소리가 밖에 들리지
않았으며 외부에 대한 見識이 과인하여 이전 역사로 비추어 성
패를 판단하였다. 집안에 큰 일이 있을 때면 進士公이 아내의 견
해를 물으며 서로 상의하였다.50)

---

47)『河西全集』卷十二, 墓誌銘,「貞夫人申氏墓誌銘 幷序」.
48)『陽谷先生集』卷之十三 碑○碣,「夫人姜氏墓碣銘 幷序」.
49)『退溪先生文集』卷之四十六, 墓碣誌銘,「先妣贈貞夫人朴氏墓碣識」.
50)『淵泉先生文集』卷之二十八, 墓誌銘[下],「孺人蔡氏墓誌銘」.

그리고 女工을 부지런히 하여 많은 재물을 비축해서 別墅를 짓고 楊川江 어구에 漁船을 마련해 두어 구군이 그곳에서 학문을 닦게 하였다. 그리하여 구군이 늘 사람들에게 말하기를 '누구인들 內助를 받지 않는 사람이 있을까마는 나처럼 어리석은 사람은 실로 많은 도움을 받았다' 하였는데, 이것은 칭찬이 아니었다.51)

위에서 예로 든 기사 즉 貞夫人 申氏(1473~1554, 吳世勳 부인), 晉州 姜氏(1482~1560, 梁應鵾 부인), 貞夫人 朴氏(1470~1537, 李堣 부인이며 李滉 어머니), 孺人 蔡氏(1712~1783, 沈赫 부인), 宜人 鄭氏(1547~1595, 具思孟 부인)에 대한 기사를 보면 물질보다도 유교적인 윤리관을 강조하는 분위기 속에서도 재산운용에 대한 내용이 상당히 비중 있게 기술되고 있음을 알 수 있다. 이것은 당대 많은 여성들이 가정경제 운용에 힘을 기울이고 있었음을 보여주는 것이라 생각한다.

龍湖公의 집은 대대로 매우 貴顯하여 집안이 본래 넉넉하였으나, 중간에 가산이 탕진되었다가 부인이 시집온 이후 힘써 일하고 살림을 계획함으로써, 수년도 안 되어 옛 가산을 다시 일으켰다. 그리하여 배와 수레로 운반하는 물품이 마을길에 연달아 들어옴으로써, 곡식 가마니와 비단 상자로부터 초·장·소금·된장·누룩·말린 고기·땔나무·그릇·돗자리에 이르기까지 모두 여유가 있게 되었다.52)

貞夫人 李氏(1554~1617, 趙存性 부인)의 이 기사는 모두 한

---

51) 『象村稿』 卷之二十三, 墓誌銘 十三首, 「宜人鄭氏墓誌銘 幷序」.
52) 『象村稿』 卷之二十八, 行狀四首, 「貞夫人李氏行狀 續稿」.

가정 또는 한 가문의 부인이 가정경제에 얼마나 중요한 역할을 하는가 하는 것을 보여주고 있으며 또한 이러한 내용을 기사화한 것은 은연중에 그러한 면이 매우 중요한 일이라는 것을 드러내고자 한 것이다. 물자관리에 대한 기사도 있고 당시 중요한 재산이었던 노비관리에 대한 기사도 있다.

> 오직 근검절약에 힘쓰는 한편 날마다 길쌈을 하면서 하루의 日課를 집안사람들에게 配定해 줌으로써 하는 일도 없이 먹고 노는 자가 없도록 하였다. 이렇듯 쓸데없는 비용을 줄이고 괜히 꾸미는 일을 없애도록 한 결과 세월이 흐르면서 비축할 정도로 여유가 있게 될 때도 있었는데, 그럴 때면 또 剩餘 물자를 그대로 남겨 두어 뜻밖의 사태에 대비하게 하였다.53)

貞夫人 朴氏(이름 禮順, 1548~1617, 尹承吉 부인)의 경우 노비를 관리함에 있어서 '하루하루 日課를 配定해 줌으로써 하는 일도 없이 먹고 노는 자가 없도록 하였다'고 하였고 그리하여 '세월이 흐르면서 비축할 정도로 여유가 있게 되었다'고 함으로써 효율적인 노비관리가 집안경영에 있어서 매우 중요한 요인임을 기술하고 있다.

이러한 기사를 살펴볼 때 재물에 무심했다고 하는 주부와 적극적 경영자로서의 주부 모습을 함께 보여주고 있다.

3) 어머니로서의 형상화 양상

李宜顯은 이를 '母敎'라 하고 식견이 남보다 뛰어나서 의리와

---

53)『澤堂先生別集』卷之八, 行狀上,「貞夫人朴氏行狀」.

시비를 매우 분명하게 논변하였다고 설명하고 있다.

여성전기문에서 해당 여성이 어머니로서 자녀 교육에 정성을 기울이는 모습을 기술하는 것은 재론할 여지가 없는 주요 내용이다. 그런데 자녀 교육과 관련된 내용으로는 선비가문의 자녀로서의 교양을 체득하는 것을 기본으로 한다. 물론 선비집안에서 아들이 과거시험에 급제하도록 독려하는 것은 당연한 일이고 그러한 기사도 많이 있지만 자녀를 교육하는 모습에서 특히 강조한 것은 과거 급제보다 선비가문의 일원으로서의 인간성 함양이고 딸에 대한 교육 역시 선비 가문에 시집가서 집안을 잘 이끌 수 있는 능력을 지니게 하는 교육이었다.

> 勉伯이 공부 안하고 놀기 좋아하였는데 孺人(어머니)께서는 매번 곁에서 회유하시고 諺解로 小學과 孟子를 가르쳐 주셨는데 내가 비록 마치지는 못했어도 그로 인해 깨달은 바가 많았다.54)

> 내가 처음 공부를 시작했을 때 아버지께서는 이미 연로하셔서 친히 매일의 과업을 살피실 수가 없었다. 어머니께서는 詩經(二南篇)과 論語 孟子 등의 책을 諺文으로 가르쳐 주셨다. 아버지께서 세상을 떠난 후 내가 놀이에 빠져 공부를 소홀히 할까봐 염려하시어 유명한 선생님을 두루 알아보시고 패물 등을 팔아서 공부를 시키셨으며 아침저녁으로 성공하기를 기원하셨다. 성실하고 인품이 후덕한 스승에게 배우게 하셨고 세상에서 재주 있다고 소문난 사람들은 경박한 사람이 많다고 하시면서 배우게 하지 않으셨다.55)

---

54)『岱淵遺藁』卷之二, 墓文,「先考妣合窆誌」.
55)『金陵集』卷之十七, 墓誌,「先妣墓誌」.

앞의 기사는 安東 權氏(1744~1816, 李忠翊 부인이며 李勉伯 어머니)에 대한 기사이며 뒤의 기사는 貞敬夫人 金氏(1733~1804, 南有容 부인이며 南公轍 어머니)의 기사로서 어릴 때 아들들을 언문으로 가르친 모습이 기록되어 있다. 어릴 때야 어머니가 직접 가르치기도 하였지만 어느 정도 성장하면 좋은 스승 밑에서 공부하여야 하는 것이 당연한 과정이었다. 여러 전기문에서는 어머니가 아들이 학문에 몰두할 수 있도록 정성을 기울이는 모습이 기록되어 있다.

> 아버님이 외출하신 후 나와 再從兄이 놀고 있었다. 어머니가 "너는 독서하라는 명을 받았느냐, 놀라는 명을 받았느냐"라고 하셔서 감히 대답하지 못하자 어머님이 화를 내시며 말씀하시길 "책을 읽으라는 명을 받고서 장난을 치니 공부를 폐한 죄는 작지만 명을 어긴 죄는 크다 사람의 아들이 어찌 이럴 수 있는가"라고 하시고 또 再從兄을 꾸짖으며 말씀하시기를 "너희들은 장차 공부를 열심히 해야 하는데 노는 것만 일삼고 있으니 지금부터 같이 상종하지 말거라"라 하셨다. 그 자식들을 꾸짖음에 옛 가르침에 의거하였으며 목소리가 정돈되어 감히 올려보지 못하게 하셨다.56)

> 나의 벗인 李君美(李慶徽) 형제는 어려서 아버지를 잃었으나 문장이 뛰어났는데 사람들이 그 어머니의 가르침 덕분이라고 하였다. 그 뒤 모두 大科에 급제하고 높은 관직에 오르자 사람들이 그 어머니의 경사라고 하였다. 그 뒤에 君美 형제가 義로써 임금을 섬기고 법도 있는 몸가짐을 하여 세상에 이름이 나자 사람들은 또 다투어 말하기를 아아 그 어머니의 현명함이 이렇게 만든

---

56) 『蒼雪齋先生文集』 卷之十六, 行狀, 「先妣孺人金氏言行記」.

것이다라고 하였다.57)

孺人 金氏(1625~1670, 權濡 부인이며 權斗經 어머니)와 貞敬夫
人 申氏(1590~1661, 李時發의 부인이며 李慶徽의 어머니)에 대한
기사로 당시 양반가의 관심사였던 과거급제를 위하여 독려하는
모습을 보여준다. 그러나 어머니들이 과거급제와 출세만을 강조
한 것은 아니었고 인간으로서의 도리를 실행하는 데에도 교육
의 목표를 삼았다. 다음 礪山郡夫人 宋氏(이름 哲賢, 1608~1681,
李瑛[仁興君] 부인이며 李侯[朗善君] 어머니)의 기사내용이 그러한
양상을 보여주고 있다.

> 여러 자식들을 경계하기를 '바깥과의 사귐을 끊고 또 장기를
> 두거나 술을 취하도록 마시지 말라'고 하였으며 매번 文端(高祖
> 父인 宋寅)의 말과 행동으로 가르쳐 말하기를 '내가 조상들의 가
> 르침을 땅에 떨어뜨리지 않으려 하였는데 그렇게 잘할 수 없었
> 다. 그러나 너희들은 힘써 지키도록 하여라' 하였다.58)

아이가 이미 자라 칠팔 세가 되자 배울 시기를 놓칠까 걱정
하여 데리고 와서 이웃사람 權斗建에게 보내 가르침을 청했다.
그는 당시에 秀才로 이름이 났었는데 부인의 뜻에 감동받아 자
기 스스로 기한을 정하지 않고 그 아들을 가르쳤다. 부인은 아
끼고 사랑하기는 했으나 가르치고 감독하는 것을 느슨하게 하
지는 않았으며 항상 '홀어미 자식은 백배로 노력하지 않으면 이
룰 수 없다' 하였다. 아들은 어머니의 가르침을 힘써 체득하고
과거 공부를 업으로 삼았는데 비록 불행히도 과거에 급제하지

---

57) 『宋子大全』 卷二百, 墓表, 「貞敬夫人申氏墓表」.
58) 『瑞石先生集』 卷十六, 墓誌墓碣墓表, 「礪山郡夫人宋氏墓誌銘 幷序」.

는 못했으나 詩와 禮의 학문에 대해 자세히 알았으며 효성과 신중함으로 다른 사람들에게 알려졌으니 부인의 가르침의 결과였다.59)

부인이 나이 열여섯에 아들 昌漢을 낳았는데 남편은 일찍이 과거공부를 폐하였던 터라 문호가 쇠했다. 공부를 열심히 하여 성취하게 하여야만 했다. 겨우 열 살이 되었을 때 나에게 보냈는데 창한이 처음 집을 떠나왔을 때는 집 생각을 떨치지 못하고 자주 집으로 몰래 도망가곤 하였다. 부인이 그때마다 달래고 깨우치고 하여 돌려보내곤 하였다. 내가 北幕에 부임해 갔을 때에는 부인은 또 趾齋 閔公(閔鎭厚)에게 보내어 공부시켰고 내가 花田에 다시 돌아오자 다시 나에게 보냈다. 거리도 멀고 근친도 잠깐 아이를 무릎에 앉히고 젖을 먹일 때 차마 떼 놓기 어려울 텐데 부인은 온화한 얼굴로 살살 달래기도 하고 때로는 엄하게 꾸짖기도 해서 날이 기울기 전에 반드시 돌려보냈다. 보낼 때는 슬픈 기색은 보이지 않았고 말하기를 너에게 바라는 것은 항상 스승님 곁에 있으면서 보고 감화되어 선변하는 것이다. 돌아올 때마다 기량이 옛날과 같다면 어찌 부모의 마음에 불체하는 것인가.60)

李光庭은 아들이 배울 시기를 놓칠까 걱정하여 이웃의 秀才로 이름난 사람을 찾아가 가르침을 부탁하는 자기의 中表從叔母인 安東 權氏(1648~1714, 洪霖의 부인이며 洪載熙 어머니)에 대해서, 또 李緯는 좋은 스승 밑에서 공부하게 하기 위해서 열 살 밖에 안 된 아들을 멀리 떠나보낸 貞夫人 沈氏(1683~1716, 洪良

59) 『訥隱先生文集』卷之二十, 遺事, 「中表從叔母權氏遺事」.
60) 『陶菴先生集』卷四十五, 墓誌[六], 「贈貞夫人靑松沈氏墓誌」.

輔 부인이며 洪昌漢 어머니)의 열의를 기록하고 있다. 그러면서 '詩와 禮의 학문에 대해 자세히 알았으며 효성과 신중함으로 다른 사람들에게 알려졌으니', '항상 스승님 곁에 있으면서 보고 감화되어 선변하는 것이다'고 하여 교육의 목표가 과거급제에만 있지 않고 인성교육도 매우 중요하다는 것을 강조하고 있다.

九萬에게는 두 아우가 있었는데 모두 요절하였고 홀로 구만만이 남았으니, 부인이 이 구만을 지극히 사랑하지 않은 것은 아니었으나 공부를 시킴이 지극히 엄격하였다. 손수 서산書算을 잡고 함께 책을 읽어 주어 밤낮으로 그치지 않았으며, 구만이 어리석고 게을러서 혹 글을 외지 못하면 종아리를 쳐서 피가 흘러도 용서하지 않았다. 혹자가 부인에게 "부군에게 이미 과거 급제를 원치 않았으면서 아들에게는 어찌 이토록 학문을 독실히 권면하는가?" 하고 묻자, 부인은 말하기를, "학문을 귀하게 여기는 것이 어찌 다만 과거 급제에만 있겠는가. 만일 이 아이가 다소라도 문자를 알아서 부친의 가업을 이으면 되니, 어찌 다시 분수 밖의 바람이 있어서 지나치게 독려하겠는가" 하였다.61)

또한 경계하여 말씀하시기를 "내 타고난 성품이 명예와 이익을 좋아하지 않아 너희들과 더불어 자연 속에 집을 지어놓고 글을 읽고 농사지으며 세상의 성공을 추구하지 않을 생각이다. 선비의 도리란 다만 자기의 몸을 닦고 행동을 바르게 하며 함부로 노닐지 않고 다른 사람에게 위신을 잃지 않으면 마땅히 군자라는 칭송을 얻게 될 것이고 그러면 역시 부모에게 영광이 되지 않겠느냐 어찌 꼭 부귀와 영달을 얻어야만 되겠느냐"라 했다.62)

---

61) 『藥泉集』第二十五, 家乘, 「先妣贈貞敬夫人安東權氏墓誌」.
62) 『陶谷集』卷之二十四, 行狀, 「淑人昌寧成氏行狀」.

내가(海應) 어렸을 때 외할머니를 뵈었는데 외할머니가 말씀하시기를 "산림에 은거하면서 독서하며 뜻을 구하고 逍遙 自適하면 된다. 꼭 과거에 장원급제하고 勢利를 따르려 하지 마라. 그것은 영광된 게 아니라 욕될 뿐이란다." 내가 그 말씀을 공경하여 받아들였다.[63]

내가 연달아 과거에 실패하여 어머니의 뜻에 못 따를까 걱정하였다. 어머니께서는 "命이란 억지로 못하는 것이다. 오직 나의 도리를 다할 뿐이지"라 하셨다. 나이가 서른이 되어서도 안 되자 어머니는 "다시는 시험보지 마라. 요즘의 과거 문제를 보니 하늘을 우러러 얻을 수 있는 것이 아니더라. 너로 하여금 어두운 밤에 문에 들어가 몸에 욕이 되게 하면 그 욕이 부모에게도 미치는 것이고 그러면 그게 무슨 영화가 되겠느냐"라 하셨다. 내가 명을 받들어 어길 수 없었다.[64]

貞敬夫人 安東 權氏(1610~1680, 南一星의 부인이며 南九萬의 어머니)는 아들에게 학문을 권면하는 목적이 과거급제에만 있는 것이 아니라고 했고 淑人 昌寧 成氏(1680~1732, 李世雲의 부인이며 李宜哲의 어머니)는 꼭 부귀와 영달을 얻어야만 되는 것이 아니고 자기의 몸을 닦고 행동을 바르게 하는 것이 선비의 도리임을 강조하였다. 또한 孺人 昌原 黃氏(1702~1784, 李德老의 부인이며 李彦弼의 어머니) 역시 외손자인 成海應에게 과거에 장원급제하고 勢利를 따르려 하지 말라고 충고하였고 貞夫人 海州鄭氏(1808~1880, 郭源兆의 부인이며 郭鍾錫의 어머니)는 당시의 과거문제가 정상적으로 급제할 수 있는 문제가 아님을 간파하고 아들에게 더 이상 과거에 응시할 필요가 없다고 하였다.

---

63) 『研經齋全集』卷之十六, 文○墓誌銘, 「外祖姑孺人黃夫人墓誌銘」.
64) 『俛宇先生文集』卷之百六十五, 行狀, 「先妣贈貞夫人鄭氏行狀」.

교육 뿐 아니라 관직에 진출한 후의 처신 문제에도 조언을 아끼지 않았던 어머니 모습도 있다. 安東 金氏(이름 兒姬, 1632~1701, 宋奎濂의 부인이며 宋相琦의 어머니)는 아들이 臺官으로부터 비난을 받는다는 말을 듣고 노심초사하는 심정을 담은 편지를 보내며 경계시켰다.

내가 忠州 官長으로 있을 때 한 臺官이 나를 헐뜯는다는 말을 들으시고 어머니께서 깜짝 놀라 내게 편지를 보내 말씀하시기를 "너는 관직에 있으면서 어찌 다른 사람의 말을 이르게 하느냐. 세상의 도가 위태롭고 험한 것이 이에 이르니 비록 삼생의 봉양을 받는다 해도 나는 영화로움을 알지 못하겠다. 관직 버리기를 마치 눈물과 침을 버리는 것처럼 하는 것이 옳을 것이다. 어찌 구차하게 있을 수 있느냐"라고 하셨다. 내가 임기를 마치고 돌아오자 기뻐하셨으니 어머니의 마음을 알 수 있었다.[65]

이러한 교육내용을 보면 어머니들은 아들들이 열심히 공부하여 과거에 급제하도록 독려하였지만 인성교육을 통하여 성리학적 윤리관을 실천하도록 하는 역할자로서의 모습으로 형상화되어 있다.

4) 관료 아내(어머니)로서의 역할

부인이 늘 말씀하시기를 '대개 관직에 있는 사람이 더러운 오명을 얻게 되는 데는 부인 아닌 경우가 없다. 그러니 내가 어찌 남편에게 누가 되게 하겠는가' 더욱 근신하고 삼가서 안의 말이 밖에 안 나가게 하고 밖의 말이 안에 들어오지 않게 하였다. 두

---

65) 『玉吾齋集』卷之十五, 行狀, 「先妣行狀」.

현의 백성들이 공이 공평하다 순종한 것은 부인 덕분이었다.66)

貞夫人 李氏(1422~1509, 李增 부인)에 대한 이 기사 내용은 남편이 관직에 진출하였을 때 민정을 청렴하게 하여 명예로운 이름을 얻는가 아니면 탐관오리라는 불명예를 얻게 되는가 하는 것이 전적으로 부인들에게 달려있다는 것을 분명하게 지적한 것이다. 그리고 이런 경우 가장 기본적인 자세가 '內言不出。外言不入'이라는 것이었다.

또한 남편이나 아들이 관직에 재임할 때에 안살림을 청렴하게 관리함으로써 남편이나 아들에게 누가 되지 않게 하였다는 것은 미덕으로서 당연한 내용이다.

都正公께서 다섯 읍의 官長으로 재직하실 때 부인이 안살림을 맡아 뇌물이나 巫卜 등을 범접하지 못하게 하여 관아가 엄숙하였다.67)

鄭公이 젊었을 때 성품이 무엇에도 구애받기 싫어하자 淑人이 매번 規諫하여 마침내 좋은 인재가 되어 長城과 文化 두 읍에 부임하여 善治로서 이름이 난 것은 그 내조의 힘이 매우 컸다. 고로 정공이 항상 처남에게 말하기를 '그대 누나는 나의 배필이라기보다 내 스승이다'라고 하였다.68)

아버님이 지위가 높으셔도 영락하고 빈한한 선비 집안 같았고 命婦를 받았어도 솔선하여 검약하여 항상 무명옷만 입으시고 비

66) 『容齋先生集』卷之十, [散文], 「貞夫人李氏碣銘」.
67) 『象村稿』卷之二十四, 墓誌銘 一十首, 「貞敬夫人鄭氏墓誌銘」.
68) 『畏齋集』卷之七, 墓誌銘, 「伯姊淑人墓誌」.

단은 걸치지 않으셨으며 사람들이 혹 권해도 듣지 않으셨다. 저를 따라 官府에 가셨을 때도 婢女들을 엄격하게 단속하여 안팎으로 드나들게 하지 못하게 하시고 생신 때 제가 약소하게나마 상을 드리면 넘칠까 걱정하시며 우리 兩家의 법식에 어긋날까 두렵다고 말씀하셨다.69)

庚戌年(1670)에 아들 光泗이 橫城縣監이 되었는데 부인은 그 며느리에게 경계하기를 '조심하고 공경하고 삼가서 외부 사람들과 접촉하지 말고 장사치들과 교통하지 말며 무당이나 승려의 술수에 현혹되지 않도록 해서 네 남편에게 누를 끼치는 일이 없도록 해라'고 하였다. 이는 부인이 스스로 실행했던 것을 며느리에게 가르친 것이다.70)

전후로 남편을 따라 여덟 번 고을살이를 나갔는데, 일찍이 털끝만큼도 관청의 물건을 가까이하지 않았다. 士中(남편인 洪萬選)이 청백하다는 명성이 드러난 것은 숙인이 內助한 힘이 많았다.71)

병자년에 부군(李伯瞻)이 성균관에 올랐으며, 을유년에 謁聖文科에 급제하였다. 이후로 淸顯職을 두루 지냈으며, 여러 번 유명한 고을을 맡았고 지위가 方伯에 올랐으며, 부인은 2품의 誥命을 받았으니, 세상 사람들의 입장에서 보면 존귀하고 영화롭다고 할 만한데도 부인은 이 때문에 조금이라도 경계하고 두려워하는 마음을 풀지 않았다. 관청의 음식이 조금이라도 厚한 것을 보면 반드시 말씀하기를 "나는 옛날에 다만 서 말의 곡식을 가

---

69) 『陶谷集』 卷之二十四, 行狀, 「先妣貞敬夫人迎日鄭氏行狀」.
70) 『同春堂先生文集』 卷之十八, 墓誌, 「淑夫人東萊鄭氏墓誌銘 幷序」.
71) 『寒水齋先生文集』 卷之三十, 墓誌 「淑人李氏墓誌銘 幷序」.

지고 처음 살림을 시작하였으니, 원컨대 부군께서는 옛날 일을 잊지 마소서" 하였다.72)

공은 두 번이나 財貨가 풍요로운 관아를 책임졌고, 잇따라 큰 지방의 장관으로 나가 按察하였으며, 오래도록 형조의 장관으로 재직하였다. 그래서 政刑을 행하는 사이에 부정한 방법으로 부인에게 와서 청탁을 하는 경우도 일어나곤 하였는데, 그럴 때면 부인이 통렬히 배척하면서 "다른 사람이라 하더라도 속일 수가 없는 법인데, 하물며 아내 된 사람이 자신의 지아비를 속일 수 있겠는가" 하였다.73)

공이 일찍이 鎭海와 靈山 두 고을의 현감으로 간 적이 있었는데, 부인은 늘 "대저 관직에 있으면서 더러운 이름을 얻는 것은 모두 婦人 때문이었다. 내 어찌 나의 지아비께 누를 끼치리요" 하고, 이로써 더욱 스스로 삼가고 조심하였다. 그리하여 집안의 말은 집 밖으로 나가지 않고 집 밖의 말은 집안으로 들이지 않았으니, 두 고을의 백성들이 공의 청렴하고 공평함에 탄복하고 아울러 부인의 덕을 칭찬해 마지않았다.74)

내 성격이 평소 급하여 부인이 항상 온화하게 경계하였다. 陰城에 부임했을 때 형장소리가 크게 들려오면 곧 측은해 하면서 홧김에 죄를 결정한 것이 아닌지 婢女 등으로 하여금 밖의 사정을 알아오게 하되 곧 끝내서 밖의 일에 간여한다는 우려를 갖지 않게 했다. 관직에 여러 해 있던 시절을 되돌아보면서 "청빈이 내 본분이지 관직을 통해서 어찌 배부름을 구하겠는가"라 하였

72)『寒水齋先生文集』卷之三十, 墓誌,「貞夫人黃氏墓誌銘 幷序」.
73)『澤堂先生別集』卷之八, 行狀 上,「貞夫人朴氏行狀」.
74)『容齋先生集』卷之十, [散文],「貞夫人李氏碣銘」.

다[75)]

앞에서부터 순서대로 貞敬夫人 東萊 鄭氏(이름 末貞, 1542~
1621, 金克孝 부인), 淑人 德水 李氏(1605~1654, 鄭鈵 부인), 貞敬
夫人 迎日 鄭氏(1635~1717, 李世白 부인), 淑夫人 東萊 鄭氏
(1609~1671, 宋時喆 부인), 淑人 李氏(1622~1663, 權格 부인), 貞
夫人 黃氏(1662~ 1718, 李喬岳 부인), 貞夫人 朴氏(이름 禮順,
1548~1617, 尹承吉 부인), 貞夫人 李氏(1422~1509, 李增 부인),
淑人 慶州 李氏(1759~1818, 成海應 부인)에 대한 이들 기사에서
강조하고 있는 것은 해당 여성이 관장의 아내(또는 어머니)로서
청렴했다는 것이고 또 하나는 남편의 일에 간여하지 않았다는
것이다. 이 두 가지를 미덕으로서 강조한 것은 관료사회에서 이
것이 매우 중요하게 평가되는 요소였고 또 남편(또는 아들)의 관
직행로에 도움이 되는 사항이었기 때문이었을 것이기 때문이다.

5) 향촌사회의 구성원으로서의 모습

당시는 대가족사회였기 때문에 대가족 구성원으로서의 역할
에 대해서도 중요하게 생각하였고 나아가 향촌 사회에서의 주
부의 역할 역시 대단히 중요한 역할이었다. 따라서 많은 전기문
에서는 해당 여성이 향당에서 어떤 모습으로 생활했는가 하는
것에 대해서도 비중 있게 기술하고 있다.

공의 아우인 泰仁君이 일찍 어머니를 잃었는데, 부인은 몸소
양육하고 어루만져 사랑하기를 매우 돈독히 하였다. 이에 태인

---

75) 『研經齋全集』卷之十六, 文〇祭文, 「祭亡室文」.

군은 항상 부인의 은덕을 감사해하고 하늘처럼 떠받들었다. 부
인은 이것을 미루어 宗族에까지 미쳐 모두 환심을 얻었다.76)

李孺人이 우리 가문에 들어오자 동서가 다섯 명이 되었는데,
그 다섯 명은 타고난 성품의 완급과 기호가 각기 달랐다. 그러나
유인은 그 사이에서 그들을 한결같이 화순하게 대하였다. 그리
하여 다섯 사람으로 하여금 시종 원한이 없게 하였다.77)

처음에 李氏 집안에 시집가니 대가족에 동서들이 많았으나 공
손하고 조심성 있게 행동하여 위아래와 안팎에 좋지 않은 말이
한마디도 들리지 않았다.78)

수많은 宗人들 사이에서 생활하면서 사소한 甘味라도 서로 나
누어 먹고 寒暖을 함께 함으로써 모두에게 환심을 얻어 남들의
헐뜯는 말이 없었다. 시모의 나이가 이미 많아져서는 자손들이
번창하여 고관대작이 7, 8명에 이르고, 여러 시숙들과 동서들 그
리고 뭇 자제들이 교대로 시모부인을 모시었으므로, 매양 밥 먹
을 때에는 자리와 상을 죽 연접하여 수십 명이 자리를 함께 하였
다.79)

앞에서부터 순서대로 貞敬夫人 魚氏(1644~1717, 李濡 부인),
孺人 李氏(1656~1693, 金昌業 부인), 淑人 申氏(1622~1682, 李時
顯 부인), 羅州 丁氏(1607~1677, 吳挺一 부인)들에 대한 기록들을
보면 가문과 향당에서 생활하면서 어떻게 처신하여 화목한 집

76) 『寒水齋先生文集』卷之三十, 墓誌, 「貞敬夫人魚氏墓誌銘 幷序」.
77) 『農巖集』卷之二十七, 墓誌銘, 「四嫂李孺人墓誌銘 幷序」.
78) 『明齋先生遺稿』卷之三十六, 墓誌銘, 「淑人申氏墓誌銘」.
79) 『白湖先生文集』卷之十八, 墓誌銘, 「判書吳公夫人墓誌銘 並序」.

안을 유지하였는지에 대하여 강조하여 기술하고 있다.

시집와서는 며느리의 도리가 더욱 드러나서, 문벌과 재능을 과시하는 태도가 없었으므로 시부모가 예로 존중하였고 동서들이 공경을 다하였으며, 主婦로서 음식을 주관하는 일의 타당함과 아랫사람을 거느리는 법도가 鄕黨의 모범이 되었다.80)

남의 곤궁함을 보면 마치 미치지 못할 듯이 여겨 구휼해 주었으며, 친족 중에 상喪을 당하거나 굶주리고 헐벗는 자가 있으면 모두 부인에게 의뢰하여, 도움을 받지 않는 자가 없었다.81)

베를 짜서 완성되면 친척들의 혼례나 장례에 부조하였다. 여러 선비들이 아들을 방문하면 기쁘게 맞이하고 후하게 대접하였으며 지나가던 친척들이 밥을 먹지 않고 가면 며칠이나 서운해 하고 기뻐하지 않았다. (중략) 宗孫이 아닌 집안으로서 종손집안을 반드시 어질게 받들었다. (중략) 이웃의 노파들에게도 은혜를 베푸니 친척들이 칭찬하고 감탄하지 않음이 없었다.82)

얻는 것이 있으면 꼭 남에게 주었는데, 항상 말하기를 "別味를 얻을 때마다 친척에게 주고 싶어서 먹고 싶은 생각이 나지 않는다"라고 하였다. (중략) 여러 族姪 중에 빈궁한 자가 있으면 항상 걱정해 마지않았다. (중략) 家君이 어떤 때 노여워하는 일이 있으면 선비가 반드시 너그럽게 풀어 주려고 노력하였으며, 그런 과정에서 호되게 꾸지람을 받는 한이 있어도 피하지 않았다. 그래서 친척과 비복은 물론이요 이웃 동네 사람들까지도 모두

---

80) 『象村稿』卷之二十四, 墓誌銘 十首,「貞敬夫人鄭氏墓誌銘」.
81) 『寒水齋先生文集』卷之三十, 墓誌,「貞夫人宋氏墓誌」.
82) 『宋子大全』卷二百十一, 行狀,「貞敬夫人崔氏行狀」.

선비의 은혜에 감사하면서 시종일관 한 사람도 원망하는 자가 없었다.83)

이들 기사에서 보면 親黨, 族人, 親戚 등에 대해 인자와 자비를 베푸는 모습이 기록되어 있다. 때로는 남편의 반대를 무릅쓰고(어떤 사안인지에 대해서는 기록되어 있지 않지만) 아내인 海平尹氏(이름 信生, 1558~1631, 趙瑩中의 부인이며 趙翼의 어머니)가 친척과 이웃에 대한 인정과 배려를 행했다는 것을 드러내고 있다. 특히 이 기사를 보면 남편의 꾸지람을 감수하면서도 아내가 어떤 일을 풀어갈 수 있었다는 것을 보여주기도 하다. 즉 무조건적인 순종만은 아니었다는 것이다.

茂朱에서 이사 올 때에는 마을의 할머니 몇 분이 떠나오는 선비의 손을 부여잡고 차마 이별을 하지 못해 하며 눈물을 한없이 흘렸다. (중략) 이웃에 양식이 떨어져 매우 어려운 사람이 있으면 힘이 닿는 데까지 구제해 주셨는데, 저녁 지을 쌀을 모두 털어주시면서도 섭섭한 마음을 갖지 않으셨다.84)

宗族과 姻戚과 이웃 사람들이 부음을 듣고 모두들 달려와서 곡하였는데, 곡하기를 아주 슬프게 하였다.85)

宗族과 賓客들 중에도 이에 힘입어서 입신하게 된 자들이 매우 많았다. 이 때문에 선비께서 세상을 떠났을 때 일가들 중에 유복친有服親이 아니면서도 服喪을 한 자가 있었으며, 빈객들 중에서도 마치 단문친袒免親이라도 되는 것처럼 失聲하여 곡하는

---

83)『浦渚先生集』卷之三十三, 墓誌銘, 「先妣淑人墓誌文」.
84)『順菴先生文集』卷之二十五, 行狀, 「先妣恭人李氏行狀 庚寅」.
85)『淸陰先生集』卷之三十五, 墓誌銘, 「淑人豐壤趙氏墓誌銘 幷序」.

자들이 더러 있었다. 아, 슬프다. 이를 통하여 보더라도 선비의 덕이 과연 어떠하였는지 알 수 있다 하겠다.86)

이 기사에서 '宗族과 姻戚과 이웃사람들'이 슬프게 곡하였다고 하였는데 이들에 대한 정신적인 구심점 역할이 매우 중요했던 것이다. 隣里, 里媼, 閭里之家 등의 단어를 보면 해당 가문이 속해있던 鄕村사회에서 信望을 받고 있었음을 강조하고 있다.

2. 立傳 對象 女性의 형상화 양상의 의미

이상의 여성전기문에 형상화된 여성들의 모습을 보면 상당히 상반된 모습들이 소개되어 있다. 즉 해당여성이 자신이 소속되어 있는 사회에서 철저하게 순종하면서 원만한 인간관계를 영위해 나가는 모습을 그리고 있는가 하면 또 한편으로는 직면한 상황에서 자신의 견해를 적극적으로 개진하면서 주도적으로 추진해 나가는 모습을 그리고 있다는 점이다. 「行狀」이나 「墓誌」는 그 글의 속성상 입전 대상여성에 대해 긍정적인 면을 부각시키면서 후세에 남길 필요가 있는 즉 교훈이 될 수 있는 글이라고 전제하며 쓴 글이다. 그럼에도 불구하고 상반된 성격의 언행이 미덕으로 거론되고 있다는 것은 무엇을 의미하는가? 그리고 立傳 文士들이 이러한 상반된 모습을 통하여 보여주려고 했던 여성상은 무엇이었던가?

---

86) 『修堂遺集』 冊五, 行狀, 「先妣行狀」.

여성전기문의 분량은 입전 문사에 따라 또는 입전대상여성에 따라 분량이 다르다. 내용이 짧은 경우에는 대개 앞에서 언급한 순응형의 인간형, 즉 성리학적인 윤리관에 부합하는 인간형을 상당히 공식적인 구성으로 형상화하고 있다. 그리하여 형상화 양상이 상당히 유사하게 나타난다.

그런데 전기문의 내용이 어느 정도의 분량을 갖추고 있는 경우에는 기본적이고 공식적인 형상화 양상을 표면에 내세우면서 한편으로는 해당 여성의 다양한 삶의 모습을 소개하고 있다. 분량으로도 상당히 많으며 소개하는 내용 또한 상당히 다양하다.

여성전기문이 선비가문으로서의 교양을 드러내고자 하는 의도만 있었다면 해당여성이 윤리관을 성실하게 준행하였다는 내용만 기록하면 충분히 의도를 충족시킬 수 있었을 것이다. 그런데 전기문에는 현실을 살았던 생활인으로의 여성의 다양한 모습들이 상당부분 기록되어 있다. 즉 정형화된 인물의 형상화 사이사이로 그 인물 나름으로 지녔던 개성적인 모습과 여러 경우에 처하면서 대처했던 행동과 마음가짐 등을 소개하고 있는 것이다.

여성전기문을 기록한 가장 주된 의도와 목적은 성리학적인 윤리관에 충실한 삶을 살았다는 것이지만 해당여성들이 엄격한 윤리관을 준수하는 데만 그친 것이 아니고 딸로서 부인으로서 그리고 어머니로서 적극적이고 활발하게 생활했던 다양한 삶의 모습을 함께 드러내고자 했다는 것은 입전 문사가 의식했든 못했든 또 다른 입전의도를 가지고 있었다는 것을 의미한다. 즉 이러한 이원적인 형상화를 통해 입전자는 은연중에 여성의 삶에 대한 복합적인 시각을 보여주고자 했다고 할 수 있다.

1) 성리학적 윤리관의 실천자

이상에서 본 바와 같이 해당 가문이 성리학적인 윤리관을 철저하게 준행하였고 특히 해당 여성들이 성리학적 질서를 준수하고 있음을 강조한 것은 무엇보다도 '덕행 높은 선비가문'으로 인정받고자 하는 의도에서였다. 그런데 '덕행 높은 선비가문'으로 인정받고 싶어 하고 그것을 대내외에 과시하고자 했던 이유는 단순히 정신적, 관념적인 문제에만 국한되었던 것이 아니었으며 현실적인 생활을 영위해 나가는데도 유리했기 때문이었다고 생각한다.

이러한 형상화는 실제 해당 여성을 미화시키고자 한 의도가 개입되었을 수도 있고 또 어쩌면 실제로 그러한 윤리관의 실천을 위하여 노력했을 수도 있다. 여기서 중요한 것은 해당 여성의 행적에 대해 미화하거나 과장한 것이든 아니면 실제로 노력한 것이든 간에 그러한 모습이 왜 중요하게 인식되었는가 하는 점일 것이다.

교재를 한글로 번역하고 보급하고자 노력한 결과 유교의 도덕적이고 실천적인 배움의 내용을 강조하는 修身書로서의 여러 문헌의 보급은 성리학에 뜻을 둔 유생뿐만 아니라 민간의 백성과 여성들에게까지 널리 읽혀져 조선시대 전반에 걸쳐 忠孝사상을 중심으로 한 유교 윤리관을 널리 일으키는 데 크게 기여하였다.

조선시대 선비로서 관직에 오른 사람들은 물론 그 자체로 양반가문으로서의 위상에 오를 수 있었지만 관직에 오르지 못한 사람들은 양반으로서의 위상에 대한 문제가 대두될 때에 '성리학적 교양'은 양반임을 내외에 드러내는 중요한 덕목이었다. 따라서 양반가문의 구성원들, 남성은 물론이고 여성들 또한 성리학적 윤리관과 생활철학을 가르치는 서적을 읽고 실행했다고 하는 내용의 기사는 해당 가문이 양반임을 드러내는 중요한 의미의 기사라 할 수 있다. 각종 규범들이 잘 운용되고 가족 및 친족생활이 다른 집단의 모범이 되는 것으로 사회적인 인정을 받는다는 것은 곧 가문의 자랑으로 간주되었다. 그러므로 향촌사회에서 사족을 변별하는 여러 가지 기준 가운데서 관직이 물론 가장 중요한 기준이 되었지만 그 밖에 재산이나 통혼관계 또는 유교적 교양과 실천 등도 중요한 기준으로서 작용하고 있었다.

특히 조선 후기에 이르면 신분이 전반적으로 상향 조정되면서 양반층은 수적으로 크게 증가하게 되었고, 이에 따라 양반층 내에서도 계층분화의 현상이 나타나게 되었는데 특히 양반신분의 결정요인에 있어서 대체로 관직에의 접근과 가계의 위신이 중요한 요인으로 작용하였다. 특히 관직으로부터 여러 대 동안 멀어져 있는 경우에 家系의 威信(家門의 後光)은 양반 신분을 유지시켜줄 수 있는 중요한 요인으로 작용한 것으로 보인다. 그런데 여기에서가계의 위신을 지키는 방도로서 중요한 것이 일상생활에서 양반의 생활양식을 지켜나가는 것인데 특히 성리학적 교양의 획득과 윤리관의 실천은 매우 큰 비중을 차지하는 요인이었다.87) 이러한 현상은 후대로 갈수록 더 강화되어 열녀의식도 더욱 강해지고 행장이나 묘지문 등도 더 많이 기록되었다.

이러한 도덕성이나 품행을 위주로 한 평가기준의 확립은 재야사족의 정체성을 분명히 하고 위신을 높여준다는 점에서 대

---

87) 池承鍾, 「身分槪念定立을 위한 試論」, 『사회와 역사』 11, 한국사회사학회, 1988, 81~82쪽.

단히 중요한 의미를 가졌다. 관직의 고하나 유무 외에 도덕과 품행이라는 별도의 기준이 중시됨으로써 정계에 진출하지 못한 대다수의 재야사족들도 정부와 민중, 양편 모두에게 비록 관직이 없더라도 도덕성이나 품행으로 자신들이 치자계급에 속하는 자임을 당당히 과시할 수 있게 되었던 것이다.[88]

이런 상황 하에서 선비 가문의 구성원들이 성리학적인 교양을 함양하고 있음을 드러내는 것은 선비가문으로서의 위상을 확립하는 데 매우 중요한 일이었다. 그런 점에서 성리학을 보급하는데 중요한 역할을 담당하였던 성리학 교재를 읽고 체득하고자 노력했다는 것은 중요한 일이었다.

유학은 '관계의 철학'이라고 할 수 있는데 유학 중에서도 특히 성리학은 인간의 관계를 수직적인 질서에 입각하여 사회의 안정을 도모하고자 하는 윤리관을 제시하고 있다. 조선시대는 성리학을 통치 질서와 윤리관의 근간으로 삼았으므로 조정에서는 이 사상을 널리 보급시켜서 온 백성을 '敎化'하는 데 목표를 두었는데 '敎化'란 유교적 가치관을 가진 인간의 육성과 그에 입각한 사회질서의 수립이라고 말할 수 있을 것이다. 유교문화는 이 교화과정을 통하여 확산되었으며 유교에서 가리키는 가장 바람직하고 전형적인 통치는 곧 교화였다.

그런데 이 교화의 주체는 국가와 양반층과 향촌사회에서는 지방의 官長과 在地士族이었으며 교화의 대상은 물론 士族이 중심이었지만 부녀자와 어린이도 포함되었다. 그래서 조정에서는 선비들은 물론이고 일반 백성들과 여성, 아동들도 교육시켜야 한다는 논의를 끊임없이 하였고 그에 따라 주요 교육서를

---

88) 유승원, 「조선시대 양반계급의 탄생에 대한 시론」, 『역사비평』 79, 역사문제연구소, 2007, 235쪽.

한글로 번역하여 보급시키고자 하는 논의가 활발하게 이루어졌다. 그리고 한글로 번역하고 보급하고자 했던 대표적인 교재가 『小學』과 『三綱行實』 등이었다. 이러한 노력의 결과 유교의 도덕적이고 실천적인 배움의 내용을 강조하는 修身書로서의 여러 문헌의 보급은 성리학에 뜻을 둔 유생뿐만 아니라 민간의 백성과 여성들에게까지 널리 읽혀져 조선시대 전반에 걸쳐 忠孝사상을 중심으로 한 유교 윤리관을 널리 일으키는 데 크게 기여하였다.

이러한 교재를 학습하는 것은 선비로서의 정체성을 분명히 하고 위신을 높여준다는 점에 있어서도 중요한 것이었지만 또한 실제 현실생활에 있어서도 매우 유리한 요인으로 작용하고 있었다. 즉 선비의 경우에는 관직에 천거되는 주요 요건이 되었고, 왕실 여성의 경우에는 다른 후보자를 물리치고 왕비에 오를 수 있는 기준이 되었다는 등의 기사가 그것이다.

> 이제 성균관이 천거한 것을 살펴보니, 趙光祖・金湜・朴薰 등과 같은 자들… 세 사람은 뜻이 같아서 功利에 급급하지 않고 성현의 학문에 뜻이 있었다. 항상 『小學』을 읽어 그 행실을 戒飭하고 또 논의를 중지하지 않으니, 士林이 자못 사랑하고 소중히 여겼다. 세 사람은 道가 같고 뜻이 맞지만 그 하는 바가 각기 다르니, 氣質이 같지 않기 때문이다. 趙光祖는 밝고 바르고 매우 곧으며, 湜은 통달하고 周遍하며, 薰은 덕행과 기량이 일찍 이루어졌다[89]

> 겨우 8세 때에 皇妣를 여의었는데, 哀毀하여 복상[持服]하기를 한결같이 成人처럼 하니, 그 外從母 昇平夫人이 듣고서 비범

89) 『中宗實錄』, 中宗 10년 을해(1515) 6월 8일 (계해).

한 아이라 하며 거두어 길렀다. 아름다운 규범으로 가르치고 『小學』·『內訓』의 여러 편을 가르쳤는데, 드디어 經書와 史記를 통달하여 크게 행신에 드러났다.[90]

趙光祖의 경우 『小學』을 읽고 생활에서 몸소 실천하여 宣務郎이라는 관직에 추천되었다는 내용이고 章敬王后 尹氏의 경우에는 여러 後宮 중에서도 『小學』·『內訓』 등을 배우고 도덕적인 기품이 뛰어난 윤씨가 왕비로 선택받았다고 하는 내용이다. 물론 이러한 선택의 이면에는 정치적인 배경이 따로 있었겠지만, 대외적으로 성리학적 윤리관의 체득과 실천이 지도자의 위치에 오를 수 있는 주요 덕목으로 표방하고 있음은 분명하다.

그리고 이처럼 실제의 예를 들면서 이들 교재의 중요성을 강조한 것은 당대 治者들이 강조한 풍속의 교화에 매우 충실했음을 보여주고자 한 의도였다고 생각한다. 선비들과 일반 백성들에게 윤리관과 정신생활규범을 강조하고자 하였음을 보여주는 것이다. 그리고 이러한 선비로서의 교양을 체득하고 있었다는 점을 평가할 수 있는 중요한 기준이 성리학적인 윤리관을 가르치는 교재를 통하여 충실하게 교육을 받았다는 것인데 이것은 여성들의 경우도 마찬가지였다.

그리고 이에 해당되는 교육서가 앞에서도 언급한 『小學』을 비롯한 『三綱行實圖』와 『內訓』, 그리고 『列女傳』 등의 교재이다. 특히 이들 교재는 士林派 학자들이 중시했던 책이라는 점에서 시사하는 바가 크다고 할 수 있다.

『小學』은 유교사회의 도덕규범 중 기본적이고 필수적인 내용을 가려 뽑은 것으로서 유학교육의 입문서와 같은 구실을 하였

---

90) 『中宗實錄』, 中宗 10년 을해(1515) 3월 23일 (경진).

다. 내편은 입교入敎・명륜明倫・경신敬身・계고稽古, 외편은 가언嘉言・선행善行으로 되어 있다. 입교는 교육하는 법을 말하는 것이고, 명륜은 오륜을 밝힌 것이며, 경신은 몸을 공경히 닦는 것이고, 계고는 옛 성현의 사적을 기록하여 입교・명륜・경신을 설명한 것이다. 가언은 옛 성현들의 좋은 교훈을 인용하고, 선행은 선인들의 착한 행실을 모아 입교・명륜・경신을 널리 인용하고 있다. 즉, 쇄소灑掃・응대應對・진퇴進退 등 어린아이의 처신하는 절차부터 인간의 기본 도리에 이르기까지 망라되어 있다. 우리나라는 조선 초기부터 『小學』이 중시되었고 많은 학자들이 그 가치와 중요성을 강조하였고 백성들에게도 교화차원에서 널리 보급시켰다. 그리하여 여성들도 한글로 언해된 『小學』을 읽으면서(경우에 따라서는 한문으로 읽기도 하였다) 윤리관을 체득하고자 노력하였다.

또 『小學』 못지않게 중요한 교육서로 『內訓』이 있는데 『內訓』은 1475년(성종 6) 成宗의 어머니인 昭惠王后가 부녀자의 훈육을 위하여 『小學』과 『列女傳』 등에서 요긴한 대목을 뽑아서 편찬한 교육서이다. 이 책은 권1에는 言行・孝親・婚禮, 권2에는 夫婦, 권3에는 母儀・敦睦・廉儉 등의 내용을 담고 있다.

이들 교육서에서 공통적으로 강조하고 있는 것은 여성들에게 자신이 속해 있는 사회에서 자신의 위치를 잘 인식하고 그 인간관계를 원만하게 유지해야 함을 강조하고 있다. 그런데 누구나 주위 사람들과 원만한 관계를 유지하기 위해서는 필연적으로 순종과 양보와 희생이 필요하다. 따라서 이들 교육서에서도 여성들에게 자신이 처한 상황에 순응하기 위하여 순종과 양보와 희생을 강조하고 있다. 그렇기 때문에 감정적인 면을 억제하고 윤리적인 측면을 강조하게 되는 것이다. 그리고 중요한 윤리관으로 충효열을 강력하게 주입시키고자 하였다.

그러므로 여성전기문에서 여성들이 당대 사회적으로 요구되었던 이러한 성격의 교재를 통하여 윤리교육을 충실히 받고 실행하고자 노력하였다는 것은 사족가문으로서의 위상을 드러내는데 중요한 요인이 되었던 것이다.

조선시대 부부간에 지켜야 할 예법으로 내외법이라는 것이 있었다. 내외법이란 일반적인 의미로서 남자와 여자의 영역이 구별되어 있다는 것을 의미한다.

> 禮는 부부간에 서로 삼가는 데서 시작된다. 집을 지을 때에 내외를 구분하여 남자는 바깥에 거처하고 여자는 안쪽에 거처하며 문단속을 철저히 한다. 남자는 함부로 내당에 들지 않고 여자는 밖에 나가지 아니한다. 남자는 집안의 일을 말하지 아니하고 여자는 밖의 일을 말하지 아니한다.91)

첫 번째는 부부 간에 지켜야 할 예의 내용에 대한 것이고 두 번째 글은 남녀 간에 지켜야 할 도리를 언급한 것이다. 말하자면 내외란 남녀 간에 예의를 지키는 것이며 역할을 분담하고 그것에 따라 공간을 분리하는 예의 기준이었다.92)

이러한 내외법의 본 의미가 어떠하든 또 어떤 과정을 거쳤든 남성은 남성의 영역을 지키고 여성은 여성의 영역을 지키는 것이 질서에 순응하는 것이라는 인식이 사회적으로 확산되었고 조선시대 후반으로 오면서 성리학적 명분론과 결합되면서 이 내외관념은 유교적인 질서와 결합되어 남녀 간의 수직적인 관

---

91) 『禮記』,「內則」.

92) 이순구,「朝鮮初期 內外法의 成立과 展開」,『淸溪史學』 5. 한국정신문화연구원 淸溪史學會, 1988, 116쪽.

계로 연관되면서 전승되었다.

그런데 이러한 수직적 질서의 강조는 양반신분으로서의 품위를 보여준다는 점과 함께 좀 더 확대된 의미를 보여준다는 점도 지적할 수 있다. 즉 해당 여성이 여성으로서의 자신의 본분을 벗어나지 않고 잘 지킨다고 하는 것은 모든 사람이 자기의 영역을 지켜야 한다는 것을 은연중 강조하는 것이기 때문이다.

성리학적인 사회에서 예법을 강조함에 따라 종래의 부부·부모·자녀의 관계는 점차 父-夫-子를 중심한 가부장적 수직관계로 재편성됨으로써 夫婦·父子·君臣·嫡庶·主奴·長幼의 철저한 상하 주종관계로 변모되었다.93)

이처럼 모든 인간관계를 철저하게 수직적인 관계로 정립하고 해당 가문에서 이러한 질서를 준수하고 있음을 강조하여야만 그들 사족들은 향촌을 지배할 수 있는 명분을 획득할 수 있고 실제적으로 지배할 수 있었던 것이다. 해당 가문의 여성이 수직적 질서에 순응하고 있음을 강조하고자 한 것은 바로 그러한 인간관계의 정립을 확고하게 정착시키고자 하는 의도가 들어있다고 볼 수 있다.

이와 같은 상황을 고려해 보았을 때 이렇게 성리학적 교양을 실천하였다고 하는 것은 수직적인 질서체계 하에서 해당여성이 자신의 위치를 철저하게 지키고 살았다는 것을 강조함으로써 사회 구성원 모두가 자기의 위치를 잘 지키고 살아가야 한다는 규범적 문제를 제시하는 것과 같다. 이러한 수직적 질서의 강조와 권위의식은 주변사회의 신망을 얻는데도 필요한 것이었다.

이런 점에서 볼 때 여성전기문에서 강조하고 있는 시집과 남

---

93) 李樹健, 「朝鮮前期의 社會變動과 相續制度」, 『韓國親族制度硏究』, 一潮閣, 歷史學會編, 1992, 111쪽.

편에 대한 여성의 '유순함'과 '순종'은 단순히 윤리적이고 도덕적인 시각만이 아니라 또 다른 시각에서의 해석이 가능하다. 즉 그것은 당대 성리학적인 질서체계 즉 수직적 질서의 강조라는 점이다.

이러한 교재 공부뿐 만이 아니라 제사를 정성껏 봉행하는 것도 해당 여성이 속한 가문이 사족가문으로서의 자격을 갖추고 있음을 드러낼 수 있는 중요한 요인이 되었다. 그리하여 제사에 임하는 자세에 대해서도 매우 강조하여 기술하고 있다.

> 부인은 조상 받들기를 마치 생존한 부모 섬기듯 하여, 모든 일에 정성을 들이지 않은 것이 없고, 모든 제물을 갖추지 않은 것이 없었다. 좋은 철을 만나서는 만일 새로운 음식물을 아직 사당에 올리지 않았으면 맛보지 않았다. 봄가을의 큰 제사 때에는 祭日에 앞서 엄숙히 재계하고, 집안을 깨끗이 청소하며, 魚肉 등의 제수들을 준비하고서 제사를 기다렸다가, 제일이 되면 매우 근심하고 슬퍼하면서 祭品을 진설하였다. 그리고 평소에 1년 수입의 10분의 1을 계산하여, 제수의 경비를 헤아려서 마련해 두되, 제수의 경비가 충분하여 적당량에 초과되어야만 바야흐로 손님을 맞아 잔치를 베풀곤 하였으며, 만일 넉넉하지 못한 것이 있으면 힘써 늘려서 채워 놓고야 말았다.94)

> 특히 제사에 신중하여 한번은 아들들에게 이렇게 말했다. '사람의 자식 된 자가 제사를 올리는 예에 마음을 다하지 않는다면 한없이 애통한 마음을 어디서 풀 수 있겠느냐.' 매번 제사가 있을 때면 祭需는 반드시 좋은 것으로 마련하였고 祭器는 반드시 깨끗하게 준비하였다. 이렇게 준비를 갖추고 나서 祭卓에 제

---

94) 『象村稿』 卷之二十八, 行狀 四首, 「貞夫人李氏行狀 續稿」.

물을 놓는 것을 살핀 다음에야 비로소 잠자리에 들었다.95)

그런데 사회적으로 제사를 중시해야 한다는 인식이 강조되면
서 확산되다보니 제사 예법에 대한 논란도 많았다. 집안마다 경
우가 다른 경우도 많았고 또한 제사 시행 방법에 있어서도 여
러 견해가 있을 수 있기 때문이었다. 孺人 閔氏(1636~1698, 鄭
普衍 부인)의 경우에는 남편의 스승인 尤庵 宋時烈 선생에게 예
법을 자문 받아 시행하였고 淑人 申氏(1622~1682, 李時顯 부인
이며 李世龜의 어머니)의 경우에는 문중 사람들의 논란에도 불구
하고 남편이 지은 『祭式圖說』에 의거한 제사법을 아들이 시행
할 수 있도록 소신껏 제사를 거행하였다.

　　戊申年에 또다시 掌令公이 별세하자, 유인은 말씀하시기를
‘태백산은 비록 선친이 뜻을 두신 곳이었으나, 묘소가 아득히 멀
고 후손들이 아직 어리니, 이후의 香火를 염려하지 않을 수 없
다’ 하였으며, 또 지관들의 말은 자황雌黃이 많았다. 이에 유인은
마침내 사람을 尤庵 선생께 급히 보내어 稟하여 상의하고는 堤
川의 남쪽 月林里에 묘소를 다시 마련하였으니, 이는 掌令公이
일찍이 후사를 선생에게 부탁했기 때문이었다. 掌令公을 장례한
다음 유인은 직접 太白山으로 가서 李夫人과 處士의 묘소를 이
장하였으며, 다음해에는 다시 가서 參議公(외조인 洪仁傑)과 宣敎
郎(潘)의 산소를 이장하여 함께 한 산에 장례하였다. 혹자들이
아이가 크기를 기다리라고 말하자, 유인은 듣지 않으며 말씀하
시기를 ‘수십 년 후의 人事를 어찌 기필할 수 있겠는가’ 하였
다.96)

95) 『明齋先生遺稿』 卷之三十七, 墓誌銘, 「貞敬夫人朴氏墓誌銘」.
96) 『寒水齋先生文集』 卷之三十, 墓誌, 「孺人閔氏墓誌銘 幷序」.

처음으로 선친이 조주祧主의 제사를 모시게 되자 고금의 禮書들을 채록하여 『祭式圖說』을 지었는데, 미처 간행하지 못하고 별세하였다. 세귀가 선친의 뜻을 이어받아 모든 것을 『祭式圖說』에 따라 제사를 지내자 비로소 내외의 祭官이 구비되었다. 집안에서는 처음 보는 일이라 생각이 서로 맞지 않고 찬동하지 않는 사람이 많았으나 선비가 과단성 있게 이를 좇아 술 주전자 북쪽에서 친히 감독하여 결국 『祭式圖說』에 따라 제사를 지냈다. 제수용품이 예전에 지내던 풍습에 비해 매우 간소하여 마음이 편치 않았으나 그러한 마음을 접고 예법에 따랐으니, 선비가 예법의 大體를 이해하고 자신의 마음이 가는 대로 하지 않은 것이 이와 같았다.97)

다음과 같은 여러 기사들도 모두 제사에 충실하였음을 보여주고 있다.

고모는 일찍이 부모와 시부모의 상에 居喪하면서 哭泣하고 祭奠을 올림에 있어 정성과 예를 다하였다. 남편의 상을 당해서는 죽기로 자처하여 再期 동안에 겨우 실낱같은 목숨을 부지하였다. 그 뒤 해진 옷을 입고 채소만을 먹으면서 이십팔 년을 지내다가 天壽를 마치셨는데 향년 팔십 세였다.98)

禮制에 지나치도록 너무 슬퍼하다가 이로 인해 병을 얻어 위독하게 되었으므로, 監正公이 매우 힘써 치료하여 마침내 병이 나았다.99)

---

97) 『明齋先生遺稿』卷之三十六, 墓誌銘, 「淑人申氏墓誌銘」.
98) 『潛谷先生遺稿』卷之十二, 墓表, 「姑宜人淸風金氏墓表」.
99) 『佔畢齋集彝尊錄 附錄』, 「先妣朴令人行狀」.

때로는 몸까지 상해 가면서 까지도 祭禮에 대한 禮法을 지켰다는 내용이다. 당시 이러한 제사 봉행은 양반가로서의 체면과 위상에 직결되기 때문에 대단히 중요한 것이었다. 朴趾源의 다음과 같은 기사를 보면 당시의 분위기를 감지할 수 있다.

> 恭人은 힘을 다하여 그 열 식구를 먹여 살렸으며, 제사 받들고 손님 접대하는 데에 있어서도 名門大家의 체면이 손실되는 것을 부끄러이 여겨 미리 준비하고 변통하기 거의 이십 년 동안에 애가 타고 뼛골이 빠졌으며 근소한 식량마저 바닥이 나게 되니, 마음이 위축되고 기가 꺾이어 마음먹은 뜻을 한 번도 펴 본 적이 없었다.100)

朴趾源의 맏형수인 恭人 李氏의 墓誌銘에서 박지원의 형수가 '제사 받들고 손님 접대하는 데에 있어서도 명문대가의 체면이 손실되는 것을 부끄러이 여겨'라고 함으로서 '봉제사 접빈객'이 명문대가의 체면을 지키는 데 매우 중요한 요인이었음을 말하고 있다.

이처럼 여성들이 성리학적 윤리관에 입각하여 忠孝烈을 遵行하고자 노력하고 또한 祭祀에 정성을 다하고자 노력한 것은 사족으로서의 위상을 드러내고자 한 데 기인한다고 할 수 있다.

사족으로서의 위상은 성리학적 질서를 준행하는 것과 아울러 향촌사회에서의 인정도 매우 중요한 요인이 되었다. 즉 해당 가문이 향촌사회에서 여러 가지 면에서 구심점이 되고 있다는 것을 인정받고 과시하는 것도 해당 가문의 사족으로서의 위상을 증명할 수 있는 중요한 요인이 되었다고 할 수 있다.

---

100)『燕巖集』卷之二,「煙湘閣選本」,「伯嫂恭人李氏墓誌銘」.

향촌사회를 지배하는 데 있어서 이러한 규범을 강조하는 대상으로서 고려해야 할 대상으로 향촌의 다른 구성원들(같은 마을의 친인척)이었고 가문의 정신적(때로는 경제적) 구심점으로서의 영향력을 행사하는 데 중요한 대상이었다. 그러므로 이들을 대상으로 해당가문의 중심인물이었던 입전대상여성이 어떻게 처신하고 행동하는가 하는 것은 대단히 중요한 행적이었다.

향촌사회를 지배하는 힘으로는 이러한 도덕적인 권위와 함께 덕을 베풀어서 획득하게 되는 정신적인 구심점으로서의 위상도 함께 작용하게 된다. 여성전기문에서 많이 거론되는 종족과 마을사람들에 대한 원조와 배려에 대한 기사는 바로 이러한 정신적인 구심점으로서의 위상을 보여준다.

> 베를 짜서 완성되면 친척들의 혼례나 장례에 부조하였다. 여러 선비들이 아들을 방문하면 기쁘게 맞이하고 후하게 대접하였으며 지나가던 친척들이 밥을 먹지 않고 가면 며칠이나 서운해하고 기뻐하지 않았다. (중략) 宗孫이 아닌 집안으로서 종손집안을 반드시 어질게 받들었다. (중략) 이웃의 노파들에게도 은혜를 베푸니 친척들이 칭찬하고 감탄하지 않음이 없었다.[101]

> 얻는 것이 있으면 꼭 남에게 주었는데, 항상 말하기를 "別味를 얻을 때마다 친척에게 주고 싶어서 먹고 싶은 생각이 나지 않는다"라고 하였다. (중략) 여러 族姪 중에 빈궁한 자가 있으면 항상 걱정해 마지않았다. (중략) 가군이 어떤 때 노여워하는 일이 있으면 선비가 반드시 너그럽게 풀어 주려고 노력하였으며, 그런 과정에서 호되게 꾸지람을 받는 한이 있어도 피하지 않았다. 그래서 친척과 비복은 물론이요 이웃 동네 사람들까지도 모두

---

101) 『宋子大全』 卷二百十一, 行狀, 「貞敬夫人崔氏行狀」.

선비의 은혜에 감사하면서 시종일관 한 사람도 원망하는 자가
없었다.102)

이들 기사에서 보면 親黨, 族人, 親戚 등에 대해 인자와 자비
를 베푸는 모습이 기록되어 있다. 때로는 남편의 반대를 무릅쓰
고(어떤 사안인지에 대해서는 기록되어 있지 않지만) 아내인 해평
윤씨가 친척과 이웃에 대한 인정과 배려를 행했다는 것을 드러
내고 있다. 특히 이 기사를 보면 남편의 꾸지람을 감수하면서도
아내가 어떤 일을 풀어갈 수 있었다는 것을 보여주기도 하다.
즉 무조건적인 순종만은 아니었다는 것이다.

> 茂朱에서 이사 올 때에는 마을의 할머니 몇 분이 띠나오는 선
> 비의 손을 부여잡고 차마 이별을 하지 못해 하며 눈물을 한없이
> 흘렸다. (중략) 이웃에 양식이 떨어져 매우 어려운 사람이 있으면
> 힘이 닿는 데까지 구제해 주셨는데, 저녁 지을 쌀을 모두 털어
> 주시면서도 섭섭한 마음을 갖지 않으셨다.103)

> 宗族과 姻戚과 이웃 사람들이 부음을 듣고는 모두들 달려와서
> 곡하였는데, 곡하기를 아주 슬프게 하였다.104)

위의 기사는 앞에서도 소개했었는데 이 기사에서 '宗族과 姻
戚과 이웃사람들'이 슬프게 곡하였다고 하였는데 이들에 대한
정신적인 구심점 역할이 매우 중요했던 것이다. 隣里, 里媼, 閭
里之家 등의 단어를 보면 해당 가문이 속해있던 鄕村사회에서

---

102) 『浦渚先生集』 卷之三十三, 墓誌銘, 「先妣淑人墓誌文」.
103) 『順菴先生文集』 卷之二十五, 行狀, 「先妣恭人李氏行狀 庚寅」.
104) 『淸陰先生集』 卷之三十五, 墓誌銘, 「淑人豐壤趙氏墓誌銘 幷序」.

信望을 받고 있음을 강조하고 있다. 이러한 신망은 앞에서 언급한 인자함과 자선에 의해서도 획득할 수 있는 것이겠지만 때로는 가문의 위세를 보여줌으로 해서 승복하게 한 경우도 있었다.

수많은 宗人들 사이에서 생활하면서 사소한 甘味라도 서로 나누어 먹고 寒暖을 함께 함으로써 모두에게 환심을 얻어 남들의 헐뜯는 말이 없었다. 시모의 나이가 이미 많아져서는 자손들이 번창하여 高官大爵이 일고여덟 명에 이르고, 여러 시숙들과 동서들 그리고 뭇 자제들이 교대로 시모부인을 모시었으므로, 매양 밥 먹을 때에는 자리와 상을 죽 연접하여 수십 명이 자리를 함께 하였다. 때로 경사스러운 날이나 명절이 되면 종족과 친한 손들을 모아서 주식酒食을 베풀어 시모부인을 기쁘게 해드렸다.105)

吳挺一의 아내인 羅州 丁氏(1607~1677)들에 대한 기사이다. 집안이 커서 평소에도 수십 명이 식사를 함께 하고 명절이나 경사스러운 날이면 더 많은 종족들과 손님들에게 주식을 베풀었다고 하여 배려를 드러냄과 동시에 문중의 중심 집안으로서의 위상을 드러내고 있는데 다음 貞夫人 完山 李氏(1555~1626, 金大賢 부인이며 金奉祖와 金榮祖의 어머니)의 기사는 그러한 권위의 모습을 한껏 드러내고 있다.

공이 졸하였을 때 여러 아들들이 아직 대부분 어렸다. 부인은 온갖 고생을 하면서 가르치고 기르기를 자애로우면서도 엄하게 하여 끝내 성취시켰다. 이에 恩榮을 하거나 慶祝을 하는 날에는 아들 형제들이 모두 복장을 갖추어 입고 당 아래에 늘어서서 절

---

105)『白湖先生文集』卷之十八, 墓誌銘, 「判書吳公夫人墓誌銘 並序」.

을 하여 桂林과 崑玉이 휘황찬란하게 빛을 발하며 줄지어 서고, 瑤環과 瑜珥가 좌우에서 모시고 서 있었으므로 향리의 구경하는 사람들이 모두 혀를 차면서 칭찬하고 탄복하였다.106)

이러한 가문의 번영과 번창함을 보여줌으로 해서 '향리의 구경하는 사람들' 즉 주변사람들로 하여금 '혀를 차면서 칭찬하고 탄복하였'고 하는 것은 해당 가문의 위세에 머리를 숙이게끔 하는 것으로 이러한 권위는 실제 생활을 영위해 나가는 데 중요한 힘으로 작용하였을 것이다.

이러한 사족으로서 교양을 갖추고 있다고 하는 사족가문으로서의 과시는 명문가와 혼맥을 유지하는 데도 대단히 중요하게 작용하였다. 다음과 같은 기사는 그러한 양상을 잘 보여주고 있다.

龍湖公은 어려서 부친을 여의었으므로, 대부인 月城 李氏(할머니)가 그를 가르쳐 성립시켰는데, 조상에 대한 사사祀事의 막중함과 자손의 계승에 대한 어려움을 염려하여, 용호공이 선대의 업을 이어 집안을 잘 다스릴 수 있음을 알고는, 용호공과 짝이 되어 서로 도와 조상께 奉祀할 만한 규수를 찾은 나머지, 과연 부인을 간택하여 며느리로 삼게 되었다.107)

鐵城 李氏는 고려 존비尊庇로부터 현달하기 시작하였으니, 판밀직사사 세자원빈(判密直司事世子元賓)이었다. 그의 아들 우瑀는 철성군鐵城君이고, 철성군이 문하시중門下侍中 휘 아무개를 낳았고, 문하시중은 집현전 제학 휘 강岡을 낳았고, 제학은 의정부

---

106) 『淸陰先生集』 卷之三十三, 墓誌銘, 「贈貞夫人完山李氏墓誌銘 幷序」.
107) 『象村稿』 卷之二十八, 行狀 四首, 「貞夫人李氏行狀 續稿」.

우의정 휘 原을 낳았다. 우의정은 某縣 崔氏를 아내로 맞았으니 군부총랑軍簿摠郎 최정지崔丁智의 따님으로, 이분이 이공을 낳아 부인의 배필이 되게 하였다. 이러고 보면 대대로 명망이 있는 두 큰 집안끼리 서로 혼인한 것이니, 나라에서 望族을 일컫는 자들 은 반드시 이 두 집안을 꼽는다.108)

孺人 趙氏는 본관은 豐壤이다. 아버지는 진사 趙來陽으로 左 議政인 浦渚先生 翼의 아들이며 어머니는 領議政인 延陽府院君 李時白의 딸이다. 浦渚先生 翼과 領議政 李時白이 평소 친분이 돈독하였는데 進士公인 趙來陽이 문장으로 뛰어나고 李時白 딸 도 부덕을 갖추었으므로 서로 배필로 삼았다.109)

同春先生 宋公의 어진 아내 晉州 鄭氏는 愚伏 鄭經世의 따님 이시며 어머니는 眞寶 李氏로 退溪 李滉의 傍親이다. (중략) 同春 의 부친인 榮川公은 동춘을 매우 사랑했고 宗祀의 중요함을 생 각하여(혼인을 의미함) 文元公 金長生에게 가서 상의하였다. 김장 생이 여러 名家를 지목했지만 榮川公이 마음에 내켜하지 않았 다. 仁祖께서 등극하시어 정사를 시작하셨을 때 文肅公 鄭經世 가 제일 먼저 부름을 받고 筵席 윗자리에 앉아 있었다.(당시 弘文 館 副提學) 文肅公 역시 딸을 위하여 여러 가문에서 사윗감을 구 하고 있었는데 찾지 못하고 있었다. 文肅公에게 동춘에 대해 말 해준 사람이 있었고 이에 두 집안이 매파 없이 혼인을 정하였다. 혼례 때에 文肅公이 임금께 말미 주시기를 청하자 仁祖께서 婚 需까지도 내려주시는 영광을 얻었다.110)

---

108)『容齋先生集』卷之十, [散文],「貞夫人李氏碣銘」.
109)『南溪先生朴文純公文正集』卷第七十六, 墓誌銘,「孺人趙氏墓誌銘」.
110)『宋子大全』卷一百八十七, 墓誌,「贈貞敬夫人鄭氏墓誌」.

榮川公(宋爾昌, 1561~1627)이 아들인 東春(宋浚吉, 1606~1672)을 매우 사랑했고 또한 宗祀의 중요함을 생각하여 文元公 金長生(1548~1631) 등과 상의하는 등 많은 명문가에서 신부를 구하다가 愚伏 鄭經世(1563~1633)와 退溪 李滉의 傍親인 眞寶 李氏의 따님인 晉州 鄭氏(1604~1655)를 며느리로 맞게 되는 과정을 보여주고 있다.

송준길은 아버지 宋爾昌이 46살, 어머니 光州 金氏(金殷輝의 女)가 42살에 얻은 아들이었다. 어머니가 이미 여러 자녀를 낳았지만 일찍 요절하고 송준길을 42살에 낳았다고 하였다. 그러니만큼 더욱 더 좋은 혼처를 찾았던 것으로 보인다. 어머니는 송준길이 16세 되던 해인 1621년에 57세를 일기로 세상을 떠나 아들이 혼인하는 것을 보지 못했다. 송준길은 18세 되던 1623년에 혼인하였다.

그런데 송준길에 대한 혼담이 오가던 과정에 대한 기사를 보면 당시 혼인을 맺던 양상을 엿볼 수 있다.

> 내가 아직 혼인하기 전에 집안이 좋지는 않지만 권세와 부귀가 있는 집안에서 구혼한 일이 있었는데 어머니는 '화와 복은 정해진 운수가 있는데 이러한 사람들과 혼인을 논하는 것은 죽어도 하기 싫다'고 하셨다. 이처럼 대의를 통찰하시어 명을 맡기도 순리에 따르심이 이와 같으셨다.111)

여기서 '집안이 좋지는 않지만 권세와 부귀가 있는 집안'은 어떤 집안을 말하는가. 竹泉 金鎭圭가 쓴 외할머니 德水 李氏(1605~1684, 韓有良 부인) 행장에는 다음과 같은 기록이 있다.

---

111) 『同春堂先生文集』 卷之二十一, 行狀, 「先妣贈貞夫人光州金氏行狀」.

仁敬王后가 부인에게 외손녀가 되는데 이미 왕후의 자리에 올랐으므로 궁궐에 출입할 수 있었다. 문벌이 더욱 빛나게 되었으나 더욱 겸손하고 조심하여 두터운 은혜를 믿고 함부로 하지 않으셨다. 왕실과 가까운 집안에서 손녀에게 구혼하였는데 위세로써 윽박질렀으나 외할머니는 전혀 흔들리지 않으셨다. 그 아들에게 배우자 맞이하는 문제를 말씀하시며 집안에서 연달아 공주집에 혼인하는 것을 책하시고 혼인은 반드시 土族에서 택하고 貴宗과는 혼인하지 말라고 하셨다.112)

'有醜而權貴者'와 '貴宗'은 통하는 것이라 할 수 있는데 사족 즉 선비가가 아닌 권세가이니 선비로서의 정신적 교양 내지는 삶의 자세를 지니지 못하고 권세와 부귀만을 좇는 집안을 지칭하는 것으로 보인다.

이상과 같이 살펴보았을 때 한 가문이 선비가문으로서의 위상을 인정받기 위하여서는 남성뿐만이 아니라 여성들의 품행도 중요하다고 간주되었다. 따라서 부인들은 충효열을 실행하고 제사에 정성을 다하는 등 성리학적 윤리관에 충실하고자 노력하였다. 이것은 한 가문의 품격을 좌우하는데 여성들의 역할도 매우 중요했음을 보여주고 있는 것이다.

2) 주체적 의사 결정자로서의 모습

앞에서 언급한 것처럼 아내의 입장에서 남편에게 공부를 열심히 해야 한다든가 부모에게 효도해야 한다든가 하는 조언은 충분히 받아들일 수 있는 것이다. 여성의 미덕이 유순함이고 여

---

112) 『竹泉集』 卷之三十五, 行狀, 「外祖妣淑夫人德水李氏行狀」.

성의 역할은 순종을 통한 원만한 인간관계 유지하는데 절대적인 덕목이었기 때문이다. 그런데 살아가면서 당면하게 되는 여러 문제에 대하여 여성들이 적극적으로 결정해 나가는 모습을 때로는 조심스럽게 기술하면서도 때로는 과감하게 기술하고 있다. 이러한 면은 당대 사회분위기에 비추어 보았을 때 미화나 과장이 아닐 가능성이 많다.

즉 전기문에는 이러한 조언보다도 더욱 적극적인 조언 즉 규간, 감계의 내용도 많이 있다. 예를 들어 남편 찾아온 손님을 몰래 엿보고서 그들의 됨됨이를 평가하고 남편에게 사귈 사람인가 사귀지 말아야 할 사람인가를 조언하는 것도 남편에 대한 순종이 미덕이라고 생각하는 일반적인 부인의 언행과는 다른 모습이다. 그리고 여성전기문에는 이러한 자신의 생각과 견해를 적극적으로 개진하여 관철시키는 여성들의 모습이 상당히 많이 기록되어 있다.

특히 당시 사회 상황에 비추어 보았을 때 남편의 관직 진출은 대단히 중요한 사안이었는데 그 문제에 대하여도 당시의 정치적 상황을 고려하면서 서슴없이 자신의 목소리를 내곤 하였다.

趙正萬(1656~1739)의 부인인 完山 李氏(1663~1704)는 남편이 뛰어난 문장 재능을 바탕으로 관직에 진출하고자 노력하는 것을 보고 '명예와 복은 함께 누리기 어렵다'는 자신의 철학을 들면서 명예보다는 수복을 누리는 것이 좋지 않겠는가 하면서 관직 진출을 만류하였다.

南九萬의 어머니인 安東 權氏(1610~1680) 역시 친척인 校理 吳達濟와 鄭雷卿이 과거에 합격하여 관직에 올라 많은 사람들의 부러움의 대상이었지만 정치적 사건으로 화를 입는 것을 보고 남편인 南一星이 관직에 나가는 것을 말렸다113)고 하였으며 또한 蔭官으로라도 벼슬을 구하고자 하는 남편을 말리면서 그렇게 연줄로 진출하면 계속해서 뇌물을 바쳐야 하고 그리고 그러한 처신은 결코 대장부가 할 일이 아니라고 단호하게 선을 긋는 晉州 柳氏(1551~1621, 洪德祿 부인)의 모습도 인상적이다.114) 그리고 이러한 기사를 쓰는 문사들도 앞의 경우 '그 性識의 밝음이 규방에만 제한되겠는가' '집안사람들이 '女處士'라 평하였다. 이 말을 들은 남편이 아내를 더욱 공경하였다'고 한 것은 이러한 여성들의 소신을 긍정적으로 높게 평가한 것이다.

아들이 부모봉양을 위하여 고향관장으로 나가게 해달라고 임금에게 청하는 경우에 대해서도 비판적인 견해를 보이고 있는 기사도 있는데 長興 任氏(1698~1782, 趙尙紀 부인)가 아들인 趙璥에게 한 다음과 같은 발언이 그것이다.

> 세상에 부모를 위하여 고향 관장으로 나가는 사람 많다. 부인
> 왈 걸군은 나라의 은혜 그러나 너희들에게 영광스러운 관직 내
> 분에 넘친다. 하물며 군신의 사이가 엄절한데 비록 부모를 위해
> 서라지만 어찌 감히 수령되기를 자청하는가. 불초 등이 乞郡하
> 는 글을 쓰지 못한 것은 어머니 뜻이었다.115)

또한 때로는 문중 일에 대한 남편의 결정에 대해 반대의견을 제시하여 관철시키는 모습도 있다.

---

113) 『三淵集』卷之二十八, 墓誌銘, 「淑人完山李氏墓誌銘 幷序」.
114) 『木齋先生文集』卷之八, 行狀, 「祖妣柳氏行蹟記」.
115) 『荷棲集』卷之八, 墓誌, 「先妣墓誌」.

여러 族姪 중에 빈궁한 자가 있으면 항상 걱정해 마지않았다. 언젠가 기근이 들었을 때에 어떤 족질이 先世에 분할하지 않은 田地를 팔려고 하자, 家君이 "선세의 재산은 宗孫이 처분하는 것이 마땅하니, 다른 후손들이 멋대로 팔면 안 된다"라고 하였는데, 이에 대해서 선비가 말하기를 "자손이 굶어 죽을 처지에 놓여 있는데, 조상의 전지를 팔지 않으면 어떻게 살 수 있겠습니까"라고 하였다. 선비가 재물을 가볍게 여기고 빈궁한 자를 불쌍하게 여긴 것이 대개 이와 같았다.[116]

海平 尹氏(이름 信生, 1558~1631, 趙瑩中의 부인이며 趙翼의 어머니) 기사에서 아들 趙翼은 '재물을 가볍게 여기고 빈궁한 자를 불쌍하게 여긴 것'을 평가하였지만 자세히 들여다보면 남편의 결정에 대해 뒤집는 쪽으로 일을 해결한 것이다. 그리고 이 기사를 보면 남편의 꾸지람을 받으면서도 피하지 않으면서 남편의 노여움에서 생긴 일을 해결하고자 노력하였던 모습을 볼 수 있다.

家君이 어떤 때 노여워하는 일이 있으면 선비가 반드시 너그럽게 풀어 주려고 노력하였으며, 그런 과정에서 호되게 꾸지람을 받는 한이 있어도 피하지 않았다. [117]

이러한 지혜와 식견에 대한 인정은 남편 뿐 아니라 시집에서도 인정받기도 하여 앞에서도 언급했던 宜人 沈氏(1613~1672)와 恭人 李氏(1694~1767)의 기사에서 시아버지가 며느리의 식견을 인정해주는 모습이 표현되어 있다.

---

116) 『浦渚先生集』卷之三十三, 墓誌銘 十首, 「先妣淑人墓誌文」.
117) 앞의 글.

얼마 지나지 않아 할아버지(宜人沈氏의 媤父인 宋希進)께서 바닷가 고을로 귀양을 가시게 되셨을 때 '풍토가 몹시 나쁘지만 이 며느리라면 나를 잘 봉양할 수 있을 것이다'라고 하시고 마침내 함께 가셨는데 政事의 得失에 대한 것까지도 때때로 물어보시곤 하셨다.118)

조부님께서 어머니의 才器를 훌륭하게 여기시어 큰일이든 작은 일이든 모두 상의하셨고, 벼슬에 나아가고 물러나는 일 같은 것은 부인들이 알 만한 일이 아닌데도 반드시 물으셨다. 조모님은 성격이 본시 준엄하시어 좀처럼 사람을 칭찬하시지 않았는데 선비께서는 효성과 공경에 매우 힘쓰시어 시종 게을리 하시지 않았다.119)

앞의 기사에서는 시아버지가 며느리와 가정 일 뿐 아니라 '政事의 득실', '벼슬에 나아가고 물러나는 일' 같은 '부인들이 알 만한 일이 아닌' 일까지도 며느리의 의견을 반드시 물으셨다. 또한 貞夫人 朴氏(1470~1537, 李埴 부인이며 李滉 어머니), 晉州 姜氏(1482~1560, 梁應鯤 부인)의 기사에서 역시 현실적인 어려움을 피하지 않고 정면 돌파했던 모습을 볼 수 있다.

(사당 옆에) 집 짓고 살면서 농사와 양잠을 부지런히 하시었고 甲子・乙丑(1504・1505)에 흉년이 들어 조세징수가 더욱 가혹해져서 파산하는 사람들이 많았지만 부인은 현명하게 대처하여 구업을 잃지 않았다.120)

---

118) 『宋子大全』 卷一百八十七, 墓誌, 「宜人沈氏墓誌」.
119) 『順菴先生文集』 卷之二十五, 行狀, 「先妣恭人李氏行狀」.
120) 『退溪先生文集』 卷之四十六, 墓碣誌銘, 「先妣贈貞夫人朴氏墓碣識」.

徵君(梁應鶹)이 큰 재주가 있었지만 과거에 응시하지 않고 安貧樂道하여 朝夕으로 끼니가 없었다. 부인이 여공에 힘써 추운 겨울과 더운 여름을 가리지 않고 일하여 家計가 풍요해져서 손님이 오면 대접하는데 조금도 빠진 것이 없었다. (중략) 이웃에 못된 사람이 살아서 화가 미칠 것 같아 동생인 知事公이 이사 가자 하였으나 부인은 남편과 같이 일군 토지가 있어서 안 된다 하였는데 그 못된 사람은 얼마 안 있어 망했으니 사람들이 그 현명함을 알게 되었다.[121]

당시 과부였던 강씨는 이사 가자는 동생의 제안을 물리치고 당당하게 대응하여 난관을 타개해 나갔다. 慶州 金氏(1614~1693)는 남편이 鳳山에 제수 받았을 때 사양하도록 하였다.

(남편) 羅星度가 鳳山에 제수 받았을 때 숙인이 "이는 오랑캐 사신들이 왕래하는 길이니 어찌 가히 가겠습니까. 다른 날 호남 고을에 제수 받게 되면 두 아이들도 호남의 어진 선비들 문하에 들어가게 하는 것이 더 낫겠습니다"라고 하니 나공이 그 뜻에 감복하고 그 견식을 아주 높게 여겼다.[122]

여성들은 또한 정치적으로 민감한 문제에 대해서도 간여하였다.

영조 대 정치적으로 대단히 민감했던 영조의 생모인 淑嬪 최씨에게 諡號를 올리는 문제에 대하여 정경부인 심씨가 承政院의 右承旨를 맡고 있었던 남편 黃景源으로 하여금 그 일을 맡지 말라고 조언을 하였고 남편 黃景源이 그 의견에 따랐다는 내용이

---

121) 『陽谷先生集』 卷之十三, 碑○碣, 「夫人姜氏墓碣銘 幷序」.
122) 『明齋先生遺稿』 卷之三十九, 墓碣銘, 「淑人慶州金氏墓碣」.

다. 그 글을 쓴 명고는 거기에 덧붙여서 黃景源이 재주가 높고 의리를 잘 판단한 것으로 유명했는데 그런데 그것은 부인으로부터 나온 것이 많았다는 것이었다[123]는 내용이나 부인의 동생인 寅燁과 明谷(崔錫鼎)의 아우인 錫恒은 모두 부인을 존경하였다. 두 공이 兩銓을 맡아 明谷公 집에 모여 군사 일을 상의하였는데 해결하기 어려운 일은 간간이 부인에게 질의하였다. 부인은 강하면서도 여유 있게 한마디로 정리하여 주었는데 모두 이치에 맞았고 두 공이 매우 깊이 탄복하였다.[124]

어머님(金萬基의 딸)은 어려서부터 총명하고 지혜로워 尹夫人(金萬基와 金萬重의 母親)이 책을 주면 대략 큰 뜻을 알았다. 古今의 治亂과 일의 성패, 사람의 옳고 그름을 헤아리지 못하는 것이 없었고 식견이 종종 過人하였다. 오빠들인 判書公 형제(金萬基의 아들인 金鎭龜·金鎭圭 형제)가 매번 朝廷의 大事를 諮問하면 어머님이 한 마디로 판결해 주곤 하였다. 判書公 형제가 감탄하며 내 누이가 여자로 태어난 것이 참 애석하다고 하였다.[125]

이들은 모두 탁월한 지혜와 식견으로 정치적인 문제에도 적극적으로 개입하였으며 또한 지방관장인 남편을 따라 갔을 때에도 남편의 판결 내용에 관심을 가지기도 하였다.

내 성격이 평소 급하여 부인이 항상 온화하게 경계하였다. 陰城에 부임했을 때 형장소리가 크게 들려오면 곧 측은해 하면서 홧김에 죄를 결정한 것이 아닌지 婢女 등으로 하여금 밖의 사정을 알아오게 하되 곧 끝내서 밖의 일에 간여한다는 우려를 갖지

---

123) 『明皐全集』卷之十六, 碑銘○墓誌銘○墓表, 「貞敬夫人沈氏墓誌銘」.
124) 『晩靜堂集』第十六 墓誌 「貞敬夫人慶州李氏墓誌銘」.
125) 『晉菴集』卷之八 墓誌, 「先妣墓誌」.

않게 했다. 관직에 여러 해 있던 시절을 되돌아보면서 '청빈이 내 본분이지 관직을 통해서 어찌 배부름을 구하겠는가'라 하였다.[126]

관아에 있을 때 형벌 소리 나면 '화가 많이 나서 죄 준 것이 아니지 또는 읍인이 속인 것이 아닌가 해서 죄를 준 것이나 아닌지' 나에게 경계하였다. 집안의 큰일은 반드시 나에게 상의하면서 '부인이 어찌 마음대로 결정하겠느냐'고 했지만 잘되고 못되었다고 나에게 한 말은 모두 이치에 맞았다.[127]

앞의 두 기사는 모두 成大中의 부인인 淑人 李氏(1729~1792)에 대한 기사이다. 남편 성격이 급한 것을 잘 알기에 즉흥적인 분노로 처결하지 않는지 늘 경계하는 모습이 기록되어 있다. 또한 관장 아들에게 형벌이 너무 가혹하지 않았는지에 대해 경계시킨 경우도 있다.

(咸鏡道 觀察使 재직 시) 관아가 파하고 문안 인사차 뵈러 들어가면 '오늘 형벌 주었는가, 매를 때렸는가' 물으시고 없었다고 대답하면 기뻐하시면서 '신중하게 하여 가혹하지 않게 하라'고 경계하셨다.[128]

乙卯年(1675)과 丙辰年(1676) 사이에 큰 변고가 일어나 많은 선비들이 죄에 걸려 죽게 되었다. 그런데 그 맏이가 모든 사람들에게 특히 질투를 받게 되자 부인이 걱정하여 지평의 옛집으로 가족들을 데리고 들어갔다. 그래서 마침내 이에 힘입어 화를 멀

126) 『硏經齋全集』 卷之十六, 文〇祭文, 「祭亡室文」.
127) 『硏經齋全集』 卷之十六, 文〇墓誌銘, 「亡室淑人李氏墓誌銘」.
128) 『荷棲集』 卷之八, 墓誌, 「先妣墓誌」.

리 할 수 있었으니 이는 옛날 어진 군자에게서나 찾아볼 수 있는 일이지 부인으로서는 능히 할 수 있는 일이 아니었다.129)

이러한 적극적인 자세를 지니고 살았기 때문에 친정부모를 모시는 문제나 친정 묘소에 성묘하는 데에도 적극적이었다.

친정어머니 姜氏가 홀로 되어 가난하게 살았는데, 부인은 비록 따로 살았지만, 모든 음식이나 의복이 결핍된 것이 있으면 아주 사소한 것까지도 부인이 다 마련하여 드렸다. 시어머니가 별세한 뒤에는 친정어머니를 수레에 태워 자기 집으로 모셔 와서 별세할 때까지 봉양하였다. 그러니 그 시어머니와 친정어머니를 봉양하는 데 있어, 타고난 깊은 사랑과 화평한 기색이 옛날 효자의 풍도가 있었던 것이다.130)

외할머니의 묘가 衿川에 있는데 외삼촌은 靈光에 사셨기 때문에 절기마다 성묘를 할 수 없어서 제사를 많이 빠뜨렸다. 어머니께서는 매번 안타까워하시며 여자가 비록 출가했다 하나 나를 낳아 주신 은혜를 어찌 잊을 수 있겠느냐 하시며 매번 제사 때가 되면 눈물을 참고 애통함을 품은 채 우리들로 하여금 때마다 가서 묘소를 살피고 오게 하셨다.131)

주변 집안사람들의 의견에 휘둘리지 않고 주도적으로 처리한 경우로 閔遇洙의 어머니 정경부인 이씨(1664~1733)의 경우 서시누이가 죽었을 때 임신 중이었지만 관행을 무시하고 돌보아 주었다.

---

129) 『南溪先生朴文純公文外集』卷第十四, 墓誌銘, 「貞夫人徐氏墓誌銘 己巳七月十六日」.
130) 『象村稿』卷之二十八, 行狀 四首, 「貞夫人李氏行狀 續稿」.
131) 『順菴先生文集』卷之二十五, 行狀, 「先妣恭人李氏行狀 庚寅」.

충문공(閔鎭厚)에게 서누이가 있었는데 기이한 병을 오래 앓자 어머님이 매우 불쌍하게 여기셨다. 여러 달 간호해 주었는데 죽게 되자 친히 머리 빗기고 목욕시켰다. 당시 어머니께서 임신 중이어서 세속에서 상에 임하는 것은 흉하다고 하였으나 또한 돌아보지 않으셨다.132)

또한 장례나 제례 문제에 있어서도 지관이 하는 말이나 또 주변 사람들의 개입에 개의치 않고 자기의 소신대로 이장을 한 孺人 閔氏(1636~1698, 鄭普衍 부인)의 경우133)나 집안사람들의 반대에도 불구하고 자기가 생각하는 예법대로 제사를 거행했던 淑人 申氏(1622~1682, 李時顯 부인)의 경우134)도 이에 해당한다고 할 수 있다.

이상의 글을 통하여 보면 어떤 문제에 직면하였을 때 주위의 의견에 무조건 순종하지 않고 자신이 판단하여 행하기도 하였으며 또 그러한 판단을 주변 남성들이 수긍하여 받아들였던 모습을 보이고 있다.

---

132) 『貞菴集』卷之十, 墓誌,「先妣貞敬夫人延安李氏墓誌」.
133) 『寒水齋先生文集』卷之三十, 墓誌,「孺人閔氏墓誌銘 幷序」.
134) 『明齋先生遺稿』卷之三十六 , 墓誌銘,「淑人申氏墓誌銘」.

Ⅳ.「女性傳記文」내용을 통해서 본 여성의 역할과 위상

여성전기문에 기술된 많은 기사 내용을 통하여 조선시대 여성들이 어떤 역할을 하고 또 어떤 위상을 지니고 있었는지 살펴보고자 한다.

1. '명문가문'으로서의 위상 결정 역할

여성전기문을 기록한 문사는 여성의 역할에 대하여 다음과 같이 기술하고 있다.

옛날 교훈에도 있듯이 부인은 집안의 성쇠를 결정한다. … 남자의 도는 홀로 이루어지는 법이 없으니 부인이 의로써 남편을 받들어야 한다. 부인은 남편을 정승으로 만들고 또 그 아들을 정승으로 만들었다.[1]

전기문을 작성한 문사들은 자신이 그 전기문을 짓는 의도에 대해 한 가문의 성쇠는 여성에 좌우되고 있다는 것을 강조하고 있다. 그리고 여기서 중요하게 짚고 넘어가야 할 문제는 입전대상 여성의 '성리학적 예법에 맞는 행실'은 바로 남편의 위상과 동일시되고 있다는 점이다. 이러한 가정의 분위기는 남성들의 선비로서의 위상을 드러내는 것과 동일시하였다.

나는 관찰사 李公 伯瞻과 동문수학한 우호가 있으므로 일찍이 그 부인의 어짊을 들었었다. 하루는 백첨이 부인의 行狀을 나에게 주면서 "죽은 아내의 무덤에 풀이 두 번이나 자랐는데, 閨門의 일이 숨겨져서 장차 매몰되어 전하지 못할까 두려우니, 그대는 묘지를 써서 지하의 길을 잘 꾸며 주오" 하였다. 나는 이 말을 듣고 비통하여 차마 문장을 못한다고 사양할 수가 없었다. (중략) 옛날에 程太中은 侯夫人을 칭찬하기를 '우리 집의 훌륭한 轉運使이다' 하였는데, 지금 부인의 행실은 어쩌면 그리도 세대가 다르면서도 서로 비슷하단 말인가. 더구나 부귀하면서도 빈천한 마음을 변치 않는 것은 士君子들도 하기 어려운 일인데, 부인으로서 이에 능하였으니, 아, 훌륭하다. 그러나 옛말에 이르기를 '산을 보지 못하거든 그 나무를 보라' 하였으니, 부인의 행실이 이와 같다면, 伯瞻이 집안에서 모범을 보인 것도 따라서 알 수 있는 것이다.[2]

---

1) 『宋子大全』 卷二百, 墓表, 「貞敬夫人申氏墓表」.
2) 『寒水齋先生文集』 卷之三十, 墓誌, 「貞夫人黃氏墓誌銘 幷序」.

權尙夏는 동문수학했던 李喬岳(1653~1728)의 부인인 長水 黃氏(1662~1718)에 대한 기사를 쓰면서 '산을 보지 못하거든 그 나무를 보라 하였으니, 부인의 행실이 이와 같다면, 伯瞻이 집안에서 모범을 보인 것을 따라서 알 수 있는 것이다'라 하여 부인의 높은 행실을 보면 남편의 집안에서의 모범을 알 수 있다고 하였다.

이 기사를 보면 당시 여성전기문에 대하여 중요하게 생각했던 이유가 해당 여성의 덕행을 드러내는 데도 물론 필요한 일이었지만 더 나아가 가문 전체의 교양의 정도와 도덕적 품위를 드러내는데도 중요한 역할을 담당하고 있었음을 알 수 있다.

아, 부인의 행실은 규문의 안에서 벗어나지 않는다. 孔子께서는 말씀하기를 '사람들은 그 부모와 昆弟의 칭찬하는 말에 흠을 잡지 못하였다' 하였는데, 지금 숙인은 시부모를 섬김에는 시부모께서 '나를 잘 섬긴다' 하였고, 夫君을 받듦에는 부군이 '나를 잘 받든다' 하였으며, 또한 부인이 인심을 얻기 어려운 것은 동서간과 노복과 하인들의 마음인데, 이들도 모두 말하기를 '어진 부인이다' 하였으니, 여기에서 숙인의 훌륭함이 나타나는 것이다. 그러나 말하는 자들은 '文王의 后妃가 어진 것은 문왕이 몸을 바로 하여 솔선수범함에서 근본하였다' 하였으니, 여기에서도 사중이 올바른 법으로 솔선하였음을 볼 수 있다.[3]

아, 道가 흥성했던 때를 보면 문지방 안에서부터 그 기초가 다져지지 않은 경우가 없었다. 그래서 옛날에 女史가 동관彤管을 잡고서 기록을 하였으며, 劉向(劉向, 漢의 학자)의 무리도 『列女傳』을 지어 기록해 놓았던 것이니, 이를 살펴 경계토록 한 그 뜻이 극진

---

3) 『寒水齋先生文集』卷之三十, 墓誌, 「淑人李氏墓誌銘 幷序」.

하다고 하겠다. 그러나 가령 숙인과 같은 행적으로 말하면, 오직 남겨진 기록이 없을까 그것만이 걱정일 뿐, 영원히 전해지지 못할까 걱정할 필요는 없다고 하겠다. 이에 나름대로 대체적인 내용을 주워 모아 墓誌로 삼는 바이다.[4]

2. 가정 경영의 총책임자 역할

조선시대는 성리학의 영향으로 물질을 중요시하지 않았고 또 그러한 자세를 긍정적인 것으로 평가하였음은 익히 알려진 사실이다. 선비들은 모름지기 李滉의 말대로 '息利二字 便不是儒者所道(이재를 행하는 것은 선비가 할 바가 아니다)'라고 하는 생활 태도를 견지하고 있었고 그리하여 선비 즉 士林에 대한 행장이나 비문 등의 내용을 보면 기록에서는 윤리와 도덕 등 정신적인 면을 중시하였고 반면에 재물은 경시하여 해당 사림이 평생 청빈하고 검소한 생활을 했다는 것을 매우 강조하고 있다. 물론 많은 선비들이 윤리 도덕의 실천을 위하여 진력을 다하고자 했던 것은 사실이다. 그러나 경제적인 문제 또한 소홀히 해서는 안 되는 중요한 요인이었다.

조선시대 선비들의 삶에 있어서 경제적인 문제는 대단히 중요하였다. 그것은 인간의 의식주를 해결해야 한다는 기본적인 이유 외에도 선비로서의 지위와 품위를 유지하기 위해서는 일정 규모의 재산이 필요했기 때문이다. 예를 들어 선비로서 당연

---

4)『澤堂先生集』卷之十, 墓誌, 「淑人沈氏墓誌」.

히 행해야 할 생활규범 중에 '奉祭祀・接賓客'이 있다. 즉 제사를 잘 받들고 손님이 오면 정성껏 접대한다고 하는 것이다.

이러한 규범을 충실하게 수행하기 위해서는 일정규모의 가옥은 물론이고 경제력의 바탕이 되는 전답과 노비를 소유하고 있어야만 했다. 이러한 점만을 예로 들더라도 양반들에게 있어서 재산은 필수적이었다. 따라서 당시 선비들은 표면적으로 내세우는 청빈, 청렴이라는 생활 자세와는 별도로 재산소유와 관리, 그리고 증식에 대하여 관심을 지니지 않을 수 없었으며 그리하여 소극적이든 적극적이든 차이는 있겠지만 경제활동에 임할 수밖에 없었다.

본질적으로 유학자였던 선비들은 현실에서는 경제활동에 적극적으로 임하면서도 그러한 활동이 유학자로서의 자신의 위상에 누가 되지 않을까 염려하였다. 그래서 조선시대 자료들을 보면 어떤 상거래가 이루어질 때 양반들이 직접 자기 이름으로 하지 않고 신임하는 노비의 이름으로 했다고 하며 재산 증식 행위도 충직한 노비들이나 또는 오랫동안 세교가 있던 중인들을 통하여 행하였다고 한다.5)

그런데 여성전기문에 보면 많은 가정에서 '가장은 학문에만 전념하였고 경제적인 문제는 아내가 담당하였다'고 기록하고 있다. 기사는 이렇게 되어 있지만 가장인 남편이 실제로 가정 경영에 전혀 간여하지 않았는지 아니면 일정부분 간여했는지 아니면 주도적으로 했는지 그것은 여기에서 가릴 수도 없거니와 이 글에서 살펴보고자 하는 주제도 아니다. 여기에서 중요한 것은 조선시대 선비가 여성들이 가정경영에 적극적으로 임하였고

---

5) 조선시대 경제 분야에 대해서는 『한국사』 28(국사편찬위원회, 1996) 참조.

또 임할 수밖에 없었다는 점이다. 즉 가정에 따라 정도의 차이는 있었겠지만 여성이 가정경영의 총책임자로서의 역할을 수행하였다는 점이다.

그렇다면 여성들이 어떤 방법으로 가정경영을 담당하였는가 하는 점에 대하여 살펴보기로 하겠는데 이를 위해서는 우선 당시의 경제 상황에 대해 살펴볼 필요가 있다.

이 시기의 양반 지주층은 대개 농장을 경영하였다. 그리고 이러한 농장은 고위 양반일수록 대규모로 운영되었고 농장도 여러 군현에 분포되어 있었다. 이 농장 경영은 지주 혹은 그 대리인의 지휘 아래 노비 등을 집단 사역하여 직접 경영하였으며 따라서 그 생산물은 당연히 지주의 수입으로 귀속되는 형태로 운영되었다. 또한 이러한 농장은 상속과 혼인, 또한 새로운 개간과 매득을 통하여 점점 확대 재생산 되었다.6)

이처럼 농장 경영은 양반의 주 수입원이자 재산을 증식시킬 수 있는 주요 요인이었기 때문에 농장을 경영하는 데 필요한 노동력은 필수적 존재였다. 이때 농장을 경작하는 경작노동력 중 가장 중요한 존재들이 奴婢들이었는데 외거노비라고 할 수 있는 이들 노비들은 양반의 농장을 경영하면서 거기에서 나오는 생산물을 身貢으로 바쳤다.

그러므로 노비들이 얼마나 성실하고 열심히 농사를 지어 생산성을 높이느냐 하는 것과 또한 얼마나 속이지 않고 정직하게 신공을 납부하느냐 하는 것은 양반들이 얼마나 원활한 경제생활을 영위할 수 있느냐 하는 것을 결정짓는 중요한 문제가 될 수밖에 없었다.

---

6) 金泰永, 「과전법의 붕괴와 지주제의 발달」, 『한국사』 28(국사편찬위원회, 1996).

이렇게 볼 때 당시 양반들에게 있어서 노비는 사회·경제적 생활에 있어서나 재산의 생산성·수익성에 있어서 대단히 중요한 존재였다. 그래서 훈구파나 사림파 또는 재조 재야세력을 막론하고 모든 양반들이 많은 노비를 거느리고자 하였음은 지극히 당연한 일이었다.

당시 권세가들이 거느렸던 노비들의 규모는 대단히 컸는데 예를 들어 성종 때 永膺大君의 노비는 만인 아래로 내려가지 않는다고 하였고 洪吉汶, 柳漢 등의 노비도 천여 구, 成宗 때 부제학을 지낸 李孟賢 부부의 노비는 칠백여 구였다고 한다.

이러한 상황에 비추어 볼 때 조선시대 지주들의 경제적 원동력이 되는 노비에 대한 감독 내지 관리는 대단히 중요한 업무였다.

그런데 양반가에서 노비관리가 대단히 중요한 임무라고 했을 때 그 역할을 담당하던 주체는 家長만이 아니라 부인이기도 하였다. 물론 각 가정마다 차이는 있었겠지만 여성전기문을 보면 실제로 가장인 남편이 유학자로서의 학문연구 때문에 경제활동에 적극적으로 임하지 않았던 경우도 있었고 또는 경제문제에 관심이 없다는 것을 주변사람들에게 보여주기 위해 경제활동에서 한 발 비켜 서 있었던 경우도 있었을 것이다.

이유는 어떠했든 간에 가장이 경제활동에 적극적이지 않은 경우 집안 경영의 책임은 부인에게 있을 수밖에 없었으며 그렇게 볼 때 노비관리는 당연히 부인의 중요한 임무가 될 수밖에 없었다. 뿐만 아니라 가내 노비 중 여종들에 대한 관리 역시 부인의 몫이었다. 그러므로 부인이 노비관리에 있어서 중요한 역할을 담당했던 것으로 보인다.

또한 조선 중기 즉 16, 17세기까지(어떤 지역에서는 조선 후기까지도) 조선시대 전반적으로 이루어지던 재산의 자녀균분상속제에 의거하여 부인이 자신의 친정에서 전답과 노비 등 재산을 받는 경우도 많았기 때문에 재산관리에 여성들도 적극적일 수 있었던 것이다. 이러한 상황 하에서 여성들에게 있어서 노비관리는 대단히 중요한 임무이자 역할이고 또 권리였다고 할 수 있다.

그리고 부인들의 노비관리 기본 방침 역시 앞에서 이황이나 권호문이 제시했던 것과 같은 방침이었을 것이고 이러한 제시 내용은 여러 여성교육서에서 제시되는 노비 다스리는 도리와도 상통하는 내용이다.

家業이 넉넉하였으므로, 沈夫人이 중대한 宗祀와 많은 奴婢들을 생각하여, 한 아들의 재주를 어질게 여기고 그에 걸맞는 훌륭한 배필을 구하여 마침내 부인에게 장가를 들였다. 부인은 이때에 나이 열두 살이었으니, 보통 아이들 같았으면 한창 竹馬나 타고 모래장난이나 하기에 겨를이 없었을 터인데, 부인은 禮로써 몸을 스스로 단속하였으므로, 門에 들어가면 婢御들이 서로 놀라고, 堂에 올라가면 皇姑가 기뻐하여, 며느리의 도리와 아내의 도리가 모두 의식에 맞아서 오십여 년 동안 가정을 화목하고 즐겁게 꾸려나갔다.[7]

婢僕을 부릴 때에는 조금이라도 예의에 어긋난 행동을 하면 엄히 꾸짖어 상하가 분명하고 집안이 숙연하였다.[8]

---

[7] 『白沙先生集』 卷之三, 墓誌, 「淑夫人李氏墓誌」.
[8] 『挹翠軒遺稿』 卷四, 行狀, 「亡室高靈申氏行狀」.

앞의 기사는 李恒福의 누나인 慶州 李氏(1543~1612, 閔善의 부인)에 대한 기사이다. 시어머니인 閔世良의 아내 沈氏(司果 沈引源의 딸)가 며느리를 선택하는 데 있어서 宗社를 지키고 많은 노비를 생각했다고 하는 것은 한 가문의 宗家로서의 위상을 유지 발전시키고 많은 노비를 관리하는 것이 얼마나 중대한 일인가 하는 것을 반증하고 있다.

또한 아들의 어진 재주에 걸맞는 며느리를 구하고자 했다는 것도 현명한 내조가 얼마나 중요한가 하는 것을 나타내고 있다. 그리하여 며느리 이씨가 들어왔는데 '門에 들어가면 婢御들이 서로 놀라고'라는 것은 노비관리를 잘 했다는 것이고 '堂에 올라가면 皇姑가 기뻐하여'라고 하는 것은 며느리의 도리를 잘 했다는 것이다. 아내의 도리가 모두 의식에 맞았다는 것은 내조를 잘 했다는 것이다.

뒤의 기사는 朴闇의 처인 高靈 申氏(1479~1503)에 대한 기사인데 '조금이라도 예의에 어긋난 행동을 하면 엄히 꾸짖어 상하가 분명하고 집안이 숙연하였다'고 함으로서 상당히 엄격하게 관리하였음을 나타내고 있다.

그러나 퇴계의 견해처럼 '은위와 관맹을 병용해야 한다'고 하였지만 노비도 인간이었기 때문에 '가급적 관용을 베풀되 상전을 원망하지 않고 심복케 해야 한다'는 방법이 좀 더 효과적인 관리방법이었을 것이며 많은 전기문에서도 이러한 관리모습을 제시하고 있다.

> 奴僕들을 거느리심에 은정과 위엄을 병행하시어 그들의 굶주림과 추위를 염려해 주셨으므로, 모두가 두려워하며 복종하였다.9)

婢僕과 奴僕을 엄격하면서도 자애롭게 관리하였다고 하는 조금은 막연한 표현도 있지만 노비들에게 각자의 역할을 주고 그 실적에 따라 성적을 매겼다고 하는 등의 구체적인 양상도 보인다. 다음 기사는 구체적으로 인력관리를 어떻게 하였는지에 대해 구체적으로 방법론에 대해 설명한 내용이다.

> 부인은 어릴 때에 홍역을 앓아 몸이 좋은 날이 그다지 없었으나, 집안의 노복들에게 각자의 역할을 구분하여 부리기를 게을리 하지 않았다.10)

> 또 능히 애써 부지런히 노력하기를 달게 여기고 뭇 아랫사람들에 솔선하여, 은혜를 베풀되 법도가 있게 하고 사랑하되 그의 나쁜 점을 알아서, 각기 일을 분담시키고 성적을 매기므로 독책하지 않아도 각기 일에 힘썼다. 그리고 말을 많이 하여 없는 말을 날조하는 자가 있으면 이를 근절시키므로 집안이 저절로 엄숙해지니, 부모·형제·친족·인척이 모두 기뻐하여 화락하였다.11)

> 오직 근검절약에 힘쓰는 한편 날마다 길쌈을 하면서 하루의 日課를 집안사람들에게 配定해 줌으로써 하는 일도 없이 먹고 노는 자가 없도록 하였다. 이렇듯 쓸데없는 비용을 줄이고 괜히 꾸미는 일을 없애도록 한 결과 세월이 흐르면서 비축할 정도로 여유가 있게 될 때도 있었는데, 그럴 때면 또 剩餘 물자를 그대로 남겨 두어 뜻밖의 사태에 대비하게 하였다. 12)

---

9)『順菴先生文集』卷之二十五, 行狀,「先妣恭人李氏行狀 庚寅」.
10)『明齋先生遺稿』卷之三十七, 墓誌銘,「貞敬夫人朴氏墓誌銘」.
11)『象村稿』卷之二十八, 行狀,「貞夫人李氏行狀續稿」.
12)『澤堂先生別集』卷之八, 行狀上,「貞夫人朴氏行狀」.

이 기사들은 모두 노비들을 적절하게 관리하여 일을 시키는 것이 가정경제와 직결되고 있음을 잘 보여준다.

V. 결론

조선시대에 기록된 많은 「女性傳記文」들은 물론 立傳 의도가 그 芳名을 후세에 遺傳시키려는 데 있었기 때문에 對象 女性을 미화시키고자 했다는 점은 분명하다. 그렇기 때문에 「女性傳記文」은 일차적으로 주인공에 대한 추모와 더불어 후세의 귀감이 된다는 교훈적 의미를 지닌다.

그런데 그러한 교훈적인 주제를 부각시키는 과정에서 「女性傳記文」을 기록한 立傳者는 입전 대상여성의 미덕을 기술하는 과정에서 자신이 의도했든 의도하지 않았든 간에 해당 여성의 다양한 삶의 모습을 소개하였으며 그러한 과정에서 인간적인 면모를 진솔하게 묘사한 경우도 상당히 많았다. 다시 말하면 「女性傳記文」에는 당시 여성들의 구체적인 삶의 모습이 상당히 세밀하게 드러나고 있고 그리하여 본고에서는 당시 양반가 여성들의 다양한 삶의 모습에 주목하여 다음과 같은 점을 살펴볼 수 있었다.

우선 「女性傳記文」에서 형상화 하였던 여성상을 생애 단계별로 살펴보았다.

딸로서의 도리는 '幼儀'라 하여 '아름다운 행실과 도량이 있었다'고 하였고 부인으로서의 도리는 '婦道'라고 하여 '정성과 공경을 다하고 예를 따름에 부족함이 없었으며 앞뒤 사이에 처신함이 각각 도리를 다하였다'고 하였으며 어머니로서의 도리는 '母教'라고 하여 '식견이 남보다 뛰어나서 의리와 시비를 매우 분명하게 논변하였다'라 하였다. 또한 관료 아내(어머니)로서의 역할과 향촌사회의 구성원으로서의 모습도 살펴보았다.

그런데 당시 문사들이 「女性傳記文」을 통해서 보여주고자 했던 당시 양반가 여성들의 모습을 크게 두 가지로 정리해 볼 수 있었다.

첫째는 성리학적 윤리관에 충실한 모습이다. 한 가문이 선비 가문으로서의 위상을 인정받기 위하여서는 남성뿐만이 아니라 여성들의 품행도 중요하다고 간주되었다. 따라서 부인들은 충효열을 실행하고 제사에 정성을 다하는 등 성리학적 윤리관에 충실하고자 노력하였다. 이것은 한 가문의 품격을 좌우하는데 여성들의 역할도 매우 중요했음을 보여주고 있는 것이다.

두 번째는 적극적 의사 결정자로서의 모습이다. 유순과 순종을 공식적인 미덕으로 표방하였지만 어떤 문제에 직면하였을 때 주위의 의견에 맹종하지 않고 자신이 판단하여 행하기도 하였으며 또 그러한 판단을 주변 남성들이 수긍하여 받아들였던 모습을 보이고 있다.

또한 여성전기문에 기술된 많은 기사 내용을 통하여 조선시대 여성들이 어떤 역할을 하고 또 어떤 위상을 지니고 있었는지에 대해서도 살펴보았다.

당시 여성은 해당가문이 '선비가문', 또는 '명문가문'으로서 인정받게 하는데 결정적인 역할을 하였다. 이들 내용을 보면 당시 여성전기문에 대하여 중요하게 생각했던 이유가 해당 여성의 덕행을 드러내는 데도 물론 필요한 일이었지만 더 나아가 가문 전체의 교양의 정도와 도덕적 품위를 드러내는데도 중요한 역할을 담당하고 있었음을 알 수 있다.

문집에 나타나는 「女性傳記文」을 보면 조선 초기(14·15세기)에는 다음 시대의 기록문과 비교하여 상대적으로 간략하게 기술된 반면 중반기(16·17세기)에 오면 분량도 많아지면서 그에 따라 여성들의 행적에 대한 내용이 구체적으로 기술되어 나타나는 양상을 보인다.

조선시대 중엽 즉 16·17세기에 「女性傳記文」이 전대에 비해 질량면에서 많이 늘어났다고 하는 것은 당대 사회적인 요구가 있었기 때문이다. 즉 이 시기는 사림파 학자들이 사회적, 정치적으로 많은 영향력을 행사하고 있었고 따라서 성리학적 윤리관과 명분론이 중요한 의미를 지니고 있던 시기였다. 이런 점을 생각할 때 이 시기에 기술된 여러 여성들의 행적은 그들이 속했던 사림가문의 요구에 부합되는 내용이었을 것이다. 따라서 이러한 글들은 해당가문 남성들의 정치적 입지를 강화시켜 줄 수도 있었으리라 생각한다.

또 하나는 여성들이 당시 가정 경영의 총책임자의 역할을 했었다는 점을 들 수 있다.

당시 양반들에게 있어서 양반으로서의 품위를 지켜나가는 데 일정 규모의 경제력은 필수적인 요소였다. 그런데 경제력을 이루는 양대 축이 전답과 노비였다고 할 때 이 관리는 양반들에게 있어서 대단히 중요한 임무였다. 그런데 이 관리가 부부 모두에게 해당되는 것이겠지만 유학자로서의 남편이 경영 현장에서 한 발 물러서 있을 경우 그것은 여성들의 중요한 역할이 될 수밖에 없었다. 그리하여 많은 전기문에서 여성들이 가정경영의 총책임자로서의 역할을 하고 있음을 보여주고 있다.

　본고에서는 「女性傳記文」의 일차 연구로서 자료 중심으로 하여 대체적인 내용에 대하여 살펴보았다. 「女性傳記文」에 기록된 자료들은 양반가 여성의 구체적인 생활사 자료가 부족한 상황에서 그들의 일상생활을 들여다 볼 수 있는 귀중한 자료가 된다. 앞으로 입전 문사들의 전기문 작성 경향이나 기법에 대한 연구, 또는 시대별로 「女性傳記文」이 어떻게 변모했고 그에 반영된 시대의식은 무엇인가 등의 연구가 지속되어 이루어지기를 기대해 본다.

부록 1 : 문집자료 기사목록

1. 가오고략(嘉梧藁略) · 저자: 이유원(李裕元) · 생년: 1814 · 몰년: 1888
   嘉梧藁略 冊十六 墓碣銘 貞夫人錦城吳氏墓碣銘 [李恒福妻]
   嘉梧藁略 冊十七 墓誌 淑人迎日鄭氏墓誌 [李啓善妻]
   嘉梧藁略 冊十八 墓誌 金氏墓誌 [李錫奎妻]

2. 간송집(澗松集) · 저자: 조임도(趙任道) · 생년: 1585 · 몰년: 1664
   澗松先生續集 卷之四 墓碣 祖考贈參判府君祖妣贈貞夫人星山李氏
   合墓銘 并序 [趙庭彦妻]
   澗松先生續集 卷之四 墓碣 貞夫人朴氏墓碣文 [李達妻]

3. 간옹집(艮翁集) · 저자: 이헌경(李獻慶) · 생년: 1719 · 몰년: 1791
   艮翁先生文集 卷之十五 誌 孝子贈通德郎司憲府持平申公恭人韓山
   李氏合葬墓誌銘 [申世濟妻]
   艮翁先生文集 卷之十五 誌 亡女恭人完山李氏墓誌銘 [李柱溟妻]

4. 간이집(簡易集) · 저자: 최립(崔岦) · 생년: 1539 · 몰년: 1612
   簡易文集 卷之二 墓誌銘幷序 靜淑翁主墓誌銘 [尹燮妻]
   簡易文集 卷之二 墓碣銘幷序〇陰記表附 宜人李氏墓碣銘 [沈鍵妻]

5. 간재집(艮齋集)(1) · 저자: 전우(田愚) · 생년: 1841 · 몰년: 1922
   艮齋先生文集前編 卷之十七 行狀 先妣家狀 [田在聖妻]
   艮齋先生文集前編 卷之十七 行狀 亡室朴氏家狀 [田愚妻]
   艮齋先生文集前編 卷之十七 行狀 從兄嫂令人李氏家狀 [田慶俊妻]
   艮齋先生文集前編續 卷之六 墓碣銘 孺人高氏墓碣銘 併序 [金漢鑑妻]
   艮齋先生文集前編續 卷之六 墓誌銘 孺人兪氏墓誌銘 併序 [宋錫民妻]

6. 간재집(艮齋集)(2) · 저자: 최규서(崔奎瑞) · 생년: 1650 · 몰년: 1735
   艮齋集 卷之九 墓誌銘 恭人李氏墓誌銘 辛卯 [沈廷熙妻]
   艮齋集 卷之九 墓誌銘 令人尹氏墓誌銘 [沈埈甫妻]
   艮齋集 卷之九 墓誌銘 貞夫人權氏墓誌銘 丁酉 [星遠]
   艮齋集 卷之九 墓誌銘 孫女孺人李氏婦墓誌銘 庚戌 [李顯祚妻]
   艮齋集 卷之十二 行狀 本生妣淑人金氏行狀 戊子 [崔碩英妻]

艮齋集 卷之十二 行狀 亡室貞敬夫人李氏行狀 甲寅 ［崔奎瑞妻］

7. 갈암집(葛庵集)・저자: 이현일(李玄逸)・생년: 1627・몰년: 1704
　　葛庵先生文集 卷之二十五 墓誌銘 令人崔氏墓誌銘 ［洪宇定妻］
　　葛庵先生文集 卷之二十五 墓誌銘 孺人朴氏墓誌銘 ［李徽逸妻］
　　葛庵先生文集卷之二十七 行狀 先妣贈貞夫人張氏行實記 ［李時明妻］
　　葛庵先生文集別集 卷之四 墓表 宜人康氏墓表 ［金恁妻］

8. 강재집(剛齋集)・저자: 송치규(宋穉圭)・생년: 1759・몰년: 1838
　　剛齋先生集卷之十三行狀孺人趙氏行狀 ［成國鎭妻］

9. 강좌집(江左集)・저자: 권만(權萬)・생년: 1688・몰년: 1749
　　江左先生文集卷之九行狀先令人豐壤趙氏行錄 ［權斗紘妻］

10. 강한집(江漢集)・저자: 황경원(黃景源)・생년: 1709・몰년: 1787
　　江漢集卷之十八墓誌銘貞敬夫人宋氏墓誌銘 幷序 ［李天輔妻］
　　江漢集卷之十八墓誌銘贈淑人李氏墓誌銘 幷序 ［黃奭妻］
　　江漢集卷之十八墓誌銘贈淑夫人金氏墓誌銘 幷序 ［黃坤載妻］
　　江漢集卷之十八墓誌銘孺人朴氏墓誌銘 幷序 ［權援妻］
　　江漢集卷之十八墓誌銘貞夫人鄭氏墓誌銘 幷序 ［李秀得妻］
　　江漢集卷之十八墓誌銘恭人宋氏墓誌銘 幷序 ［李思重妻］
　　江漢集卷之十八墓誌銘淑人李氏墓誌銘 幷序 ［申曙妻］
　　江漢集卷之十八墓誌銘貞夫人李氏墓誌銘 幷序 ［尹得和妻］
　　江漢集卷之十八墓誌銘贈貞敬夫人南氏墓誌銘 幷序 ［金時默妻］
　　江漢集卷之十八墓誌銘贈貞夫人韓氏墓誌銘 幷序 ［柳懋妻］

11. 겸재집(謙齋集)・저자: 조태억(趙泰億)・생년: 1675・몰년: 1728
　　謙齋集卷之三十五墓誌銘淑人南原尹氏墓誌銘 ［尹哲妻］
　　謙齋集卷之三十五墓誌銘贈貞夫人星州李氏墓誌銘 ［李晩成妻］
　　謙齋集卷之三十五墓誌銘淑人光州金氏墓誌銘 ［趙仁壽妻］
　　謙齋集卷之三十六墓誌銘先妣贈貞敬夫人南陽洪氏墓誌 ［趙嘉錫妻］

12. 경산집(經山集) · 저자: 정원용(鄭元容) · 생년: 1783 · 몰년: 1873
　　經山集卷十八　東萊鄭元容善之　家狀　先妣贈貞敬夫人龍仁李氏家狀
　　[鄭東晩妻]

13. 경암유고(敬庵遺稿) · 저자: 윤동수(尹東洙) · 생년: 1674 · 몰년:
　　1739
　　敬庵先生遺稿卷之九墓表孺人坡平尹氏墓表 [金宙一妻]
　　敬庵先生遺稿卷之十墓誌銘舍妹孺人坡平尹氏墓誌 [權在衡妻]
　　敬庵先生遺稿卷之十一行狀先考妣狀草 [尹自教]

14. 계곡집(谿谷集) · 저자: 장유(張維) · 생년: 1587 · 몰년: 1638
　　谿谷先生集卷之十墓誌六首貞夫人尹氏墓誌銘 [李時白妻]
　　谿谷先生集卷之十一墓誌六首令人金氏墓誌銘 [金光燦妻]

15. 계당집(溪堂集) · 저자: 유주목(柳疇睦) · 생년: 1813 · 몰년: 1872
　　溪堂先生文集卷之十四　墓誌銘　從姑母淑夫人柳氏墓誌銘 並序 [黃仁
　　夏妻]
　　溪堂先生文集卷之十六　行狀　族祖母恭人金氏行狀 [柳會春妻]

16. 고산집(孤山集) · 저자: 이유장(李惟樟) · 생년: 1625 · 몰년: 1701
　　孤山先生文集卷之七　墓誌銘　宣敎郎義城金公,宜人禮安李氏合葬墓誌
　　銘 [金是梲妻]
　　孤山先生文集卷之七　墓誌銘　淑夫人英陽南氏墓誌 [金允安妻]
　　孤山先生文集卷之七　墓誌銘　先妣恭人順天金氏墓誌 [李廷發妻]
　　孤山先生文集卷之七　墓誌銘　亡室全州柳氏墓誌 [李惟樟妻]

17. 고산집(鼓山集) · 저자: 임헌회(任憲晦) · 생년: 1811 · 몰년: 1876
　　鼓山先生文集卷之十四墓誌銘學生朴公烈女任氏墓誌銘　幷序 [朴世
　　鎭妻]
　　鼓山先生文集卷之十五墓誌銘伯姊淑夫人任氏墓誌 [朴載緯妻]
　　鼓山先生文集卷之十五墓誌銘贈貞夫人尹氏壙誌 [任憲晦妻]
　　鼓山先生文集卷之十五墓誌銘孺人柳氏墓誌銘 幷序 [朴載經妻]

鼓山先生文集卷之十五墓誌銘孺人蔡氏墓誌銘 幷序 [李源文妻]
鼓山先生文集卷之十五墓誌銘孺人朴氏墓誌銘 幷序 [洪禹弼妻]
鼓山先生文集卷之十八行狀祖妣贈淑夫人徐氏行狀 [任泰春妻]
鼓山先生文集卷之十八行狀先妣贈貞夫人洪氏家狀 [任天模妻]
鼓山先生續集卷之四墓誌銘孺人南陽洪氏墓誌銘 幷序 [柳鎭台妻]
鼓山先生續集卷之四墓誌銘孺人梁氏墓誌銘 幷序 [田在聖妻]
鼓山先生續集卷之四行狀孺人朴氏行狀 乙亥 [朴令任]
鼓山先生續集卷之四墓誌銘殤女伊婉壙誌 [任伊婉]
鼓山先生續集卷之四墓誌銘庶女應喜壙誌 [任應喜]
鼓山先生續集卷之四墓誌銘庶女順喜埋誌 [任順喜]

18. 고환당수초(古歡堂收艸) · 저자: 강위(姜瑋) · 생년: 1820 · 몰년:
    1884
    古歡堂收艸文稿卷之三　天水姜瑋慈妃著墓表　孺人盆城金氏墓表　代
    作 [朴震榮妻]

19. 곡운집(谷雲集) · 저자: 김수증(金壽增) · 생년: 1624 · 몰년: 1701
    谷雲集卷之六狀誌亡室淑人曹氏行狀 [金壽增妻]

20. 곤륜집(昆侖集) · 저자: 최창대(崔昌大) · 생년: 1669 · 몰년: 1720
    昆侖集卷之十七墓誌銘贈貞敬夫人全州李氏墓誌銘 癸巳 [趙相愚妻]
    昆侖集卷之十七墓誌銘贈貞敬夫人驪興閔氏墓誌 [吳斗寅妻]
    昆侖集卷之十七墓誌銘贈貞敬夫人原州金氏墓誌 [吳斗寅妻]
    昆侖集卷之十八墓碣銘貞敬夫人尙州黃氏墓碣銘 甲申 [吳斗寅妻]
    昆侖集卷之十八行狀先妣貞敬夫人慶州李氏行狀 丙申 [崔錫鼎妻]
    昆侖集卷之二十遺事先妣遺事 [崔錫鼎妻]

21. 공백당집(拱白堂集) · 저자: 황덕일(黃德壹) · 생년: 1748 · 몰년:
    1800
    拱白堂先生文集卷之三行狀室人沈氏行狀 [黃德壹妻]

22. 과암집(果菴集) · 저자: 송덕상(宋德相) · 생년: 1710 · 몰년: 1783

果菴先生文集卷十一墓碣銘孺人任氏墓碣銘 幷序 [姜履一妻]
果菴先生文集卷十二墓誌銘孺人玄氏墓誌銘 幷序 [吳光源妻]
果菴先生文集卷十二先妣墓誌 [宋婺源妻]
果菴先生文集卷十二亡室李氏墓誌 [宋德相妻]
果菴先生文集卷十二墓表孺人具氏墓表 [尹就良妻]
果菴先生文集卷十三行狀祖妣行狀 [宋晦錫妻]

23. 과재유고(過齋遺稿) · 저자: 김정묵(金正默) · 생년: 1739 · 몰년: 1799
過齋先生遺稿卷之十墓誌孺人申氏墓誌銘 並序 [金正廉妻]
過齋先生遺稿卷之十墓誌子婦鄭氏墓誌 [金在孝妻]

24. 과재집(果齋集) · 저자: 성근묵(成近默) · 생년: 1784 · 몰년: 1852
果齋先生集卷七行狀孺人星州李氏行狀 [朴致大妻]

25. 구사당집(九思堂集) · 저자: 김낙행(金樂行) · 생년:1708 · 몰년: 1766
九思堂先生續集卷之三行錄孺人金氏行錄 [李實甫妻]

26. 구암유고(久菴遺稿) · 저자: 한백겸(韓百謙) · 생년: 1552 · 몰년: 1615
久菴遺稿[下] 行狀 孺人鄭氏 行狀 [李至男妻]

27. 구전집(苟全集) · 저자: 김중청(金中淸) · 생년: 1566 · 몰년: 1629
苟全先生文集卷之六墓誌碣銘監察金公妻令人李氏墓誌銘 幷序 [金得妻]

28. 귀계유고(歸溪遺稿) · 저자: 김좌명(金佐明) · 생년: 1616 · 몰년: 1671
歸溪遺稿卷下 墓表誌銘德恩府夫人宋氏墓誌銘 庚子 [金佑明妻]

29. 귀록집(歸鹿集) · 저자: 조현명(趙顯命) · 생년: 1691 · 몰년: 1752
歸鹿集卷之十五墓誌銘恭人洪氏墓誌銘 [沈廷最妻]
歸鹿集卷之十五墓誌銘姪女金氏婦墓誌銘 [金履遠妻]
歸鹿集卷之十五墓誌銘淑人趙氏墓誌銘 [林世謂妻]
歸鹿集卷之十五墓誌銘亡室尹夫人墓誌銘 [趙顯命妻]

歸鹿集卷之十五墓誌銘亡室金夫人墓誌銘 [趙顯命妻]

歸鹿集卷之十五墓誌銘貞敬夫人李氏墓誌銘 [朴恒漢妻]

歸鹿集卷之十五墓誌銘令人金氏墓誌銘 [李鳳元妻]

歸鹿集卷之十五墓誌銘恭人趙氏墓誌銘 [申暎妻]

歸鹿集卷之十五墓誌銘孺人鄭氏誌銘 [韓光璋妻]

歸鹿集卷之十五墓誌銘貞夫人李氏誌銘 [金東翼妻]

歸鹿集卷之十五墓誌銘孺人申氏誌銘 [趙載道妻]

歸鹿集卷之十五墓誌銘趙淑人誌銘 [李吉輔妻]

歸鹿集卷之十五墓誌銘恭人崔氏墓誌銘 [韓光贊妻]

30. 규암집(圭菴集)・저자: 송인수(宋麟壽)・생년: 1499・몰년: 1547
　　圭菴先生文集卷之二墓碣銘孺人李氏墓碣銘 幷序 [曺彦亨妻]

31. 규창유고(葵窓遺稿)・저자: 이건(李健)・생년: 1614・몰년: 1662
　　葵窓遺稿卷之十二行狀 眞祖母靜嬪閔氏行狀 (宣祖 後宮)

32. 극원유고(屐園遺稿)・저자: 이만수(李晚秀)・생년: 1752・몰년: 1820
　　屐園遺稿卷之十一〇玉局集墓誌亡室貞敬夫人達城徐氏墓誌 [李晚秀妻]
　　屐園遺稿卷之十一〇玉局集墓誌銘兄嫂貞敬夫人海平尹氏墓誌銘 [李時秀妻]
　　屐園遺稿卷之十一〇玉局集墓誌銘三從姪女鄭氏婦墓誌銘 [鄭友容妻]
　　屐園遺稿卷之十一〇玉局集墓誌銘贈淑夫人完山李氏墓誌銘 [金獻祚妻]

33. 극재집(克齋集)・저자: 신익황(申益愰)・생년: 1672・몰년: 1722
　　克齋先生文集卷之十一 行狀亡室恭人順天朴氏行實記 [申益愰妻]

34. 근재집(近齋集)・저자: 박윤원(朴胤源)・생년: 1734・몰년: 1799
　　近齋集卷之二十八行狀先妣淑人杞溪兪氏行狀 [朴師錫妻]
　　近齋集卷之二十八行狀亡妹孺人行狀 [金在淳妻]
　　近齋集卷之二十九行狀亡室行狀 [朴胤源妻]
　　近齋集卷之三十行狀外祖母貞夫人安東金氏行狀 [兪受基妻]
　　近齋集卷之三十行狀外姑孺人南陽洪氏行狀 [金時筦妻]

近齋集卷之三十行狀仲姑淑人行狀 [金貞謙妻]
近齋集卷之三十一墓誌銘淑人陰城朴氏墓誌銘 幷序 [洪履簡妻]

35. 금곡집(錦谷集) · 저자: 송내희(宋來熙) · 생년: 1791 · 몰년: 1867
錦谷先生文集卷之十五墓誌先妣贈貞夫人趙氏墓誌 [宋啓禎妻]
錦谷先生文集卷之十五墓誌先妣贈貞夫人完山李氏墓誌 [宋啓禎妻]
錦谷先生文集卷之十五墓誌伯姊宜人墓誌 癸卯 [金大淵妻]
錦谷先生文集卷之十五墓誌仲姊恭人墓誌 甲寅 [李憲在妻]
錦谷先生文集卷之十五墓誌亡室淑人坡平尹氏墓誌銘 [宋來熙妻]

36. 금릉집(金陵集) · 저자: 남공철(南公轍) · 생년: 1760 · 몰년: 1840
金陵集卷之十七墓誌 孺人申氏墓誌銘 [朴南壽妻]
金陵集卷之十七墓誌 淑人趙氏墓誌 [李泰亨妻]
金陵集卷之十七墓誌 孺人南氏壙誌 [沈能進妻]
金陵集卷之十七墓誌 淑人南氏墓誌銘 [李奎亮妻]
金陵集卷之十七墓誌 先妣墓誌 [南有容妻]
金陵集卷之十七墓誌 淑人吳氏墓誌銘 [南公弼妻]

37. 금석집(錦石集) · 저자: 박준원(朴準源) · 생년: 1739 · 몰년: 1807
錦石集卷之十墓誌銘外祖母贈貞夫人金氏墓誌銘 幷序 [兪受基妻]
錦石集卷之十行狀亡室行狀 [朴準源妻]

38. 금역당집(琴易堂集) · 저자: 배용길(裵龍吉) · 생년: 1556 · 몰년: 1609
琴易堂先生文集卷之六墓表高祖妣淑人金氏墓表 [裵以純妻]
琴易堂先生文集卷之六墓表曾祖考贈左承旨府君淑夫人朴氏墓表[裵獻妻]

39. 기암집(畸庵集) · 저자: 정홍명(鄭弘溟) · 생년: 1582 · 몰년: 1650
畸庵集卷之十誌銘端人李氏墓碣銘 [宋世英妻]
畸庵集卷之十誌銘孺人李氏墓誌銘 [金而獻妻]

40. 기언(記言) · 저자: 허목(許穆) · 생년: 1595 · 몰년: 1682

41. 기원집(杞園集) · 저자: 어유봉(魚有鳳) · 생년: 1672 · 몰년: 1744

42. 기재집(企齋集) · 저자: 신광한(申光漢) · 생년: 1484 · 몰년: 1555

43. 나재집(懶齋集) · 저자: 신열도(申悅道) · 생년: 1589 · 몰년: 1659

44. 낙전당집(樂全堂集) · 저자: 신익성(申翊聖) · 생년: 1588 · 몰년: 1644

樂全堂集卷之十墓誌銘贈貞敬夫人權氏墓誌 [李壽俊妻]

樂全堂集卷之十墓誌銘贈貞敬夫人許氏墓誌 [李壽俊妻]

樂全堂集卷之十墓誌銘亡婦黃氏墓誌 [申昦妻]

樂全堂集卷之十墓誌銘贈貞敬夫人安東權氏墓誌銘 幷序 [李聖求妻]

樂全堂集卷之十墓誌銘兵曹參議洪公貞夫人沈氏合葬墓誌銘 幷序 [洪瑞翼妻]

樂全堂集卷之十墓誌銘淑人閔氏墓誌 [李綏妻]

樂全堂集卷之十一墓表貞夫人韓氏墓表 [呂爾徵妻]

樂全堂集卷之十一墓表亡室貞淑翁主墓表 [申翊聖妻]

45. 남계집(南溪集)·저자: 박세채(朴世采)·생년: 1631·몰년: 1695
南溪先生朴文純公文正集卷第七十六墓誌銘孺人趙氏墓誌銘 [朴泰斗妻]

南溪先生朴文純公文外集卷第十四墓誌銘恭人李氏墓誌銘 丁未 [金世鼎妻]

南溪先生朴文純公文外集卷第十四墓誌銘安人曹氏墓誌銘 [林泳妻]

南溪先生朴文純公文外集卷第十四墓誌銘全義郡夫人李氏墓誌銘 癸亥 [李偘妻]

南溪先生朴文純公文外集卷第十四墓誌銘贈貞敬夫人申氏墓誌銘 [洪命夏妻]

南溪先生朴文純公文外集卷第十四墓誌銘貞夫人徐氏墓誌銘 己巳 [李萬雄妻]

南溪先生朴文純公文外集卷第十四墓誌銘贈貞夫人趙氏墓誌銘 [申琓妻]

南溪先生朴文純公文外集卷第十六行狀孺人李氏行錄 丁卯 [洪重楷妻]

南溪先生朴文純公文續集卷第二十二行狀養妣孺人趙氏行狀 癸酉 [朴濰妻]

46. 남당집(南塘集)·저자: 한원진(韓元震)·생년: 1682·몰년: 1751
南塘先生文集卷之三十三墓誌先考妣墓誌 [韓有箕妻]

南塘先生文集卷之三十三墓誌淑人黃氏墓誌銘 [金時敏妻]

47. 남명집(南冥集)·저자: 조식(曺植)·생년: 1501·몰년: 1572
南冥先生集卷之二墓誌中直大夫行文化縣令淑人玄氏雙墓表 [文光瑞妻]

南冥先生集卷之二墓誌魚執義夫人白氏碑文 [魚泳濬妻]

南冥先生集卷之二墓誌貞夫人崔氏墓表 ［李允儉妻］

48. 남파집(南坡集)・저자: 홍우원(洪宇遠)・생년: 1605・몰년: 1687
南坡先生文集卷之九行狀貞敬夫人宋氏行狀 ［丁好善妻］

49. 내암집(來庵集)・저자: 정인홍(鄭仁弘)・생년: 1535・몰년: 1623
來庵先生文集卷之十三碑文恭人李氏墓誌銘幷序 ［姜公憲妻］

50. 내재집(耐齋集)・저자: 홍태유(洪泰猷)・생년: 1672・몰년: 1715
耐齋集卷之五 南陽洪泰猷伯亨甫著 行狀 祖姑淑安公主家狀 ［洪得箕妻］

51. 노봉집(老峯集)・저자: 민정중(閔鼎重)・생년: 1628・몰년: 1692
老峯先生文集卷之九行狀先姑貞夫人李氏行狀 ［閔光勳妻］
老峯先生文集卷之九行狀亡室贈貞夫人申氏行狀 ［閔鼎重妻］
老峯先生文集卷之九墓表孺人驪興閔氏墓表 ［閔雨勳女］
老峯先生文集卷之九墓表亡姪女墓表 ［李沆妻］
老峯先生文集卷之九墓表李煊妻墓表 ［李煊妻］
老峯先生文集卷之九墓表李氏墓記 ［閔鼎重妾］

52. 노사집(蘆沙集)・저자: 기정진(奇正鎭)・생년: 1798・몰년: 1879
蘆沙先生文集卷之二十七墓表先祖姑贈貞夫人咸陽吳氏碑陰記 ［奇大有妻］

53. 노암집(魯庵集)・저자: 김종일(金宗一)・생년: 1597・몰년: 1675
魯庵先生文集卷之二墓誌銘 淑人驪州李氏墓誌銘 ［金宗一妻］

54. 노애집(蘆厓集)・저자: 유도원(柳道源)・생년: 1721・몰년: 1791
蘆厓集卷之八墓誌銘孺人義城金氏墓誌 ［李東殷妻］
蘆厓集卷之八墓誌銘孺人義城金氏墓誌銘 幷序 ［權思奎妻］

55. 노주집(老洲集)・저자: 오희상(吳熙常)・생년: 1763・몰년: 1833
老洲集卷之十六墓誌先伯母貞敬夫人墓誌 ［吳載純妻］
老洲集卷之十六墓誌先姑墓誌 ［吳載紹妻］

老洲集卷之十六墓誌亡妹孺人墓誌 [韓景履妻]
老洲集卷之十六墓誌銘亡室淑夫人安東權氏壙誌銘 並序 [吳熙常妻]
老洲集卷之十六墓誌銘亡女閔氏婦墓誌銘 並序 [閔致祿妻]
老洲集卷之十六墓誌銘庶母李氏墓誌銘 並序 [吳載紹妻]
老洲集卷之十六墓誌銘孺人尹氏墓誌銘 並序 [李正夏妻]
老洲集卷之十八墓表祖妣墓表 代家大人作 [吳瑗妻]
老洲集卷之二十行狀孺人慶州金氏行狀 [朴婺源妻]

56. 노촌집(老村集)・저자: 임상덕(林象德)・생년: 1683・몰년: 1719
老村集卷之五 墓誌 錦城林象德彝好著 令人坡平尹氏墓誌銘 [沈埈妻]
老村集卷之五 墓誌 錦城林象德彝好著 令人豐壤趙氏墓誌 [林象德妻]
老村集卷之五 行狀 生妣恭人全州李氏行狀 [林世恭妻]

57. 녹문집(鹿門集)・저자: 임성주(任聖周)・생년: 1711・몰년: 1788
鹿門先生文集卷之二十三墓誌銘祖妣孺人全州李氏墓誌 [任士元妻]
鹿門先生文集卷之二十四墓誌銘亡室淑人新昌孟氏墓誌銘 並序 [任聖周妻]
鹿門先生文集卷之二十四墓誌銘亡室淑人恩津宋氏墓誌銘 並序 任聖周妻]

58. 농암집(農巖集)・저자: 김창협(金昌協)・생년: 1651・몰년: 1708
農巖集卷之二十七墓誌銘從妹兪氏婦墓誌銘 幷序 [兪命健妻]
農巖集卷之二十七墓誌銘貞夫人延安金氏墓誌銘 幷序 [李後淵妻]
農巖集卷之二十七墓誌銘貞夫人全義李氏墓誌銘 幷序 [李端相妻]
農巖集卷之二十七墓誌銘淑人申氏墓誌銘 幷序 [金光炫妻]
農巖集卷之二十七墓誌銘亡女吳氏婦墓誌銘 幷序 [吳晉周妻]
農巖集卷之二十八墓碣銘吳忠貞公元配閔夫人墓碣銘 幷序 [吳斗寅妻]
農巖集卷之二十八墓碣銘吳忠貞公繼配金夫人墓碣銘 [吳斗寅妻]
農巖集卷之二十八墓表淑人申氏墓表 [金光炫妻]
農巖集卷之二十八墓表李恭人墓表 [黃慶河妻]

59. 뇌연집(雷淵集)・저자: 남유용(南有容)・생년: 1698・몰년: 1773
雷淵集卷之十九墓誌亡室恭人杞溪兪氏墓誌銘 幷序 [南有容妻]

霅淵集卷之二十四行狀亡室恭人杞溪兪氏行狀 [南有容妻]
霅淵集卷之二十墓誌孺人達城徐氏墓誌銘 幷序 [金光慶妻]
霅淵集卷之二十墓誌贈貞夫人豐山洪氏墓誌銘 幷序 [沈鳳輝妻]
霅淵集卷之二十墓誌淑人淸州韓氏墓誌銘 幷序 [兪宇基妻]
霅淵集卷之二十一墓誌子婦恭人竹山安氏墓誌銘 幷序 [南公輔妻]
霅淵集卷之二十一墓誌贈貞夫人安東權氏墓誌銘 幷序 [吳瑗妻]
霅淵集卷之二十一墓誌伯嫂令人延安李氏墓誌後記 [南有常妻]
霅淵集卷之二十一墓誌姪女孺人李氏婦墓誌銘 幷序 [李演妻]
霅淵集卷之二十一墓誌六姑母淑人宜寧南氏墓誌銘 幷序 [閔翼洙妻]
霅淵集卷之二十二墓誌孺人原城元氏墓誌銘 幷序 [李弘淵妻]
霅淵集卷之二十四行狀先妣行狀 [南漢紀妻]
霅淵集卷之二十五行狀貞夫人完山李氏行狀 [兪命弘妻]
霅淵集卷之二十五行狀貞夫人南原尹氏行狀 [李雨臣妻]

60. 눌은집(訥隱集)・저자: 이광정(李光庭)・생년: 1674・몰년: 1756
訥隱先生文集卷之十一碑銘金烈婦朴氏旌閭銘 幷序 [金弼濟妻]
訥隱先生文集卷之十二墓碣銘趙烈婦李氏墓碣銘 幷序 [趙尙觀妻]
訥隱先生文集卷之十四墓誌銘孝烈婦李恭人墓誌銘 幷序 [朴夢祥妻]
訥隱先生文集卷之二十遺事中表從叔母權氏遺事 [洪霖妻]

61. 대곡집(大谷集)・저자: 성운(成運)・생년: 1497・몰년: 1579
大谷先生集卷之下 碣銘 柳氏墓碣 [金碧妻]

62. 대산집(臺山集)・저자: 김매순(金邁淳)・생년: 1776・몰년: 1840
臺山集卷十安東金邁淳德叟墓誌銘高祖考妣墓誌 [金昌翕妻]
臺山集卷十安東金邁淳德叟墓誌銘曾祖考妣墓誌 [金養謙妻]
臺山集卷十安東金邁淳德叟墓誌銘祖妣墓誌 [金範行妻]
臺山集卷十一安東金邁淳德叟墓表考妣墓表 [金履鏽妻]
臺山集卷十安東金邁淳德叟墓誌銘從姊李氏母墓誌銘 幷序 [李定載妻]
臺山集卷十安東金邁淳德叟墓誌銘從姊徐淑人墓誌銘 幷序 [徐有積妻]
臺山集卷十安東金邁淳德叟墓誌銘亡女李氏婦墓誌 附銘 [李承顯妻]

63. 대산집(大山集) · 저자: 이상정(李象靖) · 생년: 1711 · 몰년: 1781
　　大山先生文集卷之四十七墓誌銘曾祖妣恭人聞韶金氏墓誌 [李孝濟妻]
　　大山先生文集卷之四十七墓誌銘祖妣恭人鵝洲申氏壙記 [李碩觀妻]
　　大山先生文集卷之四十七墓誌銘淑人長水黃氏壙記 [李象靖妻]
　　大山先生文集卷之四十七墓誌銘崔孺人韓山李氏墓誌 [崔思鎭妻]

64. 대연유고(岱淵遺藁) · 저자: 이면백(李勉伯) · 생년: 1767 · 몰년: 1830
　　岱淵遺藁卷之二墓文韓母康氏墓誌 [韓呂褒母]
　　岱淵遺藁卷之二墓文先考妣合窆誌 [李忠翊妻]

65. 도곡집(陶谷集) · 저자: 이의현(李宜顯) · 생년: 1669 · 몰년: 1745
　　陶谷集卷之十六墓誌銘淑人南陽洪氏墓誌銘 幷序 [元命益妻]
　　陶谷集卷之十六墓誌銘贈貞敬夫人靑松沈氏墓誌銘 幷序 [趙泰采妻]
　　陶谷集卷之十六墓誌銘孺人海州吳氏墓誌銘 幷序 [申球妻]
　　陶谷集卷之十六墓誌銘孺人水原崔氏墓誌銘 幷序 [申球妻]
　　陶谷集卷之十六墓誌銘淑夫人靑松沈氏墓誌銘 幷序 [洪禹瑞妻]
　　陶谷集卷之十六墓誌銘貞夫人豐山洪氏墓誌銘 幷序 [趙泰興妻]
　　陶谷集卷之十七墓誌銘恭人星州李氏墓誌銘 幷序 [申命鼎妻]
　　陶谷集卷之十七墓誌銘淑人延安金氏墓誌銘 幷序 [申命鼎妻]
　　陶谷集卷之十六墓誌銘淑人潘南朴氏墓誌銘 幷序 [李秉成妻]
　　陶谷集卷之十八墓誌銘恭人全州柳氏墓誌銘 幷序 [禹錫疇妻]
　　陶谷集卷之十八墓誌銘伯姊孺人墓誌 [權尙明妻]
　　陶谷集卷之十八墓誌銘仲姊孺人墓誌 [洪德普妻]
　　陶谷集卷之十八墓誌銘第二女金氏婦墓誌 [金聖柱妻]
　　陶谷集卷之十八墓誌銘季妹貞夫人墓誌 [金希魯妻]
　　陶谷集卷之十九墓表坡平尹氏墓表 代作 [李後天妻]
　　陶谷集卷之十九墓表貞夫人金氏墓表 [李萬稷妻]
　　陶谷集卷之二十四行狀先妣貞敬夫人迎日鄭氏行狀 [李世白妻]
　　陶谷集卷之二十四行狀亡室贈貞敬夫人魚氏行狀 [李宜顯妻]
　　陶谷集卷之二十四行狀亡室贈貞敬夫人宋氏行狀 [李宜顯妻]
　　陶谷集卷之二十四行狀淑人昌寧成氏行狀 [李世雲妻]

66. 도암집(陶菴集)·저자: 이재(李縡)·생년: 1680·몰년: 1746

陶菴先生集卷三十六墓碣[六]孺人南陽洪氏墓碣 [鄭敷妻]

陶菴先生集卷三十六墓碣[六]淑人恩津宋氏墓碣 [南躔妻]

陶菴先生集卷三十六墓碣[六]孺人潘南朴氏墓碣 [南道轍妻]

陶菴先生集卷四十墓表[三]從祖母贈貞夫人商山金氏墓表 [李翩妻]

陶菴先生集卷四十墓表[三]皇考妣阡表 [李晩昌妻]

陶菴先生集卷四十墓表[三]外祖母豐昌府夫人趙氏墓表 [閔維重妻]

陶菴先生集卷四十四墓誌[五]孺人南陽洪氏墓誌 [申舅妻]

陶菴先生集卷四十四墓誌[五]淑人驪興閔氏墓誌 [洪萬衡妻]

陶菴先生集卷四十四墓誌[五]岑城府夫人李氏墓誌 [徐宗悌妻]

陶菴先生集卷四十四墓誌[五]仲舅母貞敬夫人坡平尹氏墓誌 [閔鎭遠妻]

陶菴先生集卷四十四墓誌[五]贈貞夫人潘南朴氏墓誌 [李萬稷妻]

陶菴先生集卷四十四墓誌[五]貞夫人光山金氏墓誌 [李萬稷妻]

陶菴先生集卷四十四墓誌[五]貞夫人完山李氏墓誌 [鄭德徵妻]

陶菴先生集卷四十四墓誌[五]孺人水原崔氏墓誌 [鄭纘憲妻]

陶菴先生集卷四十五墓誌[六]孺人驪興閔氏墓誌 [朴玄冑妻]

陶菴先生集卷四十五墓誌[六]淑人恩津宋氏墓誌 [權定性妻]

陶菴先生集卷四十五墓誌[六]淑人昌寧成氏墓誌 [李世雲妻]

陶菴先生集卷四十五墓誌[六]季舅母淑人韓山李氏墓誌 [閔鎭永妻]

陶菴先生集卷四十五墓誌[六]淑人昌原黃氏墓誌 [金時敏妻]

陶菴先生集卷四十五墓誌[六]贈貞夫人靑松沈氏墓誌 [洪良輔妻]

陶菴先生集卷四十五墓誌[六]孺人完山李氏墓誌 [金龍澤妻]

陶菴先生集卷四十五墓誌[六]孺人驪興閔氏墓誌 [金光澤妻]

陶菴先生集卷四十五墓誌[六]孺人慶州金氏墓誌 [鄭鎭妻]

陶菴先生集卷四十五墓誌[六]孺人宜寧南氏墓誌 [鄭鎭妻]

陶菴先生集卷四十五墓誌[六]淑人安東金氏墓誌 [李梅臣妻]

陶菴先生集卷四十五墓誌[六]孺人恩津宋氏墓誌 [李思勖妻]

陶菴先生集卷四十五墓誌[六]孺人南陽洪氏墓誌 [李夏祥妻]

陶菴先生集卷四十五墓誌[六]從妹孺人李氏墓誌 [柳得養妻]

陶菴先生集卷四十六墓誌[七]祖妣貞敬夫人慶州朴氏墓誌 [李翩妻]

陶菴先生集卷四十六墓誌[七]先妣墓誌 [李晩昌妻]

陶菴先生集卷四十六墓誌[七]仲母贈貞敬夫人安東金氏墓誌 [李晩成妻]

陶菴先生集卷四十六墓誌[七]季母貞夫人漆原尹氏墓誌 [李晚堅妻]

陶菴先生集卷四十六墓誌[七]亡室贈貞夫人海州吳氏墓誌 [李緯妻]

陶菴先生集卷四十六墓誌[七]從弟婦孺人安東金氏墓誌 [李維妻]

陶菴先生集卷四十六墓誌[七]曾祖考小室昌原黃氏墓誌 [李有謙妻]

陶菴先生集卷五十行狀[四]伯姑貞敬夫人李氏行狀 [洪受瀗妻]

陶菴先生集卷五十行狀[四]伯舅母貞敬夫人延安李氏行狀 [閔鎭厚妻]

67. 도운유집(陶雲遺集)・저자: 이진망(李眞望)・생년: 1672・몰년:
1737

陶雲遺集冊二墓誌子婦豊壤趙氏墓誌 [李匡德妻]

68. 동계집(桐溪集)・저자: 정온(鄭蘊)・생년: 1569・몰년: 1641

桐溪先先文集卷之四 墓誌 貞夫人姜氏墓誌 [鄭惟明妻]

桐溪先先文集卷之四 墓誌 兵曹參議羅君先夫人金氏墓誌銘 幷序 [羅
級妻]

69. 동계집(東谿集)・저자: 조구명(趙龜命)・생년: 1693・몰년: 1737

東谿集卷之三墓誌銘乳母李氏墓誌銘幷序)

東谿集卷之三墓誌銘季母淑人李氏墓誌銘 [趙斗壽妻]

東谿集卷之三墓誌銘庶祖母廉氏墓誌銘 [趙相愚妻]

東谿集卷之三墓誌銘孺人李氏墓誌銘 [趙啓命妻]

東谿集卷之三墓誌銘淑夫人趙氏墓誌銘 [權益文妻]

東谿集卷之四行狀先姑行狀 己酉 [趙泰壽妻]

東谿集卷之五傳外祖母贈貞敬夫人李氏傳 甲寅 [沈權妻]

70. 동계집(東溪集)・저자: 권도(權濤)・생년: 1575・몰년: 1644

東溪先生文集卷之七 墓碣誌 贈嘉善大夫兵曹參判柳公貞夫人延日鄭
氏墓碣銘 乙丑 [柳沃妻]

71. 동명집(東溟集)・저자: 김세렴(金世濂)・생년: 1593・몰년: 1646

東溟先生集卷之八一善金世濂道源著碑誌碣銘貞夫人鄭氏墓誌銘 幷序
[尹毅立妻]

72. 동주집(東州集)·저자: 이민구(李敏求)·생년: 1589·몰년: 1670
   東州先生文集卷之八誌銘韓副率妻權氏墓誌銘 幷序 [韓後琦妻]
   東州先生文集卷之八誌銘貞徽翁主墓誌銘 幷序 [柳廷亮妻]

73. 동춘당집(同春堂集)·저자: 송준길(宋浚吉)·생년: 1606·몰년:
   1672
   同春堂先生文集卷之十七碑先祖妣柳氏旌門碑記 [宋克己妻]
   同春堂先生文集卷之十八墓誌淑夫人衿川姜氏墓誌銘 幷序 [鄭東望妻]
   同春堂先生文集卷之十八墓誌淑夫人東萊鄭氏墓誌銘 幷序 [宋時喆妻]
   同春堂先生文集卷之十八墓誌殤女壙記 [宋靜一]
   同春堂先生文集卷之二十行狀恭人李氏行錄 [宋希建妻]
   同春堂先生文集卷之二十一行狀八代祖妣烈婦安人柳氏行狀 [宋克己妻]
   同春堂先生文集卷之二十一行狀曾祖妣端人李氏行狀 [宋世英妻]
   同春堂先生文集卷之二十一行狀先妣贈貞夫人光州金氏行狀 [宋爾昌妻]

74. 동호집(東湖集)·저자: 이서(李舒)·생년: 1566·몰년: 1651
   東湖先生文集卷之二 碣文 祖考權知訓鍊院奉事府君祖妣安人固城李
   氏合祔碣文[李弘宇妻]

75. 등암집(藤庵集)·저자: 배상룡(裵尙龍)·생년: 1574·몰년: 1655
   藤庵先生文集卷之三 墓表外祖考忠順衛宋府君外祖妣孺人咸陽朴氏
   合祔墓表 [宋源妻]
   藤庵先生文集卷之三 墓表內從叔處士宋公孺人順天朴氏合祔墓表 [宋
   後昌妻]

76. 만구집(晩求集)·저자: 이종기(李種杞)·생년: 1837·몰년: 1902
   晩求先生文集卷之十三墓誌銘孺人鄭氏墓誌銘 [李浚妻]
   晩求先生文集卷之十四墓碣銘孺人碧珍李氏墓碣銘 並序 [許壿妻]

77. 만랑집(漫浪集)·저자: 황호(黃㦂)·생년: 1604·몰년: 1656
   漫浪集卷之九碑誌銘貞夫人李氏墓誌銘 幷序 [洪汝栗妻]
   漫浪集卷之九碑誌銘贈貞夫人吳氏墓碣銘 幷序 [沈演妻]

78. 만정당집(晚靜堂集)·저자: 서종태(徐宗泰)·생년: 1652·몰년: 1719

晚靜堂集第十四墓表淑人韓山李氏墓表 [金弘振妻]
晚靜堂集第十四墓碣淑夫人李氏墓碣追記 [洪柱國妻]
晚靜堂集第十五墓誌貞夫人宜寧南氏墓誌銘 [李漢翼妻]
晚靜堂集第十五墓誌恭人全州李氏墓誌銘 [沈廷熙妻]
晚靜堂集第十六墓誌淑夫人權氏合葬墓誌銘 [李志傑妻]
晚靜堂集第十六墓誌貞敬夫人慶州李氏墓誌銘 [崔錫鼎妻]

79. 만취집(晚翠集)·저자: 오억령(吳億齡)·생년: 1552·몰년: 1618

晚翠文集卷之五誌文淑人沈氏墓誌銘 [洪耆英妻]
晚翠文集卷之五行狀贈貞敬夫人申氏狀 [韓孝胤妻]

80. 만회집(晚悔集)·저자: 권득기(權得己)·생년: 1570·몰년: 1622

晚悔集卷之三銘亡室李氏墓誌銘 [權得己妻]

81. 망와집(忘窩集)·저자: 김영조(金榮祖)·생년: 1577·몰년: 1648

忘窩先生文集卷之五行狀先妣令人全州李氏家狀 [金大賢妻]

82. 매계집(梅溪集)·저자: 조위(曹偉)·생년: 1454·몰년: 1503

梅溪先生文集卷之四墓表 先妣貞夫人文化柳氏墓表 [曹繼門妻]

83. 매산집(梅山集)·저자: 홍직필(洪直弼)·생년: 1776·몰년: 1852

梅山先生文集卷之四十三墓誌銘孺人晉州姜氏墓誌銘 幷序○乙未 [尹明直妻]
梅山先生文集卷之四十三墓誌銘淑人驪興閔氏墓誌銘 幷序○戊戌 [申常顯妻]
梅山先生文集卷之四十三墓誌銘贈貞夫人安東金氏墓誌銘 幷序○乙巳 [朴胤源妻]
梅山先生文集卷之四十三墓誌銘烈婦宋氏墓誌銘 幷序○庚戌 [朴重洪妻]
梅山先生文集卷之四十三墓誌銘烈婦孺人金氏墓誌銘 幷序 [趙秉愚妻]
梅山先生文集卷之四十三墓誌銘淑人慶州金氏墓誌銘 幷序 [朴宗興妻]

梅山先生文集卷之四十四墓誌銘外祖母孺人鄭氏墓誌銘 幷序○乙未 [朴亮欽妻]

梅山先生文集卷之四十四墓誌銘季母孺人鄭氏墓誌銘 幷序○庚子 [洪濟簡妻]

梅山先生文集卷之四十四墓誌銘伯姑母孺人墓誌銘 幷序○庚子 [金載象妻]

梅山先生文集卷之四十四墓誌銘舅母河東鄭氏墓誌銘 幷序○庚子 [朴聲漢妻]

梅山先生文集卷之四十四墓誌銘外從妹貞夫人金氏墓誌銘 幷序 [鄭瀟妻]

梅山先生文集卷之四十四墓誌銘亡妹金氏婦墓誌銘 幷序○戊子 [金泰根妻]

梅山先生文集卷之四十四墓誌銘亡女閔氏婦墓誌銘 幷序 [閔慶鎬妻]

梅山先生文集卷之四十四墓誌銘庶從嫂全義李氏墓誌銘 幷序○庚子 [洪奭弼妻]

梅山先生文集卷之五十行狀端人洪氏行狀 甲午 [權用敬妻]

梅山先生文集卷之五十行狀先妣淑人陰城朴氏家狀 [洪履簡妻]

梅山先生文集卷之五十行狀亡妹尹氏婦行狀 [尹約烈妻]

84. 면암집(勉菴集)·저자: 최익현(崔益鉉)·생년: 1833·몰년: 1906

勉菴先生文集卷之三十一墓表孺人密陽朴氏墓表 [尹榮鎭妻]

勉菴先生文集卷之三十一墓表烈婦孺人豊壤趙氏墓表 [沈星澤妻]

勉菴先生文集卷之三十一墓表烈婦孺人濟州梁氏墓表 [安橲妻]

勉菴先生文集卷之三十一墓表孺人晉陽河氏墓表 [崔重吉妻]

勉菴先生文集卷之三十二墓表孺人慶州金氏墓表 [林宗擇妻]

勉菴先生文集卷之三十四墓表孺人密陽朴氏墓表 [鄭邦纘妻]

勉菴先生文集卷之三十四墓表烈婦淸州韓氏墓表 [白樂舜妻]

勉菴先生文集卷之三十五墓誌孺人珍原朴氏墓誌銘 幷序 [鄭濟玄妻]

勉菴先生文集卷之三十五墓誌孺人利川徐氏墓誌 [李之茂妻]

勉菴先生文集卷之三十五墓誌孺人光山李氏墓誌銘 幷序 [尹滋郁妻]

勉菴先生文集卷之三十五墓誌端人河東鄭氏墓誌 [梁俊默妻]

勉菴先生文集卷之三十五墓誌孺人綾城具氏墓誌 [崔宗權妻]

勉菴先生文集卷之三十六墓誌孺人東萊鄭氏墓誌銘 幷序 [韓擇東妻]

勉菴先生文集卷之三十六墓誌處士郭公孺人金氏墓誌銘 幷序 [郭景默妻]

勉菴先生文集卷之三十八行狀孺人光山李氏行狀 [梁悌默妻]

85. 면우집(俛宇集)・저자: 곽종석(郭鍾錫)・생년: 1846・몰년: 1919

俛宇先生文集卷之百五十墓誌銘許孺人墓誌銘 幷序○丙午 [李熙震妻]

俛宇先生文集卷之百五十墓誌銘金孺人墓誌銘 幷序○丁酉 [李正鎬妻]

俛宇先生文集卷之百五十墓誌銘成孺人墓誌 幷序○庚戌 [金鍾琪妻]

俛宇先生文集卷之百五十一墓誌銘李孺人墓誌銘 幷序○癸丑 [洪洛鍾妻]

俛宇先生文集卷之百五十二墓表車孺人墓表 壬寅 [朴京和妻]

俛宇先生文集卷之百五十三墓表恭人姜氏墓表 壬子 [朴膺和妻]

俛宇先生文集卷之百五十三墓表田孺人墓表 己酉 [李尙模妻]

俛宇先生文集卷之百五十三墓表崔孺人墓表 戊申 [姜昺奎妻]

俛宇先生文集卷之百五十三墓表李孺人墓表 己酉 [鄭宅壽妻]

俛宇先生文集卷之百五十三墓表張宜人墓表 己酉 [河海寬妻]

俛宇先生文集卷之百五十四墓表淑人郭氏墓表 壬子 [崔虎文妻]

俛宇先生文集卷之百五十五墓碣銘淑人安氏墓碣銘 幷序○壬寅 [崔縉妻]

俛宇先生文集卷之百六十一墓碣銘甥女河氏婦朴娘墓銘 幷序○庚戌 [河啓洛妻]

俛宇先生文集卷之百六十三行狀朴孺人行狀 己亥 [河禧源妻]

俛宇先生文集卷之百六十五行狀先妣贈貞夫人鄭氏行狀 [郭源兆妻]

俛宇先生文集卷之百六十五傳殷孺人傳 癸丑 [金啓烈妻]

86. 명고전집(明皐全集)・저자: 서형수(徐瀅修)・생년: 1749・몰년: 1824

明皐全集卷之十五　明皐徐瀅修汝琳著行狀先妣貞敬夫人完山李氏行狀 [徐命膺妻]

明皐全集卷之十六　明皐徐瀅修汝琳著碑銘○墓誌銘○墓表　貞敬夫人沈氏墓誌銘 代 [黃景源妻]

87. 명곡집(明谷集)・저자: 최석정(崔錫鼎)・생년: 1646・몰년: 1715

明谷集卷之二十五墓誌淑靜公主墓誌銘 [鄭載崙妻]

明谷集卷之二十六墓誌明安公主墓誌銘 [吳泰周妻]

明谷集卷之二十六墓誌宜人全州崔氏墓誌 [南啓夏妻]

明谷集卷之二十六墓誌庶祖母權氏墓誌 [崔惠吉妻]

明谷集卷之二十六墓誌淑人慶州金氏墓誌銘 [羅星斗妻]

明谷集卷之二十六墓誌贈貞敬夫人豊壤趙氏墓誌銘 [金一振妻]
明谷集卷之二十七墓誌孺人礪山宋氏墓誌銘 [李泰躋妻]

默軒先生文集卷之十墓碣銘七代祖妣貞夫人蔡氏墓碣識 [李潤雨妻]
默軒先生文集卷之十二行狀先妣贈貞夫人金氏行錄 [李德祿妻]

94. 문곡집(文谷集) · 저자: 김수항(金壽恒) · 생년: 1629 · 몰년: 1689
文谷集卷之十九墓誌十七首伯姊墓誌 [李挺岳妻]
文谷集卷之十九墓誌十七首姑淑人金氏墓誌銘 幷序 [柳時定妻]
文谷集卷之二十墓表十二首淑夫人李氏墓表 [李後天妻]
文谷集卷之二十墓表十二首貞夫人閔氏墓表 [金南重妻]
文谷集卷之二十一行狀六首貞敬夫人鄭氏行狀 [羅萬甲妻]
文谷集卷之二十二行蹟二首亡女行蹟 [李涉妻]

95. 미산집(眉山集) · 저자: 한장석(韓章錫) · 생년: 1832 · 몰년: 1894
眉山先生文集卷之十二淸州韓章錫稚綏著墓誌乳母金氏墓誌銘 並序 [崔
寬錫妻]
眉山先生文集卷之十二淸州韓章錫稚綏著墓誌淑夫人洪氏墓誌銘 幷序 [尹
弘善妻]
眉山先生文集卷之十三淸州韓章錫稚綏著墓表先妣墓表 癸巳四月立 [韓
弼敎妻]
眉山先生文集卷之十三淸州韓章錫稚綏著行狀伯母令人完山李氏行狀
戊子 [韓直敎妻]

96. 미암집(眉巖集) · 저자: 유희춘(柳希春) · 생년: 1513 · 몰년: 1577
眉巖先生集卷之三碣贈貞夫人崔氏碣陰 [柳桂鄰妻]

97. 미호집(渼湖集) · 저자: 김원행(金元行) · 생년: 1702 · 몰년: 1772
渼湖集卷之十五墓誌銘本生外祖母端人李氏墓誌 [宋炳遠妻]
渼湖集卷之十五墓誌銘從妹李氏婦墓誌銘 幷序 [李鳳祥妻]
渼湖集卷之十五墓誌銘先伯母貞夫人墓誌 [金濟謙妻]
渼湖集卷之十五墓誌銘孺人尹氏墓誌銘 幷序 [洪維漢妻]
渼湖集卷之十九行狀先妣孺人朴氏行狀 [金崇謙妻]
渼湖集卷之十九行狀從姪女申氏婦行狀 [申光益妻]

98. 밀암집(密菴集)・저자: 이재(李栽)・생년: 1657・몰년: 1730
　　密菴先生文集卷之十八墓誌銘仲嫂光山金氏夫人壙誌 [李橚妻]
　　密菴先生文集卷之十八墓誌銘洪氏姊墓誌 [洪億妻]
　　密菴先生文集卷之二十三行狀先妣贈貞夫人朴氏家傳 [李玄逸妻]

99. 방산집(舫山集)・저자: 허훈(許薫)・생년: 1836・몰년: 1907
　　舫山先生文集卷之二十丘墓文本生先妣贈貞夫人李氏墓誌 [許祚妻]
　　舫山先生文集卷之二十丘墓文祖妣宜人張氏墓誌 [許恁妻]
　　舫山先生文集卷之二十丘墓文姑母孺人墓誌銘 幷序 [張性遠妻]
　　舫山先生文集卷之二十二行狀烈婦英陽南氏行錄 [金軒駿妻]
　　舫山先生文集卷之二十二行狀先妣孺人李氏行錄 [許柾妻]

100. 백곡집(栢谷集)・저자: 정곤수(鄭崐壽)・생년: 1538・몰년: 1602
　　栢谷先生集卷之三碑誌附行錄生祖妣贈淑夫人金氏墓表 [宏弼女]
　　栢谷先生集卷之三碑誌附行錄副司果贈兵曹參議李公淑夫人李氏墓誌
　　[李良弼妻]

101. 백곡집(柏谷集)・저자: 김득신(金得臣)・생년: 1604・몰년: 1684
　　柏谷先祖文集冊六碑誌淑夫人文化柳氏墓誌銘 幷序 [金聲發妻]

102. 백불암집(百弗菴集)・저자: 최흥원(崔興遠)・생년: 1705・몰년:
　　1786
　　百弗菴先生文集卷之十三碑碣六代祖妣淑夫人淳昌薛氏墓碣 [崔誠妻]
　　百弗菴先生文集卷之十三行狀先妣恭人咸安趙氏行狀草記 [崔鼎錫妻]

103. 백사집(白沙集)・저자: 이항복(李恒福)・생년: 1556・몰년: 1618
　　白沙先生集卷之三墓誌淑夫人李氏墓誌 [閔善妻]

104. 백주집(白洲集)・저자: 이명한(李明漢)・생년: 1595・몰년: 1645
　　白洲集卷之十七墓誌銘碣銘○墓表○行狀淸州牧使贈左承旨金公夫人
　　鄭氏墓誌銘 [金琜妻]
　　白洲集卷之十七墓誌銘碣銘○墓表○行狀先妣貞敬夫人行狀 [李廷龜妻]

105. 백하집(白下集)·저자: 윤순(尹淳)·생년: 1680·몰년: 1741
　　白下集卷之七墓誌銘淑人尹氏墓誌銘 [李成坤妻]

106. 백헌집(白軒集)·저자: 이경석(李景奭)·생년: 1595·몰년: 1671
　　白軒先生集卷之三十五文稿行狀先妣贈貞敬夫人開城高氏行狀 [李惟侃妻]
　　白軒先生集卷之四十六文稿墓碣淑人羅州朴氏墓碣銘 [朴峻妻]
　　白軒先生集卷之四十八文稿墓誌丘嫂贈貞敬夫人寶城吳氏墓誌銘 [李景稷妻]
　　白軒先生集卷之四十九文稿墓誌貞敬夫人延安李氏墓誌銘 [洪霙妻]

107. 백호집(白湖集)·저자: 윤휴(尹鑴)·생년: 1617·몰년: 1680
　　白湖先生文集卷之十八墓誌銘判書吳公夫人墓誌銘 幷序 [吳挺一妻]

108. 번암집(樊巖集)·저자: 채제공(蔡濟恭)·생년: 1720·몰년: 1799
　　樊巖先生集卷之五十四墓誌銘烈女淑人趙氏墓誌銘 [鄭廣運妻]
　　樊巖先生集卷之五十四墓誌銘烈婦姜孺人墓誌銘 [崔昌慶妻]

109. 병계집(屛溪集)·저자: 윤봉구(尹鳳九)·생년: 1683·몰년: 1767
　　屛溪先生集卷之五十二墓誌孺人朴氏墓誌 [申大來妻]
　　屛溪先生集卷之五十二墓誌淑人呂氏墓誌 [李思膺妻]
　　屛溪先生集卷之五十二墓誌貞夫人李氏墓誌 [金致垕妻]
　　屛溪先生集卷之五十三墓誌甥女淑夫人申氏墓誌 [金鍾正妻]
　　屛溪先生集卷之五十三墓誌淑人權氏墓誌 [金漢房妻]
　　屛溪先生集卷之五十三墓誌從孫婦孺人吳氏墓誌 [尹頥厚妻]
　　屛溪先生集卷之五十四墓誌亡妹淑夫人尹氏墓誌 [申暻妻]
　　屛溪先生集卷之五十五墓表先妣贈貞夫人李氏墓表 [尹明運妻]
　　屛溪先生集卷之五十九行狀孺人朴氏行狀 [宋鉉器妻]
　　屛溪先生集卷之六十行錄孺人朴氏行錄 己酉 [宋巨源妻]

110. 병곡집(屛谷集)·저자: 권구(權榘)·생년: 1672·몰년: 1749
　　屛谷先生文集卷之八碣銘○墓誌亡妹第四娘墓誌 戊寅 [權憕女]

111. 보만재집(保晚齋集) · 저자: 서명응(徐命膺) · 생년: 1716 · 몰년: 1787

保晚齋集卷第十二達城徐命膺君受著墓誌贈貞夫人漆原尹氏墓誌 [鄭光忠妻]

保晚齋集卷第十二達城徐命膺君受著墓誌亡女鄭氏婦墓誌 [鄭文啓妻]

保晚齋集卷第十二達城徐命膺君受著墓誌仲嫂贈貞敬夫人江陵金氏墓誌 [徐命善妻]

保晚齋集卷第十四達城徐命膺君受著行狀先妣貞夫人德水李氏行狀 [徐宗玉妻]

112. 본암집(本庵集) · 저자: 김종후(金鍾厚) · 생년: 1721 · 몰년: 1780

本庵集卷八 墓誌贈淑夫人金氏墓誌銘 幷序 [申曔妻]

本庵集卷八 墓誌淑人李氏墓誌銘 幷序○丁酉 [黃仁謙妻]

本庵集卷十 行狀仲祖母貞敬夫人沈氏行狀 [金在魯妻]

113. 봉서집(鳳棲集) · 저자: 유신환(兪莘煥) · 생년: 1801 · 몰년: 1859

鳳棲集卷之七杞溪兪莘煥景衡著誌碣恭人沈氏墓誌 [徐中輔妻]

鳳棲集卷之七杞溪兪莘煥景衡著誌碣淑人金氏墓誌 [李在周妻]

鳳棲集卷之八杞溪兪莘煥景衡著行狀從祖叔母淑人李氏行狀 [兪秉柱妻]

114. 북저집(北渚集) · 저자: 김류(金瑬) · 생년: 1571 · 몰년: 1648

北渚先生集卷之八 碑銘有明朝鮮國啓運宮連珠府夫人毓慶園誌銘 幷敍 [定遠君妻]

115. 북헌집(北軒集) · 저자: 김춘택(金春澤) · 생년: 1670 · 몰년: 1717

北軒居士集卷之十三四海錄文○錄母夫人行錄 [金鎭龜妻]

116. 분서집(汾西集) · 저자: 박미(朴瀰) · 생년: 1592 · 몰년: 1645

汾西集卷之十二墓誌銘 四首亡妹貞夫人朴氏墓誌銘 [李明漢妻]

汾西集卷之十二墓誌銘 四首淑夫人朴氏墓誌銘 [林炗 妻]

117. 분애유고(汾厓遺稿) · 저자: 신정(申晸) · 생년: 1628 · 몰년: 1687

汾厓遺稿卷十墓誌亡室贈貞夫人沈氏墓誌銘 幷序 [申晸妻]

118. 사가집(四佳集)·저자: 서거정(徐居正)·생년: 1420·몰년: 1488
　四佳文集補遺一碑誌類旌善郡夫人韓氏墓碑銘 幷序 [桂陽君妻]

119. 사기집(沙磯集)·저자: 이시원(李是遠)·생년: 1789·몰년: 1866
　沙磯集冊五墓誌銘先考妣合葬墓誌 [李勉伯妻]

120. 사미헌집(四未軒集)·저자: 장복추(張福樞)·생년: 1815·몰년: 1900
　四未軒文集卷之九墓誌銘本生先妣孺人東萊鄭氏墓誌 [張浤妻]
　四未軒文集卷之九墓誌銘亡室淑人仁川蔡氏墓誌銘 [張福樞妻]
　四未軒文集卷之十一遺事先妣孺人廣州李氏家傳 [張瀗妻]
　四未軒文集卷之十一傳烈婦平山申氏傳 [張柄悳妻]

121. 사서집(沙西集)·저자: 전식(全湜)·생년: 1563·몰년: 1642
　沙西先生文集卷之七碣文先考妣碣陰 [全汝霖妻]

122. 사숙재집(私淑齋集)·저자: 강희맹(姜希孟)·생년: 1424·몰년: 1483
　私淑齋集卷之七行狀夫人安氏行狀 擬人作 [姜希孟妻]

123. 사호집(思湖集)·저자: 오장(吳長)·생년: 1565·몰년: 1617
　思湖先生文集卷之六墓誌淑人星州李氏墓誌 [吳健妻]

124. 삼산재집(三山齋集)·저자: 김이안(金履安)·생년: 1722·몰년: 1791
　三山齋集卷之九 行狀 附遺事 先妣行狀 [金元行妻]

125. 삼연집(三淵集)·저자: 김창흡(金昌翕)·생년: 1653·몰년: 1722
　三淵集卷之二十七墓誌銘姪婦高靈申氏墓誌銘 幷序 [金祐謙妻]
　三淵集卷之二十七墓誌銘淑人坡平尹氏墓誌銘 幷序 [金時保妻]
　三淵集卷之二十七墓誌銘貞敬夫人尙州黃氏墓誌銘 幷序 [吳斗寅妻]
　三淵集卷之二十七墓誌銘姪女趙氏婦墓誌銘 幷序 [趙文命妻]

三淵集卷之二十七墓誌銘淑人淸風金氏墓誌銘 幷序 [洪重衍妻]
三淵集卷之二十七墓誌銘淑夫人靑松沈氏墓誌銘 幷序 [金時傑妻]
三淵集卷之二十八墓誌銘伯嫂貞敬夫人朴氏墓誌銘 幷序 [金昌集妻]
三淵集卷之二十八墓誌銘孺人豊川任氏墓誌銘 幷序 [金壽鏷妻]
三淵集卷之二十八墓誌銘淑夫人盧氏墓誌銘 幷序 [金盛迪妻]
三淵集卷之二十八墓誌銘淑人完山李氏墓誌銘 幷序 [趙正萬妻]
三淵集卷之二十八墓誌銘孺人咸平李氏墓誌銘 幷序 [兪廣基妻]
三淵集卷之二十八墓誌銘姪女李氏婦墓誌銘 幷序 [李望之妻]
三淵集卷之三十墓表淑人寧越辛氏墓表 [朴泰斗妻]
三淵集卷之三十行狀附行錄先姊行狀 [金壽恒妻]

126. 삼탄집(三灘集)·저자: 이승소(李承召)·생년: 1422·몰년: 1484
三灘先生集卷之十四墓誌桂陽君忠昭公夫人韓氏墓誌 [桂陽君 李璔妻]

127. 상촌고(象村稿)·저자: 신흠(申欽)·생년: 1566·몰년: 1628
象村稿卷之二十三 墓誌銘 一十三首宜人許氏墓誌銘 [李有慶妻]
象村稿卷之二十三 墓誌銘 一十三首淑人曹氏墓誌銘 幷序 [金長生妻]
象村稿卷之二十三 墓誌銘 一十三首淑人申氏墓誌銘 幷序 [具洽妻]
象村稿卷之二十三 墓誌銘 一十三首宜人鄭氏墓誌銘 幷序 [具思孟妻]
象村稿卷之二十四 墓誌銘 一十首大司憲朴公夫人林氏合葬墓誌銘
幷序○續稿 [朴應福妻]
象村稿卷之二十四 墓誌銘 一十首貞敬夫人鄭氏墓誌銘 [金克孝妻]
象村稿卷之二十五 墓碣銘 八首贈淑人權氏墓碣銘 幷序 [蔡倫妻]
象村稿卷之二十八 行狀 四首貞夫人李氏行狀 續稿 [趙存性妻]
象村稿卷之二十八 行錄四長姊任氏婦行錄續稿 [任慶基妻]
象村稿卷之二十八 行錄四次妹愼夫人行錄 [李應福妻]
象村稿卷之二十八 行狀亡室李氏行狀 [申欽妻]

128. 서계집(西溪集)·저자: 박세당(朴世堂)·생년: 1629·몰년: 1703
西溪先生集卷之九誌銘 一四首亡室淑人宜寧南氏墓誌銘 [朴世堂妻]
西溪先生集卷之九誌銘 一四首亡繼室淑人光州鄭氏墓誌銘 [朴世堂妻]
西溪先生集卷之九誌銘 一四首孺人迎日鄭氏墓誌銘 [李徵夏妻]

西溪先生集卷之九誌銘 一四首李德孚妻墓誌銘 [李德孚妻]

西溪先生集卷之十誌銘 十首贈貞夫人潘南朴氏墓誌銘 [李永輝妻]

西溪先生集卷之十四墓表 十五首李德孚妻墓表 [李德孚妻]

西溪先生集卷之十四墓表 十五首孺人黃州邊氏墓表 [李生妻]

西溪先生集卷之十四墓表 十五首孺人海州崔氏墓表 [李德壽妻]

129. 서당사재(西堂私載)·저자: 이덕수(李德壽)·생년: 1673·몰년: 1744

西堂私載卷之九 墓誌銘亡妻海州崔氏墓誌銘 [李德壽妻]

西堂私載卷之九 墓誌銘淑人洪氏墓誌銘 [朴聖漢妻]

西堂私載卷之九 墓誌銘亡女沈氏婦壙誌 [沈鏴妻]

西堂私載卷之九 墓誌銘貞夫人黃氏墓誌銘 [李奎齡妻]

西堂私載卷之九 墓誌銘貞夫人南陽洪氏墓誌銘 [李台佐妻]

西堂私載卷之九 墓誌銘尹淑人墓誌銘 [朴鐔妻]

西堂私載卷之九 墓誌銘先妣墓誌 [李徵明妻]

西堂私載卷之九 墓誌銘沈淑人墓誌銘 [趙泰壽妻]

西堂私載卷之九 墓誌銘從叔母柳孺人墓誌 [李徵善妻]

西堂私載卷之九 墓誌銘淑人崔氏墓誌銘 [金鏜妻]

西堂私載卷之九 墓誌銘權淑人墓誌銘 [金必振妻]

西堂私載卷之九 墓誌銘贈淑夫人全州李氏墓誌銘 [金介臣妻]

西堂私載卷之九 墓誌銘恭人金氏墓誌銘 [尹勉教妻]

西堂私載卷之九 墓誌銘贈貞敬夫人洪氏墓誌銘 [金濡妻]

西堂私載卷之十 墓誌銘淑人林氏墓誌銘 [尹扶妻]

西堂私載卷之十 墓誌銘恭人韓氏墓誌銘 [鄭純陽妻]

西堂私載卷之十 墓誌銘貞敬夫人田氏墓誌銘 [李師吉妻]

西堂私載卷之十 墓誌銘贈貞敬夫人全州李氏墓誌銘 [徐文裕妻]

西堂私載卷之十 墓誌銘郡夫人崔氏墓誌銘 [李杓妻]

西堂私載卷之十 墓誌銘淑夫人豊壤趙氏墓誌銘 [權益文妻]

西堂私載卷之十 墓誌銘貞夫人林氏墓誌銘 [趙衡輔妻]

西堂私載卷之十 墓誌銘貞夫人姜氏墓誌銘 [李德壽妻]

130. 서산집(西山集)·저자: 김흥락(金興洛)·생년: 1827·몰년: 1899

西山先生文集卷之二十墓表孺人全州柳氏墓表 [金精壽妻]
西山先生文集續集卷之六行狀高祖妣孺人載寧李氏遺事 [金柱國妻]

131. 서석집(瑞石集)・저자: 김만기(金萬基)・생년: 1633・몰년: 1687
   瑞石先生集卷十六 墓誌墓碣墓表礪山郡夫人宋氏墓誌銘 幷序 [仁興
   君妻]

132. 서암집(恕菴集)・저자: 신정하(申靖夏)・생년: 1681・몰년: 1716
   恕菴集卷之十四行狀先妣恭人全州李氏行狀 [申瑜妻]

133. 서애집(西厓集)・저자: 유성룡(柳成龍)・생년: 1542・몰년: 1607
   西厓先生文集卷之二十墓誌先妣貞敬夫人墓誌 [柳仲郢妻]
   西厓先生文集卷之二十墓誌貞夫人李氏墓誌 [柳雲龍妻]
   西厓先生文集卷之二十墓誌金氏墓誌 [柳成龜妻]
   西厓先生文集卷之二十墓誌貞夫人李氏墓誌 [柳成龍妻]
   西厓先生文集卷之二十墓誌端人柳氏墓誌 [金宗武妻]
   西厓先生文集卷之二十墓誌淑人柳氏墓誌 [鄭好仁妻]

134. 서파집(西坡集)・저자: 오도일(吳道一)・생년: 1645・몰년: 1703
   西坡集卷之二十三 行狀先妣行狀 [吳達天妻]

135. 서포집(西浦集)・저자: 김만중(金萬重)・생년: 1637・몰년: 1692
   西浦先生集卷十 行狀先妣貞敬夫人行狀 [金益兼妻]

136. 서하집(西河集)・저자: 이민서(李敏敍)・생년: 1633・몰년: 1688
   西河先生集卷之十四墓誌銘亡女墓誌銘 [南鶴鳴妻]

137. 석계집(石溪集)・저자: 이시명(李時明)・생년: 1590・몰년: 1674
   石溪先生文集卷四 行狀先妣淑人眞城李氏行蹟 [李涵妻]

138. 석천유고(石泉遺稿)・저자: 신작(申綽)・생년: 1760・몰년: 1828
   石泉遺稿卷之一行狀長姊朴淑人行狀 [朴性圭妻]

石泉遺稿卷之一行狀外祖母柳夫人行狀 [鄭厚一妻]
石泉遺稿卷之一行狀夫人慶州金氏行狀 [李思良妻]
石泉遺稿卷之一墓誌鄭妹墓誌 [鄭東迥妻]
石泉遺稿卷之一墓誌貞夫人李氏墓誌 [申絢妻]
石泉遺稿卷之二雜著先妣遺事 [申大羽妻]
石泉遺稿卷之二雜著亡室朴氏墓誥 [申綽妻]
石泉遺稿卷之三雜著柳木川夫人李氏墓誌銘 [柳漢奎妻]

139. 성담집(性潭集)·저자: 송환기(宋煥箕)·생년: 1728·몰년: 1807
性潭先生集卷之二十三墓誌淑人李氏墓誌銘 幷序 [申光燮妻]
性潭先生集卷之二十三墓誌孺人蔡氏墓誌銘 幷序 [南尙翼妻]
性潭先生集卷之二十三墓誌孺人李氏墓誌銘 幷序 [林運相妻]
性潭先生集卷之二十四墓表淑人奉氏墓表 [安克誠妻]
性潭先生集卷之三十行狀孺人柳氏行狀 [郭林夏妻]
性潭先生集卷之三十傳烈婦恭人尹氏傳 [韓鎭九妻]

140. 성소부부고(惺所覆瓿藁)·저자: 허균(許筠)·생년: 1569·몰년: 1618
惺所覆瓿稿卷之十五 文部十二行狀亡妻淑夫人金氏行狀 [許筠妻]

141. 성재유고(醒齋遺稿)·저자: 신익상(申翼相)·생년: 1634·몰년: 1697
醒齋遺稿冊九墓誌亡女恭人韓氏婦墓誌 [韓世箕妻]

142. 성재집(性齋集)·저자: 허전(許傳)·생년: 1797·몰년: 1886
性齋先生文集卷之二十七家狀先妣淑人延安李氏行狀 [許珩妻]
性齋先生文集卷之二十七家狀淑夫人漢陽趙氏遺蹟 [許傳妻]

143. 성호전집(星湖全集)·저자: 이익(李瀷)·생년: 1681·몰년: 1763
星湖先生全集卷之六十三　墓誌銘翊衛司翊贊趙公淑人李氏合窆墓誌
銘幷序 [趙綱妻]
星湖先生全集卷之六十五 墓誌銘貞夫人李氏墓誌銘 幷序 [權以鎭妻]

144. 소고집(嘯皐集)・저자: 박승임(朴承任)・생년: 1517・몰년: 1586
嘯皐先生文集卷之四碑銘墓誌令人李氏墓誌銘 [李英符妻]
嘯皐先生文集卷之四碑銘墓誌有明朝鮮國貞敬夫人洪氏墓碣銘　幷序 [朴紹妻]

145. 소곡유고(素谷遺稿)・저자: 윤광소(尹光紹)・생년: 1708・몰년: 1786
素谷先生遺稿卷之五墓誌銘亡室貞夫人韓氏墓誌 丙申 [尹光紹妻]
素谷先生遺稿卷之六墓誌銘姪女淑人尹氏墓誌 癸卯 [李在亨妻]
素谷先生遺稿卷之十行狀貞敬夫人趙氏行狀 辛丑 [尹東度妻]
素谷先生遺稿卷之十二先蹟記逃生姚貞夫人李氏墓誌 丙子 [尹東輅妻]

146. 소산집(小山集)・저자: 이광정(李光靖)・생년: 1714・몰년: 1789
小山先生文集卷之十一墓碣銘南烈婦申氏旌閭碑陰記 [南時潤妻]
小山先生文集卷之十三行狀亡妹十二娘行狀 [崔思鎭妻]

147. 소재집(疎齋集)・저자: 이이명(李頤命)・생년: 1658・몰년: 1723
疎齋集卷之十三墓誌外王母貞敬夫人李氏墓誌 [黃一皓妻]
疎齋集卷之十三墓誌貞夫人金氏墓誌銘 [李喜朝妻]
疎齋集卷之十三墓誌恭人靑松沈氏墓誌銘 [羅碩佐妻]
疎齋集卷之十三墓誌安東金氏墓誌銘 [李經濟妻]
疎齋集卷之十四墓表祖姚貞敬夫人任氏墓表 [李敬興妻]

148. 송사집(松沙集)・저자: 기우만(奇宇萬)・생년: 1846・몰년: 1916
松沙先生文集卷之三十二墓碣銘孺人嚴氏墓碣銘　幷序 [金七植妻]
松沙先生文集卷之三十三墓碣銘烈婦梁氏墓碣銘　幷序 [朴瑞鎭妻]
松沙先生文集卷之三十六墓碣銘孺人文氏墓碣銘　幷序 [閔致箕妻]
松沙先生文集卷之三十七墓碣銘淑人林氏墓碣銘　幷序 [崔有煥妻]
松沙先生文集卷之三十八墓碣銘孺人沈氏墓碣銘　幷序 [金敬泰妻]
松沙先生文集卷之四十墓誌銘孺人李氏墓誌銘　幷序 [安暢煥妻]
松沙先生文集卷之四十墓誌銘孺人安氏墓誌銘　幷序 [洪在洙妻]
松沙先生文集卷之四十墓誌銘孺人趙氏墓誌銘　幷序 [范潤圭妻]

松沙先生文集卷之四十墓誌銘孺人文氏墓誌銘 幷序 [吳長燮妻]
松沙先生文集卷之四十二墓表烈婦李氏墓表 [奇道興妻]
松沙先生文集卷之四十二墓表孺人安氏墓表 [曺炫瑋妻]
松沙先生文集卷之四十二墓表孺人宋氏墓表 [丁珉祚妻]
松沙先生文集卷之四十二墓表孺人車氏墓表 [劉鳳述妻]
松沙先生文集卷之四十二墓表孺人韓氏墓表 [申克模妻]
松沙先生文集卷之四十三墓表孺人徐氏墓表 [梁龜模妻]
松沙先生文集卷之四十三墓表孺人李氏墓表 [河愚顯妻]
松沙先生文集卷之四十三墓表淑夫人李氏墓表 [吳壽泳妻]
松沙先生文集卷之四十三墓表貞夫人徐氏墓表 [金采淑妻]
松沙先生文集卷之四十三墓表孺人林氏墓表 [趙翼濟妻]
松沙先生文集卷之四十三墓表孺人崔氏墓表 [梁齊默妻]
松沙先生文集卷之四十三墓表孺人宋氏墓表 [丁永道妻]
松沙先生文集卷之四十三墓表孺人金氏墓表 [金用鉉妻]
松沙先生文集卷之四十三墓表孺人權氏墓表 [柳星極妻]
松沙先生文集卷之四十九遺事孺人金氏遺事 [崔焌秀妻]
松沙先生文集卷之四十九遺事孺人金氏遺事 [姜焌馨妻]
松沙先生文集續卷之二墓表贈貞夫人崔氏墓表 [金國仁妻]
松沙先生文集續卷之二墓表孺人趙氏墓表 [鄭淵學妻]

149. 송암집(松巖集)1・저자: 권호문(權好文)・생년: 1532・몰년: 1587
松巖先生續集卷之六墓碣先妣宜人李氏墓碣銘 [權稑妻]

150. 송암집(松巖集)2・저자: 이재형(李載亨)・생년: 1665・몰년: 1741
松巖集卷之五家狀生親孺人許氏家狀 [李應瑞妻]
松巖集卷之五家狀先妣孺人朴氏家狀 [李應徵妻]

151. 송자대전(宋子大全)・저자: 송시열(宋時烈)・생년: 1607・몰
년: 1689
宋子大全卷一百八十墓碣孺人淸風金氏墓碣銘 幷序 [李曙妻]
宋子大全卷一百八十墓碣朗善君夫人成氏墓碣銘 幷序 [李俁妻]
宋子大全卷一百八十七墓誌光山府夫人盧氏墓誌銘 幷序 [金悌男妻]

宋子大全卷二百十一行狀淑人恩津宋氏行狀 [鄭元俊妻]

152. 송정집(松亭集) · 저자: 하수일(河受一) · 생년: 1553 · 몰년: 1612
松亭先生文集卷之五墓碣誌銘亡妻尹氏墓誌銘 幷序 [河受一妻]
松亭先生文集卷之五墓碣誌銘王母趙氏墓誌 [河希瑞妻]

153. 송파집(松坡集) · 저자: 이서우(李瑞雨) · 생년: 1633 · 몰년: 1709
松坡集卷之十五墓碣資憲大夫知中樞府事韓興君夫人延安李氏墓碣銘
幷敍 [李汝發妻]

154. 수곡집(睡谷集) · 저자: 이여(李畬) · 생년: 1645 · 몰년: 1718
睡谷先生集卷之十一墓誌伯母淑人鄭氏墓誌 [李晃夏妻]
睡谷先生集卷之十一墓誌先妣墓誌 戊子 [李紳夏妻]
睡谷先生集卷之十一墓誌恭人崔氏墓誌 [元夢鼎妻]

155. 수곡집(壽谷集) · 저자: 김주신(金柱臣) · 생년: 1661 · 몰년: 1721
壽谷集卷之五墓誌銘亡妹墓誌 [韓配道妻]
壽谷集卷之五墓誌銘亡嫂孺人羅州林氏墓誌 [金聖臣妻]
壽谷集卷之五墓誌銘伯母淑人韓山李氏墓誌 [金弘振妻]
壽谷集卷之六壙記姜召史壙記
壽谷集卷之六壙記乳母尹召史壙記
壽谷集卷之七行狀先妣行狀 [金一振妻]

156. 수당유집(修堂遺集) · 저자: 이남규(李南珪) · 생년: 1855 · 몰년: 1907
修堂遺集冊四誌文六代祖妣贈貞夫人平康蔡氏墓誌文 [李成妻]
修堂遺集冊四誌文七代祖妣贈淑夫人平山申氏墓誌文 [李德運妻]
修堂遺集冊四誌文學生李公, 孺人南氏合葬墓誌銘 幷序 [李頤煥妻]
修堂遺集冊四誌文貞夫人墓誌銘 幷序 [李南珪妻]
修堂遺集冊四誌文從祖祖母淑人鄭氏墓誌銘 幷序 [李承正妻]
修堂遺集冊四誌文安人丁氏墓誌銘 幷序 [李承甲妻]
修堂遺集冊四誌文通德郎李公恭人韓氏合葬誌銘 幷序 [李讚稙妻]

修堂遺集冊四誌文淑夫人延日鄭氏墓誌銘 [姜顯周妻]
修堂遺集冊五行狀十代祖妣淑人完山李氏行狀 [李久妻]
修堂遺集冊五行狀八代祖妣淑人延安李氏行狀 [李雲根妻]
修堂遺集冊五行狀先妣行狀 [李浩稙妻]
修堂遺集冊五行狀從祖叔母淑人韓氏行狀 [李顯稙妻]

157. 수몽집(守夢集) · 저자: 정엽(鄭曄) · 생년: 1563 · 몰년: 1625
守夢先生集卷之二墓誌淑人具氏墓誌 [沈宗敏妻]

158. 수암집(修巖集) · 저자: 유진(柳袗) · 생년: 1582 · 몰년: 1635
修巖先生文集卷之三誌銘令人宋氏墓誌銘 [柳袾妻]

159. 수종재집(守宗齋集) · 저자: 송달수(宋達洙) · 생년: 1808 · 몰년:
1858
守宗齋集卷之十一墓碣銘孺人慶州金氏墓碣銘 [趙明相妻]

160. 수촌집(水村集) · 저자: 임방(任埅) · 생년: 1640 · 몰년: 1724
水村集卷之十二行狀先妣貞夫人商山金氏行狀 [任義伯妻]

161. 숙재집(肅齋集) · 저자: 조병덕(趙秉悳) · 생년: 1800 · 몰년: 1870
肅齋集卷之二十四墓誌銘從弟婦淑人韓山李氏墓誌銘 [趙秉老妻]
肅齋集卷之二十四墓誌銘贈貞夫人朴氏墓誌銘 並序 [朴奉京妻]
肅齋集卷之二十四墓誌銘孺人寧越嚴氏墓誌銘 並序 [權碩集妻]
肅齋集卷之二十六行錄先妣淑夫人恩津宋氏行錄 [趙最淳妻]

162. 순암집(順菴集) · 저자: 안정복(安鼎福) · 생년: 1712 · 몰년: 1791
順菴先生文集卷之二十二墓誌子婦尹氏壙銘 丁亥 [安景曾妻]
順菴先生文集卷之二十二墓誌先妣恭人李氏壙誌 丁亥 [安極妻]
順菴先生文集卷之二十二墓誌淑人昌寧成氏壙記 乙未 [安鼎福妻]
順菴先生文集卷之二十二墓誌孺人竹山安氏墓誌銘 壬辰 [朴東㙇妻]
順菴先生文集卷之二十二墓誌淑人全氏墓誌 丙申 [孫錫謨妻]
順菴先生文集卷之二十二墓誌宜寧南氏墓誌銘 丙申 [李寅運妻]

順菴先生文集卷之二十三墓誌學生鄭公孺人李氏合窆墓誌銘　並序○乙巳
[鄭德彬妻]
順菴先生文集卷之二十三墓誌恭人杞溪兪氏墓誌 乙巳 [鄭廣道妻]
順菴先生文集卷之二十三墓誌恭人河東鄭氏墓誌銘　並序○丙午 [吳尙溥妻]
順菴先生文集卷之二十五行狀淑人趙氏行狀 [鄭廣運妻]
順菴先生文集卷之二十五行狀先妣恭人李氏行狀 庚寅 [安極妻]

163. 순암집(醇庵集)・저자: 오재순(吳載純)・생년: 1727・몰년: 1792
　　醇庵集卷之八墓誌銘孺人申氏墓誌銘 幷序 [沈定鎭妻]
　　醇庵集卷之八墓誌銘伯姊淑人墓誌銘 幷序 [南公弼妻]
　　醇庵集卷之八墓誌銘乳母張媼墓誌銘 幷序

164. 순암집(順菴集)・저자: 이병성(李秉成)・생년: 1675・몰년: 1735
　　順菴集卷之六壙誌亡室壙誌 [李秉成妻]

165. 시와유고(是窩遺稿)・저자: 한태동(韓泰東)・생년: 1646・몰년:
　　1687
　　是窩遺稿卷之五 行狀姊氏行狀 [趙貴中妻]

166. 식산집(息山集)・저자: 이만부(李萬敷)・생년: 1664・몰년: 1732
　　息山先生文集卷之二十一丘墓文庶姑洪婦壙記 [洪宇疇妻]
　　息山先生文集卷之二十一丘墓文亡室恭人義城金氏墓誌 [李萬敷妻]
　　息山先生文集卷之二十一丘墓文亡室恭人豐山柳氏墓誌 [李萬敷妻]
　　息山先生續集卷之六丘墓文祖妣貞敬夫人朔寧崔氏墓誌 [李觀徵妻]

167. 식암유고(息庵遺稿)・저자: 김석주(金錫冑)・생년: 1634・몰년:
　　1684
　　息庵先生遺稿卷之二十二行狀亡室孺人李氏行狀 [金錫冑妻]
　　息庵先生遺稿卷之二十三墓誌銘朴夫人墓誌銘 [沈熙世妻]
　　息庵先生遺稿卷之二十三墓表贈貞夫人金氏墓表 [成櫟元配]

168. 신독재유고(愼獨齋遺稿)・저자: 김집(金集)・생년: 1574・몰년:

1656
愼獨齋先生遺稿卷之八墓碣先祖妣贈貞敬夫人陽川許氏墓碣［金問妻］

169. 신재집(信齋集)・저자: 이영익(李令翊)・생년: 1738・몰년: 1780
信齋集册二墓誌表○行狀淑人李氏墓誌銘［金光遇妻］

170. 쌍계유고(雙溪遺稿)・저자: 이복원(李福源)・생년: 1719・몰
년: 1792
雙溪遺稿卷之六墓誌銘［上］亡女墓誌銘［金思義妻］
雙溪遺稿卷之六墓誌銘［上］從姪女鄭氏婦墓誌銘［鄭昌老妻］
雙溪遺稿卷之七墓誌銘［下］弟嫂淑人鄭氏墓誌銘［李學源妻］
雙溪遺稿卷之七墓誌安夫人墓誌［李福源妻］
雙溪遺稿卷之八遺事先妣遺事［李喆輔妻］

171. 암서집(巖棲集)・저자: 조긍섭(曺兢燮)・생년: 1873・몰년: 1933
巖棲先生文集卷之二十七墓誌銘金母李孺人墓誌銘 丁巳［金善琪妻］
巖棲先生文集卷之二十八墓誌銘鄭母河孺人墓誌銘［鄭元暉妻］
巖棲先生文集卷之三十一墓碣銘李母徐孺人墓碣銘 乙丑［李元鎬妻］
巖棲先生文集卷之三十三墓表李母趙孺人墓表［李祉錫妻］

172. 야곡집(冶谷集)・저자: 조극선(趙克善)・생년: 1595・몰년: 1658
冶谷先生集卷之六行狀亡室淑人江華崔氏行狀［趙克善妻］

173. 약산만고(藥山漫稿)・저자: 오광운(吳光運)・생년: 1689・몰년:
1745
藥山漫稿卷之十八墓誌先妣淑夫人安氏墓誌［吳尙純妻］
藥山漫稿卷之二十行狀先妣淑夫人行狀［吳尙純妻］

174. 약재집(約齋集)・저자: 유상운(柳尙運)・생년: 1636・몰년: 1707
約齋集册五 墓誌銘令人姊氏墓誌文 미상

·

175. 약천집(藥泉集) · 저자: 남구만(南九萬) · 생년: 1629 · 몰년: 1711
    藥泉集第二十一墓表贈貞夫人金氏墓表 戊子 [李廷麟妻]
    藥泉集第二十五家乘曾祖妣贈貞夫人星州玄氏墓表 [南柁妻]
    藥泉集第二十五家乘祖妣贈貞敬夫人連山徐氏墓誌銘 [南斌妻]
    藥泉集第二十五家乘先妣贈貞敬夫人安東權氏墓誌 [南一星妻]
    藥泉集第二十六家乘令人李氏墓誌銘 [朴弼震妻]
    藥泉集第二十六家乘外姑淑人李氏墓表 [鄭脩妻]

176. 약포집(藥圃集) · 저자: 정탁(鄭琢) · 생년: 1526 · 몰년: 1605
    藥圃先生文集卷之四墓誌夫人李氏墓誌 [潘沖妻]

177. 약헌집(約軒集) · 저자: 송징은(宋徵殷) · 생년: 1652 · 몰년: 1720
    約軒集卷之十四行狀叔母貞夫人全州李氏行狀 [宋光淵妻]

178. 양곡집(陽谷集) · 저자: 소세양(蘇世讓) · 생년: 1486 · 몰년: 1562
    陽谷先生集卷之十一碑○碣妣貞敬夫人墓表 [蘇自坡妻]
    陽谷先生集卷之十二碑○碣○表令人李氏墓碣銘 幷序 [李英符妻]
    陽谷先生集卷之十三碑○碣夫人姜氏墓碣銘 幷序 [梁應鷗妻]

179. 양서집(瀁西集) · 저자: 이광윤(李光胤) · 생년: 1564 · 몰년: 1637
    瀁西先生文集卷之六 墓誌先妣墓誌草記 [李潛妻]

180. 양와집(養窩集) · 저자: 이세구(李世龜) · 생년: 1646 · 몰년: 1700
    養窩集册十墓誌沈申夫人墓誌 丁丑 [沈渠妻]
    養窩集册十家狀[上]先妣贈淑夫人平山申氏家狀 [李時顯妻]

181. 양원유집(陽園遺集) · 저자: 신기선(申箕善) · 생년: 1851 · 몰년:
    1909
    陽園遺集卷十二行狀祖妣孺人延安李氏行狀 戊辰十二月朔日 [申喆
    顯妻]
    陽園遺集卷十二行狀先妣孺人李氏行狀 戊辰二月 [申義朝妻]
    陽園遺集卷十三墓誌 附祭文祖考學生府君祖妣孺人李氏墓誌 戊辰十

二月 ［申喆顯妻］
陽園遺集卷十三墓誌 附祭文先妣孺人李氏墓誌 ［申義朝妻］
陽園遺集卷十三墓誌 附祭文純穆大院妃園誌 丁未 ［興宣大院君妻］
陽園遺集卷十三墓碣銘 附墓誌銘〇墓表淑人崔氏墓誌銘 幷序〇辛丑
［李秉貞妻］

182. 여유당전서(與猶堂全書) · 저자: 정약용(丁若鏞) · 생년: 1762 ·
    몰년: 1836
    第一集詩文集第十六卷〇文集墓誌銘庶母金氏墓誌銘 ［丁載遠妻］
    第一集詩文集第十六卷〇文集墓誌銘孝婦沈氏墓誌銘 ［丁學游妻］
    第一集詩文集第十六卷〇文集墓誌銘丘嫂恭人李氏墓誌銘 ［丁若鉉妻］
    第一集詩文集第十六卷〇文集墓誌銘節婦崔氏墓誌銘 ［丁若鏜妻］

183. 여호집(黎湖集) · 저자: 박필주(朴弼周) · 생년: 1680 · 몰년: 1748
    黎湖先生文集卷之二十五墓表孺人兪氏墓表 ［金相說妻］
    黎湖先生文集卷之二十五墓表孺人鄭氏墓表 ［李商重妻］
    黎湖先生文集卷之二十六墓誌先妣淑人辛氏墓記 ［朴泰斗妻］
    黎湖先生文集卷之二十七墓誌贈貞夫人柳氏墓誌銘 ［安絿妻］
    黎湖先生文集卷之二十七墓誌孺人閔氏墓誌銘 ［趙謙彬妻］
    黎湖先生文集卷之二十七墓誌孺人李氏墓誌銘 ［朴昌源妻］
    黎湖先生文集卷之二十八墓誌恭人具氏墓誌銘 ［李軒紀妻］
    黎湖先生文集卷之二十八墓誌叔姊淑人墓誌 ［尹澤妻］
    黎湖先生文集卷之二十八墓誌乳母壙誌 ［金岳德］

184. 역천집(櫟泉集) · 저자: 송명흠(宋明欽) · 생년: 1705 · 몰년: 1768
    櫟泉先生文集卷之十六墓誌銘先妣令人尹氏墓追誌 庚辰 ［宋堯佐妻］
    櫟泉先生文集卷之十七墓誌銘從母淑人尹氏墓誌 ［任適妻］
    櫟泉先生文集卷之十七墓誌銘從叔母贈貞夫人朴氏墓誌 戊子 ［宋堯
    和妻］
    櫟泉先生文集卷之十七行狀從姑母令人宋氏行狀 辛未 ［李思勯妻］

185. 연경재전집(硏經齋全集) · 저자: 성해응(成海應) · 생년: 1760 ·

몰년: 1839
　研經齋全集卷之十文○行狀先妣行狀 [成大中妻]
　研經齋全集卷之十文○墓誌銘庶祖母墓誌 [成孝基妻]
　研經齋全集卷之十文○墓誌銘叔母咸平李氏墓誌 [成大集妻]
　研經齋全集卷之十文○墓誌銘長姑母墓誌 [成季蘭]
　研經齋全集卷之十文○墓誌銘季姑母墓誌 [李彦五妻]
　研經齋全集卷之十文○墓誌銘季嫂墓誌 [成海疇妻]
　研經齋全集卷之十一文○遺事舅母坡平尹氏遺事 [李彦弼妻]
　研經齋全集卷之十六文○墓誌銘曾祖母孺人全州李氏墓誌 [成夢奎妻]
　研經齋全集卷之十六文○墓誌銘從姑孺人墓誌銘 [李允膺妻]
　研經齋全集卷之十六文○墓誌銘外祖姑孺人黃夫人墓誌銘 [李德老妻]
　研經齋全集卷之十六文○墓誌銘族祖母孺人李氏墓誌銘 [成信基妻]
　研經齋全集卷之十六文○墓誌銘叔母恭人李氏墓誌 [成大集妻]
　研經齋全集卷之十六文○墓誌銘聘母孺人張夫人墓誌銘 [李瓊妻]
　研經齋全集卷之十六文○墓誌銘亡室淑人李氏墓誌銘 [成海應妻]
　研經齋全集卷之十六文○墓誌銘仲姪婦文化柳氏墓誌 [成翼曾妻]

186. 연석(燕石)・저자: 유언호(兪彦鎬)・생년: 1730・몰년: 1796
　燕石册六墓誌銘夫人墓誌銘(驪興閔氏) [兪彦鎬妻]
　燕石册六墓誌銘貞夫人茶原尹氏墓誌銘 丙午 [閔遇洙妻]
　燕石册六墓誌銘從叔母貞敬夫人申氏墓誌銘 [兪拓基妻]
　燕石册六墓誌銘淑夫人黃氏墓誌銘 [兪彦鏶妻]
　燕石册六墓誌銘淑人海州吳氏墓誌銘 [兪彦銷妻]

187. 연암집(燕巖集)・저자: 박지원(朴趾源)・생년: 1737・몰년: 1805
　燕巖集卷之一煙湘閣選本○狀金孺人事狀 [吳允常妻]
　燕巖集卷之一煙湘閣選本○傳烈女咸陽朴氏傳 幷序 [林述曾妻]
　燕巖集卷之二煙湘閣選本○墓誌銘伯姉贈貞夫人朴氏墓誌銘 [李宅模妻]
　燕巖集卷之二煙湘閣選本○墓誌銘伯嫂恭人李氏墓誌銘 [朴喜源妻]

188. 연재집(淵齋集)・저자: 송병선(宋秉璿)・생년: 1836・몰년: 1905
　淵齋先生文集卷之三十八墓誌銘貞夫人崔氏墓誌銘 幷序 [朴季連妻]

淵齋先生文集卷之三十八墓誌銘孺人李氏墓誌銘 幷序 [高殷相妻]
淵齋先生文集卷之三十八墓誌銘孺人成氏墓誌 [林豐榮妻]
淵齋先生文集卷之三十九墓誌銘先祖姙安人沈氏墓誌 [宋有源]
淵齋先生文集卷之三十九墓誌銘先祖姙安人李氏墓誌 [宋有源妻]
淵齋先生文集卷之三十九墓誌銘先祖姙孺人洪氏墓誌 [宋有源妻]
淵齋先生文集卷之三十九墓誌銘高祖姙贈淑人李氏墓誌 [宋煥實妻]
淵齋先生文集卷之三十九墓誌銘曾祖姙贈淑夫人安氏墓誌 [宋直圭妻]
淵齋先生文集卷之三十九墓誌銘先姙贈貞夫人李氏墓誌 [宋勉洙妻]
淵齋先生文集卷之三十九墓誌銘先姙贈貞夫人金氏墓誌 [宋勉洙妻]
淵齋先生文集卷之四十墓表贈淑夫人金氏墓表 [閔周顯妻]
淵齋先生文集卷之四十四墓表貞敬夫人兪氏墓表後記 [金集妻]
淵齋先生文集卷之四十五行狀亡室李氏行狀 [宋秉璿妻]

189. 연천집(淵泉集) · 저자: 홍석주(洪奭周) · 생년: 1774 · 몰년: 1842
淵泉先生文集卷之二十八墓誌銘[上]曾祖姙貞敬夫人咸從魚氏墓誌
[洪象漢妻]
淵泉先生文集卷之二十八　墓誌銘[上]本生祖考領議政孝安公府君墓
誌(靑松沈氏포함) [洪樂性妻]
淵泉先生文集卷之二十八墓誌銘[上]伯姑淑人墓誌銘 [鄭致綏妻]
淵泉先生文集卷之二十八墓誌銘[上]願菴金君暨配李孺人墓誌銘 [金
相衍妻]
淵泉先生文集卷之二十八墓誌銘[上]貞敬夫人閔氏墓誌銘 [鄭存謙妻]
淵泉先生文集卷之二十八墓誌銘[上]淑人朴氏墓誌銘 [洪大衡妻]
淵泉先生文集卷之二十九墓誌銘[下]孺人蔡氏墓誌銘 [沈赫妻]
淵泉先生文集卷之二十九墓誌銘[下]孺人朴氏墓誌銘 [沈完鎭妻]
淵泉先生文集卷之二十九墓誌銘[下]孺人崔氏墓誌銘 [魚命能妻]
淵泉先生文集卷之三十墓表先姙貞敬夫人大邱徐氏墓表 [洪仁謨妻]
淵泉先生文集卷之三十一行狀[上]貞夫人洪氏行狀 [魚有鳳妻]
淵泉先生文集卷之三十二行狀[下]令人玉川趙氏行狀 [魚用賓妻]
淵泉先生文集卷之三十二行狀[下]恭人洪氏行狀 [尙東耆妻]
淵泉先生文集卷之三十二行狀[下]亡室贈貞敬夫人完山李氏行狀 [洪
奭周妻]

淵泉先生文集卷之三十二行狀[下]內從姊貞敬夫人徐氏行狀 [趙鍾永妻]
淵泉先生文集卷之三十五家狀[下]伯母貞夫人靑松沈氏家狀 [洪義謨妻]

190. 염헌집(恬軒集)・저자: 임상원(任相元)・생년: 1638・몰년: 1697
恬軒集卷之三十三墓誌銘西河任相元公輔著貞夫人申氏墓誌銘 [趙重
呂妻]
恬軒集卷之三十三墓誌銘西河任相元公輔著縣夫人任氏墓誌銘 [李瀷妻]

191. 영재집(泠齋集)・저자: 유득공(柳得恭)・생년: 1748・몰년: 1807
泠齋集卷之六誌○狀○表先姊行狀 [柳璿妻]

192. 오봉집(五峯集)・저자: 이호민(李好閔)・생년: 1553・몰년: 1634
五峯先生集卷之十五 碑銘○墓誌有明朝鮮國淑夫人金氏墓誌銘 幷序
[徐仁元妻]
五峯先生集卷之十五 碑銘○墓誌烈婦生員金德民妻申氏墓碣銘 幷序
[金德民妻]

193. 오서집(梧墅集)・저자: 박영원(朴永元)・생년: 1791・몰년: 1854
梧墅集冊十一家乘祖妣贈淑夫人慶州李氏墓誌 [朴敬圭妻]
梧墅集冊十一家乘祖妣贈淑夫人連山徐氏墓誌 [朴敬圭妻]
梧墅集冊十一家乘先妣贈貞夫人楊州趙氏墓誌 [朴鍾淳妻]
梧墅集冊十一家乘太妣淑人墓誌銘 乙未 [李寅亮妻]
梧墅集冊十二巾衍錄○墓誌銘恭人楊州趙氏墓誌銘 乙未 [韓公裕妻]

194. 오아재집(聱齖齋集)・저자: 강석규(姜錫圭)・생년: 1628・몰
년: 1695
聱齖齋集卷之九 墓誌先妣權厓誌 [姜德後妻]

195. 오천집(梧川集)・저자: 이종성(李宗城)・생년: 1692・몰년: 1759
梧川先生集卷之十一墓誌銘從嫂貞夫人光山金氏墓誌銘 [李宗白妻]

196. 옥계집(玉溪集)・저자: 노진(盧禛)・생년: 1518・몰년: 1578

玉溪先生文集卷之三行狀先妣貞夫人權氏行狀 ［盧友明妻］
玉溪先生續集卷之二墓碑誌祖妣愼氏墓碣陰 ［盧昐妻］

197. 옥오재집(玉吾齋集)・저자: 송상기(宋相琦)・생년: 1657・몰년: 1723
玉吾齋集卷之十四墓誌銘恭人東萊鄭氏墓誌 ［宋奎成妻］
玉吾齋集卷之十五行狀先妣行狀 ［宋奎濂妻］

198. 옥천집(玉川集)・저자: 조덕린(趙德鄰)・생년: 1658・몰년: 1737
玉川先生文集卷之十三墓碣銘恭人洪氏墓碣銘　幷序 ［金台重妻］
玉川先生文集卷之十四墓表曾祖妣宜人崔氏墓表 ［趙佺妻］

199. 완구유집(宛丘遺集)・저자: 신대우(申大羽)・생년: 1735・몰년: 1809
宛丘遺集卷之五墓文［一］鄭氏夫人墓誌銘 ［申大羽妻］
宛丘遺集卷之五墓文［一］恭人申氏墓誌銘 ［鄭後儉妻］
宛丘遺集卷之八行狀［一］李夫人內儀 ［申宅夏妻］
宛丘遺集卷之九行狀［二］貞敬夫人楊州趙氏行狀 ［沈星鎭妻］

200. 외암유고(巍巖遺稿)・저자: 이간(李柬)・생년: 1677・몰년: 1727
巍巖遺稿卷之十六行狀亡室安人尹氏行狀 ［李柬妻］

201. 외재집(畏齋集)1・저자: 이후경(李厚慶)・생년: 1558・몰년: 1630
畏齋先生文集卷之三　墓表　先考贈嘉善大夫。戶曹參判兼同知義禁府
事。行折衝將軍。龍驤衛副護軍府君。先妣貞夫人。密陽朴氏合祔墓
表 ［李儼妻］

202. 외재집(畏齋集)2・저자: 이단하(李端夏)・생년: 1625・몰년: 1689
畏齋集卷之七墓誌銘伯姊淑人墓誌 ［鄭鉁妻］
畏齋集卷之七墓誌銘季姊淑人墓誌 ［趙備妻］
畏齋集卷之八墓誌銘外姑貞夫人李氏墓誌 ［韓必遠妻］
畏齋集卷之八墓誌銘亡女申氏婦墓誌 ［申瀟妻］

畏齋集卷之八墓表贈淑夫人柳氏墓表 [趙纘韓妻]
畏齋集卷之八墓表淑夫人朴氏墓表 [沈熙世妻]
畏齋集卷之十行狀先妣貞夫人行狀 [李植妻]

203. 용암집(龍巖集)・저자: 박운(朴雲)・생년: 1493・몰년: 1562
龍巖先生文集卷之二行狀先妣盆城許氏家傳 [朴完元妻]

204. 용재집(容齋集)・저자: 이행(李荇)・생년: 1478・몰년: 1534
容齋先生集卷之十散文貞夫人李氏碣銘 [李嘻女]
容齋先生集卷之十散文贈資憲大夫禮曹判書李公貞夫人金氏墓誌 [李
承健妻]

205. 용포집(龍浦集)・저자: 이유(李濰)・생년: 1669・몰년: 1742
龍浦先生文集卷之四 遺事先妣孺人李氏遺事 [李之泰妻]

206. 우계집(雨溪集)・저자: 김명석(金命錫)・생년: 1675・몰년: 1762
雨溪文集卷之三遺事先妣恭人南陽洪氏遺事 [金台重妻]

207. 우교당유고(于郊堂遺稿)・저자: 구치용(具致用)・생년: 1590・
몰년: 1666
于郊堂遺稿卷之六墓誌亡室宜人金氏墓誌 [具致用妻]

208. 우담집(愚潭集)・저자: 정시한(丁時翰)・생년: 1625・몰년: 1707
愚潭先生文集卷之九遺事○行錄先妣貞夫人橫城趙氏世系行蹟記 [丁
彥璜妻]
愚潭先生文集卷之九遺事○行錄亡室柳氏行錄 [丁時翰妻]

209. 우사집(雩沙集)・저자: 이세백(李世白)・생년: 1635・몰년: 1703
雩沙集卷之九行狀先妣安東金氏行狀 [李挺岳妻]

210. 우재집(迂齋集)・저자: 조지겸(趙持謙)・생년: 1639・몰년: 1685
迂齋集卷之八墓碣銘亡室沈夫人墓誌銘 [趙持謙妻]

迂齋集卷之九行狀先妣行狀 [趙復陽妻]

211. 우헌집(寓軒集)·저자: 유세명(柳世鳴)·생년: 1636·몰년: 1690
寓軒先生文集卷之七墓誌宜人朴氏墓誌 [柳元定妻]
寓軒先生文集卷之七行狀孺人權氏行蹟記 [柳元直妻]

212. 운양집(雲養集)·저자: 김윤식(金允植)·생년: 1835·몰년: 1922
雲養集卷之十三行狀叔母贈貞夫人潘南朴氏家狀 [金益鼎妻]
雲養集卷之十三行狀贈貞夫人淸風金氏言行錄 戊子 [李大稙妻]
雲養集卷之十三遺事貞敬夫人尹氏遺事 [金允植妻]
雲養續集卷之四墓碣銘貞夫人金海金氏墓碣銘 幷序 [金載權妻]

213. 운와집(芸窩集)·저자: 홍중성(洪重聖)·생년: 1668·몰년: 1735
芸窩集卷之五　豐山洪重聖君則著　誌銘恭人申氏婦墓誌銘 [申泓妻]
芸窩集卷之五　豐山洪重聖君則著　誌銘贈貞敬夫人豐山洪氏墓誌銘
[李堞妻]

214. 원교집(圓嶠集)·저자: 이광사(李匡師)·생년: 1705·몰년: 1777
圓嶠集選卷第七碑誌銘表亡妻安東權氏墓誌銘 [李匡師妻]
圓嶠集選卷第七碑誌銘表亡室孺人文化柳氏墓誌銘 [李匡師妻]
圓嶠集選卷第七碑誌銘表先妣貞夫人坡平尹氏墓誌 [李眞儉妻]
圓嶠集選卷第七碑誌銘表驪興閔夫人墓誌銘 [柳宗垣妻]
圓嶠集選卷第七碑誌銘表伯嫂申恭人墓誌銘 [李匡泰妻]

215. 월간집(月澗集)·저자: 이전(李㙉)·생년: 1558·몰년: 1648
月澗先生文集卷之三行狀孫婦全氏行蹟 [李基廣妻]

216. 월곡집(月谷集)·저자: 오원(吳瑗)·생년: 1700·몰년: 1740
月谷集卷之十一墓誌銘四姑淑人墓誌銘 幷序○甲寅 [金令行妻]
月谷集卷之十二行狀恭人楊州趙氏行狀 壬子 [金履健妻]
月谷集卷之十二遺事 行錄附 亡室孺人安東權氏行錄 戊戌 [吳瑗妻]

217. 월사집(月沙集)·저자: 이정귀(李廷龜)·생년: 1564·몰년: 1635
月沙先生集卷之四十八墓誌銘　上西平府院君大夫人申氏墓誌銘　幷序
[韓浚謙妻]
月沙先生別集卷之六墓碣銘淑人咸陽朴氏墓碣銘幷序 [金就鍊妻]

218. 월천집(月川集)·저자: 조목(趙穆)·생년: 1524·몰년: 1606
月川先生文集卷之六墓碣墓誌先夫人墓碣 [趙大春妻]

219. 유재집(游齋集)·저자: 이현석(李玄錫)·생년: 1647·몰년: 1703
游齋先生集卷之二十三謚狀〇碑銘〇墓誌孺人李氏墓誌銘 [韓五相妻]

220. 유하집(柳下集)·저자: 홍세태(洪世泰)·생년: 1653·몰년: 1725
柳下集卷之十　南陽洪世泰道長著　文〇墓誌銘鄭恭人墓誌銘 [李昌義妻]

221. 유헌집(游軒集)·저자: 정황(丁熿)·생년: 1512·몰년: 1560
游軒先生集卷之四墓誌曹判書夫人晉山姜氏墓誌銘庚戌 [曹閏孫妻]

222. 유회당집(有懷堂集)·저자: 권이진(權以鎭)·생년: 1668·몰
년: 1734
有懷堂先生集卷之九　安東權以鎭子定著　墓誌銘　洪庶姊墓誌 [洪受疇妻]
有懷堂先生集卷之十　安東權以鎭子定著　行狀先府君行狀(恩津宋氏)
[權惟妻]

223. 육화집(六化集)·저자: 양거안(梁居安)·생년: 1652·몰년: 1731
六化集卷之三　墓誌　亡室趙氏墓誌 [梁居安妻]

224. 율곡전서(栗谷全書)·저자: 이이(李珥)·생년: 1536·몰년: 1584
栗谷先生全書卷之十七墓碣銘淑人宋氏墓碣銘 [鄭承周妻]
栗谷先生全書卷之十八墓誌銘外祖妣李氏墓誌銘 [申命和妻]
栗谷先生全書卷之十八行狀先妣行狀 [李元秀妻. 申師任堂)

225. 읍취헌유고(挹翠軒遺稿)·저자: 박은(朴誾)·생년: 1479·몰년:

1504
挹翠軒遺稿卷四行狀先祖妣令人韓氏行狀 [朴秀林妻]
挹翠軒遺稿卷四行狀亡室高靈申氏行狀 [朴誾妻]

226. 의암집(毅菴集)・저자: 유인석(柳麟錫)・생년: 1842・몰년: 1915
毅菴先生文集卷之四十八墓誌烈女孺人李氏墓誌銘 幷序 [申宗岳妻]
毅菴先生文集卷之四十八墓誌孺人張氏墓誌銘 幷序 [李錫烈妻]

227. 이계집(耳溪集)・저자: 홍양호(洪良浩)・생년: 1724・몰년: 1802
耳溪集卷三十二墓誌銘繼妣貞夫人坡平尹氏墓誌 [洪鎭輔妻]
耳溪集卷三十二墓誌銘內子貞敬夫人東萊鄭氏墓誌銘 幷序 [洪良浩妻]
耳溪集卷三十二墓誌銘弟嫂恭人全州李氏墓誌 [洪挺漢妻]
耳溪集卷三十二墓誌銘三從叔母南原尹氏墓誌 [洪獻輔妻]
耳溪集卷三十三墓誌銘淑夫人密陽朴氏墓誌銘 幷序 [丁可愼妻]
耳溪集卷三十三墓誌銘孺人靑松沈氏墓誌銘 幷序 [李蓍敬妻]

228. 이암유고(頤庵遺稿)・저자: 송인(宋寅)・생년: 1517・몰년: 1584
頤庵先生遺稿卷之三文集一墓誌銘惠靜翁主墓誌銘 [洪礪妻]
頤庵先生遺稿卷之三文集一墓誌銘淑人金氏墓誌銘 [盧弘祐妻]
頤庵先生遺稿卷之三文集一墓誌銘姑貞敬夫人宋氏墓誌銘 [洪彦弼妻]
頤庵先生遺稿卷之八文續集二墓誌銘貞夫人完山李氏墓誌 [鄭大年妻]
頤庵先生遺稿卷之八文續集二墓表恭人靑松沈氏墓表 [李仁健妻]
頤庵先生遺稿卷之八文續集二墓表郡夫人南陽洪氏墓表 [李鋥妻]

229. 이요정집(二樂亭集)・저자: 신용개(申用漑)・생년: 1463・몰년: 1519
二樂亭集卷之十墓誌朴府使義榮 母姜氏墓誌銘 [朴楣妻]
二樂亭集卷之十墓誌貞敬夫人崔氏墓誌銘 [朴楗妻]
二樂亭集卷之十一墓誌光城君金公夫人陳氏墓誌銘 [金謙光]
二樂亭集卷之十一墓誌崔仁壽母沈氏墓誌銘 [崔孟思妻]
二樂亭集卷之十四碑碣淸陽君韓公夫人李氏墓碣銘 [韓致義妻]
二樂亭集卷之十四碑碣鈴城君尹公妻李氏墓碣銘 [尹坦妻]

二樂亭集卷之十四碑碣贈參議黃公夫人李氏墓碣銘［黃淑妻］
二樂亭集卷之十五碑碣贈承政院都承旨李公妻許氏合葬墓碣銘［李泙妻］
二樂亭集卷之十五碑碣忠州牧使李公夫妻合葬墓碣銘［李稤妻］

230. 이우당집(二憂堂集)·저자: 조태채(趙泰采)·생년: 1660·몰년: 1722
二憂堂集卷之六墓表亡室贈貞敬夫人靑松沈氏墓表［趙泰采妻］

231. 이재유고(頤齋遺藁)·저자: 황윤석(黃胤錫)·생년: 1729·몰년: 1791
頤齋遺藁卷之十六行狀祖妣孺人康津金氏行狀［黃載萬妻］
頤齋遺藁卷之二十行狀孺人延安金氏行狀 乙巳［李命圭妻］
頤齋遺藁卷之二十二遺事記亡室生卒［黃胤錫妻］
頤齋遺藁卷之二十二傳烈婦李氏傳［林擇基妻］

232. 이참봉집(李參奉集)·저자: 이광려(李匡呂)·생년: 1720·몰년: 1783
李參奉集卷三文學生李公孺人權氏合葬誌銘［李昌發妻］
李參奉集卷三文淑人尹氏墓誌銘［金載億妻］

233. 인재집(忍齋集)·저자: 홍섬(洪暹)·생년: 1504·몰년: 1585
忍齋先生文集卷之二碑誌先妣墓表文［洪彦弼妻］
忍齋先生文集卷之二碑誌貞夫人柳氏墓誌銘 ？

234. 인재집(訒齋集)·저자: 최현(崔晛)·생년: 1563·몰년: 1640
訒齋先生文集卷之十二 墓誌 先考贈資憲大夫議政府左參贊 府君先妣贈貞夫人 李氏合葬墓誌［崔深妻］

235. 일봉집(一峯集)·저자: 조현기(趙顯期)·생년: 1634·몰년: 1685
一峯先生文集卷之五 行狀 六代祖侍講院輔德贈都承旨府君。夫人鄭氏行錄［趙之瑞妻］

236. 일암유고(一庵遺稿) · 저자: 윤동원(尹東源) · 생년: 1685 · 몰 년: 1741
　一庵先生遺稿卷之二墓誌碣銘亡女李氏婦墓誌 [李福源妻]

237. 임곡집(林谷集) · 저자: 임진부(林眞怤) · 생년: 1586 · 몰년: 1657
　林谷先生文集卷之七 碣銘 宋栗村孺人林氏合墓碣銘 幷序 [宋翊妻]
　林谷先生文集卷之七 碣銘 孺人昇平朴氏墓碣銘 幷序 [朴絪妻]

238. 임호집(林湖集) · 저자: 박수검(朴守儉) · 생년: 1629 · 몰년: 1698
　林湖集卷之六 [碑銘]烈婦坡平尹氏旌閭碑銘 [李時振妻]

239. 입재유고(立齋遺稿) · 저자: 강재항(姜再恒) · 생년: 1689 · 몰년: 1756
　立齋先生遺稿卷之十八墓碣銘碑誌贈淑夫人安東權氏墓碣銘　　幷序
[姜酈妻]

240. 입재집(立齋集) · 저자: 정종로(鄭宗魯) · 생년: 1738 · 몰년: 1816
　立齋先生文集卷之四十二墓誌烈婦朴氏墓誌銘 幷序 [申葉妻]
　立齋先生文集卷之四十二墓誌淑人義城金氏墓誌銘 幷序 [柳範休妻]
　立齋先生文集卷之四十七行狀節婦孺人鷄林孫氏行錄 [成孝悅妻]

241. 자저(自著) · 저자: 유한준(兪漢雋) · 생년: 1732 · 몰년: 1811
　自著卷之二十四狀誌先妣行狀 戊寅昌寧成氏 [兪彦鎰妻]
　自著卷之二十四狀誌從妹金氏婦墓誌銘 幷序○乙酉 [金集淳妻]
　自著卷之二十四狀誌亡姊墓誌銘 幷序○壬辰 [金礪行妻]
　自著卷之二十四狀誌孺人宋氏墓誌銘 幷序○庚寅 [沈健之妻]
　自著卷之二十四狀誌子婦孺人吳氏墓誌銘 幷序○甲午 [兪晩柱妻]
　自著卷之二十四狀誌伯母貞夫人趙氏行狀 庚子 [兪彦鐸妻]
　自著準本[二]墓表令人牛峯李氏墓表 己未 [兪彦欽妻]
　自著準本[二]墓誌銘貞夫人光山金氏墓誌銘 幷序○戊申 [兪漢蕭妻]
　自著準本[二]墓誌銘淑人坡平尹氏墓誌銘 幷序○辛酉 [南麟耇妻]

242. 잠곡유고(潛谷遺稿) · 저자: 김육(金堉) · 생년: 1580 · 몰년: 1658
潛谷先生遺稿卷之十二墓表姑宜人淸風金氏墓表 [任慶弘妻]
潛谷先生遺稿卷之十三墓碣陰記貞敬夫人申氏墓碣陰記 [成渾妻]

243. 장암집(丈巖集) · 저자: 정호(鄭澔) · 생년: 1648 · 몰년: 1736
丈巖先生集卷之十二墓誌銘淑人錦城朴氏墓誌銘 [李箕洪妻]
丈巖先生集卷之十四墓誌銘貞夫人烏川鄭氏墓誌 [金鎭圭妻]
丈巖先生集卷之十四墓誌銘亡室貞夫人江陵崔氏墓誌銘 [鄭澔妻]
丈巖先生集卷之十八墓表兪氏婦壙銘 [兪度基妻]
丈巖先生集卷之二十一行狀淑人鄭氏行狀 [趙泰期妻]

244. 재간집(在澗集) · 저자: 임희성(任希聖) · 생년: 1712 · 몰년: 1783
在澗集卷之三 西河任希聖子時著 墓誌銘 先妣墓誌 [任珖妻]
在澗集卷之三 西河任希聖子時著 墓誌銘 亡室淑人宜寧南氏墓誌 [任希聖妻]

245. 저촌유고(樗村遺稿) · 저자: 심육(沈錥) · 생년: 1685 · 몰년: 1753
樗村先生遺稿卷之四十四遺事先妣贈貞敬夫人李氏遺事 [沈壽賢妻]
樗村先生遺稿卷之四十五墓表外祖母李氏墓表 [李萬謙妻]

246. 점필재집(佔畢齋集) · 저자: 김종직(金宗直) · 생년: 1431 · 몰년: 1492
佔畢齋集彝尊錄附錄先妣朴令人行狀 [金叔滋妻]

247. 정암집(貞菴集) · 저자: 민우수(閔遇洙) · 생년: 1694 · 몰년: 1756
貞菴集卷之十墓誌先妣貞敬夫人延安李氏墓誌 [閔鎭厚妻]
貞菴集卷之十墓誌姑母孺人閔氏墓誌 [李長輝妻]
貞菴集卷之十墓誌孺人完山李氏墓誌銘 幷序 [金信謙妻]
貞菴集卷之十墓誌孺人鄭氏墓誌銘 幷序 [金簡材妻]
貞菴集卷之十一墓誌淑人李氏墓誌銘 幷序 [洪益三妻]
貞菴集卷之十三行狀季母淑人韓山李氏行狀 [閔鎭永妻]
貞菴集卷之十三行狀姊氏行狀 [金光澤妻]

貞菴集卷之十四祭文祭亡室文 [閔遇洙妻]

248. 정유각집(貞蕤閣集)・저자: 박제가(朴齊家)・생년: 1750・몰년: 1805

貞蕤閣文集卷之三墓誌銘亡女尹氏婦墓誌銘 [尹厚鎭妻]

249. 정재집(定齋集)・저자: 유치명(柳致明)・생년: 1777・몰년: 1861

定齋先生文集卷之二十六　墓誌銘　通德郎完山柳公，恭人韓山李氏合葬墓誌銘　幷序 [柳魯文妻]

定齋先生文集卷之二十六墓誌銘龍庵處士義城金公，孺人豐山金氏合葬墓誌銘　幷序 [金在純妻]

定齋先生文集卷之二十六墓誌銘孺人全義李氏墓誌銘　幷序 [金百燦妻]

定齋先生文集卷之二十六墓誌銘孺人大興白氏墓誌銘　幷序 [南有魯妻]

定齋先生文集卷之二十六墓誌銘淑夫人安東權氏墓誌銘　幷序 [李秀應妻]

定齋先生文集卷之二十七墓碣銘贈淑夫人安東權氏墓碣銘　幷序　[李載祿妻]

定齋先生文集卷之三十六遺事從祖叔母孺人義城金氏行略 [柳載文妻]

定齋先生文集卷之三十六遺事族叔母孺人善山金氏行錄 [柳宓文妻]

定齋先生文集卷之三十六遺事先妣孺人韓山李氏行略 [柳晦文妻]

定齋先生文集卷之三十六遺事亡妹李孺人行錄 [李彙運妻]

定齋先生文集卷之三十六遺事故室淑夫人申氏行錄 [柳致明妻]

定齋先生文集卷之三十六遺事子婦恭人聞韶金氏行錄 [柳止鎬妻]

250. 정재집(靜齋集)・저자: 이담명(李聃命)・생년: 1646・몰년: 1701

靜齋先生文集卷之六　墓誌　六代祖考成均進士府君妣宜人康氏墓誌 [李德符妻]

靜齋先生文集卷之六　墓誌　高祖妣贈貞夫人權氏墓誌 [李光復妻]

靜齋先生文集卷之六　墓誌　曾祖考贈吏曹判書府君。妣贈貞夫人鄭氏墓誌 [李榮雨妻]

靜齋先生文集卷之六　墓誌　本生曾祖妣貞夫人蔡氏墓誌 [李潤雨妻]

靜齋先生文集卷之六　墓誌　祖妣贈貞敬夫人金氏墓誌 [李道長妻]

251. 제산집(霽山集)・저자: 김성탁(金聖鐸)・생년: 1684・몰년: 1747
霽山先生文集卷之十五行錄恭人金氏行錄 [李栽妻]

252. 제월당집(霽月堂集)・저자: 송규렴(宋奎濂)・생년: 1630・몰년: 1709
霽月堂先生集卷之六行狀先妣贈貞夫人順興安氏行狀 [宋國銓妻]

253. 존재집(存齋集)1・저자: 이휘일(李徽逸)・생년: 1619・몰년: 1672
存齋先生文集卷之五墓誌銘先妣端人昌原黃氏壙誌 [李時成妻]
存齋先生文集卷之五墓誌銘金氏妹墓誌銘 [金瑛妻]
存齋先生文集卷之五墓誌銘弟婦漢陽趙氏墓誌銘 [李嵩逸妻]

254. 존재집(存齋集)2・저자: 위백규(魏伯珪)・생년: 1727・몰년: 1798
存齋集卷之二十三行狀烈女朴氏行狀 [閔廷洙妻]

255. 존재집(存齋集)3・저자: 박윤묵(朴允默)・생년: 1771・몰년: 1849
存齋集卷之二十四　密城朴允默士執著　墓碣　高祖妣贈淑夫人金氏墓碣 [朴世傑妻]

256. 졸옹집(拙翁集)・저자: 홍성민(洪聖民)・생년: 1536・몰년: 1594
拙翁集卷之九慕遠錄先妣。通政大夫。守黃海道觀察使。贈純忠積德補祚功臣, 大匡輔國崇祿大夫, 議政府領議政, 南寧府院君洪某妻贈貞敬夫人李氏行狀 [洪春卿妻]
拙翁集卷之九　慕遠錄　祖妣。藝文館待敎。贈資憲大夫, 吏曹判書洪公妻貞夫人金氏墓誌 [洪係貞妻]

257. 주천유고(舟川遺稿)・저자: 강유선(康惟善)・생년: 1520・몰 년: 1549
舟川遺稿墓碑銘宜人康氏墓碑銘 [金寧幹妻]

258. 죽당집(竹堂集)・저자: 신유(申濡)・생년: 1610・몰년: 1665
竹堂先生集卷之十四　墓誌　淑人崔氏墓誌銘　拾遺 [尹世獻妻]

竹堂先生集卷之十四 行狀 貞夫人李氏行記 [申濡妻]

259. 죽석관유집(竹石館遺集)·저자: 서영보(徐榮輔)·생년: 1759·
몰년: 1816
竹石館遺集册三墓誌貞敬夫人金氏墓誌 [鄭錫五妻]

260. 죽천집(竹泉集)·저자: 김진규(金鎭圭)·생년: 1658·몰년: 1726
竹泉集卷之三十二墓表外祖母淑夫人李氏墓表 [韓有良妻]
竹泉集卷之三十五　行狀　外祖妣淑夫人德水李氏[韓有良妻]行狀
竹泉集卷之三十三墓誌銘仲舅豐德府使韓公姑淑人全義李氏合葬墓誌
銘幷序 [韓斗愈妻]
竹泉集卷之三十四墓誌銘弟婦令人張氏墓誌銘 幷序 [金鎭瑞妻]
竹泉集卷之三十四墓誌銘亡室贈貞夫人完山李氏墓誌銘 幷序 [金鎭圭妻]
竹泉集卷之三十四墓誌銘淑人安東權氏墓誌銘 幷序 [李留妻]
竹泉集卷之三十四墓誌銘長女李氏婦墓誌銘 幷序 [李衡鎭妻]

261. 죽하집(竹下集)·저자: 김익(金熤)·생년: 1723·몰년: 1790
竹下集卷之十七行狀先妣行狀 [金相奭妻]

262. 중암집(重菴集)·저자: 김평묵(金平默)·생년: 1819·몰년: 1891
重菴先生文集卷之四十七墓誌銘孺人金氏墓誌銘 [金子元妻]
重菴先生文集卷之五十行狀贈淑人沈氏行狀 [李種永妻]

263. 지수재집(知守齋集)·저자: 유척기(兪拓基)·생년: 1691·몰년:
1767
知守齋集卷之十墓誌先妣貞敬夫人李氏墓誌 [兪命岳妻]
知守齋集卷之十墓誌孺人洪氏墓誌 [金順行妻]
知守齋集卷之十墓誌仲子婦淑人沈氏墓誌 [兪彦鉉妻]
知守齋集卷之十一墓誌仲女洪氏婦墓誌 [洪欽輔妻]
知守齋集卷之十一墓誌子婦恭人申氏墓誌 [兪彦鉁妻]

264. 지천집(芝川集)·저자: 황정욱(黃廷彧)·생년: 1532·몰년: 1607

芝川集卷之四墓誌銘二首學生安景祺妻婦人權氏墓誌 [安景祺妻]

265. 지촌집(芝村集)·저자: 이희조(李喜朝)·생년: 1655·몰년: 1724
芝村先生文集卷之二十二墓誌銘淑人金氏墓誌銘 幷序 [朴元開妻]
芝村先生文集卷之二十二墓誌銘贈貞夫人南原尹氏墓誌銘 幷序 [李海朝妻]
芝村先生文集卷之二十二墓誌銘王考副室趙氏墓誌 [李明漢妻]
芝村先生文集卷之二十三墓誌銘孺人宋氏墓誌銘 幷序 [李蓍聖妻]
芝村先生文集卷之二十七行狀貞敬夫人尹氏行狀 [金壽興妻]
芝村先生文集卷之二十七行狀貞敬夫人蔡氏行狀 [南龍翼妻]

266. 지호집(芝湖集)·저자: 이선(李選)·생년: 1631·몰년: 1692
芝湖集卷之九行狀先妣贈貞敬夫人金氏行狀 乙未 [李厚源妻]
芝湖集卷之九行狀亡室孺人尹氏行狀 乙未六月 [李選妻]

267. 직암집(直菴集)·저자: 신경(申暻)·생년: 1696·몰년: 1766
直菴集卷之十四墓誌貞夫人姜氏墓誌 [金泰魯妻]
直菴集卷之十四墓誌淑人朴氏墓誌 [任璟妻]
直菴集卷之十四墓誌孺人朴氏墓誌 [金正行妻]
直菴集卷之十四墓誌外姑淑人李氏墓誌 [尹明運妻]
直菴集卷之十四墓誌亡女壙記 [金鍾正妻]
直菴集卷之十六行狀先考敦寧府都正平雲君府君家狀 [申聖夏]
直菴集卷之十七行狀贈貞夫人李氏行狀 [金致垕妻]
直菴集卷之十九遺事先妣[申聖夏妻]遺事

268. 직재집(直齋集)·저자: 이기홍(李箕洪)·생년: 1641·몰년: 1708
直齋集卷之九行狀先妣家狀 [李塾妻]

269. 진암집(晉菴集)·저자: 이천보(李天輔)·생년: 1698·몰년: 1761
晉菴集卷之八墓誌先妣墓誌 [李舟臣妻]
晉菴集卷之八墓誌貞夫人李氏墓誌銘 [金若魯妻]

270. 창계집(滄溪集)・저자: 임영(林泳)・생년: 1649・몰년: 1696
　　滄溪先生集卷之十七行狀亡室安人曹氏行狀 [林泳妻]

271. 창석집(蒼石集)・저자: 이준(李埈)・생년: 1560・몰년: 1635
　　蒼石先生文集卷之十六墓誌淑夫人文氏墓誌銘 [李埈妻]

272. 창설재집(蒼雪齋集)・저자: 권두경(權斗經)・생년: 1654・몰년:
　　1726
　　蒼雪齋先生文集卷之十四墓表端人英陽南氏墓表 [金是榲妻]
　　蒼雪齋先生文集卷之十五墓誌銘曾祖妣淑人禮安金氏墓誌 [權來妻]
　　蒼雪齋先生文集卷之十五墓誌銘曾祖妣淑人完山李氏墓誌 [權來妻]
　　蒼雪齋先生文集卷之十五墓誌銘祖妣豐山金氏墓誌 [權碩忠妻]
　　蒼雪齋先生文集卷之十五墓誌銘貞夫人朴氏墓誌銘 [李玄逸妻]
　　蒼雪齋先生文集卷之十六行狀先妣孺人金氏言行記 [權濡妻]

273. 창주집(滄洲集)・저자: 심지한(沈之漢)・생년: 1596・몰년: 1657
　　滄洲集卷之四 行狀 外祖母孺人李氏行狀 [朴有寧妻]

274. 척재집(惕齋集)・저자: 이서구(李書九)・생년: 1754・몰년: 1825
　　惕齋集卷之九行狀○墓表○墓碣○墓誌亡室貞夫人墓誌銘 [李書九
　　妻]

275. 청성집(靑城集)・저자: 성대중(成大中)・생년: 1732・몰년: 1809
　　靑城集卷之九 昌山成大中士執著墓誌淑人金氏墓誌銘 [李時恒妻]
　　靑城集卷之九 昌山成大中士執著碑銘永豐君夫人朴氏墓碑 [李璟妻]

276. 청음집(淸陰集)・저자: 김상헌(金尙憲)・생년: 1570・몰년: 1652
　　淸陰先生集卷之三十一墓碣銘 十二首貞敬夫人金氏墓碣銘 幷序 [羅
　　級妻]
　　淸陰先生集卷之三十三墓誌銘 九首坡平尹公配慶夫人合葬墓誌銘 幷
　　序 [尹昌世妻]
　　淸陰先生集卷之三十三墓誌銘 九首贈貞夫人完山李氏墓誌銘 幷序

[金大賢妻]

清陰先生集卷之三十四墓誌銘 九首貞夫人開城高氏墓誌銘 幷序 [李惟侃妻]

清陰先生集卷之三十五墓誌銘 十首淑人豐壤趙氏墓誌銘 幷序 [李厚載妻]

清陰先生集卷之三十五墓誌銘 十首淑夫人草溪鄭氏墓誌銘 幷序 [金㻩妻]

清陰先生集卷之三十六墓表陰記 十五首貞敬夫人具氏墓表陰記 [沈愰妻]

清陰先生集卷之三十六墓表陰記　　十五首淑夫人陰城朴氏墓表陰記 [林㤼妻]

清陰先生集卷之三十六墓表陰記 十五首先妣廣州李氏墓表陰記 [金大孝妻]

清陰先生集卷之三十六墓表陰記 十五首先妣迎日鄭氏墓表陰記 [金克孝妻]

清陰先生集卷之三十七行狀 六首先妣行狀 [金克孝妻]

277. 초려집(草廬集)·저자: 이유태(李惟泰)·생년: 1607·몰년: 1684
草廬先生文集卷之二十二墓誌先妣贈貞夫人淸風金氏墓誌文 [李曙妻]

278. 추담집(秋潭集)·저자: 김우급(金友伋)·생년: 1574·몰년: 1643
秋潭先生文集卷之八 墓表 一 亡室柳氏墓表 [金友伋妻]

279. 추담집(秋潭集)·저자: 김여만(金如萬)·생년: 1625·몰년: 1711
秋潭先生文集卷之五墓誌先妣宜人權氏墓誌 [金基厚妻]

280. 충재집(冲齋集)·저자: 권벌(權橃)·생년: 1478·몰년: 1548
冲齋先生文集卷之一墓碣淑人安東權氏墓碣 [琴徽妻]

281. 치암집(恥菴集)·저자: 이지렴(李之濂)·생년: 1628·몰년: 1691
恥菴集卷之七 行狀 先考副尉府君行狀(居昌愼氏 기사 포함) [李楚玉妻]

282. 침계유고(梣溪遺稿)·저자: 윤정현(尹定鉉)·생년: 1793·몰 년:

1874
柈溪先生遺稿卷之八墓誌銘孺人朴氏墓誌銘 幷序 [鄭一源妻]

283. 태계집(台溪集)・저자: 하진(河溍)・생년: 1597・몰년: 1658
台溪先生文集卷之六墓表先考處士公墓表(南原梁氏 기사 포함) [河公孝]

284. 택당집(澤堂集)・저자: 이식(李植)・생년: 1584・몰년: 1647
澤堂先生集卷之十墓誌李淑人壙誌銘 幷序 [閔聖徽繼配]
澤堂先生集卷之十墓誌李淑人壙誌銘 幷序 [閔聖徽元配]
澤堂先生集卷之十墓誌淑人沈氏墓誌 [曹景仁妻]
澤堂先生集卷之十墓誌外姑贈貞敬夫人具氏墓誌銘 幷序 [沈愰妻]
澤堂先生別集卷之六墓誌先妣貞敬夫人尹氏墓誌 [李安性妻]
澤堂先生別集卷之八行狀 上貞夫人朴氏行狀 [尹承吉妻]

285. 퇴계집(退溪集)・저자: 이황(李滉)・생년: 1501・몰년: 1570
退溪先生文集卷之四十六墓碣誌銘先妣贈貞夫人金氏墓碣識 [李埴妻]
退溪先生文集卷之四十六墓碣誌銘先妣贈貞夫人朴氏墓碣識 [李埴妻]
退溪先生文集卷之四十六墓碣誌銘贈貞夫人李氏墓碣銘 幷序 [宋世忠妻]
退溪先生文集卷之四十六墓碣誌銘淑人李氏墓碣銘 幷序 [柳公綽妻]
退溪先生文集卷之四十七墓碣誌銘貞夫人金氏墓誌銘 幷序 [李瀣妻]

286. 퇴당집(退堂集)・저자: 유명천(柳命天)・생년: 1633・몰년: 1705
退堂先生文集卷之四誌銘　四首亡室贈貞敬夫人高靈申氏墓誌 [柳命天妻]
退堂先生文集卷之四誌銘 四首故孺人晉州柳氏墓誌銘 幷序 [吳始元妻]
退堂先生文集卷之四陰記　二首先考觀察府君神道碑陰。追錄先妣行蹟 [柳碩妻]

287. 팔곡집(八谷集)・저자: 구사맹(具思孟)・생년: 1531・몰년: 1604
八谷先生集卷之三墓誌先妣貞敬夫人全州李氏壙中記 [具淳妻]

288. 포암집(圃巖集)・저자: 윤봉조(尹鳳朝)・생년: 1680・몰년: 1761
　　圃巖集卷之十八墓碣先府君墓碣(慶州金氏 기사 포함) [尹明遠妻]
　　圃巖集卷之二十墓誌恭人全義李氏墓誌銘 [洪泰猷妻]
　　圃巖集卷之二十墓誌孺人張氏墓誌 [成秉天妻]
　　圃巖集卷之二十墓誌恭人趙氏墓誌銘 [金履健妻]
　　圃巖集卷之二十墓誌孺人東萊鄭氏墓誌銘 [李道恒妻]
　　圃巖集卷之二十二行狀外姑淑人崔氏行狀 [金鐙妻]

289. 포음집(圃陰集)・저자: 김창집(金昌緝)・생년: 1662・몰년: 1713
　　圃陰集卷之六　安東金昌緝敬明著行狀淑人豐壤趙氏行狀　代作 [洪處
　　宇妻]
　　圃陰集卷之六　安東金昌緝敬明著行狀亡女行狀 [李望之妻]

290. 포저집(浦渚集)・저자: 조익(趙翼)・생년: 1579・몰년: 1655
　　浦渚先生集卷之三十三墓誌銘十首　先妣淑人墓誌文 [趙瑩中妻]
　　浦渚先生集卷之三十三墓誌銘十首　亡女墓誌文 [李相胄妻]

291. 표은집(瓢隱集)・저자: 김시온(金是榲)・생년: 1598・몰년: 1667
　　瓢隱先生文集卷之三　墓誌　從祖姑端人金氏墓誌 [金瀾妻]
　　瓢隱先生文集卷之三　墓誌　叔父通政大夫兵曹參議知製敎贈嘉善大夫
　　吏曹參判兼同知經筵義禁　府春秋館成均館事弘文館提學藝文館提學
　　世子左副賓客五衛都摠府副摠管府君。贈貞夫人李氏合葬墓誌

292. 풍고집(楓皐集)・저자: 김조순(金祖淳)・생년: 1765・몰년: 1832
　　楓皐集卷之十二墓誌從叔母淑人德水李氏墓誌銘 [金履長妻]
　　楓皐集卷之十二墓誌乳媼許氏墓誌銘
　　楓皐集卷之十二墓誌亡子婦孺人完山李氏墓誌銘 [金元根妻]
　　楓皐集卷之十二墓誌亡室靑陽府夫人墓誌銘 [金祖淳妻]
　　楓皐集卷之十二墓表先府君墓表(平山申氏, 咸平李氏 기사 포함) [金
　　履中妻]

293. 풍서집(豐墅集)・저자: 이민보(李敏輔)・생년: 1717・몰년: 1799

豊墅集卷之九墓誌銘貞敬夫人李氏墓誌銘 [徐孝修妻]
豊墅集卷之十墓誌銘孺人李氏墓誌銘 [趙鎭球妻]
豊墅集卷之十一墓誌銘孺人延安李氏墓誌銘 [兪彦宇妻]
豊墅集卷之十四行狀淑人李氏行狀 [申光燮妻]

294. 풍석전집(楓石全集) · 저자: 서유구(徐有榘) · 생년: 1764 · 몰년:
   1845
   楓石鼓篋集卷第五洌上徐有榘準平墓誌銘宋母金恭人墓誌銘 [宋翼永妻]
   楓石鼓篋集卷第五洌上徐有榘準平墓誌銘女老悅壙埠銘 [崔弘遠妻]
   金華知非集卷第七洌上徐有榘準平墓誌銘亡妹淑人徐氏墓誌銘 [鄭耕
   愚妻]
   金華知非集卷第七洌上徐有榘準平墓誌銘亡室貞夫人礪山宋氏墓誌銘
   [徐有榘妻]
   金華知非集卷第七洌上徐有榘準平墓誌銘嫂氏端人李氏墓誌銘 [徐有
   本妻]
   金華知非集卷第七洌上徐有榘準平墓誌銘祖庶母朴媼墓銘 [徐命膺妻]
   金華知非集卷第八洌上徐有榘準平墓誌銘本生先妣貞夫人韓山李氏祔
   葬誌 [徐浩修妻]
   金華知非集卷第八洌上徐有榘準平遺事書本生先妣貞夫人韓山李氏遺
   事 [徐浩修妻]

295. 하곡집(霞谷集) · 저자: 정제두(鄭齊斗) · 생년: 1649 · 몰년: 1736
   霞谷集卷六墓表贈貞敬夫人昌原黃氏墓表 [鄭謹妻]
   霞谷集卷六誌銘外王母贈貞敬夫人李氏墓誌銘 辛卯 [李基祚妻]
   霞谷集卷六行狀先考妣行狀 丁丑 [鄭尙徵妻]

296. 하당집(荷塘集) · 저자: 권두인(權斗寅) · 생년: 1643 · 몰년: 1719
   荷塘先生文集卷之七行狀王父處士府君行狀(義城金氏 기사 포함) [權
   尙忠妻]
   荷塘先生文集卷之七行狀先考從仕郞行英陵參奉府君家狀(驪州李氏
   기사 포함) [權霖妻]

297. 하려집(下廬集) · 저자: 황덕길(黃德吉) · 생년: 1750 · 몰년: 1827
　　下廬先生文集卷之十五丘墓文孺人豊川盧氏墓誌銘 幷序 [黃德吉妻]
　　下廬先生文集卷之十六行狀孺人晉州柳氏行狀 [李至和妻]
　　下廬先生文集卷之十七行狀先妣夫人白川趙氏家狀 [黃以坤妻]

298. 하서전집(河西全集) · 저자: 김인후(金麟厚) · 생년: 1510 · 몰 년: 1560
　　河西先生全集卷之十二墓誌銘先府君墓誌(玉川趙氏 기사 포함) [金齡妻]
　　河西先生全集卷之十二墓誌銘貞夫人申氏墓誌銘幷序 [吳世勳妻]

299. 하서집(荷棲集) · 저자: 조경(趙璥) · 생년: 1727 · 몰년: 1787
　　荷棲集卷之八墓誌先妣墓誌 [趙尚紀妻]
　　荷棲集卷之八墓誌亡室墓誌銘 幷序 [趙璥妻]
　　荷棲集卷之八墓誌貞敬夫人沈氏墓誌銘 幷序 [黃景源妻]
　　荷棲集卷之九墓表前妣墓表 [趙尚紀妻]

300. 하음집(河陰集) · 저자: 신즙(申楫) · 생년: 1580 · 몰년: 1639
　　河陰先生文集卷之八墓誌先妣孺人權氏壙記 [申慶男妻]
　　河陰先生文集卷之八墓誌亡室淑人洪氏墓誌銘 [申楫妻]

301. 하정집(荷亭集) · 저자: 김영수(金永壽) · 생년: 1829 · 몰년: 1899
　　荷亭集卷之七　光山金永壽福汝著　墓碣銘貞敬夫人驪興閔氏墓碣銘
　　[李垙妻]
　　荷亭集卷之八 光山金永壽福汝著 墓碣陰記先考妣墓碣陰記 [金宇鉉妻]
　　荷亭集卷之八 光山金永壽福汝著 行狀貞敬夫人豊壤趙氏行狀 [金永壽妻]

302. 학곡집(鶴谷集) · 저자: 홍서봉(洪瑞鳳) · 생년: 1572 · 몰년: 1645
　　鶴谷集卷之八墓碣銘 七首 贈貞夫人尹氏墓碣銘 幷序 [黃赫妻]
　　鶴谷集卷之八墓碣銘 七首 贈貞夫人朴氏墓碣銘 幷序 [尹毅立妻]
　　鶴谷集卷之八墓誌銘 二首 淑人黃氏墓誌銘 幷序 [李郁妻]

303. 학봉집(鶴峯集)・저자: 김성일(金誠一)・생년: 1538・몰년: 1593
　　鶴峯先生文集卷之七墓碣銘先祖妣宜人寧海申氏墓碣銘 [金禮範妻]
　　鶴峯先生文集卷之七墓誌先妣閔氏墓誌 [金璡妻]

304. 학사집(鶴沙集)・저자: 김응조(金應祖)・생년: 1587・몰년: 1667
　　鶴沙先生文集卷之八墓誌孺人豐山金氏墓誌銘 幷序 [金起秋妻]
　　鶴沙先生文集卷之八墓誌令人南陽洪氏墓誌銘 幷序 [柳袽妻]
　　鶴沙先生文集外集卷之一墓碣誌銘孺人花山權氏墓碣銘 幷序 [朴文
　　起妻]
　　鶴沙先生文集外集卷之一墓碣誌銘宜人宣城金氏墓誌銘 幷序 [趙貫妻]

305. 학주전집(鶴洲全集)・저자: 김홍욱(金弘郁)・생년: 1602・몰년:
　　1654
　　鶴洲先生全集卷之九行狀 一首先考行狀(和順崔氏 기사 포함) [金積妻]

306. 학호집(鶴湖集)・저자: 김봉조(金奉祖)・생년: 1572・몰년: 1630
　　鶴湖先生文集卷之三行狀先考朝奉大夫行山陰縣監府君家狀(全州李
　　氏 기사 포함) [金大賢妻]

307. 한강집(寒岡集)・저자: 정구(鄭逑)・생년: 1543・몰년: 1620
　　寒岡先生文集卷之十三墓誌銘　先祖妣淑人贈淑夫人　瑞興金氏墓誌 [鄭
　　應祥妻]
　　寒岡先生文集卷之十三墓誌銘　　先考贈嘉善大夫吏曹參判兼同知義禁
　　府事府君。妣贈貞夫人星州李氏合祔墓誌 [鄭思中妻]
　　寒岡先生文集卷之十三墓誌銘　　權知訓鍊院奉事奮順副尉李公。安人
　　固城李氏合祔墓誌 [李樹妻]
　　寒岡先生文集卷之十三墓誌銘 貞夫人光州李氏墓誌銘 [鄭逑妻]

308. 한사집(寒沙集)・저자: 강대수(姜大遂)・생년: 1591・몰년: 1658
　　寒沙先生文集卷之六墓誌銘亡室貞夫人完山李氏墓誌銘　並序○丁酉
　　[姜大遂妻]

309. 한수재집(寒水齋集) · 저자: 권상하(權尙夏) · 생년: 1641 · 몰년: 1721

寒水齋先生文集卷之三十墓誌孺人閔氏墓誌銘 幷序 [鄭晩昌妻]
寒水齋先生文集卷之三十墓誌貞敬夫人魚氏墓誌銘 幷序 [李濡妻]
寒水齋先生文集卷之三十墓誌貞夫人宋氏墓誌[兪櫶妻]
寒水齋先生文集卷之三十墓誌淑人李氏墓誌銘 幷序 [洪萬選妻]
寒水齋先生文集卷之三十墓誌貞夫人黃氏墓誌銘 幷序 [李喬岳妻]
寒水齋先生文集卷之三十墓誌亡室李氏墓誌 [權尙夏妻]
寒水齋先生文集卷之三十墓誌亡妹朴氏婦墓誌 [朴泰迪妻]
寒水齋先生文集卷之三十墓誌從子婦孺人李氏墓誌銘 幷序 [權燮妻]
寒水齋先生文集卷之三十三墓表孺人宋氏墓表 [李泰躋妻]

310. 한정당집(閒靜堂集) · 저자: 송문흠(宋文欽) · 생년: 1710 · 몰년: 1752

閒靜堂集卷之八行狀仲祖母淑人羅氏行狀 [宋炳夏妻]

311. 한주집(寒洲集) · 저자: 이진상(李震相) · 생년: 1818 · 몰년: 1886

寒洲先生文集卷之三十六墓碣銘孺人李氏墓碣銘 幷序 [李中弼妻]
寒洲先生文集卷之三十六墓誌本生高祖妣貞夫人豐壤趙氏墓誌 [李碩文妻]
寒洲先生文集卷之三十六墓誌祖妣贈貞夫人咸陽朴氏墓誌 [李亨鎭妻]
寒洲先生文集卷之三十六墓誌先妣豐山柳氏墓誌 [李源祜妻]
寒洲先生文集卷之三十六墓誌從妹李氏婦墓誌 [李在穆妻]
寒洲先生文集卷之三十八行狀先妣義城金氏行記 [李源祜妻]
寒洲先生文集卷之三十八行狀故室順天朴氏行記 [李震相妻]

312. 한포재집(寒圃齋集) · 저자: 이건명(李健命) · 생년: 1663 · 몰년: 1722

寒圃齋集卷之九墓誌銘亡室贈貞夫人光州金氏墓誌銘 幷序 [李健命妻]

313. 해석유고(海石遺稿) · 저자: 김재찬((金載瓚) · 생년: 1746 · 몰년: 1827

海石遺稿卷之九墓誌先妣貞敬夫人尹氏墓誌 [金熤妻]

海石遺稿卷之九墓誌恭人尹氏壙記 [金載奕妻]

海石遺稿卷之九墓誌銘室人贈貞夫人南陽洪氏墓誌銘 並序 [金載瓚妻]

海石遺稿卷之九墓誌銘姊氏墓誌銘 並序 [韓用中妻]

海石遺稿卷之九墓誌銘孺人延安李氏墓誌銘 並序 [金鈺妻]

海石遺稿卷之九墓誌銘淑夫人金氏墓誌銘 並序 [黃榦妻]

314. 해좌집(海左集)・저자: 정범조(丁範祖)・생년: 1723・몰년: 1801

海左先生文集卷之二十八碣銘淑夫人淸州韓氏墓碣銘 [李秀逸妻]

海左先生文集卷之三十誌銘孺人曹氏墓誌銘 [趙絅采妻]

海左先生文集卷之三十二誌文亡室贈淑夫人鄭氏墓誌 [丁範祖妻]

海左先生文集卷之三十六行狀先妣貞夫人行狀 [丁志寧妻]

海左先生文集卷之三十六行狀子婦蔡氏行錄 [丁若衡妻]

315. 허백정집(虛白亭集)・저자: 홍귀달(洪貴達)・생년: 1438・몰년: 1504

虛白亭文集卷之三碑誌贈貞夫人柳氏墓誌銘 [曺繼門妻]

虛白亭文集卷之三碑誌貞夫人金氏墓誌銘 [尹繼謙妻]

虛白亭文集卷之三碑誌河南君夫人墓誌 (남편이름 미상)

虛白亭文集卷之三碑誌淑人韓氏墓碣銘 [鄭錫年妻]

316. 현곡집(玄谷集)・저자: 정백창(鄭百昌)・생년: 1588・몰년: 1635

玄谷集誌文墓誌銘貞夫人西原韓氏墓誌[李植] [鄭百昌妻]

317. 현주집(玄洲集)・저자: 윤신지(尹新之)・생년: 1582・몰년: 1657

玄洲集卷之九碑誌貞敬夫人李氏墓碣奉敎撰 [金漢佑妻, 仁嬪金氏之母]

318. 호곡집(壺谷集)・저자: 남용익(南龍翼)・생년: 1628・몰년: 1692

壺谷集卷之十六行狀先妣行狀 [南得朋妻]

319. 호음잡고(湖陰雜稿)・저자: 정사룡(鄭士龍)・생년: 1491・몰년: 1570

湖陰雜稿卷之七碑誌有明朝鮮國貞敬夫人尹氏墓誌銘 幷序 [尹伯涓女]
湖陰雜稿卷之七碑誌有明朝鮮國貞夫人金氏墓誌銘 幷序 [丁玉亨妻]

320. 회은집(晦隱集)・저자: 남학명(南鶴鳴)・생년: 1654・몰년: 1723
晦隱集第四墓文先妣墓誌 [南九萬妻]

321. 회재집(晦齋集)・저자: 이언적(李彦迪)・생년: 1491・몰년: 1553
晦齋先生集卷之六碑銘先祖妣贈貞夫人李氏墓誌銘 [李壽會妻]
晦齋先生集卷之六碑銘先妣貞敬夫人孫氏墓碣銘 [李蕃妻]
晦齋先生集卷之十一拾遺○序○癸文○碑銘○墓碣夫人洪氏墓碑銘
[孫仲暾妻]
晦齋先生集卷之十一拾遺○序○癸文○碑銘○墓碣夫人崔氏墓碑銘
[孫仲暾妻]

322. 회헌집(悔軒集)・저자: 조관빈(趙觀彬)・생년: 1691・몰년: 1757
悔軒集卷之十八墓誌銘孺人青松沈氏墓誌銘 幷序 [朴性根妻]
悔軒集卷之十八墓誌銘從姊淑人鄭氏婦墓誌銘 幷序 [鄭光謙妻]
悔軒集卷之十九行狀季嫂孺人驪興閔氏行狀 [趙謙彬妻]
悔軒集卷之十九行狀亡室貞夫人昌原兪氏行狀 [趙觀彬妻]
悔軒集卷之十九行狀亡室貞夫人慶州李氏行狀 [趙觀彬妻]
悔軒集卷之十九行狀子婦慶州李氏行狀 [趙榮晳妻]

323. 후계집(後溪集)・저자: 이이순(李頤淳)・생년: 1754・몰년: 1832
後溪集卷之九遺事祖妣恭人完山柳氏行略 [李世憲妻]

324. 후계집(后溪集)・저자: 조유수(趙裕壽)・생년: 1663・몰년: 1741
后溪集卷之七 豐壤趙裕壽毅仲著墓誌銘伯姊洪淑人墓誌 [洪處宇妻]
后溪集卷之七 豐壤趙裕壽毅仲著墓誌銘淑夫人柳氏墓誌銘 [趙裕壽妻]

325. 후산집(后山集)・저자: 허유(許愈)・생년: 1833・몰년: 1904
后山先生文集卷之十七墓碣銘宜人晉陽鄭氏墓碣銘 並序 [許峒妻]
后山先生文集卷之十七墓表孺人金氏墓表 [權德容妻]

326. 후재집(厚齋集)·저자: 김간(金榦)·생년: 1646·몰년: 1732
厚齋先生集卷之四十三墓誌淑人朴氏墓誌銘 [申聖夏妻]

327. 희락당고(希樂堂稿)·저자: 김안로(金安老)·생년: 1481·몰년: 1537
希樂堂文稿卷之七上碑銘淑人鄭氏墓誌 [申洞妻]

328. 희암집(希菴集)·저자: 채팽윤(蔡彭胤)·생년: 1669·몰년: 1731
希菴先生集卷之二十四誌宜人韓氏墓誌銘 [蔡彭胤妻]

[부록2 양반가 여성명단 일러두기]

1. 姓은 가나다순으로 하고 姓의 발음이 같은 경우에는 사전의 획순에 의함

2. 같은 姓에서는 生年 순으로 하며 姓과 生年이 모두 같은 경우에는 本貫의 가나다 순으로 함

3. 姓과 生年, 本貫도 같은 경우에는 남편 이름의 가나다순으로 함

4. 封爵은 전기문의 기록에 의거하였으며 후대에 봉작이 더 올라간 경우도 있을 수 있음.

5. 여성의 이름은 여성전기문과 璿源錄에 의거함.

6. 자녀에는 장남 기재를 원칙으로 하되 잘 알려진 경우가 있으면 다른 아들 이름도 기재하였음.

7. 아들이 없는 경우에는 딸을 기재하되 ○○○처로 표기하였음.

8. 여성전기문 기록 시점 때문에 자녀수는 실제와 차이가 있을 수 있음.

참고로 조선시대 외명부外命婦의 봉작封爵을 소개하면 다음과 같다.

정경부인貞敬夫人 ; 정1품正一品, 종1품從一品

정부인貞夫人 ; 정2품正二品, 종2품從二品

숙부인淑夫人 ; 정3품正三品 [당상堂上]

숙인淑人 ; 정3품正三品 [당하堂下], 종3품從三品

영인令人 ; 정4품正四品, 종4품從四品

공인恭人 ; 정5품正五品, 종5품從五品

의인宜人 ; 정6품正六品, 종6품從六品

안인安人 ; 정7품正七品, 종7품從七品

단인端人 ; 정8품正八品, 종8품從八品

유인孺人 ; 정9품正九品, 종9품從九品

　　* 관직이 없는 선비의 아내의 경우 '유인孺人'이라 기록하였음

부록 2 양반가 여성 명단

(가나다순, 연도순)

번호	封爵	姓	이름	본관	생존연대(연령)	父	母
1	淑夫人	姜氏		晉州	1437~1509(73세)	姜碩德	沈溫女
2	宜人	姜氏		信川	1458~1540(83세)	姜惕	金叔滋女
3	貞敬夫人	姜氏		晉州	1476~1550(74세)	姜兆壽	鄭由恭女
4		姜氏		晉州	1482~1560(79세)	姜文會	金胤女
5	宜人	姜氏		信川	1493~1574(82세)	姜仲珍	
6	貞敬夫人	姜氏		晉州	1501~1534(34세)	姜永壽	
7	貞敬夫人	姜氏		晉州	1523~1603(81세)	姜復	金安國女
8		姜氏		晉州	1532~1597(66세)	姜應淸	李思權女
9	貞夫人	姜氏		晉州	1538~1630(93세)	姜謹友	梁應麒女
10		姜氏	召史		1602~1660(59세)		
11	淑夫人	姜氏		衿川	1609~1665(57세)	姜碩期	申湜女
12	孺人	姜氏		晉州	1609~1670(62세)	姜泗	郭越女
13	貞夫人	姜氏		晉州	1670~1748(79세)	姜錫夏	李晠傳女
14	貞夫人	姜氏		晉州	1678~1743(66세)	姜晉相	沈橝女
15	孺人	姜氏		晉州	1726~1762(37세)	姜聖佐	李應樞女
16	孺人	姜氏	靜一堂	晉州	1772~1832(61세)	姜在洙	權瑞應女
17	恭人	姜氏		晉州	1855~1911(57세)	姜桂馨	康津安氏
18	宜人	康氏		信川	1615~1699(85세)	康秀胤	裴纘女
19		康氏		載寧	1733~1815(83세)	康三采	
20	貞夫人	慶氏		淸州	1545~1624(80세)	慶渾	
21	貞敬夫人	高氏	應貞	濟州	1526~1604(79세)	高夢參	南世雄女

번호	남편 본관	남편	자녀	혼인 연령	자녀수	비고	출전문집
1	密陽	朴楣	朴義榮		5남1녀	世宗과 이종사촌	木溪逸稿 二樂亭集
2	咸陽	金寧幹			무		舟川遺稿
3	昌寧	曹閏孫			3녀		游軒集
4	南原	梁應鯤	梁忻 梁喜	21세	2남		陽谷集
5	廣州	李德符	李遵慶		8남1녀		靜齋集
6	幸州	奇進	奇大升		5남1녀		高峯集
7	陽川	許橿	許喜	14세	3남1녀		記言
8	慶州	李潛	李德胤 李光胤	19세	4남2녀		濱西集
9	草溪	鄭惟明	鄭蘊		3남1녀		桐溪集
10						金柱臣의 乳母	壽谷集
11	東萊	鄭泰齊		19세	무		同春堂集
12	濟州	高省久	高暎	19세	4남		宋子大全
13	淸風	金泰魯	金致垕	18세	1남		直菴集
14	全義	李德壽	李山培	18세	1남3녀		西堂私載
15	水原	崔昌慶	崔墀	17세	1남2녀	自決 烈女旌閭	樊巖集
16	坡平	尹光演		20세	5남4녀 모두잃음	文人, 문집 있음	梅山集 靜一堂遺稿
17	密城	朴膺和	朴熙尙	19세	2남		俛宇集
18	義城	金烋	金有基	21세	2남2녀	繼配	葛庵集
19	淸州	韓某		17세		小室	岱淵遺藁
20	坡平	尹昌世	尹燧	16세	5남3녀		淸陰集
21	忠州	朴淳			1녀		思菴集

번호	封爵	姓	이름	본관	생존연대(연령)	父	母
22	貞敬夫人	高氏		開城	1559~1632(74세)	高漢良	金三紀女
23	淑夫人	高氏		光山	1583~1633(51세)	高從厚	李復元女
24	孺人	高氏		長興	1770~1835(66세)	高奎煥	金始鳴女
25	淑人	郭氏		苞山	1798~1870(73세)	郭守哲	
26	淑人	具氏	蘭英	綾城	1553~1616(64세)	具忭	金銭女
27	貞敬夫人	具氏	敬婉	綾城	1563~1620(58세)	具思孟	申華國女
28	貞敬夫人	具氏	季淑	綾城	1587~1614(28세)	具坤源	
29	恭人	具氏		綾城	1665~1735(71세)	具奐	金善長女
30	孺人	具氏		綾城	1704~1774(71세)	具成采	趙成達女
31	孺人	具氏		綾城	1823~1896(74세)	具性甲	林宗仁女
32	淑人	權氏		安東	1440~1519(80세)	權自謙	裵杠女
33	貞夫人	權氏		安東	1488~1546(59세)	權受益	金洪女
34	貞夫人	權氏		安東	1490~1575(86세)	權時敏	鄭泛雅女
35		權氏		安東	1537~1577(41세)	權結	李思恭女
36	貞夫人	權氏		安東	1542~1586(45세)	權應吉	裵氏
37	貞敬夫人	權氏	女節	安東	1553~1597(45세)	權擘	鄭忠仁女 (鄭玉蓮)
38	孺人	權氏		安東	1559~1620(62세)	權濟世	
39	貞敬夫人	權氏		安東	1560~1583(24세)	權躋	尹先哲女
40	孺人	權氏		安東	1562~1627(66세)	權以中	金沖女
41	貞敬夫人	權氏		安東	1569~1637(69세)	權克智	李頤壽女
42	孺人	權氏		安東	1586~1669(84세)	權晈	河溥女
43	貞敬夫人	權氏		安東	1589~1637(49세)	權昕	韓孝胤女
44		權氏		安東	1602~1661(60세)	權應生	李慶弘女

번호	남편 본관	남편	자녀	혼인 연령	자녀수	비고	출전문집
22	全州	李惟侃	李景奭	16세	3남3녀		白軒集 清陰集
23	缶溪	洪鎬	洪汝河		2녀2남		木齋集
24	扶安	金漢鑑	金淵迷	22세	3남1녀		艮齋集1
25	陽川	崔虎文	崔升泰		1남2녀		俛宇集
26	青松	沈宗敏	沈俟	17세	2남3녀		守夢集
27	青松	沈惀	沈光世	14세	7남4녀		清陰集 澤堂集
28	南陽	洪翼漢	洪晬元		1남1녀		花浦遺稿
29	全州	李軒紀	李敏坤	23세	3남3녀		黎湖集
30	坡平	尹就良	尹杓	17세	4남1녀		果菴集
31	慶州	崔宗權	崔汝琬		3남		勉菴集
32	奉化	琴徽	琴元漢		4남2녀		冲齋集
33	橫城	趙大春	趙穆	18세	2남3녀		月川集
34	豐川	盧友明	盧禛	20세	2남1녀	繼配	玉溪集
35	미상	安景祺	安璧承 (庶子)		무	癘疫(전염 성 열병)	芝川集
36	廣州	李光復	李榮雨		1남2녀		靜齋集
37	南原	尹軫	尹雲衢		1남1녀	自決	鄭斗卿墓銘
38	寧海	申慶男	申楫		3남		河陰集
39	全義	李壽俊	李學基		1남		樂全堂集
40	陽川	許亮	許厚		1남		記言
41	延安	李廷龜	李明漢 李昭漢	13세	2남2녀		白洲集
42	豐山	柳元直	柳世哲	23세	무	繼配	寓軒集
43	全州	李聖求				自決(自縊) 烈女旌閭	樂全堂集
44	務安	朴文起	朴滈	17세			鶴沙集

번호	封爵	姓	이름	본관	생존연대(연령)	父	母
45	貞夫人	權氏		安東	1606~1651(46세)	權儆	李晬光女
46	貞敬夫人	權氏		安東	1610~1680(71세)	權㘉	丁好敬女
47	貞夫人	權氏		安東	1629~1716(88세)	權順昌	張遇漢女
48		權氏		安東	1632~1668(37세)	權榮	金胤女
49	貞敬夫人	權氏	靜一	安東	1633~1680(48세)	權瑱	洪憲女
50	淑夫人	權氏		安東	1633~1704(72세)	權順悅	徐景霦女
51	淑人	權氏	溫姜	安東	1634~1710(77세)	權堣	徐景喬女
52	淑夫人	權氏		安東	1634~1699(66세)	權克泰	柳弘元女
53	淑人	權氏		安東	1642~1707(66세)	權訧	邊好誼女
54		權氏		安東	1647~1688(42세)	權格	李楚老女
55		權氏		安東	1648~1714(67세)	權堅	南炫女
56	恭人	權氏	貴姜	安東	1649~1677(29세)	權堣	徐景喬女
57	淑夫人	權氏		安東	1651~1691(41세)	權葦	盧道一女
58		權氏		安東	1663~1716(54세)	權惟	鄭大鵬女
59		權氏		安東	1676~1697(21세)	權橙	柳元之女
60	孺人	權氏		安東	1688~1763(76세)	權益昌	沈氏
61	淑人	權氏		安東	1697~1765(69세)	權燮	趙景昌女
62	貞夫人	權氏		安東	1700~1718(19세)	權定性	宋炳翼女
63	孺人	權氏		安東	1703~1731(29세)	權聖重	慶州李氏
64	貞敬夫人	權氏		安東	1734~1787(54세)	權尙元	
65		權氏		安東	1744~1816(73세)	權益達	
66	淑夫人	權氏		安東	1761~1832(72세)	權濟應	
67	淑夫人	權氏		安東	1785~1857(73세)	權義度	鄭章簡女
68	孺人	權氏		安東	1814~1894(81세)	權必大	李完德女

번호	남편본관	남편	자녀	혼인연령	자녀수	비고	출전문집
45	淸州	韓後琦	韓濪		3남2녀		東州集
46	宜寧	南一星	南九萬	16세	1남3녀		藥泉集
47	安定	羅星遠	羅弘佐	17세	1남1녀		艮齋集2
48	全州	崔惠吉	崔後章		3남1녀	小室	明谷集
49	同福	吳始壽	吳尙游	16세	2남2녀		水村文集
50	星山	李有賢	李世瑾	14세	2남?녀		晩靜堂集
51	慶州	金必振	金介臣		1남4녀		西堂私載
52	載寧	李載祿	李仁基	17세	1남	自決	定齋集
53	德水	李留	李泰鎭李衡鎭		3남1녀		竹泉集
54	潘南	朴泰迪	朴弼鼎	19세	4남2녀		寒水齋集
55	南陽	洪霖	洪載熙	21세	1남3녀		訒隱集
56	光山	金萬年	金聖重		1남		宋子大全
57	晉州	姜酇	姜再周	15세	4남3녀		立齋遺稿
58	南陽	洪受疇	洪禹哲	18세	3남3녀	庶女	有懷堂集
59						痘	屛谷集
60	全州	李昌發		15세	무		李參奉集
61	月城	金有慶	金鼎柱	16세	1남2녀		屛溪集
62	海州	吳瑗		16세	1녀		雷淵集
63	全州	李匡師		17세	무	딸 쌍둥이 낳다가 사망	圓嶠集
64	平康	蔡濟恭			무	繼配 痢疾로 사망	海左先生文集
65	全州	李忠翊	李勉伯				岱淵遺藁
66	海州	吳熙常	吳致成		2남2녀		老洲集
67	韓山	李秀應	李敦禹	19세	3남3녀		定齋集
68	靈光	柳星極	柳弘烈		2남		松沙集

번호	封爵	姓	이름	본관	생존연대(연령)	父	母
69	恭人	金氏		順天	1407~1501(95세)	金宗興	柳湑女
70	貞夫人	金氏		金海	1420~1494(75세)	金震孫	李種仁女
71	昌寧 縣夫人	金氏		慶州	1445~1529(85세)	金孝卿	愼氏
72	貞夫人	金氏		安東	1450~1512(63세)	金汘	
73	淑人	金氏		咸昌	1458~1548(91세)	金有智	
74	貞夫人	金氏		義城	1460~1488(29세)	金漢哲	南尙治女
75	貞夫人	金氏		彦陽	1476~1547(72세)	金期壽	韓敍倫女
76	淑夫人	金氏		瑞興	1482~1562(81세)	金宏弼	朴禮孫女
77	貞夫人	金氏		延安	1499~1568(70세)	金復興	朴華女
78	貞敬夫人	金氏		豐山	1500~1579(80세)	金楊震	許瑞女
79		金氏	潤貞	光州	1512~1573(62세)	金禹瑞	
80	貞敬夫人	金氏		安東	1512~1601(90세)	金光粹	張日新女
81	貞夫人	金氏		尙州	1523~1581(59세)	金忠佐	鄭蘭茂女
82		金氏		義城	1532~1617(86세)	金溴	
83	端人	金氏		義城	1545~1631(87세)	金璡	閔世卿女
84	恭人	金氏	終介	慶州	1548~1590(43세)	金萬鈞	順興安氏
85	淑夫人	金氏		光州	1554~1626(73세)	金胤興	
86	貞敬夫人	金氏		光山	1558~1637(80세)	金好善	
87	淑人	金氏		禮安	1560~1602(43세)	金玏	張順禧女
88	貞夫人	金氏	英順	延安	1563~1647(85세)	金纘先	李櫓女
89	貞夫人	金氏	應介	光州	1565~1621(57세)	金殷輝	崔守仁女
90	宜人	金氏		淸風	1569~1648(80세)	金棐	密陽朴氏
91	淑夫人	金氏		安東	1571~1592(22세)	金大涉	沈銓女
92	宜人	金氏		宜城	1575~1657(83세)	金允誠	朴桓女

번호	남편 본관	남편	자녀	혼인 연령	자녀수	비고	출전문집
69	恩津	宋繼祀	宋遙年		2남		木溪逸稿
70	坡平	尹繼謙 鈴平君	尹頊		5남4녀		虛白亭集
71	全州	李孝昌	李盛同 安賢君		3남2녀	感疾	慕齋集
72	牛峯	李承健	李諶				容齋集
73	興海	裵以純	裵巘		3남		琴易堂集
74	眞城	李埴	李潛		2남		退溪集
75	南陽	洪係貞	洪春卿	20세	2남1녀		拙翁集
76	清州	鄭應祥	鄭思中	19세	3남		栢谷集 寒岡集
77	眞城	李㴌	李宓		5남		退溪集
78	廣州	李浚慶	李禮悅		3남1녀		東皋集
79	陽川	許磁		16세	무자녀	小室	記言
80	豊山	柳仲郢	柳成龍	20세	2남3녀		西厓集
81	羅州	丁玉亨	丁應斗		1남1녀		湖陰雜稿
82	安東	權尙忠	權深		3남5녀		荷塘集
83	全州	柳瀾	柳仁培		4남		瓢隱集
84	羅州	林悌	林地		4남3녀		記言
85	全義	李耆俊	李重基	17세	2남2녀		樂全堂集
86	安定	羅級	羅萬甲	17세	1남1녀		清陰集
87	安東	權來	權尙忠		2남5녀		蒼雪齋集
88	坡平	尹民獻	尹絳		1남1녀		蔡裕後 墓誌銘
89	恩津	宋爾昌	宋浚吉	16세			同春堂集
90	豊川	任慶弘			무		潛谷遺稿
91	陽川	許筠		15세	1남1녀		惺所覆瓿藁
92	漢陽	趙貫	趙承漢	17세	2남		鶴沙集

번호	封爵	姓	이름	본관	생존연대(연령)	父	母
93	淑人	金氏		安東	1577~1638(62세)	金希壽	梁治女
94	淑夫人	金氏	淑禮	安東	1578~1638(61세)	金尙寯	李天祐女
95	孺人	金氏		豊山	1578~1651(74세)	金大賢	李鑽金女
96	貞夫人	金氏		淸風	1580-1667(88세)	金養天	韓成一女
97	永嘉 府夫人	金氏	二順	安東	1587~1654(67세)	金尙容	權愷女
98	貞夫人	金氏		淸風	1587~1607(21세)	金棐	成文濬女
99	宜人	金氏		光州	1589~1620(32세)	金德章	李順壽女
100	淑人	金氏		義城	1592~1630(39세)	金浤	朱應邦女
101	淑人	金氏	終順	安東	1593~1676(84세)	金尙寬	南應井女 (南季英)
102	淑夫人	金氏		慶州	1595~1640(46세)	金命元 孫女	
103	令人	金氏		延安	1596~1633(38세)	金㻩	鄭默女
104		金氏		安東	1596~1618(23세)	金壽增	曹漢英女
105	貞敬夫人	金氏		光山	1600~1650(51세)	金槃	金礪女
106	恭人	金氏		順天	1600~1669(70세)	金允安	南瑢女
107	貞夫人	金氏		延安	1600~1693(94세)	金㻩	鄭默女 (鄭敬順)
108	貞敬夫人	金氏		慶州	1602~1675(74세)	金時讓	李大遂
109	淑夫人	金氏		安東	1603~1663(61세)	金滋	李秀蓁女
110	貞夫人	金氏		商山	1605~1658(54세)	金尙	朴垣女
111	淑人	金氏	乙順	安東	1605~1665(61세)	金尙宓	李麟奇女
112		金氏		豊山	1607~1657(51세)	金延	金潗女
113	貞夫人	金氏		商山	1608~1636(29세)	金尙	
114	貞夫人	金氏		淸風	1611~1661(51세)	金堉	尹汲女

번호	남편 본관	남편	자녀	혼인 연령	자녀수	비고	출전문집
93	交河	盧弘祐	盧稙				頤庵遺稿
94	海平	尹履之	尹土自		8남1녀		趙復陽碑文
95	咸昌	金起秋	金堯弼		2남1녀		鶴沙集
96	慶州	李曙	李惟澤	15세	5남1녀		宋子大全 草廬集
97	德水	張維	張善澂 仁宣王后		1남1녀		白軒集
98	昌寧	成權			무	早嬰 羸疾(몸이 마르는병)	息庵遺稿
99	綾城	具致用	具麻	19세	4남		于郊堂 遺稿
100	鵝洲	申悅道	申墠	16세	5남2녀		懶齋集
101	晉州	柳時定	柳㝎	19세	2남2녀 多不育		文谷集
102	長水	黃坤載	黃袞	16세			江漢集
103	安東	金光燦	壽增 壽興 壽恒	15세	3남5녀	乳疾	谿谷集
104	韓山	李秉天					宋子大全
105	全州	李厚源	李週 李選	17세	3남1녀	등창(疽)	宋子大全 芝湖集
106	禮安	李廷發	李惟樟	17세	4남1녀	寢疾多年(오래 앓음)	孤山集
107	駒城	李後淵		25세	무	仁穆大妃 조카	農巖集
108	廣州	李道長	李元禎		4남4녀		靜齋集
109	利川	徐仁元			무		五峯集
110	豐川	任義伯	任堕	19세	4남2녀		水村集
111	南原	尹集	尹以宣		3남1녀		宋時烈墓碣銘
112	安東	權碩忠	權濡		1남		蒼雪齋集
113	牛峯	李翮		17세	무	병자란때自焚 孝子烈女之門	陶菴集
114	達成	徐元履				漢詩 남김	潛谷遺稿

번호	封爵	姓	이름	본관	생존연대(연령)	父	母
115	淑人	金氏		慶州	1614~1693(80세)	金南重	閔有慶女 (末淑)
116	淑人	金氏	復姬	安東	1614~1677(64세)	金光燦	金琜女
117	淑人	金氏		慶州	1616~1702(87세)	金元立	鄭應奎女
118	淑人	金氏		慶州	1624~1707(84세)	金自南	全州李氏
119	孺人	金氏		禮安	1625~1670(46세)	金鋻	李光胤女
120	恭人	金氏		義城	1628~1690(63세)	金熙	金奉祖女
121	貞夫人	金氏		光州	1629~1680(52세)	金自南	李幼濂女
122	貞敬夫人	金氏		原州	1631~1663(33세)	金崇文	金埍女
123	淑夫人	金氏	兌姬	安東	1632~1701(70세)	金光燦	金琜女
124		金氏		光山	1644~1716(73세)	金礎	晉陽姜氏
125		金氏		慶州	1646~1719(74세)	金世珍	
126	孺人	金氏		安東	1648~1712(65세)	金壽增	曺漢英女
127		金氏	岳德	羅州	1649~1719(71세)		
128	淑人	金氏		光山	1649~1722(74세)	金萬均	李一相女
129	淑人	金氏		延安	1653~1695(43세)	金天錫	尹埴女
130	恭人	金氏		義城	1653~1705(53세)	金學逵	咸陽朴氏
131	貞夫人	金氏		安東	1656~1719(64세)	金壽興	尹衡覺女
132	貞敬夫人	金氏	秀惠	光山	1657~1736(80세)	金萬重	李殷相女
133	貞敬夫人	金氏		安東	1659~1703(45세)	金壽興	尹衡覺女
134	淑夫人	金氏		全州	1659~1724(66세)	金漢弼	
135		金氏		安東	1661~1722(62세)	金壽增	曺漢英女
136	貞夫人	金氏		光州	1662~1684(23세)	金萬均	李一相女
137		金氏		慶州	1663~1732(70세)	金載顯	沈搢女
138	淑夫人	金氏		安東	1663~1683(21세)	金壽增	曺漢英女
139	孺人	金氏		慶州	1664~1686(23세)	金一振	趙來陽女

번호	남편 본관	남편	자녀	혼인 연령	자녀수	비고	출전문집
115	安定	羅星斗	羅良佐	16세	2남2녀		明谷集 明齋遺稿
116	龍仁	李挺岳	李世膺 李世白	18세	4남2녀	감기(感風寒)	文谷集 雩沙集
117	潘南	미상	朴斗望	16세	4남2녀		芝村集
118	海州	崔碩英	崔奎瑞	17세	3남1녀	중풍(風眩) 감기(感微疾)	艮齋集2
119	安東	權濡	權斗經		4남2녀	천연두(痘)	蒼雪齋集
120	韓山	李孝濟	李碩觀		7남		大山集
121	全州	李廷麟	李彦經		3남1녀	繼配	藥泉集
122	海州	吳斗寅	吳鼎周	18세	1남1녀	繼配	昆侖集 農巖集
123	恩津	宋奎濂	宋相琦	17세	2남1녀		玉吾齋集
124	載寧	李㙫	李之燁		4남2녀		密菴集
125	坡平	尹明遠	尹鳳朝	19세	2남1녀		圃巖集
126	南陽	洪文度		17세	1녀	魚有鳳의 장모	杞園集
127		左雲 (馬醫)				朴弼周의 乳母	黎湖集
128	楊州	趙仁壽	趙景命	15세	4남	감기(感疾)	謙齋集
129	龍仁	李世雲	李宜夏	19세	1남2녀		陶谷集
130	載寧	李栽		24세			霽山集
131	延安	李喜朝	李亮臣	17세	1남3녀		疎齋集
132	全州	李頣命	李器之		3남8녀		雲巢謾稿
133	牛峯	李晩成	李綠	15세	1남1녀		陶菴集
134	密陽	朴世傑	朴泰華		2남		存齋集3
135	平山	申鎭華				漢詩 남김	谷雲集
136	全州	李健命		17세	1녀요	産後病	寒圃齋集
137		李思良			1녀		石泉遺稿
138	杞溪	俞命健 (命禹)		18세	1녀	천연두(痘)	農巖集 宋子大全
139	淸州	韓配道				嘔血	壽谷集

번호	封爵	姓	이름	본관	생존연대(연령)	父	母
140	恭人	金氏		義城	1664~1690(27세)	金爾楷	尹氏
141	貞夫人	金氏		光山	1665~1723(59세)	金益炑	晉州蘇氏
142	孺人	金氏		安東	1665~1680(16세)	金壽恒	羅星斗女
143	淑人	金氏		淸風	1666~1707(41세)	金錫翼	尹正悏女
144	孺人	金氏		康津	1668~1737(70세)	金復初	天安全氏
145	淑人	金氏		慶州	1668~1743(76세)	金必濟	尹思稷女
146	貞敬夫人	金氏	福惠	光山	1673~1733(61세)	金萬基	韓有良女 (府夫人)
147	貞夫人	金氏	柔兒	光山	1675~1699(25세)	金鎭圭	李敏章女
148	孺人	金氏		光山	1676~1749(74세)	金鎭龜	李光稷女
149		金氏		金海	1676~1732(57세)		黃氏
150	孺人	金氏		慶州	1677~1700(24세)	金載漢	李重耆女
151	令人	金氏	雲	安東	1679~1700(22세)	金昌協	李端相女
152	孺人	金氏		安東	1680~1700(21세)	金昌緝	洪處宇女
153	淑夫人	金氏	浩然齋	安東	1681~1722(42세)	金盛達	延安李氏
154	貞敬夫人	金氏		安東	1681~1710(30세)	金昌業	李涑女
155	貞夫人	金氏		安東	1689~1762(74세)	金昌協	李端相女
156	恭人	金氏		慶州	1691~1727(37세)	金柱臣	趙景昌女 嘉林府夫人
157	貞敬夫人	金氏		安東	1692~1742(51세)	金聖游	李楊女
158	貞敬夫人	金氏		彦陽	1692~1760(69세)	金致龍	鄭淹女
159	淑夫人	金氏		光山	1700~1757(58세)	金鎭恒	成虎烈女
160	淑人	金氏		安東	1705~1750(46세)	金昌說	吳斗寅女
161	孺人	金氏		安東	1705~1729(25세)	金時發	李頤命女
162	孺人	金氏		義城	1705~1758(54세)	金敏行	朴震相女
163	貞夫人	金氏		安東	1708~1750(43세)	金濟謙	宋炳遠女

번호	남편 본관	남편	자녀	혼인 연령	자녀수	비고	출전문집
140	延安	李萬敷		19세	무		息山集
141	韓山	李萬稷	李秀得	21세	1남2녀	三配	陶谷集 陶菴集
142	全州	李涉				乳疾	文谷集 宋子大全
143		洪重衍			4녀		三淵集
144	平海	黃載萬	黃壚	22세	1남2녀	繼配, 설사병(痢疾), 식도 검게 변함.	頤齋遺藁
145	遂安	李時恒					青城集
146	延安	李舟臣	李天輔	17세	1남1녀		晉菴集
147	德水	李衡鎭	李聖同		1남		竹泉集
148	恩津	宋婺源	宋德相	17세	3남1녀		果菴集
149	昌寧	成孝基				小室	研經齋全集
150	延日	鄭鎭					陶菴集
151	海州	吳晉周	吳瑗		1남	乳疾	農巖集
152	全州	李望之	李虎孫	16세	1남1녀	産後病	三淵集 圃陰集
153	恩津	宋堯和	宋益欽	19세	1남1녀	文人, 문집 있음	浩然齋詩集
154	豊壤	趙文命			2남		三淵集
155	杞溪	兪受基	兪長彥	16세	3남3녀		近齋集 錦石集
156	坡平	尹勉教	尹東旭	17세	6남2녀		西堂私載
157	豊壤	趙顯命	趙載得	22세	6남1녀	繼室	歸鹿集
158	東萊	鄭錫五	鄭養淳	14세	1남2녀		竹石館遺集
159	平山	申曦	申光僑	18세			本庵集
160	延安	李梅臣	李惠輔		무		陶菴集
161	牛峯	李維			2녀		陶菴集
162	載寧	李實甫	李宇一	21세	1남5녀	感寒疾	九思堂集
163	全州	李鳳祥	李文昌	14세	1남1녀		渼湖集

번호	封爵	姓	이름	본관	생존연대(연령)	父	母
164		金氏		延安	1710~1784(75세)	金相箕	鄭纘曾女
165	貞夫人	金氏		義城	1710~1759(50세)	金聖鐸	朴震相女
166	令人	金氏		江陵	1711~1746(36세)	金始煒	
167	淑夫人	金氏		延安	1713~1794(82세)	金相后	李信夏女
168	貞夫人	金氏		光山	1716~1788(73세)	金元泰	呂必容女
169	貞敬夫人	金氏		江陵	1723~1763(41세)	金始熺	李宜相女
170	孺人	金氏		義城	1724~1767(44세)	金景溫	李守謙女
171	恭人	金氏		安東	1727~1740(14세)	金峻行	洪重疇女
172	貞敬夫人	金氏		安東	1733~1804(72세)	金錫泰	崔錫圭女
173	孺人	金氏		安東	1734~1781(48세)	金時筦	洪泰猷女
174	孺人	金氏		慶州	1738~1811(74세)	金漢良	尹楨周女
175	淑人	金氏		義城	1740~1802(63세)	金江漢	李秀時女
176		金氏		延安	1742~1813(72세)	金煜	尹心宰女
177		金氏		安東	1751~1790(40세)	金履鉉	宋載和女
178	孺人	金氏		義城	1752~1780(29세)	金鎭東	李萬寧女
179	庶母	金氏		金川	1754~1713(60세)	金宜澤	
180	淑人	金氏		安東	1755~1829(75세)	金履銈	沈鈍女
181	孺人	金氏		義城	1758~1823(66세)	金中柱	權煜女
182		金氏		善山	1762~1831(70세)	金復久	鄭彦儀女
183		金氏	三宜堂	金海	1769~1823(55세)	金仁赫	
184	淑人	金氏		慶州	1770~1849(80세)	金魯範	黃尙馣女
185	貞夫人	金氏		延安	1778~1838(61세)	金載象	洪善養女
186	孺人	金氏		豊山	1778~1841(64세)	金相敬	光山金氏
187	孺人	金氏		慶州	1783~1835(53세)	미상	
188		金氏		金海	1783~1864(82세)	金百鍊	

번호	남편 본관	남편	자녀	혼인 연령	자녀수	비고	출전문집
164	咸豐	李命圭	李珩鎭	19세	3남		頤齋遺藁
165	廣州	李東英	李萬運	19세	1남		默軒集
166		李鳳元		15세	무	십여 자녀 못 기름	歸鹿集
167	昌原	黃䅈	黃仁紀		3남1녀		海石遺稿
168	杞溪	兪漢蕭	兪駿柱		1남		自著
169	達城	徐命善		17세	1녀		保晚齋集
170	廣州	李東殷	李健運	19세			蘆厓集
171	平山	申光益		14세		시집간 지 보름 만에 갑자기 사망	溪湖集
172	宜寧	南有容	南公轍		1남	三配	金陵集
173	潘南	朴胤源	朴宗興	15세		풍담(風痰),혈질(血疾)	近齋集
174	潘南	朴婁源	朴宗玉	18세	3남		老洲集
175	全州	柳範休	柳魯文	21세	2남3녀		立齋集
176	淸州	韓用中	韓兢履	17세	2남		海石遺稿
177	韓山	李定載	李源昌		2남2녀		臺山集
178	安東	權思奎			2남	産後病	蘆厓集
179	羅州	丁載遠	丁若鏽	20세	3녀1남	丁若鏞의 庶母	與猶堂全書
180	達城	徐有積	徐觀輔		4남		臺山集
181	全州	柳載文		20세	무		定齋集
182	全州	柳宓文			5녀		定齋集
183	晋陽	河溵	河成基	18세	1남3녀	文人. 文集 있음	三宜堂稿
184	潘南	朴宗興	朴雲壽	18세	1남1녀	繼配	梅山集
185	延日	鄭漪		17세			梅山集
186	義城	金在純			무		定齋集
187	全州	林宗擇		16세		自決(飮毒)	勉菴集
188	慶州	李錫奎		16세		小室	嘉梧藁略

번호	封爵	姓	이름	본관	생존연대(연령)	父	母
189		金氏		慶州	1786~1853(68세)	金履玉	張泰元女
190		金氏		盆城	1786~1863(78세)	金孟龍	
191	淑人	金氏		安東	1788~1856(69세)	金根	
192		金氏		義城	1790~1864(75세)	金宗沃	朴禎女
193	恭人	金氏		義城	1793~1853(61세)	金應柱	
194	貞夫人	金氏		安東	1794~1841(48세)	金時筦	洪泰猷女
195	恭人	金氏		江陵	1796~1839(44세)	金尙孝	
196	孺人	金氏		慶州	1804~1865(62세)	金光炫	朴鳳儀女
197	孺人	金氏		光州	1805~1824(20세)	金在熊	李義淵女
198	乳母	金氏		金海	1806~1857(52세)		
199	孺人	金氏		安東	1811~1827(17세)	金邁淳	趙德潤女
200	淑夫人	金氏		義城	1812~1868(57세)	金漢輔	安福圭女
201	孺人	金氏		扶安	1821~1887(67세)	金錫圭	宋錫顯女
202	恭人	金氏		義城	1822~1849(28세)	金鎭華	李元祥女
203	貞夫人	金氏		淸風	1823~1882(60세)	金益泰	全州李氏
204	貞夫人	金氏		光山	1832~1869(38세)	金箕哲	水原白氏
205	孺人	金氏		金海	1835~1879(45세)	金宗厚	延安金氏
206	孺人	金氏		蔚山	1840~1893(54세)	金溶休	安鍾衡女
207	貞夫人	金氏		金海	1843~1912(70세)	金奎漢	
208	孺人	金氏		義城	1847~1889(43세)	金在鏞	李秉運女
209	孺人	金氏		善山	1850~1886(37세)	金斗煥	許儋女
210		金氏	淸閑堂	慶州	1853~1890(38세)	金淳喜	
211	孺人	金氏		光山	1855~1892(38세)	金俊洪	
212	貞敬夫人	羅氏		安定	1570~1643(74세)	羅星斗	金南重女
213	淑人	羅氏		安定	1647~1737(91세)	羅星遠	權順昌女
214	淑夫人	南氏		英陽	1566~1603(38세)	南瑠	李해女

번호	남편 본관	남편	자녀	혼인 연령	자녀수	비고	출전문집
189	永春	趙明相	趙景賢	19세	1남1녀		守宗齋集
190	密陽	朴震榮	朴致新 朴致翰		2남2녀		古歡堂收艸
191	龍仁	李在周	李璀鉉		2남2녀		鳳棲集
192	星山	李源祜	李震相	16세	2남4녀		寒洲集
193	豊山	柳會春		16세	2남1녀		溪堂集
194	潘南	朴胤源	朴宗興	15세	1남1녀		梅山集
195	礪山	宋翼庠	宋冕載		1남3녀		楓石全集
196	淸州	郭景默	郭致英		3남1녀		勉菴集
197	楊州	趙秉愚				自決, 烈女旌閭	梅山集
198		崔寬錫	승려됨			韓章錫의 乳母	眉山集
199	韓山	李承顯					臺山集
200	驪興	閔周顯	閔致純		5남1녀		淵齋集
201	全州	崔焌秀	崔秉星		1남4녀		松沙集
202	全州	柳止鎬	미상		1남		定齋集
203	韓山	李大稙	李秉珪	18세	5남		雲養集
204	恩津	宋勉洙		16세	2남1녀	繼配	淵齋集
205	光山	金子元	金相遇	18세	2남2녀		重菴集
206	晉州	姜焌馨	姜敬熙		2남2녀		松沙集
207	慶州	金載權	金俊燮	17세	1남		雲養集
208	眞城	李正鎬		19세			俛宇集
209	安東	權德容	權載玉	18세	2남1녀		后山集
210	全州	李顯春				自決, 烈女旌閭 文集 있음	淸閑堂散稿
211	靈光	金用鉉	金漢珏		1남		松沙集
212	安東	金壽恒	金昌集 金昌協	16세		아들 金昌翕, 金昌業 金昌緝, 金昌立	三淵集
213	恩津	宋炳夏	宋堯卿 宋堯和	14세	2남1녀		閒靜堂集
214	順天	金允安		22세		繼配, 여질(癘疾)	孤山集

번호	封爵	姓	이름	본관	생존연대(연령)	父	母
215	端人	南氏		英陽	1613~1672(60세)	南振維	柳希文女
216	貞夫人	南氏		宜寧	1616~1671(56세)	南炑	徐湖女
217	淑人	南氏		宜寧	1627~1666(40세)	南一星	權曄女
218	孺人	南氏		宜寧	1685~1730(46세)	南天擧	金慶趾女
219	淑人	南氏		宜寧	1690~1756(67세)	南正重	李夫人
220	孺人	南氏		宜寧	1690~1747(58세)	南輔明	
221	淑人	南氏		宜寧	1711~1772(62세)	南泰溫	李瑞泰女
222	孺人	南氏		宜寧	1716~1744(29세)	南有常	李雨臣女
223	貞敬夫人	南氏		宜寧	1721~1746(26세)	南直寬	
224	淑人	南氏		宜寧	1724~1792(69세)	南漢紀	
225	淑夫人	南氏	意幽堂	宜寧	1727~1823(97세)	南直寬	咸陽呂氏
226	孺人	南氏		宜寧	1745~1783(39세)	南公輔	
227		南氏		宜寧	1757~1775(19세)	南必復	全州李氏
228		南氏		英陽	1837~1860(24세)	南基成	
229		南氏	貞一軒	宜寧	1840~1922(83세)	南世元	
230	令人	盧氏		交河	1454~1514(61세)	盧思愼	慶由謹女
231	光山, 府夫人	盧氏		光山	1557~1637(81세)	盧坦	韓鏽
232	淑夫人	盧氏		慶州	1647~1713(67세)	盧協	平澤林氏
233	孺人	盧氏		豊川	1749~1816(68세)	盧顯朝	李德參女
234	淑人	孟氏		新昌	1710~1729(20세)	孟淑興	李德參女
235	淑夫人	文氏		善山	1559~1597(39세)	文秀民	朴怡女
236	孺人	文氏		南平	1808~1884(77세)	文奎瑞	李敬烈女
237	孺人	文氏		南平	1859~1901(43세)	文弼休	金時五女
238	貞夫人	閔氏		驪興	1508~1546(39세)	閔世卿	權皓女

번호	남편 본관	남편	자녀	혼인 연령	자녀수	비고	출전문집
215	義城	金是榲	金邦杰			繼配	蒼雪齋集
216	海州	吳達濟		20세	무	繼配	忠烈公遺稿
217	潘南	朴世堂	朴泰維 朴泰輔	19세	2남		西溪集
218	延日	鄭鎮	鄭觀濟	19세	5남3녀		陶菴集
219	驪興	閔翼洙	閔百奮	17세	1남3녀		雷淵集
220	黃驪	李頤煥	李載德		2남		修堂遺集
221	豊川	任希聖	任履常		3남2녀	갑자기 머리에 통증, 氣 가 막혀 말 못하고 사망	在澗集
222	德水	李演	李正模		2남		雷淵集
223	淸風	金時默	金基大	14세	1남		江漢集
224	韓山	李奎亮	李文載		1남3녀	남편 사후 식음 전폐 자결, 烈女旌閭	金陵集
225	平山	申大孫			2남2녀	文人, 文集 있음	意幽堂遺稿
226	靑松	沈能進	沈宜慶		1남1녀		金陵集
227	廣州	李寅運		18세			順菴集
228	미상	金軒駿			1남1녀	烈女旌閭	舫山集
229	昌寧	成大鎬			무	文人, 文集 있음	貞一軒詩集
230	綾城	具長孫	具元之		1남3녀		慕齋集
231	延安	金悌男	金珠	19세	3남4녀		宋子大全
232	安東	金盛廸		15세	4녀		三淵集
233	昌原	黃德吉		20세	3남4녀		下廬集
234	豊川	任聖周		17세		홍역(紅疹)	鹿門集
235	興陽	李埈	李大圭		2남1녀		蒼石集
236	驪興	閔致箕	閔新鎬		2남3녀		松沙集
237	羅州	吳長燮	吳在東	18세	3남4녀		松沙集
238	義城	金璡	金誠一	14세	5남3녀		鶴峯集

번호	封爵	姓	이름	본관	생존연대(연령)	父	母
239	淑人	閔氏		驪州	1552~1632(81세)	閔哲命	李壽男女
240	貞夫人	閔氏	淑靜	驪興	1586~1656(71세)	閔有慶	李濟臣女
241	貞夫人	閔氏	末淑	驪興	1598~1621(24세)	閔有慶	李濟臣女
242		閔氏		驪興	1618~1631(14세)	閔光勳	李光庭女
243	貞敬夫人	閔氏		驪興	1625~1646(22세)	閔聖徽	黃庭悅女
244		閔氏		驪興	1630~1701(72세)	閔應龍	
245	淑人	閔氏		驪興	1633~1706(74세)	閔光勳	李光庭女
246	孺人	閔氏		驪興	1636~1698(63세)	閔光勳	李光庭女
248	孺人	閔氏		驪興	1649~1738(90세)	閔璘	李師曾女
249	貞敬夫人	閔氏	恒	驪興	1656~1728(73세)	閔維重	宋浚吉女
249		閔氏		驪興	1656~1671(16세)	閔蓍重	洪霶女
250	孺人	閔氏		驪興	1663~1680(18세)	閔鼎重	李氏
251	孺人	閔氏		驪興	1678~1741(64세)	閔維重	趙貴中女 (豐昌府夫人)
252	孺人	閔氏		驪興	1687~1742(56세)	閔鎭厚	延安李氏
253	孺人	閔氏		驪興	1692~1725(34세)	閔啓洙	金昌集女
254	貞敬夫人	閔氏		驪興	1723~1783(61세)	閔璟	尹慶錫女
255	貞敬夫人	閔氏		驪興	1729~1786(58세)	閔遇洙	尹景績女
256	淑人	閔氏		驪興	1768~1832(65세)	閔景爀	韓泌女
257	貞敬夫人	閔氏		驪興	1807~1890(84세)	閔致殷	李萬源女
258	令人	朴氏		密陽	1400~1479(80세)	朴弘信	閔暐女
259	貞夫人	朴氏		春川	1470~1537(68세)	朴緇	李時敏女
260	淑夫人	朴氏		錦城	1486~1548(63세)	朴磀	
261	貞夫人	朴氏		密陽	1514~1566(53세)	朴光美	
262	孺人	朴氏		咸陽	1534~1623(90세)	朴弘	權世傑女
263	淑人	朴氏		咸陽	1542~1581(40세)	朴元英	吳自權女

번호	남편 본관	남편	자녀	혼인 연령	자녀수	비고	출전문집
239	全州	李綏	李復生	18세	3남		樂全堂集
240	東萊	鄭廣敬	鄭至和		4남3녀		金壽恒墓誌
241	慶州	金南重	金一振	15세	2녀		文谷集
242	豊山	洪萬衡		14세			老峯集
243	海州	吳斗寅	吳觀周		1남1녀		昆侖集 農巖集
244	文化	柳宗垣	柳東賓		1남		圓嶠集
245	豊山	洪萬衡	洪重模	16세	2남		陶菴集
246	延日	鄭普衍	鄭浻	15세	1남		寒水齋集
247	密陽	朴玄冑	朴震錫	18세	2남4녀		陶菴集
248	牛峯	李晩昌	李縡		1남	風疾	陶菴集
249	韓山	李沆		16세		혼인식후 사망	老峯集
250	慶州	李煊		17세		庶女, 産後感疾	老峯集
251	全州	李長輝	李潤		2남	血症	貞菴集
252	光山	金光澤	金敏材	16세	3남		陶菴集 貞菴集
253	楊州	趙謙彬	趙榮克 趙榮順	15세	2남2녀	출산 후 虛症	黎湖集 悔軒集
254	東萊	鄭存謙	鄭致綏		1남2녀		淵泉集
255	杞溪	兪彦鎬	兪漢宰	16세	1남1녀		燕石
256	平山	申常顯	申應朝	19세	1남2녀		梅山集
257	牛峯	李塀	李鎬善	17세	2남		荷亭集
258	善山	金叔滋	金宗直		5남2녀		佔畢齋集
259	眞城	李埴	李瀍 李滉		5남	繼配	退溪集
260	興海	裴巘	裴天錫		3남3녀		琴易堂集
261	星州	李儼	李厚慶	18세	3남2녀		畏齋集1
262	冶爐	宋源	裴尚龍모친	21세	1남2녀		藤庵集
263		金就鍊			金宣	2남2녀		月沙集

번호	封爵	姓	이름	본관	생존연대(연령)	父	母
264	貞夫人	朴氏	禮順	羅州	1548~1617(70세)	朴誎	成洵女
265	淑夫人	朴氏		順天	1550~1614(65세)	朴倫展	洪璿之女
266	淑人	朴氏		羅州	1566~1592(27세)	朴元男	崔迪女
267	孺人	朴氏		順天	1567~1646(80세)	朴雲驥	
268	貞夫人	朴氏		竹山	1568~1605(38세)	朴文榮	兪綸女
269	淑夫人	朴氏		陰城	1571~1637(67세)	朴光玉	徐勖女
270	淑人	朴氏		錦城	1580~1642(63세)	朴世塤	淸州韓氏
271	貞夫人	朴氏		密陽	1581~1653(73세)	朴昨	黃倫女
272	孺人	朴氏		昇平	1584~1647(64세)	朴而絢	都欽祖女
273	貞夫人	朴氏		潘南	1596~1637(42세)	朴東亮	閔善是女
274	宜人	朴氏		務安	1600~1674(75세)	朴瑜	孫官時女
275	貞夫人	朴氏		咸陽	1604~1672(69세)	朴知警	
276	淑夫人	朴氏	太姙	密陽	1610~1659(50세)	朴安鼎	柳希鏗女
277	孺人	朴氏		務安	1621~1655(35세)	朴玏	李瑒之女
278	貞夫人	朴氏	至順	潘南	1624~1696(73세)	朴炡	尹安國女
279	貞夫人	朴氏		務安	1625~1672(48세)	朴玏	李瑒之女
280	貞敬夫人	朴氏		咸陽	1631~1697(67세)	朴徹	李德溥女
281	孺人	朴氏		忠州	1643~1675(33세)	朴士彦	車敬軸女
282	貞敬夫人	朴氏		潘南	1646~1716(71세)	朴世楠	李行進女
283	貞夫人	朴氏		咸陽	1653~1732(80세)	朴崇阜	尹鏶女
284	淑人	朴氏	三靜	羅州	1663~1733(71세)	朴泰斗	趙來陽女
285	淑人	朴氏		潘南	1663~1702(40세)	朴世采	元斗樞女
286	貞敬夫人	朴氏		慶州	1665~1717(53세)	朴世英	李晩吉女
287	貞夫人	朴氏		潘南	1665~1686(22세)	朴世樟	金震賢女

번호	남편 본관	남편	자녀	혼인 연령	자녀수	비고	출전문집
264	海平	尹承吉	尹瑮		4남2녀	繼配, 吐痰 嘔血. 次女가 仁城君(李珙) 의 부인	澤堂集
265	鵝洲	申仡	申悅道				懶齋集
266	比安	朴㻐	朴孝宗		1남1녀		白軒集
267	冶爐	宋後昌	宋鎭		1남2녀		藤庵集
268	坡平	尹毅立	尹仁迪	16세	1남4녀		鶴谷集
269	羅州	林㤴	林㟓		2남		汾西集 淸陰集
270	全州	李箕洪	李蓍顯	19세	4남2녀		丈巖集
271	咸安	李達	李鴻卿	21세	1남	繼配	澗松集
272	高靈	朴絪	朴晟	18세	6남2녀		林谷集
273	延安	李明漢	李一相	15세	4남1녀		汾西集
274	豊山	柳元定	柳世馨	21세	4남1녀		寓軒集
275	安東	權諰	權惀		2남3녀		炭翁集
276	靑松	沈熙世		17세		繼配	畏齋集2
277	載寧	李徽逸		18세	무		葛庵集
278	全州	李永輝	李濟	17세	3남1녀		西溪集
279	載寧	李玄逸	李栽	12세	4남3녀		密菴集 蒼雪齋集
280	高靈	申翼相	申潚		2남2녀	宿患이 있었는데 종 기가 다시 발병	明齋遺稿
281	全州	李應徵	李載亨		무자녀	自決	松巖集2
282	安東	金昌集	金濟謙		2남2녀		三淵集
283	淸州	韓有箕	韓元震		3남4녀		南塘集
284	海平	尹澤	尹得恒		3남2녀		黎湖集
285	平山	申聖夏	申昉 申晥		3남2녀		直菴集 厚齋集
286	牛峰	李翻		22세	1녀	繼配	陶菴集
287	牛峰	李萬稷			무자녀	繼配	陶菴集

번호	封爵	姓	이름	본관	생존연대(연령)	父	母
288	淑人	朴氏		潘南	1671~1737(61세)	朴泰正	李廷龍女
289	恭人	朴氏		順天	1674~1700(27세)	朴世冑	曺挺龍女
290	淑夫人	朴氏		潘南	1675~1693(19세)	朴泰維	金夏振女
291	淑人	朴氏	仁惠	潘南	1676~1729(54세)	朴泰定 (錦昌副尉)	慶寧郡主
292	貞夫人	朴氏		密陽	1677~1714(38세)	朴大錫	
293	孺人	朴氏		錦城	1682~1748(62세)	朴泰殷	趙根女
294	孺人	朴氏		密陽	1682~1732(51세)	朴權	南陽洪氏
295	孺人	朴氏		密陽	1687~1750(64세)	朴新命	崔有華女
296	淑夫人	朴氏		密陽	1693~1787(95세)	朴敦義	具廷柱女
297	淑人	朴氏		陰城	1693~1733(41세)	朴亮欽	鄭運徽女
298	孺人	朴氏		密陽	1696~1727(32세)	朴君錫	
299	孺人	朴氏		潘南	1696~1730(35세)	朴泰來	晉州姜氏
300	孺人	朴氏		密陽	1705~1732(28세)	朴新章	
301	淑人	朴氏		潘南	1707~1767(61세)	朴弼履	李萬始女
302	烈婦	朴氏		潘南	1725~1746(22세)	朴景古	金益秋女
303	貞夫人	朴氏		潘南	1729~1771(43세)	朴師愈	李昌遠女
304	烈女	朴氏		錦城	1730~1753(24세)	朴敏彩	
305		朴氏		潘南	1736~1762(27세)	朴師錫	兪受基女
306	孺人	朴氏		陰城	1739~1822(84세)	朴道欽	李規燮女
307		朴氏		密陽	1751~1812(62세)		
308	淑人	朴氏		陰城	1753~1793(41세)	朴亮欽	鄭運徽女
309	淑人	朴氏		潘南	1758~1823(66세)	朴宗岳	金履遠女
310	孺人	朴氏		陰城	1763~1833(71세)	朴相成	李龍漸女
311	貞夫人	朴氏		慶州	1766~1850(85세)	朴士馰	
312	貞夫人	朴氏		咸陽	1768~1827(60세)	朴鸞慶	丁志謙女

번호	남편 본관	남편	자녀	혼인 연령	자녀수	비고	출전문집
288	미상	任璟	任安世		3남1녀		直菴集
289	平山	申益愰			1남1녀	출산 중 痘	克齋集
290	全義	李德孚		16세	무		西溪集
291	韓山	李秉成	李度重		1남3녀	昭顯世子의 外孫女	陶谷集 順菴集
292	恩津	宋堯和	宋益欽		무	繼配	櫟泉集
293	永嘉	金信仲	金履禎		무		直菴集
294	安東	金崇謙		14세	무자		渼湖集
295	礪山	宋鉉器		20세	1남5녀		屛溪集
296	羅州	丁可愼	丁志聖 丁志德	16세	3남4녀		耳溪集
297	南陽	洪履簡	洪直弼	17세	5남2녀	哭하던 중 氣막혀 사망	近齋集
298	恩津	宋巨源		19세	2녀	自決	屛溪集
299	宜寧	南道轍		21세	1녀		陶菴集
300	平山	申大來		20세	1남夭		屛溪集
301	安東	金貞謙	金在行	17세	1남2녀		近齋集
302	聞韶	金弼濟		20세	무자녀	烈女旌閭	訥隱集
303	德水	李宅模		16세	1녀2남		燕巖集
304		閔廷洙		17세		自決	存齋集2
305	安東	金在淳		15세	1녀	아들 사산 후 병이 깊 어지고 종기가 다시 심 해져 사망	近齋集
306	靑松	沈完鎭	沈命永		1남1녀		淵泉集
307	達城	徐命翼				小室	楓石全集
308	南陽	洪履簡	洪直弼	17세	1남2녀		梅山集
309	南陽	洪大衡	洪疇	17세	1남2녀		淵泉集
310	南陽	洪禹弼	洪一純		2남1녀		鼓山集
311	軍威	朴奉京	朴秀連	21세	1남	繼配	肅齋集
312	星山	李亨鎭	李源祜		2남4녀		

번호	封爵	姓	이름	본관	생존연대(연령)	父	母
313		朴氏		密陽	1776~1799(24세)	朴齊家	李觀祥女
314	烈婦	朴氏		咸陽	1782~1811(30세)	朴漢翼	權思遠女
315	淑人	朴氏		高靈	1788~1835(48세)	朴鍾淳	趙榮素女
316	貞夫人	朴氏		潘南	1803~1872(70세)	朴宗儀	順興安氏
317		朴氏		順天	1814~1839(26세)	朴基晉	權最美女
318	孺人	朴氏		密陽	1818~1886(69세)	朴基守	李寡培女
319	孺人	朴氏		珍原	1819~1877(59세)	朴致性	李泰邦女
320	孺人	朴氏		高靈	1827~1849(23세)	朴從愚	
321	孺人	朴氏		密陽	1831~1898(68세)	朴寅浩	李著仁女
322		朴氏	令任 字 端卿	密陽	1841~1874(34세)	朴孝根	李鎬泰女
323	孺人	朴氏		密陽	1855~1896(42세)	朴賢秀	金達機女
324		朴氏		密陽	1866~1908(43세)	朴寅浩	郭源兆女
325	淑人	白氏		扶餘	1480~1551(72세)	白子精	李恒茂女
326	孺人	白氏		大興	1778~1850(73세)	白元玉	權昌始女
327	孺人	邊氏		黃州	1665~1685(21세)	邊光載	李㞳女
328	貞夫人	尙氏	德祿	木川	1538~1593(56세)	尙鵬南	李亨順女
329	貞敬夫人	徐氏		連山	1587~1652(66세)	徐澍	李應麟女
330	貞夫人	徐氏	止孝	達城	1620~1680(61세)	徐景霌	貞愼翁主
331	孺人	徐氏		達城	1695~1734(40세)	徐宗愼	金會英女
332	淑夫人	徐氏		達城	1740~1759(20세)	徐命膺	李廷燮女
333	淑夫人	徐氏		連山	1749~1819(71세)	徐秉德	朴鎭周女
334	貞敬夫人	徐氏	令壽閤	達城	1753~1823(71세)	徐逈修	金元行女
335	貞敬夫人	徐氏		達城	1754~1815(62세)	徐命善	金始熺女
336	淑夫人	徐氏		連山	1756~1804(49세)	徐徽善	朴銑女
337	淑人	徐氏		達城	1770~1801(32세)	徐浩修	李彝章女

번호	남편 본관	남편	자녀	혼인 연령	자녀수	비고	출전문집
313	坡平	尹厚鎭		15세			貞蔡閣集
314	平山	申葉		20세	무	목매어 自決	立齋集
315	全州	李寅亮	李崙夏		6남2녀		梧墅集
316	淸風	金益鼎	金元植	17세	5남		雲養集
317	星山	李震相		18세	무		寒洲集
318	草溪	鄭邦纘	鄭冕圭		1남1녀		勉菴集
319	光州	鄭(缺)	鄭義林	17세	1남4녀	繼配	勉菴集
320	延日	鄭一源		18세			梣溪遺稿
321	晉州	河禧源	河啓衍		1남		俛宇集
322	潭陽	田愚		18세	3남1녀	풍비(風痺)	艮齋集1 鼓山集
323	坡平	尹滋益	尹相濂	18세	2남2녀		勉菴集
324	晉州	河啓洛	河龍煥		2남		俛宇集
325	咸從	魚泳濬					南冥集
326	英陽	南有魯	南基煥		2남1녀		定齋集
327	미상	李生		17세	1녀	産後病	西溪集
328	全義	李濟臣	李耆俊	15세	4남2녀		淸江集 崔岦碑銘
329	宜寧	南斌	南一星	18세	2남1녀		藥泉集
330	全義	李有賢	李徽明	16세	2남4녀		南溪集
331	光山	金光慶	金憲吉				雷淵集
332	延日	鄭文啓			무	産後病	保晩齋集
333	豊川	任泰春	任天模	19세	2남3녀		鼓山集
334	豊山	洪仁謨	洪奭周, 洪吉周, 洪顯周, 洪幽閑堂	14세	3남2녀	文人, 文集 있음	淵泉集 令壽閣稿
335	延安	李晩秀		13세	6남3녀		屐園遺稿
336	高靈	朴敬圭			무	繼配	梧墅集
337	溫陽	鄭耕愚	鄭晩敎	17세	1남2녀		楓石全集

번호	封爵	姓	이름	본관	생존연대(연령)	父	母
338	貞敬夫人	徐氏		達城	1774~1839(66세)	徐有秉	李惟年女
339	孺人	徐氏		利川	1806~1865(60세)	徐英浩	宋柱宅女
340	貞夫人	徐氏		利川	1827~1877(51세)	徐雲瑞	
341	淑人	徐氏		達城	1852~1873(22세)	徐長淳	沈氏
342	孺人	徐氏		利川	1855~1916(62세)	徐有志	金希大女
343	貞夫人	薛氏		淳昌	1429~1508(80세)	薛伯民	
344	淑夫人	薛氏		淳昌	1564~1630(67세)	薛勤彰	裵振經女
345	貞夫人	成氏		昌寧	1572~1639(68세)	成渾	申汝樑女
346	郡夫人	成氏		昌寧	1637~1662(26세)	成汝容	元振河女
347	淑人	成氏		昌寧	1680~1732(53세)	成鏤	李晚熙女
348	令人	成氏		昌寧	1697~1758(62세)	成必升	郭昌徵女
349	淑人	成氏		昌寧	1709~1775(67세)	成純	慶州金氏
350	孺人	成氏	季同	昌寧	1736~1772(37세)	成學基	洪禹采女
351		成氏	季蘭	昌寧	1736~1754(19세)	成孝基	文化柳氏
352		成氏	季齊	昌寧	1739~1799(61세)	成孝基	文化柳氏
353	孺人	成氏		昌寧	1832~1892(61세)	成翰周	趙熙龍女
354	孺人	成氏		昌寧	1843~1891(49세)	成載玉	光山金氏
355	貞敬夫人	孫氏		慶州	1469~1548(80세)	孫昭	柳復河女
356		孫氏		慶州	1773~1796(24세)	孫必慶	都永謨女
357	貞敬夫人	宋氏		礪山	1487~1580(94세)	宋軼	梁瑗女
358	淑人	宋氏		恩津	1494~1576(83세)	宋文夏	
359	貞夫人	宋氏	德峰 字成仲	洪州	1521~1578(58세)	宋駿	李仁亨女
360	令人	宋氏		冶爐	1559~1623(65세)	宋惟愼	康順成女
361	貞敬夫人	宋氏		礪山	1577~1648(72세)	宋瑄	李衡女
362	淑人	宋氏		恩津	1603~1667(65세)	宋光祚	

번호	남편 본관	남편	자녀	혼인연령	자녀수	비고	출전문집
338	豊壤	趙鍾永	趙秉憲	13세	1남		淵泉集
339	濟州	梁龜模	梁俊默	19세	1남1녀	繼配 烈女旌閭	松沙集
340	慶州	金采淑	金敎洪		3남3녀		松沙集
341	全州	李建昌		12세	무자		明美堂集
342	光州	李元鎬	李承機		1남3녀		巖棲集
343	高靈	申末舟					
344	慶州	崔誠	崔東崔		3남2녀		百弗菴集
345	坡平	尹煌	尹宣擧	19세			宋子大全
346	全州	李俁 朗善君	李濎 全坪君	18세	무		宋子大全
347	龍仁	李世雲	李宜哲	18세	2남1녀	繼配	陶谷集 陶菴集
348	杞溪	兪彦鎰	兪漢雋	18세	2남1녀		自著
349	廣州	安鼎福	安景曾		1남1녀	痢疾 關格	順菴集
350	延安	李允膺		20세	무		硏經齋全集
351						患疹, 誤試藥 (약 잘못 복용)	硏經齋全集
352	驪興	李彦五			무		硏經齋 全集
353	商山	金鍾琪	金在洵	20세			俛宇集
354	平澤	林豐榮	林炳擇	15세	2남		淵齋集
355	驪州	李蕃	李彦迪		2남4녀		晦齋集
356	昌寧	成孝悅		20세		自決(自縊) 烈女旌閭	立齋集
357	南陽	洪彦弼	洪暹	17세	1남1녀		頤庵遺稿 忍齋集
358	長鬐	鄭承周	鄭長生		3남1녀		栗谷全書
359	善山	柳希春		16세	1남1녀	文人, 文集 있음	德峰集
360	豐山	柳袾	柳元直		2남1녀		修巖集
361	羅州	丁好善	丁彦璦		2남2녀	繼配	南坡集
362		鄭元俊	鄭拄業		1남		宋子大全

번호	封爵	姓	이름	본관	생존연대(연령)	父	母
363	礪山郡夫人	宋氏	哲賢	礪山	1608~1681(74세)	宋熙業	呂祐吉女
364	令人	宋氏		恩津	1615~1676(62세)	宋時爀	朴氏
365	孺人	宋氏		礪山	1620~1670(51세)	宋鉉	朴英賢女
366	德恩府夫人	宋氏		恩津	1621~1660(40세)	宋國澤	姜致璜女
367	淑人	宋氏		恩津	1624~1664(41세)	宋時瑩	尹氏
368		宋氏		恩津	1626~1678(53세)	宋時烈	李德泗女
369	宜人	宋氏		恩津	1627~1674(48세)	宋時瑩	尹氏
370	貞夫人	宋氏		礪山	1629~1677(49세)	宋時吉	尹履之女
371	貞夫人	宋氏		恩津	1632~1714(83세)	宋時煜	淸州韓氏
372	令人	宋氏		鎭川	1634~1668(35세)	宋興詩	崔尙重女
373	令人	宋氏		恩津	1642~1663(22세)	宋炳翼	李鳳紀女
374	淑人	宋氏		恩津	1664~1728(65세)	宋奎臨	安謹女
375	淑人	宋氏		恩津	1676~1737(62세)	宋炳翼	完山李氏
376	孺人	宋氏		恩津	1678~1715(38세)	宋茂錫	兪命胤女
377	孺人	宋氏		礪山	1679~1706(28세)	宋徵殷	驪興閔氏
378	貞夫人	宋氏		恩津	1679~1732(54세)	宋炳遠	李逈女
379	貞敬夫人	宋氏		恩津	1682~1716(35세)	宋夏錫	宋緝熙女
380	貞敬夫人	宋氏		恩津	1697~1761(65세)	宋相維	
381	恭人	宋氏		恩津	1699~1767(68세)	宋相維	
382	孺人	宋氏		恩津	1702~1723(22세)	宋炳翼	完山李氏
383	淑人	宋氏		恩津	1714~1738(25세)	宋洛源	金坽之女
384	孺人	宋氏		恩津	1732~1750(19세)	宋益欽	閔承洙女
385	貞夫人	宋氏		礪山	1760~1799(40세)	宋翼庠	
386	淑夫人	宋氏		恩津	1772~1819(48세)	宋厚淵	李恒中女
387	宜人	宋氏		恩津	1783~1834(52세)	宋啓楨	李洪載女

번호	남편 본관	남편	자녀	혼인 연령	자녀수	비고	출전문집
363	全州	李英 仁興君	李俁 朗善君	18세	3남7녀	宣祖의 子婦	瑞石集 宋子大全
364	미상	미상	李之老		1남3녀		宋子大全
365	全州	李塾	李箕洪	19세	4남1녀		直齋集
366	淸風	金佑明	金萬冑	14세	5남2녀	顯宗의 장모	歸溪遺稿
367	咸陽	朴乃昌	朴尙一	17세	2남1녀		宋子大全
368	安東	權惟	權以鎭		3남		有懷堂集
369	高靈	申必相	申泳		1남		宋子大全
370	豊山	洪萬容	洪重箕	17세	5남3녀		宋子大全
371	杞溪	兪榥	兪命賚		1남	繼配	寒水齋集
372	全州	李象賢		19세	2남1녀		記言, 海左集
373	韓山	李思勍			무		櫟泉集
374	宜寧	南蹯	南道轍	22세	3남2녀		陶菴集
375	安東	權定性	權震應	19세	1남5녀		陶菴集
376	全州	李蓍聖	李匡濟	20세	2남1녀	産後病	芝村集
377	全州	李泰躋	李宋同	16세	1남1녀	紅疹 후유증, 여러 번 유산, 여름에 시모상 치른 후 사망	明谷集 寒水齋集
378	安東	金濟謙	金省行 金元行		6남2녀		渼湖集
379	龍仁	李宜顯	李普文	20세	1남3녀	繼配, 下血, 虛憊症, 출산 후 사망.	陶谷集
380	延安	李天輔		16세	3녀		江漢集
381	韓山	李思重	李奎英	16세	3남1녀		江漢集
382	韓山	李思勍					陶菴集
383	豊川	任聖周		20세	무	偶得疾卒(갑자기 사망)	鹿門集
384	靑松	沈健之		15세		乳疾로 사망	自著
385	達城	徐有榘	徐宇輔	16세			楓石全集
386	楊州	趙㝡淳	趙秉悳	17세	3남1녀		肅齋集
387	延安	金大淵		16세	2녀		錦谷集

번호	封爵	姓	이름	본관	생존연대(연령)	父	母
388	恭人	宋氏		恩津	1785~1832(48세)	宋啓楨	李洪載女
389	孺人	宋氏		礪山	1801~1877(77세)	宋鎮淇	申經女
390		宋氏		礪山	1819~1846(28세)	宋鎮諄	金昌溫女
391	孺人	宋氏		礪山	1857~1911(55세)	宋鎮頊	宋尙吉女
392	貞夫人	愼氏		居昌	1438~1504(67세)	愼先庚	韓惠女
393	貞敬夫人	申氏		平山	1473~1554(82세)	申末平	權寧女
394	宜人	申氏		寧海	1475~1540(66세)	申命昌	南貞貴女
395	宜人	申氏		高靈	1479~1503(25세)	申用漑	朴成楗女
396	貞敬夫人	申氏		平山	1504~1551(48세)	申命和	李思溫女
397	淑人	申氏		平山	1522~1595(74세)	申瑛	禹錫圭女
398	貞敬夫人	申氏		高靈	1531~1615(85세)	申汝樑	
399	貞敬夫人	申氏	金姬	平山	1532~1608(77세)	申健	安處明女
400	平山府夫人	申氏	芝香	平山	1538~1622(85세)	申華國	尹懷貞女
401		申氏		平山	1550~1619(70세)	申承緖	宋麒壽女
402	愼夫人	申氏		平山	1563~1598(36세)	申承緖	宋麒壽女
403		申氏		平山	1564~1632(69세)	申福齡	延安李氏
404		申氏		高靈	1573~1597(25세)	申湜	盧塏女
405	貞敬夫人	申氏	敬康	平山	1576~1649(74세)	申翊聖	貞淑翁主
406	貞夫人	申氏	百年介	高靈	1579~1614(36세)	申橈	金億齡女
407	淑夫人	申氏		平山	1587~1618(32세)	申欽	李濟臣女
408	貞敬夫人	申氏		高靈	1590~1661(72세)	申應榘	安東權氏
409	貞夫人	申氏		平山	1605~1674(70세)	申復一	
410	貞夫人	申氏		高靈	1607~1633(27세)	申得淵	鄭昌衍女
411		申氏		平山	1609~1637(29세)	申惕	金得慶女
412	貞夫人	申氏		平山	1610~1670(61세)	申景珍	昌寧曺氏

번호	남편 본관	남편	자녀	혼인 연령	자녀수	비고	출전문집
388	韓山	李憲在			무		錦谷集
389	靈光	丁珉祚	丁勵鉉		무		松沙集
390	珍原	朴重洪			무	烈女旌閭	梅山集
391	靈光	丁永道	丁桂秀		무		松沙集
392	豊川	盧昐	盧友明	16세	3남		玉溪集
393	羅州	吳世勳	吳謙	16세	3남3녀		河西全集
394	義城	金禮範	金璡		3남2녀		鶴峯集
395	高靈	朴誾	朴寅亮	15세	4남2녀		把翠軒遺稿
396	德水	李元秀	李璿, 李瑤, 李 珥, 李瑀딸 梅窓	19세	4남3녀		栗谷全書
397	綾城	具治	具思謇	16세	1남		象村稿
398	昌寧	成渾	成文濬		2남2녀		潛谷遺稿
399	淸州	韓孝胤	韓百謙	18세	3남6녀		晩翠集 月沙集
400	綾城	具思孟(綾 安府院君)	具宬 仁獻王后		4남6녀	繼配	八谷集
401	豊川	任慶基	任壽岡	15세	1남3녀		象村稿
402	全州	李應福 (坡原都正)	趙國哲妻		3녀		象村稿
403	德水	張有良	張晉		2남		谿谷集
404		金德民		15세	2녀		五峯集
405	南陽	洪命夏	洪碩普		2남1녀		南溪集
406	昌寧	成俊耈			무		鄭斗卿
407	羅州	朴濠	朴世模	16세	2남2녀		樂全堂集
408	慶州	李時發	李慶徽		2남		宋子大全
409	宜寧	南得朋	南龍翼		1남3녀		壺谷集
410	海州	吳達濟			무		忠烈公遺稿
411	靑松	沈榘			무		養窩集
412	漢陽	趙重呂	趙宗著	19세	1남	繼配	恬軒集

번호	封爵	姓	이름	본관	생존연대(연령)	父	母
413	淑人	申氏		高靈	1616~1655(40세)	申浣	李坰女
414	貞敬夫人	申氏	止康	平山	1617~1667(51세)	申翊聖	貞淑翁主
415	淑人	申氏		平山	1622~1682(61세)	申暘	金得慶女
416	貞敬夫人	申氏		平山	1627~1646(20세)	申昪	李敏求女
417	貞敬夫人	申氏		高靈	1634~1658(25세)	申起漢	金英國女
418	孺人	申氏		平山	1637~1669(33세)	申命鼎	李重茂女
419		申氏		平山	1646~1718(73세)	申錫華	閔維重女
420	恭人	申氏		鵝洲	1650~1737(88세)	申圭	權曷女
421	恭人	申氏		高靈	1653~1688(36세)	申翼相	朴徹女
422	淑夫人	申氏		平山	1659~1699(41세)	申晭	
423	淑夫人	申氏		平山	1660~1732(73세)	申厚載	柳浩然女
424	孺人	申氏		平山	1665~1686(22세)	申晅	
425	貞敬夫人	申氏		平山	1689~1771(83세)	申思遠	李世茂女
426	恭人	申氏		高靈	1696~1773(78세)	申義集	李潨女
427	貞夫人	申氏		平山	1697~1775(79세)	申弼讓	李宇晉女
428	淑人	申氏		平山	1719~1759(41세)	申暚	坡平尹氏
429	恭人	申氏		平山	1720~1752(33세)	申晢	李泰朝女
430	孺人	申氏		平山	1723~1751(29세)	申嵓	
431		申氏	芙蓉堂 山曉閣	高靈	1732~1791(60세)	申潗	李徽女
432	貞敬夫人	申氏		平山	1733~1773(41세)	申思迪	
433	孺人	申氏		平山	1751~1778(28세)	申思運	權氏
434	淑人	申氏		平州	1751~1807(57세)	申大羽	鄭厚一女
435	貞夫人	申氏		平山	1753~1815(63세)	申景翰	南漢紀女
436	烈婦	申氏		鵝洲	1758~1783(26세)	申邦烈	慶州李氏
437	孺人	申氏		平山	1760~1779(20세)	申大顯	李氏

번호	남편 본관	남편	자녀	혼인 연령	자녀수	비고	출전문집
413	安東	金光炘			무		農巖集
414	淸風	金佐明	金錫冑		1남1녀		璿源錄
415	慶州	李時顯	李世龜	18세	1남3녀	感微疾	明齋遺稿 養窩集
416	驪興	閔鼎重		17세	1남1녀		老峯集
417	晉州	柳命天		15세	1녀		退堂集
418	咸從	魚有珩		20세		여러 번 사산함, 해산하 다가 낳지 못하고 사망	杞園集
419	安東	金範行		16세	6남1녀		臺山集
420	韓山	申碩觀		19세	3남2녀		大山集
421	淸州	韓世箕	韓宸朝	18세	4남2녀		醒齋遺稿
422	淸風	金鍾正	金尙淵	18세	3남		屛溪集
423	韓山	李德運	李成	18세			修堂遺集
424	豊壤	趙文之		15세			歸鹿集
425	杞溪	兪拓基	兪彦欽	16세	4남4녀		燕石
426	全州	李匡泰	李世翊	14세	2남2녀		圓嶠集
427	羅州	丁志寧	丁範祖	18세	2남	지병 ,십년간 남의 손에 의해 투병	海左集
428	淸風	金鍾正	미상	18세	3남	乳疾	直菴集
429	杞溪	兪彦鉁		16세		홍역(紅疹)	知守齋集
430		沈定鎭			무자		醇庵集
431	海南	尹愩	尹奎永 尹奎應		2남1녀	文人, 文集 있음	崇文聯芳集
432	安東	金履中	金祖淳		2남3녀		楓皋集
433	光山	金正康	金在寬	15세	2남	産病	過齋遺稿
434	高靈	朴性圭	朴鍾林	16세	2남2녀		石泉遺稿
435	全州	李書九			3남1녀		惕齋集
436	미상	南時潤		25세		自決(投水),烈女旌閭	小山集
437	錦城	朴南壽				繼配, 구토 후 사망	金陵集

번호	封爵	姓	이름	본관	생존연대(연령)	父	母
438	孺人	申氏		平山	1770~1788(19세)	申大羽	鄭厚一女
439	淑夫人	申氏		平山	1778~1840(63세)	申魯岳	趙錫珩女
440	烈婦	申氏		平山	1867~1887(21세)	申坤	朴巖鉉女
441	貞敬夫人	辛氏		寧越	1623~1698(76세)	辛後元	朴鼎元女
442	淑人	辛氏		寧越	1648~1680(33세)	辛晅	光州金氏
443	貞夫人	沈氏		豐山	1482~1513(32세)	沈光弼	李信女
444	恭人	沈氏		靑松	1527~1574(48세)	沈連源	
445	淑人	沈氏		豐山	1549~1604(56세)	沈守慶	申玻女
446	淑人	沈氏		豐山	1556~1630(75세)	沈守慶	申玻女
447	貞夫人	沈氏	敬順	靑松	1571~1638(68세)	沈宗敏	具忻女 (蘭英)
448	貞夫人	沈氏		靑松	1585~1647(63세)	沈恮	具思孟女
449	貞敬夫人	沈氏		靑松	1592~1672(81세)	沈詻	權徵女
450	宜人	沈氏		靑松	1613~1672(60세)	沈倬	朴有寧女
451	恭人	沈氏	貞純	靑松	1618~1702(85세)	沈熙世	兪大佑女
452	貞夫人	沈氏	端純	靑松	1627~1655(29세)	沈熙世	朴安鼎女
453	貞夫人	沈氏		靑松	1640~1667(28세)	沈樋	李貞陽女
454	貞夫人	沈氏		靑松	1649~1727(79세)	沈若漢	李基祚女
455	淑夫人	沈氏		靑松	1653~1711(59세)	沈瑞肩	
456	淑人	沈氏	巽英	靑松	1658~1727(70세)	沈權	李萬雄女
457	恭人	沈氏		靑松	1658~1691(34세)	沈益善	
458	貞敬夫人	沈氏		靑松	1660~1699(40세)	沈益善	洪翼漢女
459	淑夫人	沈氏		靑松	1661~1722(62세)	沈益善	洪翼漢女
460	安人	沈氏		靑松	1669~1691(23세)	沈溁	洪濟亨女
461	貞夫人	沈氏		靑松	1676~1708(33세)	沈漢章	李舜岳女
462	孺人	沈氏		靑松	1680~1747(68세)	沈廷老	黃震耆女

번호	남편 본관	남편	자녀	혼인 연령	자녀수	비고	출전문집
438	東萊	鄭東迥		15세			石泉遺稿
439	全州	柳致明	金在九	22세	3녀	繼配	定齋集
440	玉山	張柄悳				自決	四未軒集
441	德水	李紳夏	李畬	14세	3남2녀		睡谷集
442	潘南	朴泰斗	朴弼周		1남1녀	繼配, 産後病.	三淵集 黎湖集
443	慶州	金麟孫				溫陽의 湯井에서 치 료 중 井室에서 사망	企齋集
444	全州	李仁健	李郁		1남		頤庵遺稿
445	南陽	洪暹	洪敬紹		3남3녀		晩翠集
446	昌寧	曹景仁	曹文秀	15세	1남3녀		澤堂集
447	南陽	洪瑞翼	洪命耇 洪命夏		3남5녀		樂全堂集
448	德水	李植	李晃夏 李端夏	17세	3남3녀		畏齋集2
449	同福	吳端	吳挺一	16세	5남4녀		記言
450	恩津	宋國士	宋奎臨	20세	3남3녀		宋子大全
451	平山	申最	申儀華		2남7녀		春沼子集
452	平山	申晟	申徵華	15세	3남2녀		汾厓遺稿
453	豐壤	趙持謙		15세	3녀		迂齋集
454	全義	李徵明	李德壽		2남1녀	痢疾	西堂私載
455	安東	金時傑	金令行		2남4녀		三淵集
456	豐壤	趙泰壽	趙龜命	15세	2남		東谿集 西堂私載
457	昌原	黃夏民	黃尙中		2남		疎齋集
458	楊州	趙泰采	趙鼎彬	17세	3남3녀		陶谷集 二憂堂集
459	南陽	洪禹瑞	洪啓欽		2남3녀		陶谷集
460	恩津	宋有源	宋理相	18세	1남		淵齋集
461	宜寧	南漢紀	南有容		2남1녀		雷淵集
462	咸陽	朴性根	朴光興	17세	1남		悔軒集

번호	封爵	姓	이름	본관	생존연대(연령)	父	母
463	貞敬夫人	沈氏		靑松	1682~1762(81세)	沈澂	李秞女
464	貞夫人	沈氏		靑松	1683~1716(34세)	沈滌	尹世揆女
465	貞敬夫人	沈氏		靑松	1707~1778(71세)	沈澈	金混女
466	淑人	沈氏		靑松	1715~1753(39세)	沈宅賢	李漢翼女
467	貞敬夫人	沈氏		靑松	1717~1788(72세)	沈銈	金興慶女
468	孺人	沈氏		靑松	1719~1799(81세)	沈鏑	金啓煥女
469		沈氏		靑松	1746~1769(24세)	沈元錫	柳翼星女
470	貞夫人	沈氏		靑松	1764~1815(52세)	沈完鎭	陰城朴氏
471	靑陽 府夫人	沈氏		靑松	1766~1828(63세)	沈健之	李胤彦女
472	貞夫人	沈氏		靑松	1767~1843(77세)	沈惠倫	
473	貞敬夫人	沈氏		靑松	1767~1838(72세)	沈澈	金混女
474	恭人	沈氏		靑松	1783~1851(69세)	沈能胤	
475		沈氏		靑松	1787~1816(30세)	沈澳	
476	淑人	沈氏		靑松	1810~1851(42세)	沈致永	尹宅東女
477		沈氏		靑松	1829~1887(59세)	沈重潤	洪起倫女
478	孺人	沈氏		靑松	1849~1904(56세)	沈重澤	
479	貞敬夫人	安氏		順興	1429~1482(54세)	安崇孝	李叔畝女
480	貞夫人	安氏		順興	1596~1678(83세)	安敬仁	孫汝諧女
481	貞敬夫人	安氏	仲任	廣州	1621~1673(53세)	安憲徵	丁好善女
482	恭人	安氏		廣州	1637~1678(42세)	安謹	金蘭秀女
483	淑夫人	安氏	是愛	廣州	1663~1730(68세)	安後說	沈제女
484	孺人	安氏		竹山	1690~1759(70세)	安瑞鳳	韓普女
485	恭人	安氏		竹山	1721~1749(29세)	安宗海	
486	貞敬夫人	安氏		順興	1725~1757(33세)	安壽坤	李彦純女
487	貞夫人	安氏		竹山	1748~1828(81세)	安宗周	

번호	남편 본관	남편	자녀	혼인 연령	자녀수	비고	출전문집
463	淸風	金在魯	金致一	17세	3남1녀		本庵集
464	南陽	洪良輔	洪昌漢	13세	2남		陶菴集
465	長水	黃景源		18세	1녀		荷棲集
466	杞溪	兪彦鉉	兪漢容	15세	5남8녀		知守齋集
467	豊山	洪樂性	洪義謨 洪仁謨	15세	2남2녀		淵泉集
468	全州	李蓍敬	李遇濟	17세	3남2녀		耳溪集
469	昌原	黃德壹		18세	2녀	출산 중 아기가 나오 려 할 때 갑자기 사망	拱白堂集
470	豊山	洪義謨	洪耆周	17세	1남1녀	三配	淵泉集
471	安東	金祖淳	金元根	16세	3남4녀	純元王后(純祖妃)의 모친	楓皐集
472	全州	李勉伯	李是遠		3남1녀		沙磯集
473	長水	黃景源		18세	1녀夭		明皐全集 荷棲集
474	大邱	徐中輔	徐廉淳		2남2녀		鳳棲集
475	羅州	丁學游		14세	무	媤父인 정약용이 孝 婦라 칭함	與猶堂全書
476	全州	李種永	李準相	22세	2남1녀		重菴集
477	韓山	李浩稙	李南珪	15세	2남		修堂遺集
478	金海	金敬泰	金相朝		5남1녀		松沙集
479	晉州	姜希孟	姜龜孫	14세	6남5녀		私淑齋集
480	恩津	宋國銓	宋奎濂		3남		霽月堂集
481	全州	崔後亮	崔錫鼎		3남2녀		南九萬墓碣
482	恩津	宋奎臨			4녀		宋子大全
483	同福	吳尙純	吳光運	18세	2남		藥山漫稿
484	密陽	朴東亘	朴志宗		1남1녀		順菴集
485	宜寧	南公輔	南麟耉	16세	1남1녀	남편 사후 죽음 烈女旌閭	雷淵集
486	延安	李福源	李時秀	16세		繼配	雙溪遺稿
487	安東	金履鑢	金邁淳	15세			臺山集

번호	封爵	姓	이름	본관	생존연대(연령)	父	母
488	淑夫人	安氏		順興	1754~1828(75세)	安廷哲	李奎泰女
489	孺人	安氏		竹山	1801~1873(73세)	安光暎	吳說良女
490	淑人	安氏		順興	1807~1882(76세)	安思孟	盧稜女
491	孺人	安氏		順興	1827~1886(60세)	安宗七	權浩大女
492	孺人	梁氏	溫玉	南原	1805~1855(51세)	梁星河	金世光女
493	烈婦	梁氏		濟州	1833~1885(33세)	梁相龍	金有璜女
494	貞敬夫人	魚氏		咸從	1644~1717(74세)	魚震翼	元玭女
495	貞敬夫人	魚氏		咸從	1667~1700(34세)	魚震翼	元玭女
496	貞敬夫人	魚氏		咸從	1702~1754(53세)	魚有鳳	洪文度女
497	孺人	嚴氏		寧越	1807~1877(71세)	嚴光憲	
498	孺人	嚴氏		寧越	1816~1884(69세)	嚴聖大	朔寧崔氏
499	淑人	呂氏		咸陽	1689~1733(45세)	呂光惠	朴景輝女
500		廉氏		龍潭	1679~1730(52세)	廉興元	
501	貞夫人	吳氏		咸陽	1507~1597(91세)	吳琳	任由謹女
502	貞夫人	吳氏		錦城	1574~1648(75세)	吳騫	
503	貞敬夫人	吳氏		寶城	1577~1616(40세)	吳景智	
504	貞夫人	吳氏		海州	1588~1622(35세)	吳允諧	崔亨祿女
505	貞夫人	吳氏	節任	海州	1596~1655(60세)	吳允謙	李應華女
506	孺人	吳氏		海州	1667~1695(29세)	吳嶝	尙州黃氏
507	淑人	吳氏		海州	1674~1733(60세)	吳斗寅	黃㙻女
508	貞夫人	吳氏		海州	1679~1700(22세)	吳斗寅	黃㙻女
509	淑人	吳氏		海州	1716~1780(65세)	吳瑗女	權定性女
510	貞敬夫人	吳氏		同福	1723~1751(29세)	吳弼運	
511	孺人	吳氏		海州	1737~1757(21세)	吳瑗女	崔寔女
512		吳氏		海州	1738~1792(55세)	吳瓚	沈師周女
513	孺人	吳氏		海州	1752~1773(52세)	吳載綸	徐命華女

번호	남편 본관	남편	자녀	혼인 연령	자녀수	비고	출전문집
488	恩津	宋直圭	宋欽德		3남1녀	繼配	淵齋集
489	昌寧	曺炫瑋	曺毅坤		1남1녀		松沙集
490	和順	崔綰	崔翼浩	18세	2남4녀	孝烈旌閭	俛宇集
491	南陽	洪在洙	洪鍾協		3남2녀		松沙集
492	潭陽	田在聖	田愚	19세	2남		艮齋集1 鼓山集
493	密城	朴瑞鎭	朴準珏	18세	1남		松沙集
494	全州	李濡	李顯應	19세	2남3녀		寒水齋集
495	龍仁	李宜顯		17세	1남1녀 모두夭	感風氣	陶谷集
496	豐山	洪象漢	洪樂性	14세	4남2녀		淵泉集
497	安東	權碩集	權徽協	17세	2남1녀		蕭齋集
498	金海	金七植	金顯玉	18세	5남3녀		松沙集
499	韓山	李思膺	李寅和	20세	2남3녀		屛溪集
500	豐壤	趙相愚				小室	東溪集
501	幸州	奇大有	奇孝諫		4남4녀		蘆沙集
502	慶州	李恒福		14세	2남2녀	小室	嘉梧藁略
503	全州	李景稷	李長英	20세	3남		白軒集
504	靑松	沈演	沈得元		3남4녀		漫浪集
505	綾城	具鳳瑞			무		宋時烈碑文
506	平山	申球		18세	1남2녀		陶谷集
507	安東	金令行	金履健	16세	3남4녀		月谷集
508	牛峯	李縡	李濟遠	15세	1남1녀		陶菴集
509	宜寧	南公弼	南一耆		1남2녀		金陵集 醇庵集
510	平康	蔡濟恭			무		海左先生文集
511	坡平	尹頤厚				産病	屛溪集
512	杞溪	兪士溫	兪漢寯		3남3녀		燕石
513	杞溪	兪晩柱				乳疾	自著

번호	封爵	姓	이름	본관	생존연대(연령)	父	母
514	孺人	吳氏		海州	1771~1808(38세)	吳載純	李天輔女
515	淑人	吳氏		海州	1798~1833(36세)	吳熙常	權濟應女
516	貞敬夫人	王氏		開城	1455~1541(87세)	王碩珠	崔閏生女
517	淑人	禹氏		禮安	1455~1539(85세)	禹朴葵	
518	貞敬夫人	元氏		原州	1514~1593(80세)	元繼蔡	
519	貞敬夫人	元氏		原州	1625~1715(91세)	元玭	許完女
520	貞敬夫人	元氏		原州	1740~1783(44세)	元景游	尹衡東女
521	孺人	元氏		原城	1752~1771(20세)	元仁孫	南有常女
522	淑人	兪氏	愛誠	杞溪	1584~1642(59세)	兪大偁	韓漪女 (韓鳳連)
523	貞夫人	兪氏		昌原	1689~1729(41세)	兪得一	李秞女
524	貞夫人	兪氏		杞溪	1698~1731(34세)	兪命弘	李夫人
525	孺人	兪氏		杞溪	1708~1726(19세)	兪學基	朴泰斗女
526	宜人	兪氏		杞溪	1710~1743(34세)	兪拓基	申思遠女
527	淑人	兪氏		杞溪	1711~1761(51세)	兪受基	金昌協女
528	恭人	兪氏		杞溪	1716~1783(68세)	兪一基	丁載燾女
529		兪氏		杞溪	1718~1757(40세)	兪彦鎰	成必升女
530		兪氏		杞溪	1735~1752(18세)	兪彦鎦	
531	孺人	兪氏		杞溪	1830~1876(47세)	兪德柱	李完培女
532	貞夫人	柳氏		文化	1427~1495(69세)	柳汶	幸州奇氏
533	淑夫人	柳氏		文化	1478~1555(77세)	柳依江	
534	貞夫人	柳氏		晉州	1499~1569(71세)	柳漢平	洪貴海女
535	貞敬夫人	柳氏		興陽	1550~1637(88세)	柳樫	
536		柳氏		晉州	1551~1621(71세)	柳承善	安東權氏
537	端人	柳氏		豐山	1552~1592(41세)	柳仲郢	金光粹女

번호	남편본관	남편	자녀	혼인연령	자녀수	비고	출전문집
514	淸州	韓景履		15세			老洲集
515	驪興	閔致祿		17세			老洲集
516	晉州	蘇自坡	蘇世讓		6남1녀		陽谷集
517	全州	李植	李夢錫		2남2녀		企齋集
518	東萊	鄭惟吉	鄭昌衍		1남5녀		淸陰集
519	咸從	魚震翼	魚史衡	17세	1남2녀		杞園集
520	潘南	朴準源	朴宗輔	15세	6남5녀	평소 천식을 앓았는데 출산 후 악화되어 사망	錦石集
521	全州	李弘淵		13세			雷淵集
522	林川	趙希進	趙時馨		4남4녀		李景奭墓碣銘
523	楊州	趙觀彬		17세	무		悔軒集
524	宜寧	南有容	南公輔	16세	1남	딸을 낳았으나 출혈이 심해서 사망	雷淵集
525	光山	金相說		15세			黎湖集
526	豊山	洪欽輔	洪遵漢		4남4녀		知守齋集
527	潘南	朴師錫	朴胤源	17세	2남1녀		近齋集
528	海州	鄭廣道	鄭斗祚		3남		順菴集
529	安東	金礪行	金履中	15세	2남		自著
530	安東	金集淳		17세	무		自著
531	恩津	宋錫民	兪正求		4남1녀		艮齋集1
532	昌寧	曺繼門	曺偉		1남	繼配	梅溪集虛白亭集
533	慶州	金碧	金天富		3남2녀		大谷集
534	宜寧	南致勗	彦純		5남2녀		忍齋集
535	南陽	洪天民	洪瑞鳳				鶴谷集
536	缶溪	洪德祿	洪鎬		1남	繼配	木齋集
537	善山	金宗武	金扭		2남1녀	임란 때 피난했던 동굴에서 죽음	西厓集

번호	封爵	姓	이름	본관	생존연대(연령)	父	母
538	淑人	柳氏		豊山	1552~1593(42세)	柳仲郢	金光粹女
539	淑夫人	柳氏		文化	1570~1654(85세)	柳仁瑞	成世平女
540	貞夫人	柳氏		瑞山	1574~1633(60세)	柳景進	林亨秀女
541		柳氏		全州	1607~1662(56세)	柳𥠧	兪大衡
542	淑夫人	柳氏	惠貞	晉州	1624~1690(67세)	柳穎	李潤身女
543	淑人	柳氏		全州	1628~1678(51세)	柳㯙	權際可女
544	令人	柳氏		文化	1630~1691(62세)	柳誠吾	朴東亮女
545	宜人	柳氏		豊山	1639~1697(59세)	柳元之	金是樞女
546	孺人	柳氏		文化	1640~1713(74세)	柳誠吾	朴東亮女
547	恭人	柳氏		全州	1643~1694(52세)	柳廷休	
548	貞夫人	柳氏		平山	1651~1722(72세)	柳必壽	韓德海女
549	孺人	柳氏		晉州	1657~1680(24세)	柳命全	朴昌文女
550	淑夫人	柳氏		文化	1662~1711(50세)	柳軫	
551	恭人	柳氏		豊山	1669~1718(50세)	柳千之	河晉灜女
552	宜人	柳氏		全州	1705~1775(71세)	柳春陽	
553	孺人	柳氏		晉州	1705~1776(72세)	柳鼎基	姜宇望女
554	恭人	柳氏		全州	1710~1769(60세)	柳升鉉	金漢璧女
555		柳氏		文化	1714~1755(42세)	柳宗垣	
556	孺人	柳氏		高興	1751~1775(25세)	柳顯迪	南平任氏
557		柳氏		文化	1783~1815(33세)	柳得恭	全州李氏
558	恭人	柳氏		全州	1783~1817(35세)	柳晦文	李垸女
559	孺人	柳氏		全州	1807~1893(87세)	柳致明	一善金氏
560	淑夫人	柳氏		豊山	1808~1867(60세)	柳晉春	孫星建女
561	孺人	柳氏		文化	1813~1860(48세)	柳蓍命	李心淵女
562	貞敬夫人	尹氏		茂松	1465~1546(82세)	尹伯涓	韓可久女
563	貞夫人	尹氏	溫玉	坡坪	1553~1576(24세)	尹儀	金澍女

번호	남편 본관	남편	자녀	혼인 연령	자녀수	비고	출전문집
538	晋州	鄭好仁		15세	3녀		西厓集
539	慶州	金聲發	金震賢		2남4녀		柏谷集
540	光山	金友伋	金汝鈺		3남3녀		秋潭集
541	晉山	姜德後	姜錫圭		4남1녀		聱齘齋集
542	羅州	丁時翰	丁道元	15세	4남1녀		愚潭集
543	禮安	李惟樟		19세	무		孤山集
544	平山	申暹	申志華		3남		約齋集
545	安東	權憼	權桀		1남6녀		屛谷先生文集
546	全義	李徵善	李德邵	15세			西堂私載
547	丹陽	禹錫疇	禹世準		4남1녀		陶谷集
548	竹山	安絿	安相徽		2남1녀		黎湖集
549	同福	吳始元					退堂集
550	豊壤	趙裕壽	趙載敏	17세	2남1녀		后溪集
551	延安	李萬敷		23세	2녀	繼配	息山集
552	迎日	鄭厚一	鄭志尹	19세	1남3녀	繼配	石泉遺稿
553	韓山	李至和	李命龜		3남2녀		下廬集
554	眞寶	李世憲	李龜蒙		1남		後溪集
555	全州	李匡師	李肯翊	20세	2남1녀	自決	圓嶠集
556	미상	郭林夏	郭永默	23세	1남	自決	性潭集
557	昌寧	成翼曾		18세	1남	遘癘且饑(전염병 걸리고 굶주림)	硏經齋全集
558	眞城	李彙運	李晩德	21세	2남1녀		定齋集
559	聞韶	金精壽	金鎭澤	19세	1남		西山集
560	昌原	黃仁夏		22세	2남		溪堂集
561	密陽	朴載經	朴敦鎭	17세	1남	繼配	鼓山集
562	靈光	金履祥	金溉		3남3녀		湖陰雜稿
563	長水	黃赫	黃坤厚		1남3녀		鶴谷集

번호	封爵	姓	이름	본관	생존연대(연령)	父	母
564	恭人	尹氏		坡坪	1554~1577(24세)	尹彦禮	朴承孝女
565	貞敬夫人	尹氏		茂松	1555~1637(83세)	尹玉	尹奉宗女
566	淑人	尹氏	信生	海平	1558~1631(74세)	尹春壽	公州李氏
567		尹氏		坡坪	1575~1645(71세)	尹起	
568	貞夫人	尹氏	止淑	南原	1581~1627(44세)	尹昣	權擘女
569	貞敬夫人	尹氏		坡平	1585~1659(75세)	尹汲	
570	淑人	尹氏	正順	坡平	1588~1630(43세)	尹覃茂	柳埏女
571	孺人	尹氏	貞嫻	坡平	1590~1631(42세)	尹民逸	黃大任女
572	孺人	尹氏		坡平	1604~1650(47세)	尹承賢	李世訥女
573	淑人	尹氏		海平	1609~1634(26세)	尹悅之	趙翼男女
574		尹氏		坡坪	1612~1685(74세)	尹燦	李氏
575	貞敬夫人	尹氏		海平	1617~1689(73세)	尹墀	洪命元女
576	貞敬夫人	尹氏		南原	1626~1706(81세)	尹衡覺	尹爌女
577		尹氏	召史		1626~1699(74세)		
578		尹氏		坡坪	1628~1691(64세)	尹宣擧	李長白女
579	孺人	尹氏		坡坪	1631~1671(41세)	尹商擧	李敬培女
580	貞夫人	尹氏	斗婉	坡平	1632~1654(23세)	尹絳	鄭廣成女
581	烈婦	尹氏		坡平	1634~1716(83세)	尹勉	
582	貞敬夫人	尹氏		南原	1647~1698(52세)	尹以明	尹遇泰女
583	貞敬夫人	尹氏	秀賢	坡平	1649~1671(23세)	尹鴻擧	尹祈女
584	淑人	尹氏		坡平	1652~1723(72세)	尹趾完	朴天球女
585	淑人	尹氏		坡平	1656~1702(47세)	尹抗	延安李氏
586	貞夫人	尹氏		南原	1658~1690(33세)	尹以健	成楚逸女
587	貞敬夫人	尹氏		坡平	1662~1731(70세)	尹趾善	洪恕女
588	淑人	尹氏		海平	1664~1716(53세)	尹世鐸	李偵女

번호	남편 본관	남편	자녀	혼인 연령	자녀수	비고	출전문집
564	晉州	河受一			1남1녀	風病	松亭集
565	德水	李安性	李植	18세	1남2녀		澤堂集
566	豐壤	趙瑩中	趙翼	18세	1남1녀		浦渚集
567	晉州	河公孝	河溍		3남1녀		台溪集
568	延安	李時白	李恪		3남2녀		谿谷集
569	清風	金堉	金佐明 金佑明		2남4녀		歸溪遺稿
570	廣州	李必行	李明徵		2남1녀		尹善道墓碣
571	公州	李長白	李惠秀(尹宣擧妻)	16세	1녀		明齋遺稿
572	順天	朴尙蘭	朴世振	24세	5남3녀		宋子大全
573	龍仁	李河岳					宋子大全
574	龍仁	李後天	李方岳		3남4녀	小室	陶谷集
575	光山	金益兼	金萬基 金萬重	14세	2남	痰과 喘息	西浦集
576	安東	金壽興	金昌說		2남5녀		芝村集
577						金柱臣의 乳母	壽谷集
578	潘南	朴世垕		15세			明齋遺稿
579	延安	金宙一		16세	3남1녀		敬庵遺稿
580	全州	李選		14세	무	脚氣病 후 넘어짐	宋子大全 芝湖集
581	慶州	李時振		18세	무	烈女旌閭	林湖集
582	楊州	趙嘉錫	趙泰億	18세	3남	繼配	謙齋集
583	迎日	鄭齊斗	鄭厚一		1남1녀		霞谷集
584	高靈	朴鐔	朴亮漢	16세	1남1녀		西堂私載
585	安東	金時保	金純行	17세	1남2녀		三淵集
586	延安	李東有	李徵臣		2남1녀		芝村集
587	驪興	閔鎮遠	閔昌洙	17세	6남1녀		陶菴集
588	月城	李成坤	李錫祉 李錫禧	16세	2남2녀		白下集

번호	封爵	姓	이름	본관	생존연대(연령)	父	母
589	貞夫人	尹氏		坡平	1667~1724(58세)	尹趾祥	任義伯女
590	貞夫人	尹氏		南原	1668~1743(76세)	尹彬	尹得說女
591	貞夫人	尹氏		漆原	1668~1725(58세)	尹嘉績	趙錫命女
592	令人	尹氏		坡平	1674~1708(35세)	尹揩	李台長女
593	安人	尹氏		坡平	1676~1715(40세)	尹憓	沈之瀗女
594	令人	尹氏		坡平	1679~1756(78세)	尹扶	林世溫女
595	淑人	尹氏		坡平	1683~1758(76세)	尹扶	林世溫女
596	淑人	尹氏	午一	南原	1687~1759(73세)	尹集	金尙宓女 (金乙順)
597	貞夫人	尹氏		坡平	1687~1713(27세)	尹行教	恩津宋氏
598	孺人	尹氏		坡平	1688~1708(21세)	尹自教	韓聖翼女
599	貞敬夫人	尹氏		漆原	1692~1712(21세)	尹志源	閔德魯女
600	貞夫人	尹氏		漆原	1693~1755(63세)	尹景績	具守楨女
601	淑夫人	尹氏		坡平	1693~1759(67세)	尹明運	李慶昌女
602	貞夫人	尹氏		漆原	1701~1735(35세)	尹敬宗	趙顯箕女
603	淑夫人	尹氏		南原	1710~1743(34세)	尹翼駿	
604	貞夫人	尹氏		坡平	1716~1787(72세)	尹斗天	
605	貞敬夫人	尹氏		坡平	1717~1738(22세)	尹東源	鄭復先女
606	孺人	尹氏		海平	1717~1747(31세)	尹得謙	兪命岳女
607	貞敬夫人	尹氏		坡平	1722~1792(71세)	尹心宰	朴台錫女
608	恭人	尹氏		坡平	1728~1767(40세)	尹東說	李氏
609		尹氏		坡平	1729~1788(60세)	尹煌	恩津宋氏
610	孺人	尹氏		坡平	1733~1761(29세)	尹五榮	光山金氏
611	淑人	尹氏		坡平	1735~1782(48세)	尹光緝	
612	恭人	尹氏		坡平	1738~1768(31세)	尹光天 孫女	

번호	남편 본관	남편	자녀	혼인 연령	자녀수	비고	출전문집
589	全州	李眞儉	李匡泰 李匡師	18세	5남1녀		圓嶠集
590	延安	李雨臣	李恒輔		3남2녀		雷淵集
591	牛峯	李晚堅		15세	4녀	感疾	陶菴集
592	靑松	沈埈	沈奎鎭	17세	2남		艮齋集2 老村集
593	禮安	李東	李觀炳	20세	3남1녀	더위 먹고 사망	巍巖遺稿
594	恩津	宋堯佐	宋明欽	15세	2남2녀		櫟泉集
595	豊川	任適	任命周 任聖周	17세	5남2녀	瘡疾	櫟泉集
596	坡平	尹哲	尹道敎	17세	4남1녀		謙齋集
597	礪山	宋翼輔			무자		明齋遺稿
598	安東	權在衡	權炯	18세		痘疹	敬庵遺稿
599	豊壤	趙顯命		15세	未有育		歸鹿集
600	驪興	閔遇洙	閔百瞻	16세	2남2녀		燕石 貞菴集
601	平山	申暻	申大傳	17세	1남1녀		屛溪集
602	溫陽	鄭光忠	鄭昌朝	17세	1남		保晩齋集
603	豊山	洪獻輔	洪晃浩	15세	4남		耳溪集
604	豊山	洪鎭輔	洪明浩	19세	1남	繼配, 風痰	耳溪集
605	延安	李福源			무	쌍둥이 낳다가 산모 와 아기 모두 사망	一庵遺稿
606	豊山	洪維漢	洪樂舜		3남1녀	自決	渼湖集
607	延安	金熤	金載瓚	17세	3남3녀		海石遺稿
608	廣州	安景曾			1남4녀		順菴集
609	全州	李彦弼	沈鐸妻	20세	1녀		硏經齋 全集
610	全州	李正夏					老洲集
611	龍仁	李在亨			1남1녀		素谷遺稿
612	延安	金載奕	金鐸				海石遺稿

번호	封爵	姓	이름	본관	생존연대(연령)	父	母
613	貞敬夫人	尹氏		海平	1743~1808(66세)	尹遠東	徐宗璧女
614	淑人	尹氏		坡平	1747~1800(54세)	尹象厚	李德重女
615	恭人	尹氏		南原	1768~1801(34세)	尹商欽	金聖就女
616	淑人	尹氏		坡平	1791~1843(53세)	尹應大	
617	貞夫人	尹氏		新寧	1812~1860(49세)	尹益中	洪守一女
618	淑人	尹氏		坡平	1828~1886(59세)	尹滋九	沈氏
619	貞敬夫人	尹氏		坡平	1834~1883(50세)	尹梣	洪英燮女
620	孺人	殷氏		幸州	1850~1909(60세)	殷成天	金氏
621	貞夫人	李氏		慶州	1422~1509(88세)	李曛	安騰女
622	淑夫人	李氏		慶州	1428~1507(80세)	李吉安	權紹女
623	貞夫人	李氏		慶州	1433~1487(55세)	李點	崔仲雲女
624	貞敬夫人	李氏		全義	1439~1505(67세)	李孝長	金義女
625	貞夫人	李氏		全義	1442~1506(65세)	李恒全	尹之他女
626	淑夫人	李氏		全義	1464~1509(46세)	李守柔	
627	貞夫人	李氏		全州	1471~1551(81세)	李深源	安瑾女
628	孺人	李氏		仁川	1476~1545(70세)	李菊	崔敬孫女
629		李氏		龍仁	1480~1569(90세)	李思溫	崔應賢女
630	淑人	李氏		延安	1484~1518(35세)	李亨禮	洪自亨女
631	貞敬夫人	李氏		全州	1490~1574(85세)	李終巖	尹孜善
632	令人	李氏		龍仁	1491~1553(63세)	李孝完	李昌源女
633	貞敬夫人	李氏		固城	1502~1540(39세)	李孟友	黃自中女
634	貞敬夫人	李氏		全州	1506~1572(67세)	李澄源	彦陽金氏
635		李氏		星州	1507~1572(66세)	李構	道安李氏
636	貞夫人	李氏		全州	1507~1562(56세)	李仁弘	金克恢女
637	宜人	李氏		眞城	1508~1564(57세)	李潛	權鍾之女

번호	남편 본관	남편	자녀	혼인 연령	자녀수	비고	출전문집
613	延安	李時秀		15세	무자		屐園遺稿
614	宜寧	南麟耉	南周獻	15세	1남2녀		自著
615	淸州	韓鎭九				自決	性潭集
616	恩津	宋來熙		7세	3남		錦谷集
617	豊川	任憲晦	任萬教	17세	1남2녀	沴疾(콜레라)	鼓山集
618	全州	李象學	李建昌				明味堂集
619	淸風	金允植	金裕曾	17세	1남2녀		雲養集
620	咸昌	金啓烈	金基浩	19세	4남1녀		俛宇集
621	鐵城	李增	李箐		6남	繼配	容齋集
622	昌原	黃淑	黃從愼		1남3녀		二樂亭集
623	驪州	李壽會	李蕃		2남1녀		晦齋集
624	坡平	尹坦	尹商老	14세	2남2녀	貞顯王后(成宗繼妃)의 숙모	二樂亭集
625	淸州	韓致義	韓偉		2남1녀	昭惠王后의 올케	二樂亭集
626	慶州	李良弼	李琮		3남1녀		栢谷集
627	恩津	宋世忠	宋麒壽		1남3녀		退溪集
628	昌寧	曹彥亨	曺植		3남5녀		圭菴集
629	平山	申命和	申師任堂		5녀	申師任堂의 모친	栗谷全書
630	豐山	柳公綽	柳仲郢	20세	1남2녀		退溪集
631	陽川	許磁	許橿		1남		記言
632	廣州	李英符	李首慶 李重慶		3남1녀		陽谷集
633	南陽	洪春卿	洪聖民	19세	3남2녀		拙翁集
634	綾城	具淳	具思顔 綾原君 具思孟	17세	5남5녀		八谷集
635	巨濟	潘沖	潘秀男		1남2녀		藥圃集
636	東萊	鄭大年	鄭休復	15세	5남3녀		頤庵遺稿
637	安東	權柱	權好文	16세	2남		松巖集1

번호	封爵	姓	이름	본관	생존연대(연령)	父	母
638		李氏		星州	1509~1568(60세)	李煥	李鐵墩女
639	安人	李氏		固城	1511~1574(64세)	李佑	呂遇昌女
640	完山府夫人	李氏	希慶	全州	1511~1559(49세)	李蓊	鄭宗女
641	宜人	李氏		廣州	1518~1584(67세)	李延慶	
642	貞夫人	李氏		星山	1519~1586(68세)	李希祖	
643	恭人	李氏		咸州	1521~1614(94세)	李希轍	河禹治女
644	令人	李氏		星州	1524~1601(78세)	李光	金克仁女
645	貞夫人	李氏		星州	1524~1571(48세)	李智源	
646		李氏	梅窓	德水	1529~1592(64세)	李元秀	申師任堂
647	貞敬夫人	李氏		慶州	1531~1560(31세)	李英賢	
648	貞夫人	李氏		鐵城	1537~1605(69세)	李容	金緣女
649	貞夫人	李氏		月城	1539~1616(81세)	李信	郭崇智女
650	貞夫人	李氏		光州	1542~1609(68세)	李樹	李佑女
651	貞夫人	李氏		全州	1542~1589(48세)	李坰	趙士秀女
652	淑夫人	李氏		慶州	1543~1612(70세)	李夢亮	崔崙女
653	令人	李氏		眞城	1548~1618(71세)	李老憑	金綏女
654	令人	李氏		龍仁	1551~1613(63세)	李孝完	李昌原女
655	貞夫人	李氏		龍仁	1554~1617(64세)	李藎忠	姜顯女
656	貞敬夫人	李氏	從伊	全州	1554~1625(72세)	李聘齡	尹嗣宗女
657	貞夫人	李氏		全州	1555~1626(72세)	李纘金	鄭彦愨女
658	貞夫人	李氏	英順	全州	1557~1613(57세)	李天祐	
659	淑人	李氏		眞寶	1557~1644(88세)	李希顏	金禮範女
660	孺人	李氏		慶州	1558~1589(32세)	李重慶	尹綱女
661	貞敬夫人	李氏	闌貞	全州	1561~1616(56세)	原川君 李徽	呂世平女
662	貞敬夫人	李氏	奇硏	全州	1563~1647(85세)	李貴年	全義李氏

번호	남편 본관	남편	자녀	혼인 연령	자녀수	비고	출전문집
638	淸州	鄭思中	鄭逑	17세	3남1녀		寒岡集
639	光州	李樹	李弘器	15세	3남2녀		東湖集 寒岡集
640	靑松	沈鋼(靑陵 府院君)	沈仁謙 仁順王后		8남2녀		沈鋼 碑文
641	靑松	沈鍵	李喜壽	19세	2남		簡易集
642	咸安	趙庭彦	趙堣		6남		澗松集
643	信川	姜憲	姜俙		1남1녀		來庵集
644	咸陽	吳健	吳長	25세	2남3녀		思湖集
645	全州	崔深	崔晛		2남1녀		訒齋集
646	漢陽	趙大男	趙嶬		3남3녀	李珏의 누나	趙大男 墓誌銘
647	安東	金大孝		15세	무		淸陰集
648	豊山	柳雲龍	柳裿	18세	3남2녀		西厓集
649	沃川	全汝霖	全湜		3남2녀		沙西集
650	淸州	鄭逑	鄭樟	22세	1남3녀		寒岡集
651	豊山	柳成龍	柳袻		3남2녀		西厓集
652	驪興	閔善	朴東亮妻	12세	1녀		白沙集
653	聞韶	金遴	金琠				苟全集
654	廣州	李英符	李首慶	13세	3남1녀		嘯皐集
655	楊州	趙存性	趙宗遠 趙昌遠	17세	3남1녀		象村稿
656	淸州	韓應寅	韓德及 韓仁及		3남3녀		金壑碑銘
657	豊山	金大賢	金奉祖 金榮祖	15세	9남4녀	中風	忘窩集 淸陰集
658	安東	金尙寯	金光煜		2남1녀		淸陰集
659	載寧	李涵	李時明	22세	4남2녀		石溪集
660	陰城	朴有寧	朴之漢	14세	3남1녀	寒疾	滄洲集
661	昌原	黃愼	黃愛節(沈 光世妻)		1녀		象村稿
662	慶州	李守一	李淀		3남4녀		李敬輿碑銘

번호	封爵	姓	이름	본관	생존연대(연령)	父	母
663	貞夫人	李氏		眞城	1563~1647(85세)	李紹	
664	貞敬夫人	李氏		全義	1566~1623(58세)	李濟臣	甯鵬南女
665	貞夫人	李氏	孝玉	全州	1566~1650(85세)	李傑(靑城君)	宋軫行女
666	孺人	李氏		全州	1568~1636(69세)	李用沈	李忭女
667	貞夫人	李氏	蓮環	全州	1570~1591(22세)	李忱(景明君)	尹堞女(江陽郡夫人)
668	貞夫人	李氏	儀英	全州	1571~1609(39세)	李瞻	成世章女
669	恭人	李氏		全州	1571~1648(78세)	李天裕	崔繼勳女
670	宜人	李氏		禮安	1579~1651(73세)	李珍	
671	淑人	李氏	女順	全州	1579~1612(34세)	李義貞	朴千齡女
672	淑人	李氏		全州	1581~1673(93세)	李樞德	鄭琢女
673	貞敬夫人	李氏		延安	1585~1655(71세)	李廷龜	權克智女
674	淑夫人	李氏		全州	1587~1609(23세)	李思齊	韓鏞女
675	淑人	李氏		全州	1588~1668(81세)	李景儉 順寧君	金協女
676	淑夫人	李氏		驪興	1589~1628(40세)	李尙毅	尹晛女
677	貞夫人	李氏		延安	1594~1653(60세)	李光庭	許潛女
678	貞夫人	李氏		全州	1594~1671(78세)	李申祿	李元胤女
679	淑人	李氏		韓山	1595~1622(28세)	李洽	李士欽女
680	貞夫人	李氏		慶州	1597~1681(85세)	李廷馦	吳以順女
681	貞敬夫人	李氏		廣州	1597~1618(22세)	李如圭	權昐女
682	貞敬夫人	李氏		全州	1597~1653(57세)	李義傳	順興安氏
683	淑人	李氏		驪州	1598~1649(52세)	李宜澍	孫昉女
684	貞夫人	李氏	洌	全州	1599~1613(15세)	李錫齡 (寧堤君)	韓誼女
685	淑人	李氏		德水	1605~1654(50세)	李植	沈悷女
686	淑夫人	李氏		德水	1605~1684(80세)	李景憲	坡平尹氏

번호	남편 본관	남편	자녀	혼인 연령	자녀수	비고	출전문집
663	唐城	洪汝栗 唐昌君	洪有煥		5남1녀		漫浪集
664	平山	申欽	申翊聖 (東陽尉)	15세	2남5녀	貞淑翁主의 媤母	象村稿
665	潘南	朴東善	朴炡		1남1녀		尹拯碑文
666		金而獻	金時晗	18세	2남2녀		畸庵集
667		金生海	金大孝 金元孝 金克孝		3남		農巖集 臺山集
668	安東	權得已	權諰	15세	5남2녀		晚悔集
669	恩津	宋希建	宋國著	19세	4남4녀		同春堂集
670	義城	金是榢	金熹		1남		孤山集
671	驪州	閔聖徽	閔震亮	20세	1남		澤堂集
672	安東	權來	權碩忠		1남	繼配	蒼雪齋集
673	豊山	洪霙	洪柱元	17세	5남4녀		白軒集
674	陽川	許厚		20세	무		記言
675	韓山	李久	李尙賓		1남		修堂遺集
676	龍仁	李後天	李峻岳 李挺岳		2남1녀		文谷集
677	驪興	閔光勳	閔鼎重 閔維重	20세	5남4녀		老峯集 宋子大全
678	淸州	韓必遠	韓如愚	17세	1남1녀	繼配	畏齋集2
679	驪州	閔聖徽		19세	무		澤堂集
680	晉州	柳碩	柳命天	16세	1남2녀	감기(感寒熱)	退堂集
681	韓山	李基祚	李松齡	15세	1남		霞谷集
682	陽川	許穆	許翶	17세	3남2녀		記言
683	慶州	金宗一	申堪처	16세	3남4녀	3남 모두 夭	魯庵集
684	晉州	姜大遂	姜徽衍	13세	1남		寒沙集
685	草溪	鄭鈵	鄭洙碩	17세	3남4녀		畏齋集2
686	淸州	韓有良	韓泰愈	17세	4남2녀		竹泉集

번호	封爵	姓	이름	본관	생존연대(연령)	父	母
687	貞夫人	李氏	孝榮	全州	1605~1659(55세)	李世憲 (礪原守)	李燦女
688		李氏		全州	1605~1628(24세)	李球	
689	貞敬夫人	李氏		全州	1605~1690(86세)	李光後	金就鏡女
690	淑人	李氏	業伊	全義	1606~1659(48세)	李潤身	趙公瑾女
691	貞敬夫人	李氏		韓山	1606~1677(72세)	李德泗	朴廷老女
692	淑夫人	李氏	惠秀	公州	1607~1637(31세)	李長白	尹民逸女
693	貞夫人	李氏		德水	1609~1668(60세)	李景容	權鼇女
694	貞夫人	李氏		全州	1610~1655(46세)	李翊夏	崔道源女
695	貞夫人	李氏		全州	1610~1656(47세)	李孝承	尹毅立女
696	淑人	李氏		全義	1611~1627(17세)	李茂林	申得中女
697	淑人	李氏		全州	1611~1685(75세)	李敏佐	
698	孺人	李氏		驪州	1614~1666(53세)	李伯明	權文啓女
699	淑人	李氏		德水	1616~1673(58세)	李植	沈悷女
700	貞夫人	李氏		延安	1619~1641(23세)	李袗	成俊吉女
701	孺人	李氏		全州	1620~1637(18세)	李聖求	權昕女
702	恭人	李氏		延安	1621~1651(31세)	李時昉	淸州李氏
703		李氏		全州	1622~1692(71세)	李億正	尹沆女
704	淑人	李氏		咸平	1622~1663(42세)	李楚老	
705		李氏		載寧	1623~1647(25세)	李時明	張興孝女
706	淑夫人	李氏	瑞兒	德水	1625~1651(27세)	李景曾	李玼 順和君女
707	淑人	李氏		韓山	1626~1700(75세)	李基祚	申應榘
708	貞夫人	李氏	英康	全州	1627~1661(35세)	李挺漢	尹咥女
709	貞夫人	李氏		全義	1629~1701(73세)	李行遠	韓師德女
710	貞夫人	李氏		韓山	1630~1694(65세)	李基祚	申應榘女

번호	남편본관	남편	자녀	혼인연령	자녀수	비고	출전문집
687	慶州	金南重	金弘振 金一振		3남1녀	繼配	金壽恒墓碣
688	咸平	李楚玉	李之濂		1남		耻菴集
689	昌原	黃一皓	黃玧	17세	3남3녀		疎齋集
690	晉州	柳潁	柳命全		5남2녀	繼配	趙絅墓碣
691	恩津	宋時烈	宋基泰(양자)	20세	1남2녀		宋子大全
692	坡平	尹宣擧	尹拯		1녀6남	自決, 烈女旌閭	明齋遺稿
693	豐壤	趙復陽	趙持謙	17세	4남3녀	고열과 현기증, 말소리가 안 나옴	迂齋集
694	安東	權以鎭	權泂徵		2남		星湖全集
695	高靈	申濡	申善浩	16세	3남1녀		竹堂集
696	東萊	鄭脩			무	痘	藥泉集
697	漢陽	趙絅	趙守誼		1남	繼配	星湖全集
698	安東	權霶	權斗寅	19세	5남3녀		荷塘集
699	漢陽	趙備	趙麟祥	16세	2남6녀		畏齋集2
700	韓山	李汝發	鄭行萬妻	18세	1녀		松坡集
701	淸州	韓五相			무	自決 烈女旌閭	游齋集
702	光州	金世鼎	金震奎	18세	男女夭		南溪集
703	安東	金大孝	金尙憲		무	三配	淸陰集
704	安東	權格	權尙夏	15세	3남2녀		寒水齋集
705	光山	金碤			무	출산 중 사망	存齋集
706	豊山	洪柱國	洪萬選	13세	2남6녀		晚靜堂集
707	慶州	金弘振	金鼎臣		3남1녀		壽谷集 晚靜堂集
708	恩津	宋基泰	宋殷錫		5남1녀		宋子大全
709	延安	李端相	李喜朝	14세	2남5녀		農巖集 靜觀齋集
710	延日	鄭尙徵	鄭齊斗		2남1녀		霞谷集

번호	封爵	姓	이름	본관	생존연대(연령)	父	母
711	淑人	李氏		全義	1632~1700(69세)	李杭	
712	貞敬夫人	李氏	壽康	全州	1634~1658(25세)	李厚源	金槃女
713		李氏		全州	1634~1656(23세)	李晦女	
714	淑人	李氏		延安	1635~1674(40세)	李禱	李民宬女
715		李氏		全州	1636~1670(35세)	李尙元	
716	貞夫人	李氏		星州	1637~1708(72세)	李墪	徐景霂女
717	貞夫人	李氏		延安	1639~1704(66세)	李殷相	朴安悌女
718	貞夫人	李氏		全州	1639~1694(56세)	李正英	沈長世女
719	貞夫人	李氏		全州	1640~1711(72세)	李重輝	金光燦女
720		李氏		全州	1640~1658(19세)	李有湞	
721	貞敬夫人	李氏		全州	1640~1696(57세)	李長英	鄭溁女
722		李氏		全州	1642~1684(43세)	李慶禎 全平君	禹氏
723	貞敬夫人	李氏		牛峯	1643~1716(74세)	李翮	朴濠女
724	貞敬夫人	李氏		全義	1643~1718(76세)	李萬雄	達城徐氏
725	全義 郡夫人	李氏		全義	1644~1677(34세)	李行遠	韓師德女
726	貞敬夫人	李氏		慶州	1645~1712(68세)	李慶億	尹元之女
727	淑人	李氏		星州	1645~1715(71세)	李悅	李翊漢女
728		李氏		慶州	1647~1719(73세)	李秉一	
729	貞敬夫人	李氏		全州	1649~1733(85세)	李蕙	
730	端人	李氏		全州	1650~1725(76세)	李逈	
731	貞敬夫人	李氏		延安	1651~1708(58세)	李端相	
732	貞敬夫人	李氏		韓山	1651~1713이후	李光稷	金光燦女
733	孺人	李氏		龍仁	1652~1712(61세)	李世白	鄭昌徵女

번호	남편 본관	남편	자녀	혼인 연령	자녀수	비고	출전문집
711	淸州	韓斗愈	韓永徽		2남2녀		竹泉集
712	淸風	金錫胄		14세	무		息庵遺稿
713	陽川	許翝			1녀	孝寧大君후손인 李景嶸의 曾孫女	記言
714	韓山	李雲根	李德運		2남2녀		修堂遺集
715	林川	趙聖期	趙正儒	18세	2남1녀		拙修齋集
716	完山	李晩成	李眞儒		무		謙齋集
717	光山	金萬重	金鎭華		1남1녀		竹泉集
718	礪山	宋光淵		15세	무자녀		約軒集
719	安東	權尙夏	權煜	16세	1남2녀		寒水齋集
720	全義	李萬謙	李祥龍		1남요		樗村遺稿
721	豊壤	趙相愚	趙泰壽		3남5녀	泄痢	昆侖集
722	驪興	閔鼎重		15세	4남3녀	庶女, 병 없었으나 갑자기 사망	老峯集
723	南陽	洪受瀗	洪禹齊	16세	3남		陶菴集
724	靑松	沈權	趙泰壽妻		1녀		東溪集
725	全州	李侃 朗原君	李濙 全坪君	14세	7남		南溪集 宋子大全
726	全州	崔錫鼎	崔昌大	18세	1남2녀		昆侖集 晩靜堂集
727	豊山	洪萬選	洪重考	14세			寒水齋集
728	驪興	李之泰	李濰				龍浦集
729	海州	崔奎瑞		16세	6남2녀		艮齋集2
730	恩津	宋炳遠	宋堯仁		2남2녀		溪湖集
731	安東	金昌協	金崇謙		1남		農巖集
732	光山	金鎭龜	金春澤	17세	8남3녀		北軒集
733	安東	權尙明	權㜏		2남1녀		陶谷集

번호	封爵	姓	이름	본관	생존연대(연령)	父	母
734	貞夫人	李氏		慶州	1653~1706(54세)	李世長	金益熙女
735		李氏	喜馨 字蕙英	載寧	1653~1704(52세)	李玄逸	朴玏女
736		李氏		全州	1653~1673(21세)	李敏敍	元斗杓女
737	恭人	李氏		全州	1653~1711(59세)	李泰郁	劉煥女
738	淑夫人	李氏		全州	1655~1726(72세)	李週	李時昉女
739	貞夫人	李氏		全州	1655~1736(82세)	李綸	尹起望女
740	貞敬夫人	李氏	壽愛	全州	1655~1711(56세)	李厚源	辛喜道女
741	恭人	李氏		全州	1655~1688(34세)	李蕙	趙錫胤女
742	淑夫人	李氏		德水	1656~1679(24세)	李端夏	韓必遠女
743		李氏	貞伊	全州	1656~1693(38세)	李浹	趙時馨女
744	恭人	李氏		龍仁	1656~1740(85세)	李世白	鄭昌徵女
745	貞敬夫人	李氏		全州	1656~1708(53세)	李濚	金崇文女
746	貞夫人	李氏		全州	1656~1736(81세)	李慶昌	李擇善女
747	貞夫人	李氏		全州	1656~1729(74세)	李厚根	原州元氏
748	貞夫人	李氏		全州	1657~1701(45세)	李敏章	咸平李氏
749	恭人	李氏		全州	1657~1709(53세)	李蕙	趙錫胤女
750	孺人	李氏		延安	1659~1687(29세)	李恒	朴潚女
751	岑城府夫人	李氏		牛峰	1660~1738(78세)	李師昌	金圭女
752	令人	李氏		全州	1660~1698(39세)	李觀成	南一星女
753	淑人	李氏		全州	1663~1704(42세)	李晉命	柳氏
754	貞敬夫人	李氏		延安	1664~1733(70세)	李德老	趙沃女
755	貞敬夫人	李氏		全義	1664~1698(35세)	李萬謙	全州李氏
756	貞敬夫人	李氏		慶州	1665~1735(71세)	李世弼	

번호	남편 본관	남편	자녀	혼인 연령	자녀수	비고	출전문집
734	安東	金昌翕	金養謙	16세	3남2녀	종기 많아 터짐	臺山集
735	南陽	洪億	洪世全		2남2녀		密菴集
736	宜寧	南鶴鳴		16세		感寒疾	西河集
737	平山	申瑜	申靖夏 (양자)	16세	무자녀		恕菴集
738	慶州	金介臣		16세	무		西堂私載
739	杞溪	兪命弘	兪斗基		4남4녀		雷淵集
740	羅州	朴泰輔	1녀	15세	1녀		定齋集
741	羅州	林世恭	林象德	15세	3남1녀		老村集
742	高靈	申瀟	申道成	18세	1남1녀	寒疾	畏齋集2
743	安東	金昌業	金信謙	16세	3남1녀		老稼齋集 農巖集
744	南陽	洪德普	洪得壽 洪得福	18세	2남2녀		陶谷集
745	達城	徐文裕	徐宗玉		2남2녀	繼配	西堂私載
746	坡平	尹明運	尹鳳九	25세	2남1녀	三配	屛溪集
747	迎日	鄭德徵	鄭纘述	22세	2남2녀		陶菴集
748	光山	金鎭圭	金星澤		1남4녀	유배지 다니다가 병 얻음	竹泉集
749	靑松	沈廷熙	沈埈	15세	1남		艮齋集2 晩靜堂集
750	豊山	洪重楷		14세	1남	産後病	南溪集 宋子大全
751	達城	徐宗悌 達城府院君	徐仁修	17세		貞聖王后의 모친	陶菴集
752	潘南	朴弼震	朴師淹	16세	1남		藥泉集
753	林川	趙正萬	趙明斗	16세	4남4녀	繼配	三淵集
754	驪興	閔鎭厚	閔遇洙	19세	2남1녀	繼配	陶菴集 貞菴集
755	靑松	沈壽賢	沈銷	14세	1남2녀		樗村遺稿
756	高靈	朴恒漢	朴文秀	17세	2남1녀		歸鹿集

번호	封爵	姓	이름	본관	생존연대(연령)	父	母
757	孺人	李氏		全州	1665~1729(65세)	李正英	柳基善女
758	恭人	李氏		韓山	1667~1721(55세)	李道根	權愓之女
759	恭人	李氏		星州	1668~1729(62세)	李茂重	吳浹女
760	庶女	李氏		延安	1668~1700(33세)	李觀徵	平壤妓女
761	貞敬夫人	李氏		龍仁	1668~1749(82세)	李斗岳	李尙眞女
762		李氏		慶州	1670~1695(26세)	李世弼	朴世模女
763	貞夫人	李氏		龍仁	1671~1742(71세)	李世白	鄭昌徵女
764	恭人	李氏		全義	1672~1747(76세)	李徵夏	鄭普衍女
765	安人	李氏		驪州	1673~1750(78세)	李東亨	宋國憲女
766	貞夫人	李氏		全州	1674~1747(74세)	李泓	朴銑女
767	貞夫人	李氏		咸平	1674~1710(37세)	李華相	尹弼殷女
768	淑人	李氏		全州	1677~1739(63세)	李師命	羅星斗女
769	恭人	李氏		眞城	1678~1732(55세)	李箕徵	朴宗相女
770	孺人	李氏		全州	1680~1746(67세)	李維賢	鄭好謙女
771		李氏		咸平	1682~1707(26세)	李喜觀	仁同張氏
772	貞夫人	李氏		延安	1683~1746(64세)	李良良	慶州金氏
773	淑人	李氏		韓山	1683~1710(28세)	李明升	張世南女
774	貞夫人	李氏		星州	1685~1716(32세)	李著明	金斗徵女
775	貞夫人	李氏		陽城	1686~1752(67세)	李翊用	善山金氏
776	恭人	李氏		延安	1686~1704(19세)	李喜朝	金壽興女
777	貞夫人	李氏		韓山	1686~1757(72세)	李禎翊	蔡勳瑞女
778	貞夫人	李氏		德水	1689~1742(54세)	李堨	金壽賓女
779	恭人	李氏		全州	1689~1760(71세)	李台老	仁同張氏
780	貞夫人	李氏		全州	1691~1733(43세)	李奎壽	徐貞履女

번호	남편 본관	남편	자녀	혼인 연령	자녀수	비고	출전문집
757	豊川	任士元	任選	15세	4남1녀	關格,浮脹(관격으로 배 가 부어오름)	鹿門集
758	高靈	申世濟	申湊	19세	2남3녀		艮翁集
759	平山	申命鼎	申光彦	18세	1남2녀		陶谷集
760	南陽	洪宇疇 (洪夏明 의 庶子)		15세	1남5녀	열세 살 때 免賤. 남편 사후 鹽水로 자결 시도 실패, 이틀 후 다시 자결	息山集
761	杞溪	兪命岳	兪拓基	16세	2남4녀		知守齋集
762	安東	權燮	權初性	17세	2남		寒水齋集
763	淸風	金希魯	金致萬	17세			陶谷集
764	南陽	洪泰猷	洪益宗		4남3녀		圃巖集
765	恩津	宋有源	宋得相		3남	繼配	淵齋集
766	商山	金東翼	金光世	18세	2남2녀		歸鹿集
767	杞溪	兪廣基	兪彦鐸		4남		三淵集 自著
768	光山	金龍澤	金大材	19세	4남4녀		陶菴集
769	尙州	朴夢祥			무	孝烈婦旌閭	訥隱集
770	昌寧	成夢奎	成孝基		2남		硏經齋全集
771	昌寧	成大集		19세	1녀	평소에 多病	硏經齋全集
772	平山	申宅夏	申峽	16세	1남		宛丘遺集
773	驪興	閔鎭永	閔樂洙	15세			陶菴集 貞菴集
774	豊壤	趙尙紀			무		荷棲集
775	坡平	尹東晳	尹光紹	16세	2남		素谷遺稿
776	昌原	黃慶河		17세	무	출산 중 사망	農巖集
777	海平	尹得和	尹顯東	19세	3남1녀		江漢集
778	達城	徐宗玉	徐命膺	13세	4남1녀		保晩齋集
779	昌寧	成大集	成海運	21세	무	繼配	硏經齋全集
780	淸風	金致垕	金鍾正	18세	2남1녀		屛溪集 直菴集 沙村集

번호	封爵	姓	이름	본관	생존연대(연령)	父	母
781	孺人	李氏		全州	1692~1724(33세)	李頤命	金萬重女
782	淑人	李氏		星州	1693~1760(68세)	李元輔	
783	貞夫人	李氏		延安	1694~1728(35세)	李海朝	尹烜女
784	恭人	李氏		全州	1694~1767(74세)	李益齡	靑松沈氏
785	令人	李氏		延安	1696~1751(56세)	李雨臣	尹氏
786	孺人	李氏		德水	1703~1780(78세)	李喜培	金益聲女
787		李氏		全義	1706~1722(17세)	李德壽	姜晉相女
788		李氏		慶州	1707~1742(37세)	李章五	趙鎭圭女
789	孺人	李氏		全州	1707~1725(19세)	李益煥	朴熙晉女
790	淑夫人	李氏		韓山	1707~1776(70세)	李秉哲	朴泰尙女
791	淑人	李氏		咸平	1707~1746(40세)	李益壽	南原尹氏
792	烈婦	李氏		載寧	1709~1735(27세)	李仁培	鳳城琴氏
793	淑人	李氏		全州	1710~1778(69세)	李齡	原州邊氏
794	貞夫人	李氏		慶州	1711~1730(20세)	李煒	黃檖女
795	孺人	李氏		牛峰	1711~1734(24세)	李晚成	金溎女
796	孺人	李氏		載寧	1711~1733(23세)	李寅煥	姜老星女
797	貞夫人	李氏		全州	1711~1780(70세)	李蓍徹	柳縉女
798		李氏		龍仁	1712~1742(31세)	李世白	鄭昌徵女
799	令人	李氏		牛峰	1712~1744(33세)	李縡	洪禹賢女
800	貞敬夫人	李氏		全州	1714~1786(73세)	李廷爕	鄭是先女
801	淑人	李氏		全州	1714~1787(74세)	李始振	金夏鳴女
802	貞敬夫人	李氏		延安	1717~1790(74세)	李彦臣	金昌立女
803	淑人	李氏		德水	1718~1790(73세)	李廣淵	金鎭龜女
804	孺人	李氏		全義	1718~1733(16세)	李德載	金昌翕女

번호	남편 본관	남편	자녀	혼인 연령	자녀수	비고	출전문집
781	安東	金信謙	金老雄	16세	4남	출산 이틀 後 産後病	貞菴集
782	平山	申曙			2남1녀		江漢集
783	淸風	金若魯	金致恭	16세	3남2녀		晉菴集
784	廣州	安極	安鼎福	17세	2남1녀	風虛症 20년, 下墜之疾 (설사병인듯)	順菴集
785	宜寧	南有常		17세			雷淵集
786	東萊	鄭德彬	鄭顯東		1남1녀		順菴集
787	靑松	沈鎔		15세			西堂私載
788	楊州	趙榮晳		17세	3녀		悔軒集
789	豊壤	趙啓命					東溪集
790	昌原	黃仁謙	黃基厚		1남		本庵集
791	南陽	洪益三	洪相殷		2남2녀		貞菴集
792	漢陽	尙觀					訒隱集
793	金海	金光遇			무		信齋集
794	楊州	趙觀彬				繼配	悔軒集
795	全州	柳得養					陶菴集
796	義城	金柱國		19세	1녀		西山集
797	恩津	宋德相	宋煥周	17세	2남2녀	嘔泄症	果菴集
798	慶州	金聖柱		17세	무		陶谷集
799	杞溪	兪彦欽	兪雷雄	16세			自著 知守齋集
800	達城	徐命膺	徐浩修 徐瀅修	17세	3남4녀		明皐全集
801	平山	申光蘐	申輔文	19세	2녀		性潭集 豐墅集
802	達城	徐孝修	徐有隣	17세			豐墅集
803	安東	金履長		19세	4남1녀		楓皐集
804	潘南	朴昌源	金復淳	15세	무		黎湖集

번호	封爵	姓	이름	본관	생존연대(연령)	父	母
805	孺人	李氏		延安	1723~1778(56세)	李宜祥	申銃女
806	貞夫人	李氏		延安	1724~1769(46세)	李天輔	宋相維女
807	孺人	李氏	十二娘	韓山	1726~1777(52세)	李志和	金師國女
808	貞敬夫人	李氏		延安	1727~1795(69세)	李天輔	宋相維女
809	恭人	李氏		全州	1728~1798(71세)	李匡會	朴弼履女
810		李氏		全州	1729~1792(64세)	李德老	黃應時女
811	淑人	李氏		慶州	1731~1807(77세)	李聖章	鄭重明女
812	貞夫人	李氏		韓山	1736~1813(78세)	李簨章	崔尙謙女
813	孺人	李氏		咸平	1736~1767(32세)	李檜勝	安聖希女
814	貞敬夫人	李氏		韓山	1737~1808(72세)	李奎恒	權忭女
815	宜人	李氏	希賢堂師朱堂	全州	1739~1821(83세)	李昌植	姜德彦女
816	淑夫人	李氏		慶州	1742~1775(34세)	李錫心	南處寬女
817	恭人	李氏		全州	1744~1764(21세)	李獻慶	
818	孺人	李氏		韓山	1744~1803(60세)	李奎錫	
819	孺人	李氏		延安	1746~1828(83세)	李光述	鄭徵河女
820	孺人	李氏		延安	1746~1784(39세)	李商輔	
821	令人	李氏		延安	1748~1767(20세)	李福源	安壽坤女
822	恭人	李氏		慶州	1750~1780(31세)	李溥萬	韓宗海女
823	恭人	李氏		延安	1750~1775(26세)	李心源	鄭東僑女
824	貞敬夫人	李氏		龍仁	1753~1824(72세)	李崇祜	金浹女
825		李氏		星州	1758~1836(79세)	李應白	安東權氏
826	淑夫人	李氏		全州	1758~1796(39세)	李允協	申亨夏女
827	淑人	李氏		慶州	1759~1818(60세)	李瓊	張學龍女
828	端人	李氏	憑虛閣	全州	1759~1824(66세)	李昌壽	柳氏

번호	남편 본관	남편	자녀	혼인 연령	자녀수	비고	출전문집
805	延安	金鈺	金厚淵		1남2녀	자결 烈女旌閭	海石遺稿
806	豊壤	趙璥	趙鎭球	17세	1남		荷棲集
807	慶州	崔思鎭	崔漢羽	19세	4남2녀	感疾卒	大山集 小山集
808	海州	吳載純	吳熙常	17세	3남1녀		老洲集
809	豊山	洪挺漢	요?	18세	1남1녀		耳溪集
810	昌寧	成大中	成海應	19세	3남	癘(장티푸스)	硏經齋全集
811	恩津	宋煥實	宋直圭	19세	2남1녀		淵齋集
812	達城	徐浩修	徐有本 徐有矩	15세	조사		楓石全集
813	扶安	林運相	林榮夏		2남	繼配, 자결 남편猝嬰奇疾	性潭集
814	海州	吳載紹	吳熙常(養子)		1남天		老洲集
815	晉州	柳漢奎	柳儆(柳僖로 改名)		1남3녀	四配 여성철학자	石泉遺稿
816	高靈	朴敬圭	朴鍾淳	17세	2남1녀		梧墅集
817	韓山	李柱溟		16세	未有子	疾歿	艮翁集
818	連山	金相衍	金德基		2남		淵泉集
819	平山	申喆顯	申奭朝		2남		陽園遺集
820	杞溪	兪彦宇	兪漢賓		1남1녀		豊墅集
821	慶州	金思義		18세	무		雙溪遺稿
822	羅州	丁若鉉				患疫(전염병)而歿	與猶堂全書
823	溫陽	鄭昌老		14세	1남1녀		雙溪遺稿
824	東萊	鄭東晩	鄭元容	17세	2남2녀		經山集
825	竹山	朴致大	朴奎常	18세	4남1녀		果齋集
826	金海	金獻祚	金鼎鉉	19세	2남2녀	繼配	展園遺稿
827	昌寧	成海應	成憲曾	17세	1남2녀		硏經齋 全集
828	達城	徐有本	徐民輔		1남2녀	3남8녀 낳았으나 1남2 녀 기름	楓石全集

번호	封爵	姓	이름	본관	생존연대(연령)	父	母
829	孺人	李氏		韓山	1760~1789(30세)	李垓	李範中女
830	貞夫人	李氏		全義	1766~1798(33세)	李崇培	
831	孺人	李氏		全州	1766~1794(29세)	李義翊	吳瓚女
832		李氏		全義	1767~1803(37세)	李徵輔	金氏士族
833	淑人	李氏		延安	1769~1836(68세)	李重泌	申孝源女
834		李氏		慶州	1772~1797(26세)	李崇老	慶州金氏
835		李氏		全義	1773~1822(50세)	李厚植	金尙星女
836	貞敬夫人	李氏		全州	1774~1832(59세)	李英禧	柳戀女
837	恭人	李氏		韓山	1777~1813(37세)	李垓	李範中女
838	淑人	李氏		全州	1778~1839(62세)	李晦祥	趙遠慶女
839	淑夫人	李氏		延安	1781~1804(24세)	李英秀	
840	孺人	李氏		全義	1782~1846(65세)	李奎五	朴之觀女
841	烈婦	李氏		彦陽	1784~1811(24세)	李彦陽	
842	孺人	李氏		全州	1784~1829(46세)	李熙大	南學海女
843	孺人	李氏		廣州	1786~1829(44세)	李東爀	李廷翊女
844	令人	李氏		全州	1786~1850(65세)	李東良	
845	貞夫人	李氏		全州	1787~1807(21세)	李憲成	慶州金氏
846	令人	李氏		全州	1787~1841(55세)	李英禧	柳戀女
847	孺人	李氏		全義	1793~1884(92세)	李潤五	李垕春
848	孺人	李氏		碧珍	1800~1865(66세)	李鍊	崔瓘女
849	孺人	李氏		驪江	1809~1890(82세)	李家祥	金宅壽女
850	貞夫人	李氏		全州	1809~1846(38세)	李鎬	任烈女
851	貞夫人	李氏		眞寶	1815~1872(58세)	李彙壽	金原進
852	淑人	李氏		韓山	1817~1869(53세)	李憲溥	
853	淑人	李氏		星山	1818~1874(57세)	李源祚	趙應洙女
854	恭人	李氏		載寧	1822~1895(74세)	李時彰	金致鏞女

번호	남편 본관	남편	자녀	혼인 연령	자녀수	비고	출전문집
829	全州	柳晦文	柳致明	17세	1남1녀		定齋集
830	平山	申絢	申命濩	17세	1남1녀		石泉遺稿
831	豊壤	趙鎭球			2남1녀	2남夭	豊墅集
832	海州	吳載紹	吳謹常	17세		小室	老洲集
833	陽川	許珩	許傳	19세	2남		性齋集
834	昌寧	成海疇		16세	무		硏經齋全集
835	南陽	洪奭弼	洪一寧	19세	2남3녀		梅山集
836	豊山	洪奭周	洪佑謙	12세	1남2녀		淵泉集
837	全州	柳魯文	柳致任	14세	3남1녀		定齋集
838	杞溪	兪秉柱	兪永煥	15세	2남1녀		鳳棲集
839	東萊	鄭友容			1녀夭		屐園遺稿
840	義城	金百燦	金健壽	18세	1남		定齋集
841	幸州	奇道興					松沙集
842	平山	申羲朝	申鍾善	22세	1남1녀		陽園遺集
843	仁同	張浤	張福樞	19세	무		四未軒集
844	恩津	宋啓楨		20세	무	三配	錦谷集
845	安東	金元根		13세	무		楓皐集
846	淸州	韓直敎	韓.昌洙(養子)	17세	一男殀		眉山集
847	晉陽	河愚顯	河載源		3남		松沙集
848	盆城	許瑠	許儆	21세	2남3녀		晩求集
849	金州	許	許薰(養子)	20세	무자녀		舫山集
850	恩津	宋勉洙	宋秉璿	20세	4남1녀	産後病	淵齋集
851	金州	許祚	許薰	19세	4남2녀		舫山集
852	楊州	趙秉老	趙正熙		3남2녀		肅齋集
853	驪州	李在滲	李能烈		2남1녀		寒洲集
854	晉陽	鄭宅壽	鄭伯均		2남2녀		俛宇集

번호	封爵	姓	이름	본관	생존연대(연령)	父	母
855	孺人	李氏		全義	1822~1895(74세)	李胄鉉	和順崔氏
856	令人	李氏		全州	1823~1876(54세)	李漢永	尹邃亨女
857	孺人	李氏		光山	1825~1886(62세)	李龍河	金啓白女
858	孺人	李氏		光山	1831~1871(41세)	李德弘	白重黃女
859	貞敬夫人	李氏		全州	1835~1858(24세)	李秉植	金在天女
860	孺人	李氏		咸平	1840~1895(56세)	李冕憲	李禎哲女
861	淑夫人	李氏		光山	1844~1893(50세)	李處恒	尹伯鉉女
862	孺人	李氏		廣州	1853~1889(37세)	李思道	張南碩女
863	孺人	李氏		眞寶	1853~1912(60세)	李中振	朴增祉女
864	貞敬夫人	任氏		豊川	1604~1674(71세)	任景莘	宋濟臣女
865	孺人	任氏		豊川	1624~1711(88세)	任鎭元	
866	豊川縣夫人	任氏		豊川	1651~1688(38세)	任量	權以亮女
867	孺人	任氏		豊川	1682~1762(81세)	任應元	李春老女
868	貞敬夫人	任氏		豊川	1689~1764(76세)	任敬	成爾昌女
869	貞夫人	任氏		長興	1698~1782(85세)	任㝡	申應禎女
870		任氏	允摯堂	豊川	1721~1793(73세)	任適	尹扶女
871	淑夫人	任氏		豊川	1803~1860(58세)	任天模	洪益和女
872		任氏		豊川	1814~1836(23세)	任華白	綾城具氏
873	孺人	林氏		德恩	1524~1590(67세)	林承謹	盧欽女
874	貞敬夫人	林氏		善山	1531~1608(78세)	林九齡	朴世幹女
875	宜人	林氏	碧蕙	羅州	1575~1647(73세)	林悌	金萬鈞女
876	孺人	林氏		羅州	1652~1688(37세)	林宏儒	李俊耆女
877	淑人	林氏		羅州	1658~1715(58세)	林世溫	李廻女
878	貞夫人	林氏		羅州	1660~1734(75세)	林一儒	趙錫馨女

번호	남편 본관	남편	자녀	혼인 연령	자녀수	비고	출전문집
855	竹山	安暢煥	安圭采		2남2녀		松沙集
856	潭陽	田慶俊	田龍圭		3남		艮齋集1
857	濟州	梁悌默	梁在海		2남		勉菴集
858	坡平	尹滋郁	尹相龍 尹相麟	20세	4남1녀		勉菴集
859	恩津	宋秉璿		19세	무		淵齋集
860	長興	高殷相	高光奎	18세	5남2녀		淵齋集
861	寶城	吳壽泳	吳文燮		3남1녀		松沙集
862	高靈	金善琪	金誠浩	20세	1남1녀		巖棲集
863	南陽	洪洛鍾	洪淳一		1남		俛宇集
864	全州	李敬興	李敏章 李敏敍 李敏采		4남2녀		疎齋集
865	光山	金壽鏶			무자녀		三淵集
866	全州	李濵(花春君)	李橝	18세	2남5녀		恬軒集
867	晉山	姜履一		22세			果菴集
868	延安	金相奭	金燧 金熤	18세	2남1녀		竹下集
869	豐壤	趙尙紀	趙璥		3남1녀		荷棲集
870	平山	申光裕			무	여성철학자	允摯堂遺稿
871	凝川	朴載緯	朴敬鎭	20세	3남1녀		鼓山集
872	咸陽	朴世鎭	朴漢鳳	20세		殉節(목매어 자결) 烈女	鼓山集
873	恩津	宋翊	宋挺濂	19세	4남4녀		林谷集
874	潘南	朴應福	朴東亮		4남1녀		象村稿
875	陽川	許喬	許穆	15세	3남2녀		記言
876	慶州	金聖臣	金象衍		3남3녀	잘 토하고 마르고 여윔	壽谷集
877	坡平	尹扶	尹勉教	19세	4남4녀		西堂私載
878	豐壤	趙衡輔	趙尙慶		4남		西堂私載

번호	封爵	姓	이름	본관	생존연대(연령)	父	母
879	淑人	林氏		平澤	1830~1899(70세)	林永燦	
880	孺人	林氏		平澤	1849~1900(52세)	林俊源	程錫祚女
881	貞夫人	張氏	桂香	安東	1598~1680(83세)	張興孝	安東權氏
882	宜人	張氏		玉山	1649~1698(50세)	張鎭	鄭仁涵女
883	乳母	張氏		慶州	1690~1751(62세)		
884	孺人	張氏		德水	1703~1729(27세)	張震燿	金斗井女
885	孺人	張氏		仁同	1719~1776(58세)	張學龍	
886	宜人	張氏		玉山	1798~1873(76세)	張冽	朴之源女
887	孺人	張氏		仁同	1823~1886(64세)	張周賢	平山申氏
888	烈婦	全氏		竺山	1610~1636(27세)	全以性	昌原黃氏
889	淑人	全氏		竺山	1721~1776(56세)	全聖任	朴萬基女
890	貞敬夫人	田氏		南陽	1653~1732(80세)	田一成	尹聖擧女
891	孺人	田氏		潭陽	1842~1886(45세)	田馨霖	陳基復女
892	조사	丁氏		羅州	1607~1677(71세)	丁好善	
893	淑人	丁氏		昌原	1729~1776(48세)	丁南爀	張氏
894		丁氏		羅州	1742~1768(27세)	丁範祖	鄭瑾女
895	安人	丁氏		羅州	1835~1899(65세)	丁大啓	權星斗女
896	淑人	鄭氏		延日	1454~1522(69세)	鄭溥	盧物載女
897	淑人	鄭氏		光州	1459~1523(65세)	鄭哲	南繼明女
898	烏川郡夫人	鄭氏	守貞	延日	1525~1577(53세)	鄭惟沉	安彭壽女
899	貞夫人	鄭氏	玉蓮	慶州	1531~1618(87세)	鄭忠仁	李慶貞女
900	貞夫人	鄭氏		延日	1537~1593(57세)	鄭世弼	
901	蓬原府夫人	鄭氏	楊貞	東萊	1541~1620(80세)	鄭惟吉	元繼蔡女
902	貞敬夫人	鄭氏	末貞	東萊	1542~1621(80세)	鄭惟吉	元繼蔡女

번호	남편본관	남편	자녀	혼인연령	자녀수	비고	출전문집
879	慶州	崔有煥	崔基龍		5남		松沙集
880	咸安	趙翼濟	趙來龍		2남2녀		松沙集
881	載寧	李時明	李徽逸 李玄逸	19세	6남2녀	繼配	葛庵集
882	晉州	河海寬	河柱	21세	1남2녀		俛宇集
883		金良人			1남2녀	吳載純의 乳母	醇庵集
884	昌寧	成秉天			1남1녀	출산 중 사망	圃巖集
885	慶州	李瓊	李師漢	19세	2남2녀		研經齋全集
886	金海	許恁			무자녀	繼配	舫山集
887	平昌	李錫烈	李玹奎 李容奎 李正奎		5남1녀	繼配	毅菴集
888	興陽	李基廣				自決	月澗集
889	昌寧	孫錫謨	孫日徵	19세	1남1녀		順菴集
890	咸平	李師吉	李森		1남1녀		西堂私載
891	鐵城	李尙模	李泰植	19세	1남3녀		俛宇集
892	同福	吳挺一	吳始萬	18세	6남4녀		白湖集
893	平海	黃胤錫	黃一漢	20세	3남5녀	痢疾	頤齋遺藁
894	杞溪	兪孟煥			무		海左先生文集
895	韓山	李承甲	李昌稙		8남		修堂遺集
896	高靈	申泂	申光潤 申光漢		3남5녀		希樂堂稿
897	平澤	林萬根	林毗		3남2녀		企齋集
898	全州	李瑠(桂林君)	桂成君(養子)		무	繼配, 鄭澈의 누나	璿源錄
899	安東	權擘	權韠		5남2녀	繼配	
900	文化	柳沃			4남3녀		東溪集
901	文化	柳自新(文陽府院君)	柳希奮 柳希發 柳希亮			漢詩 남김	林塘遺稿
902	安東	金克孝	金尙容 金尙憲		5남		象村稿 淸陰集

번호	封爵	姓	이름	본관	생존연대(연령)	父	母
903	貞敬夫人	鄭氏		迎日	1542~1566(25세)	鄭泰亨	趙崇祖女
904	宜人	鄭氏		延日	1547~1595(49세)	鄭雲	尹懷貞女
905	貞夫人	鄭氏		東萊	1566~1623(58세)	鄭恕	李奇女
906	孺人	鄭氏		東萊	1566~1630(65세)	鄭源	趙世禎女
907	淑夫人	鄭氏	敬順	草溪	1575~1640(66세)	鄭默	李愿女
908	貞夫人	鄭氏		草溪	1588~1636(49세)	鄭燨	洪澈女
909	貞敬夫人	鄭氏		草溪	1590~1652(63세)	鄭曄	李山甫女
910	貞敬夫人	鄭氏		晉州	1604~1655(52세)	鄭經世	眞寶李氏
911	淑夫人	鄭氏		東萊	1609~1671(63세)	鄭之經	姜紳女
912	淑人	鄭氏		草溪	1619~1690(72세)	鄭基成	崔五龜女
913	孺人	鄭氏		東萊	1621~1685(65세)	鄭濟先	
914	貞夫人	鄭氏		迎日	1631~1658(28세)	鄭昭河	辛氏
915	貞敬夫人	鄭氏		東萊	1632~1704(73세)	鄭脩	金槃女
916	貞敬夫人	鄭氏		迎日	1635~1717(83세)	鄭昌徵	洪翼漢女
917	恭人	鄭氏		東萊	1642~1686(45세)	鄭太和	閔哲宜女
918	淑人	鄭氏		迎日	1656~1714(59세)	鄭慶演	閔光煥女
919	孺人	鄭氏		迎日	1657~1687(31세)	鄭普衍	閔光勳女
920	恭人	鄭氏		河東	1684~1770(87세)	鄭元鍵	李翊夏女
921		鄭氏		迎日	1687~1712(26세)	鄭澔	崔應天女
922	貞夫人	鄭氏		迎日	1691~1718(28세)	鄭昭河	
923		鄭氏		延日	1693~1722(30세)	鄭萬楷	
924	貞夫人	鄭氏		東萊	1696~1769(74세)	鄭錫老	
925	孺人	鄭氏		光州	1711~1730(20세)	鄭五奎	金萬埈女
926	孺人	鄭氏		東萊	1712~1748(37세)	鄭錫鳳	李亨源女
927	孺人	鄭氏		迎日	1716~1746(31세)	鄭橑	江陽李氏

번호	남편 본관	남편	자녀	혼인 연령	자녀수	비고	출전 문집
903	安東	金大孝		20세	무	繼配, 産病	淸陰集
904	綾城	具思寋	具璔				象村稿
905	廣州	李榮雨			무		靜齋集
906	延安	李至男		14세	미확인		久菴遺稿
907	延安	金琜	金天錫	17세	2남3녀	漢詩 남김	白洲集 淸陰集
908	坡平	尹毅立	尹世獻			繼配	東溟集
909	安定	羅萬甲	羅星斗	17세	4남2녀		文谷集
910	恩津	宋浚吉	宋光栻		1남2녀		宋子大全
911	礪山	宋時喆	宋光淵	15세	7남		同春堂集
912	德水	李昆夏	李留	21세	1남3녀	繼配	睡谷集
913	延安	李道恒	李宅輔		1남		圃巖集
914	光山	金鎭圭	金陽澤	20세	1남	繼配	丈巖集
915	宜寧	南九萬	南鶴鳴		1남		晦隱集
916	龍仁	李世白	李宜顯	16세	5남8녀		陶谷集
917	恩津	宋奎成	宋宅相	15세	1남1녀		玉吾齋集
918	楊州	趙泰期			무	繼配	丈巖集
919	全義	李徵夏	李德孚	14세	2남2녀		西溪集 宋子大全
920	同福	吳尙溥	吳心運		3남1녀	繼配	順菴集
921	杞溪	兪度基		16세	3남요		丈巖集
922	光山	金鎭圭	金陽澤		1남	繼配	竹泉集
923	全州	李喜之				自決,열녀 정려문, 漢詩 남김	
924	韓山	李秀得		17세	무자		江漢集
925	韓山	李商重		19세	무		黎湖集
926	淸州	韓光瑋			2남2녀		歸鹿集
927	光山	金簡材	이름미상	19세	2남		貞菴集

번호	封爵	姓	이름	본관	생존연대(연령)	父	母
928	貞敬夫人	鄭氏		東萊	1723~1797(75세)	鄭錫耉	楊州趙氏
929	淑夫人	鄭氏		東萊	1724~1765(42세)	鄭瑾	李頥女
930	孺人	鄭氏		海州	1731~1812(82세)	鄭運徽	閔震煌女
931	淑人	鄭氏		東萊	1732~1776(45세)	鄭元淳	李蓍迪女
932	淑夫人	鄭氏		延日	1734~1801(68세)	鄭厚一	全州柳氏
933		鄭氏		迎日	1759~1782(24세)	鄭明煥	李德濟女
934	孺人	鄭氏		延日	1761~1833(73세)	鄭洵	朴師淳女
935	淑人	鄭氏		河東	1762~1836(75세)	미상	
936	孺人	鄭氏		延日	1779~1857(79세)	鄭夏潤	崔光翊女
937	孺人	鄭氏		東萊	1794~1863(70세)	鄭日熙	
938	淑人	鄭氏		東萊	1796~1869(74세)	鄭郁東	李祉永女
939	貞夫人	鄭氏		海州	1808~1880(79세)	鄭匡魯	崔尙恒女
940	淑人	鄭氏		迎日	1809~1854(46세)	鄭文升	尹光垂女
941	淑夫人	鄭氏		延日	1814~1887(74세)	鄭周基	李命彬女
942	宜人	鄭氏		晉陽	1820~1887(68세)	鄭壽喆	
943	端人	鄭氏		河東	1828~1895(68세)	鄭承烈	文永煥女
944	孺人	鄭氏		東萊	1847~1871(25세)	鄭宗悳	金瓛女
945	淑人	曺氏	於火	昌寧	1551~1586(36세)	曺大乾	尹瓘女
946	貞敬夫人	曺氏		昌寧	1574~1645(72세)	曺慶男	尹剛元女
947	淑人	曺氏		昌寧	1627~1687(61세)	曺漢英	李祗先女
948	安人	曺氏		昌寧	1651~1674(24세)	曺建周	申汝挺女
949	孺人	曺氏		昌寧	1750~1772(23세)	曺命百	李德鳳女
950	河南君夫人	趙氏		平壤	1449~1493(35세)	趙忠老	?茂生女
951	貞敬夫人	趙氏		淳昌	1476~1551(76세)	趙勔	天安全氏
952		趙氏		白川	1501~1584(84세)	趙琛	全州李氏

번호	남편 본관	남편	자녀	혼인 연령	자녀수	비고	출전문집
928	豐山	洪良浩	洪樂源	17세	2남2녀		耳溪集
929	羅州	丁範祖	丁若衡	17세	1남1녀		海左集
930	陰城	朴亮欽	朴聲漢	17세	2남2녀	繼配	梅山集
931	延安	李學源	李田秀	15세	2남		雙溪遺稿
932	平山	申大羽	申縉 申綽 申絢	15세	3남2녀		石泉遺稿 宛丘遺集
933	光山	金在孝					過齋遺稿
934	南陽	洪濟簡			무		梅山集
935	陰城	朴聲漢				4남2녀 俱不育	梅山集
936	全義	李浚	李億會	18세	4남2녀		晩求集
937	玉山	張浤	張福樞	18세	3남		四未軒集
938	韓山	李承正	李顯稙	18세	1남1녀		修堂遺集
939	玄風	郭源兆	郭鍾錫	19세	4남3녀		俛宇集
940	慶州	李啓善	鄭裕承		3남1녀		嘉梧藁略
941	晉陽	姜顯周	姜達馨		5남4녀		修堂遺集
942	金海	許峒	許在璨		2남1녀		后山集
943	濟州	梁俊默 松圃公	梁在慶		3남3녀		勉菴集
944	淸州	韓擇東	韓愉		2남		勉菴集
945	光山	金長生	金集	16세	3남3녀		象村稿
946	宜寧	南以雄			南平	일기 남김	丙子日記
947	安東	金壽增	金昌國	16세	3남4녀		谷雲集 宋子大全
948	錦城	林泳					南溪集
949	漢陽	趙絅采		16세			海左集
950	河東	鄭崇祖	鄭承忠	16세	4남1녀		虛白亭集
951	蔚山	金齡	金麟厚	25세	1남1녀		河西全集
952	晉州	河希瑞	河沔	19세	1남		松亭集

번호	封爵	姓	이름	본관	생존연대(연령)	父	母
953	貞敬夫人	趙氏	終末	楊州	1542~1604(63세)	趙彦秀	閔昌女
954	貞敬夫人	趙氏	孝敬	淳昌	1573~1647(75세)	趙廷顯	鄭元禧女 (鄭順敬)
955	淑人	趙氏		豐壤	1581~1645(65세)	趙守倫	鄭善復女
956	貞夫人	趙氏		橫城	1598~1683(86세)	趙正立	柳永緖女
957	貞夫人	趙氏	壽任	楊州	1607~1661(55세)	趙昌遠	崔鐵堅女
958	孺人	趙氏		漢陽	1609~1670(62세)	趙緯韓	宋耆女
959	貞夫人	趙氏		漢陽	1609~1669(61세)	趙幹	沈諫女
960		趙氏		漢陽	1619~1697(79세)	趙纘	柳和女
961		趙氏		豐壤	1620~1644(25세)	趙翼	玄德良女
962	宜人	趙氏		漢陽	1632~1666(35세)	趙廷瓛	
963	貞敬夫人	趙氏		豐壤	1633~1684(52세)	趙來陽	李時白女
964	恭人	趙氏		楊州	1636~1672(37세)	趙泰果	延安金氏
965	令人	趙氏		豐壤	1638~1675(28세)	趙來陽	李時白女
966		趙氏		豐壤	1642~1672(31세)	趙復陽	李景容女
967	淑夫人	趙氏		林川	1646~1683(38세)	趙遠期	李景奭女
968	淑人	趙氏		豐壤	1646~1693(48세)	趙相抃	朴守弘女
969		趙氏		淳昌	1652~1683(32세)	趙時迪	韓起宗女
970	豐昌府夫人	趙氏		豐壤	1659~1741(83세)	趙貴中	韓續女
971	淑夫人	趙氏		豐壤	1661~1735(75세)	趙相愚	李長英女
972	令人	趙氏		豐壤	1665~1697(33세)	趙啓胤	李時馨女
973	令人	趙氏		豐壤	1682~1713(32세)	趙祺壽	
974	恭人	趙氏		咸安	1682~1765(84세)	趙崌	
975	淑人	趙氏		豐壤	1683~1711(29세)	趙大壽	徐文重女
976	淑人	趙氏		楊州	1688~1754(67세)	趙泰彙	金元厚女
977	貞夫人	趙氏		豐壤	1691~1711(21세)	趙景命	金時傑女

번호	남편 본관	남편	자녀	혼인 연령	자녀수	비고	출전문집
953	韓山	李山海	李慶伯		4남4녀		李德馨墓誌銘
954	平山	申景禛	申埈		2남2녀		宋時烈碑文
955	全州	李厚載	李逈		2남		清陰集
956	羅州	丁彥璜	丁時翰		1남	滯症 痢疾	愚潭集
957	平山	申翊全	申晸	14세	5남3녀	莊烈王后(仁祖繼妃)의 언니	東江遺集
958	潘南	朴濰		16세	무		南溪集
959	海州	吳達天	吳道一	22세	1남2녀	繼配, 脚氣	西坡集
960	延安	李明漢		21세	무	小室	芝村集
961	延安	李相胄		16세	무		浦渚集
962	載寧	李嵩逸	李植	19세	5남1녀		存齋集1 恒齋集
963	慶州	金一振	金聖臣 金柱臣		2남2녀		明谷集 壽谷集
964	安東	金履健			3남1녀		圃巖集
965	潘南	朴泰斗	朴弼夏	13세	1남3녀	貢女피해 일찍 혼인	南溪集
966	海州	吳道一				乳疾	西坡集 迂齋集
967	平山	申琓	申聖夏				南溪集
968	南陽	洪處宇	洪九澤	16세	3남1녀		圃陰集 后溪集
969	濟州	梁居安		24세	무		六化集
970	驪興	閔維重	閔鎭永	18세	1남2녀	三配	陶菴集
971	安東	權益文	權保衡	18세	3남2녀		西堂私載
972	安東	權斗紘	權萬		4남1녀		江左集
973	羅州	林象德			무	두 자녀 夭	老村集
974	慶州	崔鼎錫	崔興遠		5남1녀		百弗菴集
975	羅州	林世誼	林象元		1남		歸鹿集
976	溫陽	鄭光謙	鄭昌言	16세	3남1녀		悔軒集
977	全州	李匡德		16세			陶雲遺集

번호	封爵	姓	이름	본관	생존연대(연령)	父	母
978	貞夫人	趙氏		白川	1693~1778(86세)	趙輝璧	李郴女
979	恭人	趙氏		楊州	1696~1732(37세)	趙泰果	金重元女
980	貞敬夫人	趙氏		楊州	1697~1767(71세)	趙泰萬	任弘望女
981	淑人	趙氏		豊壤	1699~1745(47세)	趙錫命	尹天駿女
982	淑人	趙氏		白川	1705~1758(54세)	趙元規	鄭周冑女
983	貞敬夫人	趙氏		豐壤	1706~1770(65세)	趙遠命	沈冲女
984	恭人	趙氏		豐壤	1707~1728(22세)	趙永命	沈若潢女
985	貞夫人	趙氏		豐壤	1712~1796(85세)	趙命星	金必大女
986	恭人	趙氏		豐壤	1716~1747(32세)	趙錫命	
987		趙氏		白川	1723~1789(67세)	趙景采	柳楮女
988	淑人	趙氏		淳昌	1726~1786(61세)	趙錫重	宜人鄭氏
989	令人	趙氏		玉川	1738~1803(66세)	趙翊臣	李大晩女
990	恭人	趙氏		楊州	1750~1834(85세)	趙炳彬	鄭錫徵女
991	貞夫人	趙氏		楊州	1761~1825(65세)	趙榮素	李彝章女
992	孺人	趙氏		楊州	1766~1788(23세)	趙榮穡	全州李氏
993	貞夫人	趙氏		楊州	1773~1805(33세)	趙進慶	洪復浩女
994	淑夫人	趙氏		漢陽	1794~1852(59세)	趙觀基	同福吳氏
995	貞敬夫人	趙氏		豐壤	1827~1891(65세)	趙揆永	尹相五女
996	孺人	趙氏		漢陽	1848~1903(56세)	趙鍾器	梁行龍女
997	孺人	趙氏		咸安	1851~1880(30세)	趙景毅	李承英女
998	孺人	趙氏		玉川	1853~1886(34세)	趙馨九	慶州金氏
999	貞夫人	陳氏		三陟	1435~1505(71세)	陳繼孫	金邁卿女
1000	孺人	車氏		延安	1818~1885(68세)	車大亨	
1001	孺人	車氏		延安	1827~1886(60세)	車泰益	
1002	貞夫人	蔡氏		仁川	1571~1653(83세)	蔡應麟	申寬女

번호	남편 본관	남편	자녀	혼인 연령	자녀수	비고	출전문집
978	杞溪	兪彦鐸	兪漢蕭	21세	3남1녀	繼配	自著
979	安東	金履健	金養淳		3남1녀		月谷集
980	靑松	沈星鎭		16세	1남요		宛丘遺集
981	延安	李士祥			1녀		歸鹿集
982	海州	鄭廣運	鄭應祚		4남4녀	自決,烈女旌閭	順菴集 樊巖集
983	坡平	尹東度	尹光裕	16세			素谷遺稿
984	安東	金履遠	金大金		1남	産病	歸鹿集
985	星山		李敏謙		2남3녀		寒洲集
986	平山	申氏			2남1녀	시부申宗夏	歸鹿集
987	昌原	黃以坤	黃德壹 黃德吉	25세	2남		下廬集
988	全州	李泰亨	李顯綏		1남4녀		金陵集
988	咸從	魚用賓	魚在象	17세	4남2녀		淵泉集
990	淸州	韓公裕	韓用幹		3남4녀		梧墅集
991	高靈	朴鍾淳	朴永元	15세	1남1녀		梧墅集
992	昌寧	成國鎭		21세	무	三配, 自決, 烈女旌閭	剛齋集
993	恩津	宋啓楨		25세	2자夭	繼配, 産後病	錦谷集
994	陽川	許傳	許?	20세	3남2녀		性齋集
995	光山	金永壽	金學洙	16세	2남2녀		荷亭集
996	錦城	范潤圭	范瀅植		3남	三配	松沙集
997	慶州	李祉錫	李續雨	20세	1남		巖棲集
998	晉陽	鄭淵學	鄭敬植		4남1녀		松沙集
999	光山	金謙光	金克恢		5남2녀	繼配	二樂亭集
1000	江陵	劉鳳述	劉喜烈		1남		松沙集
1001	密城	朴京和	朴奭奎	22세	4남1녀		俛宇集
1002	廣州	李潤雨	李道昌		3남		默軒集 靜齋集

번호	封爵	姓	이름	본관	생존연대(연령)	父	母
1003	貞敬夫人	蔡氏		平康	1631~1707(77세)	蔡聖龜	鄭良佑女
1004	貞夫人	蔡氏		平康	1679~1707(29세)	蔡成胤	金鋭女
1005	孺人	蔡氏		仁川	1701~1728(28세)	蔡亨吉	李世緯女
1006	孺人	蔡氏		平康	1712~1783(72세)	蔡膺元	朴良弼女
1007	恭人	蔡氏		平康	1752~1780(29세)	蔡膺全	安東金氏
1008	孺人	蔡氏		平康	1791~1860(70세)	蔡東夔	李翼演女
1009	淑人	蔡氏		仁川	1814~1877(64세)	蔡國標	呂天行女
1010	貞夫人	蔡氏		平康	1850~1901(52세)	蔡東奭	李在心女
1011	貞敬夫人	崔氏		全州	1439~1514(76세)	崔昀	李公祇女
1012	貞夫人	崔氏		通川	1464~1545(82세)	崔李漢	金晨女
1013	貞夫人	崔氏		耽津	1480~1558(79세)	崔溥	鄭貴瑊女
1014	貞夫人	崔氏		和順	1483~1545(63세)	崔漢男	李梅女
1015	淑人	崔氏		慶州	1503~1573(71세)	崔漢洪	卞綱之女
1016	貞敬夫人	崔氏		全州	1582~1659(78세)	崔德隆	李仁武女
1017	完山府夫人	崔氏		全州	1583~1663(81세)	崔鐵堅	晋州鄭氏
1018	淑人	崔氏		全州	1587~1654(68세)	崔後胤	尹勉之女
1019	令人	崔氏		海州	1592~1673(82세)	崔沂	完山李氏
1020	貞夫人	崔氏		江華	1596~1654(59세)	崔贊	田應震女
1021	淑人	崔氏		江華	1608~1661(54세)	崔始量	申涌女
1022	貞敬夫人	崔氏		朔寧	1619~1673(55세)	崔皞	李廷謙女
1023	宜人	崔氏		全州	1637~1730(94세)	崔山立	
1024	淑人	崔氏	最愛	全州	1647~1714(68세)	崔後胤	尹勉之女
1025	郡夫人	崔氏		江陵	1652~1732(81세)	崔文湜	朴潡女
1026	恭人	崔氏		海州	1652~1698(47세)	崔時崘	李淑鎭女

번호	남편본관	남편	자녀	혼인연령	자녀수	비고	출전문집
1003	宜寧	南龍翼	南正重	14세	미확인		芝村集
1004	韓山	李成	李秀逸		1남		修堂遺集
1005	固城	南尙翼	南致寬		무자녀	自決	性潭集
1006	靑松	沈赫	沈完鎭		3남3녀		淵泉集
1007	羅州	丁若衡		18세	3남1녀	자녀 죽음에 충격 (우울증 증세) 塩汁 과 蜂液 마시고 卽死	海左集
1008	禮安	李源文	李相祖		3남2녀		鼓山集
1009	玉山	張福樞	張錫贇	22세	2남	繼配	四未軒集
1010	韓山	李浩稙	李忠求	19세	1남		修堂遺集
1011	密陽	朴樴	朴承煥		3남1녀		二樂亭集
1012	陜川	李允儉	李希曾		3남2녀		南冥集
1013	善山	柳桂隣	柳希春				眉巖集
1014	慶州	孫仲暾			2남2녀	繼配	晦齋集
1015	全州	李守漢	李仁健 李義健		2남1녀		頤庵遺稿
1016	慶州	李忔	李壽翼	21세		繼配	宋子大全
1017	楊州	趙昌遠	趙胤錫	17세	1남3녀	莊烈王后(仁祖繼妃) 의 모친	宋子大全
1018	安東	金鏜	金聖沉		3남2녀		
1019	南陽	洪宇定	洪聖任	18세	4남2녀	感疾 泄痢	葛庵集
1020	漢陽	趙克善	趙昌漢	22세	3남2녀		冶谷集
1021	坡平	尹世獻	尹以乾	16세	4남4녀		竹堂集
1022	延安	李觀徵	李沃	18세	4남1녀		息山集
1023	漢陽	趙佺	趙廷玽		2남4녀		玉川集
1024	安東	金鏜	金聖沉	19세	3남2녀		圃巖集 西堂私載
1025	全州	李杓 林原君	李廷燁	19세	2남1녀		西堂私載
1026	原州	元夢鼎	元命益	16세	2남2녀		睡谷集

번호	封爵	姓	이름	본관	생존연대(연령)	父	母
1027	貞敬夫人	崔氏		江陵	1654~1704(51세)	崔應天	金雲龍女
1028	孺人	崔氏		水原	1673~1721(49세)	崔亨坤	
1029	貞夫人	崔氏		海州	1674~1693(20세)	崔翼瑞	順興安氏
1030	貞敬夫人	崔氏		全州	1703~1779(77세)	崔寔	沈之沆女
1031	孺人	崔氏		水原	1704~1743(40세)	崔弘鳌	
1032	宜人	崔氏		全州	1704~1750(47세)	崔俊明	李惟信女
1033	淑人	崔氏		海州	1708~1729(22세)	崔尚震	李弘迪女
1034	恭人	崔氏		海州	1709~1732(24세)	崔駿興	文化柳氏
1035	孺人	崔氏		海州	1740~1776(37세)	崔瑾	
1036	貞夫人	崔氏		全州	1808~1894(87세)	崔景三	羅得文女
1037	淑人	崔氏		全州	1823~1878(56세)	崔應斗	文尚佑女
1038	孺人	崔氏		慶州	1830~1903(74세)	崔德基	密陽朴氏
1039	貞夫人	崔氏		全州	1830~1914(85세)	崔達昆	
1040	孺人	崔氏		耽津	1838~1893(56세)	崔龍河	任必煥女
1041	孺人	河氏		晉陽	1803~1872(70세)	河一聖	鄭宗邦女
1042	孺人	河氏		晉陽	1818~1862(45세)	河鎭洽	全州崔氏
1043	令人	韓氏		淸州	1419~1501(83세)	韓季復	廉廷秀女
1044	旌善 郡夫人	韓氏		淸州	1426~1480(53세)	韓確	洪汝方女
1045	淑人	韓氏		淸州	1440~1496(57세)	韓繼胤	崔文孫女
1046	貞敬夫人	韓氏	淑(伊)	淸州	1522~1579(58세)	韓慈	李与正女
1047	貞敬夫人	韓氏		淸州	1553~1598(46세)	韓世健	
1048	貞敬夫人	韓氏	鳳獻	淸州	1562~1603(42세)	韓漪	李楫女
1049	淑夫人	韓氏		淸州	1579~1658(80세)	韓誣	安東權氏
1050	貞夫人	韓氏		淸州	1586~1637(52세)	韓浚謙	檜山府夫人 黃氏

번호	남편 본관	남편	자녀	혼인 연령	자녀수	비고	출전문집
1027	迎日	鄭澔	鄭義河	17세	2남2녀		丈巖集
1028	平山	申球			무	5자녀 낳았으나 俱夭	陶谷集
1029	全義	李德壽		15세		출산 후 아이 죽자 상심	西堂私載 西溪集
1030	海州	吳瑗	吳載純	17세	3남2녀	繼配	老洲集
1031	延日	鄭纘憲	鄭鎭	25세	1남1녀		陶菴集
1032	宜寧	南啓夏	南鶴增		3남		明谷集
1033	驪州	李顯祚		18세			艮齋集2
1034	淸州	韓光璜		15세	1자夭		歸鹿集
1035	咸從	魚而奭			무		淵泉集
1036	軍威	朴季連	朴寅義	17세	2남1녀		淵齋集
1037	咸安	李秉貞	李恒奎		3남2녀		陽園遺集
1038	晉山	姜昺奎	姜鑽		1남4녀		俛宇集
1039	金海	金國仁	金昌鎭	17세	5남		松沙集
1040	濟州	梁齊默	梁在弘	19세	1남		松沙集
1041	?	崔重吉	崔植民		2남2녀		勉菴集
1042	晉陽	鄭元暉	鄭奎榮		2남1녀		巖棲集
1043	高靈	朴秀林	朴始孫		3남4녀		挹翠軒遺稿
1044	全州	桂陽君 世宗아들	寧源君이 름 瀯	12세	3남3녀	仁粹大妃(德宗妃)의 동생	四佳集 三灘集
1045	河東	鄭錫年	鄭嗣宗		3남		虛白亭集
1046	南陽	洪暹	洪耆英		1남1녀	繼配	
1047	東萊	鄭昌衍	鄭廣成		2남5녀		淸陰集
1048	海平	尹昉	尹履之 尹新之		2남		李植碑銘
1049	淸海	李明老	李文柱		1남5녀		宋子大全
1050	咸陽	呂爾徵		19세		自決	樂全堂集

번호	封爵	姓	이름	본관	생존연대(연령)	父	母
1051	貞夫人	韓氏		淸州	1588~1637(50세)	韓浚謙 西平府院君	黃珹女 槐山府夫人
1052	貞夫人	韓氏		淸州	1635~1673(39세)	韓績	李斗望女
1053	恭人	韓氏		淸州	1643~1731(89세)	韓挺箕	尹元之女
1054		韓氏		淸州	1653~1702(50세)	韓聖翼	李畯成女
1055	宜人	韓氏		淸州	1665~1706(42세)	韓後相	李延年女
1056	恭人	韓氏		淸州	1682~1746(65세)	韓永徽	
1057	貞夫人	韓氏		淸州	1695~1748(54세)	韓重熙	金澋女
1058	淑夫人	韓氏		淸州	1705~1788(84세)	韓宗煜	萬成女
1059	貞夫人	韓氏		淸州	1708~1774(67세)	韓師萬	兪命咸女
1060	孺人	韓氏		淸州	1821~1898(78세)	韓東奎	李象桓女
1061	淑人	韓氏		淸州	1824~1883(60세)	韓永殷	許霖女
1062	恭人	韓氏		淸州	1842~1901(60세)	韓鎭庠	尹養善女
1063	宜人	許氏		陽川	1442~1507(66세)	許樞	崔宣女
1064		許氏		盆城	1469~1548(80세)	許諒	崔景源女
1065	愼人	許氏	春今介	陽川	1547~1593(47세)	許橿	晉州姜氏
1066	端人	許氏	孝玉 楚姬 字景樊 蘭雪軒	陽川	1563~1589(27세)	許曄	金光轍女
1067	宜人	許氏		陽川	1563~1593(31세)		完山李氏
1068	貞敬夫人	許氏	順英	陽川	1569~1625(57세)	許潛	閔希說女 閔蓮香
1069	貞敬夫人	許氏		陽川	1578~1629(52세)	許昊	李忠綽女
1070	孺人	許氏		陽川	1635~1720(86세)	許宗胤	李士瑀女
1071		許氏			1731~1799(69세)		
1072		許氏		金海	1820~1843(24세)	許儓	鄭光淵女

번호	남편 본관	남편	자녀	혼인 연령	자녀수	비고	출전문집
1051	晉州	鄭百昌	鄭善興		2남1녀	仁烈王后(仁祖妃) 의 언니, 自決	玄谷集
1052	豊壤	趙貴中	趙廷淹		5남3녀		是窩遺稿
1053	溫陽	鄭純陽	鄭壽淵		1남3녀	繼配, 患痢	西堂私載
1054	坡平	尹自敎	尹東洙		1남4녀		敬庵遺稿
1055	平康	蔡彭胤			무	땀 안 나오는 병	希菴集
1056	杞溪	兪宇基	兪彦伋		2남3녀		雷淵集
1057	全州	柳懋	柳敬養	19세	2남2녀		江漢集
1058	韓山	李秀逸	李景溟		5남2녀		海左集
1059	坡平	尹光紹	尹晦基		2남		素谷遺稿
1060	高靈	申克模	申平求		1남2녀	繼配	松沙集
1061	韓山	李顯稙	李序珪		3남		修堂遺集
1062	韓山	李讚稙	李五珪		1남1녀		修堂遺集
1063	固城	李泙	李胤		5남5녀		二樂亭集
1064	密陽	朴完元	朴雲	22세	1남4녀		龍巖集
1065	全州	李正偉			무	繼配	記言
1066	安東	金誠立					蘭雪軒集
1067		李有慶			1남	임란 중 자결 旌閭하려했으나 임진란으로못함	象村稿
1068	延安	李光廷 延原府院君	李祊		2남6녀	繼配	李敏求 碑文
1069	全義	李壽俊	李碩基		2남1녀	三配	樂全堂集
1070	全州	李應瑞	李載亨		3남3녀	末疾(수족의 병으 로 고질병)	松巖集2
1071			鄭龍山 金鍊老			金祖淳의 乳母 再嫁하였음	楓皐集
1072	玉山		張漢相	19세		自決 (우물에 빠져죽음)	舫山集

번호	封爵	姓	이름	본관	생존연대(연령)	父	母
1073	孺人	許氏		金海	1829~1905(77세)	許千壽	李氏
1074	淑人	玄氏			1485~1560(66세)	玄賁	李克堪女
1075	貞夫人	玄氏		星州	1565~1633(69세)	玄德亨	愼喜男女
1076	孺人	玄氏		星山	1715~1766(52세)	玄守中	任世雄女
1077	淑夫人	洪氏		南陽	1463~1511(49세)	洪保定	李抽女
1078	貞夫人	洪氏		南陽	1464~1500(37세)	洪欽孫	韓叔老女
1079	貞敬夫人	洪氏		南陽	1494~1578(85세)	洪士俯	韓믹女
1080	郡夫人	洪氏		南陽	1544~1569(26세)	洪暹	韓慈女
1081	令人	洪氏		南陽	1577~1659(83세)	洪世贊	成壽益女
1082	淑人	洪氏		缶溪	1582~1624(43세)	洪德祿	柳承善女
1083	貞夫人	洪氏	善媛	南陽	1601~1653(53세)	洪命元	尹民俊女 (尹愛女)
1084	孺人	洪氏		南陽	1620~1637(18세)	洪履一	具希參女
1085	淑人	洪氏		南陽	1626~1682(57세)	洪翼漢	許氏
1086	貞敬夫人	洪氏		南陽	1634~1663(30세)	洪房	李楠之女
1087	恭人	洪氏		南陽	1647~1727(81세)	洪克	沈紈女
1088	貞敬夫人	洪氏	尙愛	豊山	1652~1709(58세)	洪柱國	李景曾女
1089	孺人	洪氏		南陽	1656~1728(73세)	洪葳	李梣女
1090	貞夫人	洪氏		豐山	1656~1732(77세)	洪柱天	金光燦女
1091	淑人	洪氏		南陽	1657~1692(36세)	洪得禹	金慶餘女
1092	貞夫人	洪氏		南陽	1659~1722(64세)	洪得禹	金慶餘女
1093	貞敬夫人	洪氏		豐山	1662~1687(26세)	洪恢萬	洪命一
1094	貞夫人	洪氏		豐山	1665~1719(55세)	洪柱國	李景曾女
1095	貞夫人	洪氏		南陽	1672~1745(74세)	洪文度	金壽增女
1096	淑人	洪氏		南陽	1674~1722(49세)	洪遠普	李時術女

번호	남편 본관	남편	자녀	혼인 연령	자녀수	비고	출전문집
1073	安陵	李熙震	李壽安				俛宇集
1074	江城	文光瑞			무	문광서는 문익점 의 4대손	南冥集
1075	宜寧	南柁	南烒	16세	1남1녀		藥泉集
1076	錦城	吳光源			무자		果菴集
1077	全州	李穯	李世瑚	18세	6남2녀		二樂亭集
1078	慶州	孫仲暾	孫曒		1남3녀		晦齋集
1079	羅州	朴紹	應川,應順 潘城府院君	17세	5남2녀		嘯皐集
1080	全州	李鋥 河原君	李引齡	18세	3남1녀		頤庵遺稿
1081	豊山	柳袽	柳元之		1남		鶴沙集
1082	寧海	申楫		21세	무		河陰集
1083	海平	尹墀			1녀		金萬基行狀
1084	平山	申公曼		17세		병자란때 自決	陶菴集
1085	靑松	沈益善	沈廷耈		3남5녀		宋子大全
1086	楊州	趙嘉錫		16세	1녀		謙齋集
1087	聞韶	金台重	金鼎錫 金命錫	20세	3남3녀		玉川集 雨溪集
1088	商山	金濡	金東翼	18세	2남1녀	갑자기 風痺(풍으 로 인한 마비) 옴	西堂私載
1089	光州	鄭敷	鄭五奎				陶菴集
1090	淳昌	趙泰興	趙彦臣		2남		陶谷集
1091	高靈	朴鑌	朴光秀	18세	3남2녀		西堂私載
1092	慶州	李台佐	李宗城	16세	2남2녀		西堂私載
1093	德水	李墣		16세	무	寒疾(감기)	芸窩集
1094	靑松	沈鳳輝		18세	미확인		雷淵集
1095	咸從	魚有鳳	魚道凝	18세	1남2녀		淵泉集
1096	原城	元命益			무	一男二女 不育	陶谷集

번호	封爵	姓	이름	본관	생존연대(연령)	父	母
1097	孺人	洪氏		南陽	1682~1725(44세)	洪受演	朴聖基女
1098	令人	洪氏		南陽	1685~1772(88세)	洪潾	閔晦女
1099	恭人	洪氏		南陽	1691~1734(44세)	洪灝	柳寔女
1100	孺人	洪氏		南陽	1697~1770(74세)	洪泰猷	李徵夏女
1101	淑夫人	洪氏		南陽	1702~1767(66세)	洪龜祚	李絅女
1102	孺人	洪氏		南陽	1708~1732(25세)	洪禹肇	閔維重女
1103	恭人	洪氏		豐山	1708~1729(22세)	洪重章	金盛久女
1104	孺人	洪氏		南陽	1725~1801(77세)	洪以錫	羽溪李氏
1105	孺人	洪氏		豐山	1737~1756(20세)	洪維漢	尹得謙女
1106	恭人	洪氏		豐山	1739~1818(80세)	洪圭輔	李相徵女
1107	貞敬夫人	洪氏		南陽	1746~1773(28세)	洪啓鉉	
1108	淑人	洪氏		豐山	1748~1784(37세)	洪樂性	沈鋕女
1109	孺人	洪氏		南陽	1757~1830(74세)	洪善養	李鐸女
1110	淑人	洪氏		南陽	1778~1820(43세)	洪履簡	朴亮欽女
1111		洪氏	原周幽閑堂	豐山	1781~1842이후	洪仁謨	徐逈壽女 令壽閣
1112		洪氏		南陽	1782~1805(24세)	洪履簡	朴亮欽女
1113	貞夫人	洪氏		南陽	1783~1855(73세)	洪益和	柳達漢女
1114	端人	洪氏		南陽	1787~1833(47세)	洪秉喆	金鎏女
1115	貞敬夫人	洪氏		南陽	1792~1853(62세)	洪集圭	
1116	貞敬夫人	洪氏		豐山	1806~1886(81세)	洪奭周	李英禧女
1117	孺人	洪氏	坤	南陽	1809~1842(34세)	洪直弼	李湝女
1118	淑夫人	洪氏		南陽	1829~1893(65세)	洪鍾序	
1119	淑人	黃氏		長水	1558~1616(59세)	黃廷彧	趙詮女
1120	貞敬夫人	黃氏	季姬	長水	1573~1644(72세)	黃赫	尹儼女
1121	貞敬夫人	黃氏		昌原	1576~1635(60세)	黃致敬	成子濟女

번호	남편 본관	남편	자녀	혼인 연령	자녀수	비고	출전문집
1097	恩津	宋理相			1녀	李商翼사위	淵齋集
1098	豐川	任珖	任希聖	17세	1남4녀		在澗集
1099	青松	沈廷最		19세	미상		歸鹿集
1100	安東	金時筊	金喆行	16세	2남4녀		近齋集
1101	安東	金元行	金履安	15세	2남2녀		三山齋集
1102	全州	李夏祥			미확인		陶菴集
1103	高靈	申泓			무		芸窩集
1104	文化	柳瑃	柳得恭	17세	1남		泠齋集
1105	安東	金順行		15세	무		知守齋集
1106	木川	尙東耆	尙德容	16세	4남2녀		淵泉集
1107	延安	金載瓚		15세	무		海石遺稿
1108	東萊	鄭致綏	鄭世翼	14세	1남1녀		淵泉集
1109	延安	金載象	金鏽	18세	2남2녀		梅山集
1110	安東	金泰根	金炳愚		3남2녀		梅山集
1111	青松	沈宜爽	沈誠澤 (養子)		무	文人, 文集 있음	幽閑堂遺稿
1112	海平	尹約烈		16세	무	아들 출산 후 사망	梅山集
1113	豐川	任天模	任憲晦	16세	3남3녀		鼓山集
1114	安東	權用敬	權達善	15세	1남1녀		梅山集
1115	光山	金宇鉉	金永壽		2남2녀		荷亭集
1116	清州	韓弼敎	韓章錫	13세	1남1녀		眉山集
1117	驪興	閔慶鎬	閔泳和	14세	3남3녀		梅山集
1118	海平	尹宖善	尹喜求	20세	2남2녀	딸 출산 후 사망	眉山集
1119	全州	李郁	李厚載 李厚源		3남	暴疾不起	鶴谷集
1120	南陽	洪瑞鳳	洪命一		1남1녀		鶴谷集
1121	迎日	鄭謹	鄭維城		1남		霞谷集

번호	封爵	姓	이름	본관	생존연대(연령)	父	母
1122	端人	黃氏		昌原	1592~1668(77세)	黃大仁	郭維蕃女
1123		黃氏		昌原	1618~1698(81세)	黃悅	
1124	孺人	黃氏		昌原	1628~1671(44세)	黃聖耈	王景裕女
1125	貞敬夫人	黃氏		尙州	1646~1704(59세)	黃堄	柳斐女
1126	貞夫人	黃氏		尙州	1648~1714(67세)	黃堄	柳斐女
1127	貞夫人	黃氏		長水	1662~1718(57세)	黃暉	尹城女
1128	淑人	黃氏		昌原	1683~1739(57세)	黃鐈	
1129	孺人	黃氏		昌原	1702~1784(83세)	黃應時	
1130	孺人	黃氏		昌原	1703~1734(32세)	黃哲	
1131	淑人	黃氏		長水	1706~1767(66세)	黃混	李湜女
1132	淑夫人	黃氏		昌原	1738~1792(55세)	黃龜河	崔天瑞
1133		黃氏	情靜堂	平海	1754~1793(40세)	黃必徵	
1134	孺人	黃氏		長水	1801~1873(73세)	黃瑾	韓宗義女

번호	남편 본관	남편	자녀	혼인 연령	자녀수	비고	출전문집
1122	載寧	李時成	李徽逸 (養子)	19세	무		存齋集
1123	牛峯	李有謙	李翬		3남1녀	小室	陶菴集
1124	南陽	洪聖休	洪可相		2남2녀		宋子大全
1125	海州	吳斗寅	吳泰周	21세	3남4녀	繼配 顯宗의 사돈	昆侖集 三淵集
1126	韓山	李奎齡	李明彦		1남1녀	繼配	西堂私載
1127	龍仁	李喬岳		21세	3녀		寒水齋集
1128	安東	金時敏	金勉行 (養子)	21세	무자		陶菴集
1129	全州	李德老	李彦弼		2남4녀		硏經齋 全集
1130	安東	金履晉	金道淳	17세	4남1녀		杞園集
1131	韓山	李象靖	李埦		1남		大山集
1132	杞溪	兪彦鏶	兪漢寬		1남1녀		燕石
1133	仁川	蔡明休	蔡廷烈		3남1녀	文人, 文集 있음	情靜堂逸稿
1134	淸風	金聖養	金平默	15세	2남		重菴集

조선시대 양반가 여성의 전기문 연구

2016년 7월 25일 초판 1쇄 발행

지은이 김미란
만든곳 평민사
펴낸이 이정옥
　　　　주소 : 서울 은평구 수색로 340 [202호]
　　　　전화 : 02) 375-8571
　　　　팩스 : 02) 375-8573
　　　　평민사의 모든 자료를 한눈에
　　　　http://blog.naver.com/pyung1976
　　　　이메일 : pyung1976@naver.com

등록번호 제251-2015-000102호
정　　　가 18,000원